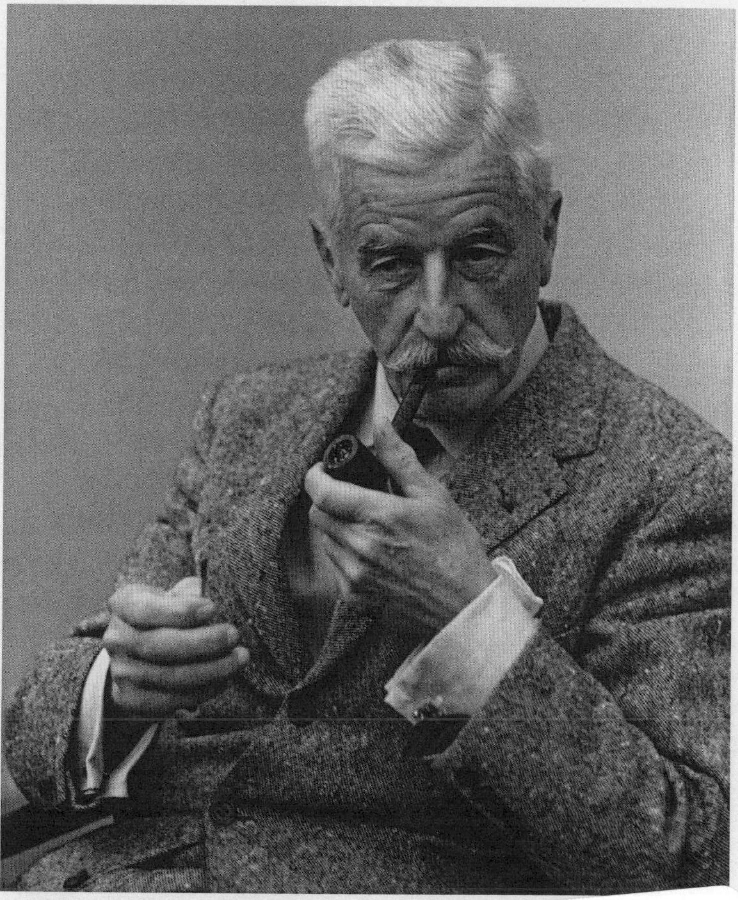

WILLIAM FAULKNER

O som e a fúria

Tradução
Paulo Henriques Britto

Posfácios
Paulo Henriques Britto
Jean-Paul Sartre

10ª reimpressão

PRÊMIO NOBEL
COMPANHIA DAS LETRAS

Copyright © 1929, 1956 by William Faulkner
Copyright © 1946 by Random House, Inc.
Copyright © 1984 by Jill Faulkner Summers
Copyright de Jean-Paul Sartre, *Critiques littéraires (Situations, I)* © 1947 by Editions Gallimard

Grafia atualizada segundo o Acordo Ortográfico da Língua Portuguesa de 1990, que entrou em vigor no Brasil em 2009.

Título original
The Sound and the Fury

Capa
Alceu Chiesorin Nunes

Foto de capa
Sem título II, da série Baco, Cy Twombly, 2005, acrílico sobre tela, 317,5 × 468,6 cm
© Cy Twombly Foundation, © Tate, Londres 2017, cortesia de Gagosian Gallery.

Foto do autor
© Henri Cartier-Bresson/ Magnum Photos/ Fotoarena

Tradução do posfácio
Marcela Vieira

Revisão
Jane Pessoa
Adriana Bairrada

Dados Internacionais de Catalogação na Publicação (CIP)
(Câmara Brasileira do Livro, SP, Brasil)

Faulkner, William
    O som e a fúria / William Faulkner ; tradução Paulo Henriques Britto. — 1ª ed. — São Paulo : Companhia das Letras, 2017.

    Título original: The Sound and the Fury.
    ISBN 978-85-359-2942-3

    1. Romance norte-americano I. Título.

17-05162   CDD-813

Índice para catálogo sistemático:
1. Romances : Literatura norte-americana 813

Todos os direitos desta edição reservados à
EDITORA SCHWARCZ S.A.
Rua Bandeira Paulista, 702, cj. 32
04532-002 — São Paulo — SP
Telefone: (11) 3707-3500
www.companhiadasletras.com.br
www.blogdacompanhia.com.br
facebook.com/companhiadasletras
instagram.com/companhiadasletras
twitter.com/cialetras

Sumário

O SOM E A FÚRIA, 7

Traduzir O som e a fúria, Paulo Henriques Britto, 349

Sobre O som e a fúria: *a temporalidade na obra de Faulkner*, Jean-Paul Sartre, 363

7 de abril, 1928

Do outro lado da cerca, pelos espaços entre as flores curvas, eles estavam tacando. Eles foram para o lugar onde estava a bandeira e eu fui seguindo junto à cerca. Luster estava procurando na grama perto da árvore florida. Eles tiraram a bandeira e aí tacaram outra vez. Então puseram a bandeira de novo e foram até a mesa, e ele tacou e o outro tacou. Então eles andaram, e eu fui seguindo junto à cerca. Luster veio da árvore florida e nós seguimos junto à cerca e eles pararam e nós paramos e eu fiquei olhando através da cerca enquanto Luster procurava na grama.

"Aqui, *caddie*." Ele tacou. Eles atravessaram o pasto. Agarrei a cerca e fiquei olhando enquanto eles iam embora.

"Que barulheira." disse Luster. "Onde que já se viu, trinta e três ano, chorando desse jeito. Depois que eu fui até a cidade só pra comprar aquele bolo pra você. Para com essa choradeira. Por que é que você não me ajuda a procurar aquela moeda pra eu poder ir no circo hoje."

Eles estavam tacando pequenino, do outro lado do pasto. Fui

andando junto à cerca de volta para perto do lugar onde estava a bandeira. Ela balançava entre a grama ensolarada e as árvores.

"Vamos." disse Luster. "Aí a gente já olhou. Eles não vai voltar agora não. Vamos lá no riacho encontrar a moeda senão os negro é que vão achar ela."

Era vermelha, balançando no pasto. Então veio um passarinho descendo inclinado e pousou nela. Luster jogou. A bandeira balançava entre a grama ensolarada e as árvores. Agarrei a cerca.

"Para com essa choradeira." disse Luster. "Se eles não quer voltar eu não posso fazer nada. Se você não parar de chorar, a mamãe não vai fazer festa de aniversário pra você. Se você não parar, sabe o que eu vou fazer. Vou comer o bolo todinho. Comer as vela também. Comer as trinta e três velas. Vamos lá, vamos lá no riacho. Preciso achar minha moeda. Quem sabe a gente não acha uma bola também. Olha lá. Eles estão lá. Lá longe. Olha." Ele veio até a cerca e apontou com o braço. "Olha só eles. Eles não volta mais aqui não. Vamos."

Seguimos junto à cerca até chegar à cerca do jardim, onde as nossas sombras estavam. A minha sombra era mais alta que a de Luster na cerca. Chegamos no lugar quebrado e passamos por ele.

"Espera aí." disse Luster. "Você prendeu naquele prego outra vez. Será que você nunca consegue passar aqui sem prender no prego."

Caddy me soltou e passamos para o outro lado. O tio Maury disse para a gente não deixar ninguém ver a gente, então é melhor a gente se abaixar, disse Caddy. Abaixa, Benjy. Assim, ó. Nós nos abaixamos e atravessamos o jardim, as flores raspando na gente e estremecendo. O chão era duro. Subimos na cerca, onde os porcos estavam grunhindo e fungando. Eles devem estar tristes porque mataram um deles hoje, disse Caddy. O chão era duro, remexido e embolotado.

Fica com as mãos no bolso, disse Caddy. Senão elas congelam. Você não quer ficar com as mãos congeladas no Natal, não é.

"Está muito frio lá fora." disse Versh. "Não inventa de sair não."

"O que foi." disse a mãe.

"Ele quer ir lá fora." respondeu Versh.

"Deixe ir." disse o tio Maury.

"Está muito frio." disse a mãe. "Melhor ele ficar em casa. Benjamin. Pare com isso, já."

"Deixe, o que é que tem." disse o tio Maury.

"Benjamin." disse a mãe. "Se você não se comportar você vai para a cozinha."

"A mamãe falou pra ele não ir na cozinha hoje não." disse Versh. "Ela disse que tem que preparar um montão de comida."

"Deixe, Caroline." disse o tio Maury. "Você vai piorar de tanto se preocupar com ele."

"Eu sei." disse a mãe. "É o meu castigo. Eu acho às vezes."

"Eu sei, eu sei." disse o tio Maury. "Você tem que poupar suas forças. Vou preparar um grogue para você."

"Isso me deixa ainda pior." disse a mãe. "Você sabe muito bem."

"Você vai se sentir melhor." disse o tio Maury. "Agasalhe ele bem, menino, e vá passear com ele."

O tio Maury foi embora. Versh foi embora.

"Por favor, pare com isso." disse a mãe. "Estamos tentando aprontar você para o passeio o mais depressa possível. Não quero que você fique doente."

Versh pôs em mim as galochas e o casaco, pegamos meu boné e saímos. O tio Maury estava guardando a garrafa na despensa da sala de jantar.

"Fique com ele lá fora uma meia hora, menino." disse o tio Maury. "Não saiam do quintal."

"Sim, senhor." disse Versh. "A gente nunca deixa ele ir pra rua não."

Saímos de casa. O sol estava frio e forte.

"Onde que você pensa que vai." disse Versh. "Você acha que está indo pra cidade, é." Passamos no meio das folhas barulhentas. O portão estava frio. "Põe as mão no bolso." disse Versh. "Se pegar no portão elas congela, e aí como é que vai ser. Devia era esperar eles em casa." Ele pôs minhas mãos nos meus bolsos. Eu ouvia o barulho das folhas. Sentia o cheiro do frio. O portão estava frio.

"Toma essas pecã. Oba. Sobe naquela árvore. Olha o esquilo, Benjy."

Peguei no portão mas não senti nada, mas sentia o cheiro forte do frio.

"Põe as mão no bolso de novo."

Caddy estava andando. Depois estava correndo, a sacola de livros balançando atrás dela.

"Oi, Benjy." disse Caddy. Ela abriu o portão e entrou e se abaixou. Caddy tinha cheiro de folha. "Então você veio me esperar." disse ela. "Você veio esperar a Caddy. Por que que você deixou ele ficar com as mãos tão frias, Versh."

"Eu mandei ele botar as mão no bolso." disse Versh. "Ele cismou de pegar no portão."

"Você veio esperar a Caddy." disse ela, esfregando as minhas mãos. "O que foi. O que é que você está querendo contar pra Caddy." Caddy tinha cheiro de árvore e de quando ela diz que a gente estava dormindo.

Por que que você está chorando, disse Luster. Você vai ficar vendo eles de novo quando a gente chegar no riacho. Toma. Toma esse estramônio pra você. Ele me deu a flor. Passamos pela cerca, para o terreno.

"O que foi." disse Caddy. "O que é que você está querendo contar pra Caddy. Eles mandaram ele sair de casa, Versh."

"Não teve jeito." disse Versh. "Ele chorou tanto que deixaram ele sair e ele veio direto pra cá, ficou olhando no portão."

"O que foi." disse Caddy. "Você pensou que quando eu chegasse da escola ia ser Natal. Foi isso que você pensou. O Natal é depois de amanhã. Papai Noel, Benjy. Papai Noel. Vem, vamos correr até a casa pra esquentar." Ela pegou minha mão e corremos pelas folhas barulhentas e cheias de sol. Subimos os degraus, saímos do frio claro e entramos no frio escuro. O tio Maury estava guardando a garrafa no aparador. Ele chamou Caddy. Caddy disse:

"Leva ele pra lareira, Versh. Vai com o Versh." disse ela. "Eu já vou já."

Fomos para a lareira. A mãe disse:

"Veja se ele está com frio, Versh."

"Está não senhora." disse Versh.

"Tire o casaco e as galochas dele." disse a mãe. "Quantas vezes eu já não lhe disse para não entrar com ele de galochas."

"Sim senhora." disse Versh. "Fica quietinho." Tirou minhas galochas e tirou meu casaco. Caddy disse:

"Espera aí, Versh. Ele pode sair de novo, hein, mamãe. Quero sair com ele."

"Melhor deixar ele aqui." disse o tio Maury. "Hoje ele já saiu o que tinha que sair."

"Acho melhor vocês dois não saírem." disse a mãe. "Está esfriando, segundo a Dilsey."

"Ah, mãe." disse Caddy.

"Bobagem." disse o tio Maury. "Ela passou o dia dentro da escola. Ela está precisando de ar fresco. Pode sair, Candace."

"Deixa ele ir, mãe." disse Caddy. "Por favor. Você sabe que ele vai chorar."

"Então por que é que você foi falar na frente dele." disse a mãe. "Por que é que você entrou aqui. Só para ele ter um motivo para me preocupar de novo. Hoje você já saiu o que tinha que sair. É melhor você ficar sentadinha aqui brincando com ele."

"Deixe eles saírem, Caroline." disse o tio Maury. "Um pouco de frio não faz mal a ninguém. Lembre que você tem que conservar as suas forças."

"Eu sei." disse a mãe. "Ninguém imagina o pavor que eu tenho do Natal. Ninguém imagina. Não sou dessas mulheres que têm resistência. Bem que eu queria ser mais forte, por Jason e pelas crianças."

"Você tem que fazer o melhor que pode e não ficar se preocupando com eles." disse o tio Maury. "Podem sair, vocês dois. Mas não demorem muito tempo lá fora. Senão sua mãe vai ficar preocupada."

"Sim senhor." disse Caddy. "Vamos, Benjy. Vamos sair de novo." Ela abotoou meu casaco e fomos em direção à porta.

"Você vai levar esse bebê lá para fora sem pôr as galochas nele." disse a mãe. "Você quer que ele adoeça, com a casa cheia de visitas, quer."

"Esqueci." disse Caddy. "Pensei que ele já estava de galochas."

Voltamos. "Você tem que prestar atenção." disse a mãe. *Fica quietinho.* disse Versh. Ele calçou as galochas em mim. "Um dia eu não vou mais estar aqui, e é você que vai ter que pensar por ele." *Agora pisa com força.* disse Versh. "Venha cá dar um beijo na mamãe, Benjamin."

Caddy me levou até a cadeira da mãe e a mãe segurou meu rosto e aí me abraçou com força.

"Meu pobre bebê." disse ela. Ela me soltou. "Você e o Versh, tomem conta dele direitinho, meu anjo."

"Sim senhora." disse Caddy. Nós saímos. Caddy disse:

"Você não precisa vir não, Versh. Deixa que eu cuido dele."

"Está bem." disse Versh. "Eu é que não vou sair nesse frio

por gosto." Ele seguiu e nós paramos no hall e Caddy se ajoelhou e me abraçou e encostou no meu rosto o rosto frio e claro dela. Ela tinha cheiro de árvore.

"Você não é um pobre bebê. Ouviu. Ouviu. Você tem a Caddy. Não é."

Para com essa choradeira e essa babação, disse Luster. Que vergonha, fazendo esse barulho todo. Passamos pela cocheira, onde estava a carruagem. Uma das rodas era nova.

"Entra aí e fica quietinho até a tua mãe chegar." disse Dilsey. Ela me empurrou para dentro da carruagem. T. P. segurava as rédeas. "Não sei por que que o Jason não compra uma carruagem nova." disse Dilsey. "Essa porcaria vai desmanchar inteira um dia desses com todo mundo dentro. Olha só as roda dela."

A mãe chegou, baixando o véu. Trazia umas flores.

"Onde está o Roskus." ela disse.

"O Roskus não está podendo levantar os braço hoje." disse Dilsey. "O T. P. guia muito bem."

"Tenho medo." disse a mãe. "Vocês podiam muito bem me arranjar um cocheiro para me levar uma vez por semana. O que eu peço é muito pouco, Deus sabe."

"A senhora sabe tão bem quanto eu que o Roskus está muito mal do reumatismo e não dá pra ele fazer mais muita coisa não, d. Caroline." disse Dilsey. "Entra na carruagem, vamos. O T. P. sabe guiar igualzinho ao Roskus."

"Tenho medo." disse a mãe. "Com o bebê."

Dilsey subiu os degraus. "A senhora chama isso aí de bebê." disse ela. Pegou a mãe pelo braço. "Um homão desse, do tamanho do T. P. Entra, se a senhora quer ir, entra logo."

"Tenho medo." disse a mãe. Desceram os degraus e Dilsey ajudou a mãe a entrar. "Talvez seja mesmo o melhor para todos nós." disse a mãe.

"A senhora devia ter vergonha de dizer uma coisa dessa."

disse Dilsey. "A senhora sabe muito bem que não vai ser um moleque de dezoito anos que vai fazer a Queenie desembestar. Ela é mais velha que ele e o Benjy junto. E não vai aprontar com a Queenie não, ouviu, T. P. Se a d. Caroline depois reclamar, eu mando o Roskus dar um jeito em você. Ele está doente mas isso dá pra ele fazer."

"Sim senhora." disse T. P.

"Eu sei que alguma coisa vai acontecer." disse a mãe. "Pare com isso, Benjamin."

"Dá uma flor pra ele segurar." disse Dilsey. "É isso que ele quer." Pôs a mão dentro.

"Não, não." disse a mãe. "Você vai deixá-las cair."

"Segura elas." disse Dilsey. "Eu tiro uma pra ele." Ela me deu uma flor e a mão dela foi embora.

"Vão logo senão a Quentin vê vocês e aí resolve ir junto." disse Dilsey.

"Onde está ela." disse a mãe.

"Está em casa brincando com o Luster." disse Dilsey. "Vamos, T. P. Guia essa carruagem direitinho que nem o Roskus te ensinou."

"Sim senhora." disse T. P. "Eia, Queenie."

"A Quentin." disse a mãe. "Não deixe…"

"Pode deixar." disse Dilsey.

A carruagem sacudia e balançava. "Tenho medo de deixar a Quentin." disse a mãe. "É melhor eu não ir. T. P." Passamos o portão, e aí parou de sacudir. T. P. bateu em Queenie com o chicote.

"T. P." disse a mãe.

"É pra ela se mexer." disse T. P. "Pra ela ficar acordada até a gente voltar pro estábulo."

"Vamos voltar." disse a mãe. "Tenho medo de deixar a Quentin."

"Aqui não dá pra fazer a volta." disse T. P. Depois ficou mais largo.

"Aqui dá." disse a mãe.

"Dá sim." disse T. P. Começamos a fazer a volta.

"T. P." disse a mãe, me apertando.

"Eu tenho que fazer a volta, não é." disse T. P. "Eia, Queenie." Paramos.

"Você vai capotar." disse a mãe.

"O que é que a senhora quer que eu faço." disse T. P.

"Tenho medo de você fazer a volta." disse a mãe.

"Vamos lá, Queenie." disse T. P. Seguimos em frente.

"Tenho certeza que a Dilsey vai deixar acontecer alguma coisa com a Quentin na minha ausência." disse a mãe. "Temos que voltar depressa."

"Eia, Queenie." disse T. P. Bateu em Queenie com o chicote.

"T. P." disse a mãe, me apertando. Eu ouvia os cascos de Queenie, e formas brilhantes passavam pelos dois lados, as sombras delas deslizando no dorso de Queenie. Elas seguiam como as rodas, que brilhavam em cima. Então as rodas de um lado pararam perto do soldado que ficava no alto do poste. Mas do outro lado elas continuavam rodando, só que um pouco mais devagar.

"O que é que a senhora quer." disse Jason. Estava com as mãos nos bolsos e com um lápis atrás da orelha.

"Estamos indo ao cemitério." disse a mãe.

"Está bem." disse Jason. "Não vou impedir a senhora de ir. Era só isso que a senhora queria, me dizer isso."

"Eu sei que você não vem." disse a mãe. "Eu me sentiria mais protegida se você viesse."

"Protegida do quê." disse Jason. "O pai e o Quentin não vão fazer mal à senhora."

A mãe pôs o lenço embaixo do véu. "Para com isso, mãe."

disse o Jason. "Vai fazer esse pateta desgraçado começar a berrar no meio da praça. Toca pra frente, T. P."

"Eia, Queenie." disse T. P.

"É o meu castigo." disse a mãe. "Mas logo eu não vou mais estar aqui também."

"Chega." disse Jason.

"Eia." disse T. P. Jason disse:

"O tio Maury sacou cinquenta da sua conta. O que é que a senhora vai fazer."

"Não sei por que você pergunta isso a mim." disse a mãe. "Eu não decido nada. Só tento não aborrecer a você e a Dilsey. Logo eu não vou mais estar aqui, e então vocês "

"Toca pra frente, T. P." disse Jason.

"Eia, Queenie." disse T. P. As formas continuavam passando. As do outro lado começaram outra vez, deslizando depressa, igual a quando ela diz que a gente vai dormir.

Seu bebê chorão, disse Luster. Tem vergonha não. Passamos pelo estábulo. As baias estavam todas abertas. Você não tem mais nenhum pônei pintado pra montar, disse Luster. O chão estava seco e empoeirado. O telhado estava caindo. Os buracos tortos estavam cheios de um amarelo que rodava. Por que que você quer ir por aí. Quer levar uma bolada na cabeça, quer.

"Não tira as mãos do bolso não." disse Caddy. "Senão elas congelam. Você não quer passar o Natal com as mãos congeladas."

Passamos pelo estábulo. A vaca grande e a pequena estavam perto da porta, e ouvíamos Prince e Queenie e Fancy batendo os cascos dentro do estábulo. "Se não estivesse tão frio a gente podia montar na Fancy." disse Caddy. "Mas hoje está muito frio." Então vimos o riacho, de onde vinha a fumaça. "É lá que estão matando o porco." disse Caddy. "A gente pode voltar por lá pra ver." Descemos a ladeira.

"Você quer levar a carta." disse Caddy. "Pode levar." Tirou a carta do bolso dela e pôs dentro do meu. "É um presente de Natal." disse Caddy. "É uma surpresa do tio Maury pra sra. Patterson. A gente tem que dar pra ela sem deixar ninguém ver. Não tira as mãos do bolso, não, ouviu." Chegamos ao riacho.

"Congelou." disse Caddy. "Olha só." Ela quebrou um pedaço da água e encostou no meu rosto. "Gelo. Quer dizer que está muito frio." Ela me ajudou a atravessar e subimos a ladeira. "A gente não pode contar pra mamãe nem pro papai. Sabe o que eu acho que é. Acho que é uma surpresa pra mamãe e pro papai e pro sr. Patterson também, porque o sr. Patterson mandou umas balas pra você. Você lembra que o sr. Patterson mandou umas balas pra você no verão."

Havia uma cerca. A trepadeira estava seca, e ela balançava no vento.

"Só não sei por que o tio Maury não mandou o Versh." disse Caddy. "O Versh não conta pra ninguém." A sra. Patterson estava olhando pela janela. "Fica aqui me esperando. Eu volto já. Me dá a carta." Tirou a carta do meu bolso. "Não tira as mãos do bolso, não." Subiu a cerca com a carta na mão e atravessou as flores escuras que sacudiam. A sra. Patterson veio abrir a porta e ficou parada.

O sr. Patterson estava cortando as flores verdes. Ele parou de cortar e olhou para mim. A sra. Patterson atravessou o jardim correndo. Quando vi os olhos dela comecei a chorar. Seu idiota, disse a sra. Patterson, eu disse a ele pra nunca mais mandar você sozinho. Me dá. Depressa. O sr. Patterson veio correndo, com a enxada. A sra. Patterson se debruçou na cerca, estendendo o braço. Ela estava tentando subir na cerca. Me dá, ela disse. Me dá. O sr. Patterson subiu a cerca. Ele pegou a carta. O vestido da sra. Patterson ficou preso na cerca. Eu vi os olhos dela de novo e desci a ladeira correndo.

"Pra lá não tem nada, só umas casa." disse Luster. "Vamos até o rio."

Elas estavam lavando roupa no riacho. Uma delas estava cantando. Eu sentia o cheiro das roupas no vento, e a fumaça que vinha do outro lado do riacho.

"Fica aqui." disse Luster. "Você não tem nada que ir pra lá não. Aquela gente de lá vai bater em você."

"O que é que ele quer fazer."

"Ele não sabe o que quer fazer não." disse Luster. "Quer ir até lá onde eles fica tacando bola. Fica sentadinho aí brincando com o teu estramônio. Quer olhar pra alguma coisa, fica olhando pras criança brincando no riacho. Por que que você não sabe se comportar que nem gente." Eu me sentei na margem, onde estavam lavando roupa e a fumaça subia azul.

"Alguém viu uma moeda caída aqui." disse Luster.

"Que moeda."

"A moeda que estava comigo hoje de manhã." disse Luster. "Perdi ela em algum lugar. Saiu por esse buraco aqui no meu bolso. Se eu não achar ela eu não posso ir no circo hoje à noite."

"Onde foi que você achou essa moeda, moleque. No bolso de algum branco distraído."

"Peguei no lugar de pegar moeda." disse Luster. "Onde tinha essa tinha mais um montão. Mas é essa que eu preciso de achar. Alguém aqui já achou."

"Eu que não vou procurar moeda nenhuma. Tenho mais o que fazer."

"Vem cá." disse Luster. "Me ajuda a procurar."

"Esse aí nem sabe o que é moeda."

"Mas ele pode ajudar assim mesmo." disse Luster. "Vocês vai no circo hoje também."

"Que circo que nada. Depois que eu acabar de lavar isso tudo vou estar tão cansada que não vou poder fazer mais nada."

"Aposto que você vai." disse Luster. "Aposto que você foi ontem. Aposto que vocês vai tudo estar lá hoje quando começar a função."

"Já vai ter negro demais pra eu ter que ir também. Ontem tinha."

"Dinheiro de negro vale igual a dinheiro de branco, né."

"Branco dá dinheiro pra negro porque sabe que o primeiro branco que aparecer com uma banda vai levar todo o dinheiro do negro, aí o negro vai ter que trabalhar pra ganhar mais."

"Ninguém obriga você a ir no circo."

"Ainda não. Acho que ainda não pensaram nisso."

"O que é que você tem contra os branco."

"Eu não tenho nada contra os branco. Eu levo a minha vida e eles que leva a deles. Eu não vou a circo nenhum."

"Tem um moço lá que toca música com um serrote. Que nem que fosse um banjo."

"Você foi ontem." disse Luster. "Eu vou hoje. Se eu achar aquela moeda que eu perdi."

"Você vai levar ele com você, não vai."

"Eu." disse Luster. "Acha que eu quero estar junto dele quando ele começar a berrar é."

"O que é que você faz quando ele começa a berrar."

"Eu bato nele." disse Luster. Sentou-se e arregaçou as calças. Eles brincavam no riacho.

"Vocês já achou alguma bola." disse Luster.

"Deixa de ser metido. Quero ver se a sua vó ouvir você falando desse jeito."

Luster entrou no riacho, onde eles estavam brincando. Ficou procurando dentro da água, perto da margem.

"Eu estava com ela quando vim aqui hoje de manhã." disse Luster.

"Onde foi que você perdeu ela."

"Caiu por esse buraco aqui no meu bolso." Procuraram dentro do riacho. Então todos se levantaram de repente e pararam, depois ficaram espirrando água e lutando. Luster pegou, e ficaram de cócoras dentro da água, olhando para o alto da ladeira por entre os arbustos.

"Cadê eles." disse Luster.

"Ainda não dá pra ver não."

Luster guardou no bolso. Eles desceram a ladeira.

"Caiu alguma bola aqui."

"Deve estar dentro d'água. Nenhum de vocês viu nem ouviu ela caindo?"

"Não ouvi nada caindo não." disse Luster. "Ouvi foi uma coisa bater naquela árvore ali. Não sei pra que lado que foi não."

Olharam dentro do riacho.

"Que diabo. Procurem dentro do riacho. Desceu aqui. Eu vi."

Olharam dentro do riacho. Depois subiram a ladeira outra vez.

"Você pegou a bola." disse o menino.

"Pra que é que eu quero bola." disse Luster. "Não vi bola nenhuma."

O garoto entrou na água. Foi andando. Virou-se para trás e olhou para Luster de novo. Foi andando pelo riacho.

O homem gritou *Caddie* do alto da ladeira. O menino saiu da água e subiu a ladeira.

"Mas o que é isso." disse Luster. "Para com isso."

"Por que é que ele está chorando."

"Só Deus sabe." disse Luster. "Ele começa sem mais nem menos. Hoje está assim o dia todo. Acho que é por causa que hoje é aniversário dele."

"Quantos ano ele está fazendo."

"Trinta e três." disse Luster. "Está fazendo trinta e três ano."

"Ele está mas é fazendo três ano há trinta ano."

"A mamãe foi que me disse." disse Luster. "Eu não sei não. Só sei que o bolo dele vai ter trinta e três vela. Um bolinho de nada. Como que vai caber essas vela toda. Fica quieto. Volta aqui." Ele veio e pegou meu braço. "Seu maluquinho. Quer apanhar."

"Quero ver você bater nele."

"Bato, sim. Fica quieto." disse Luster. "Eu já disse que você não pode ir lá não. Eles vão tacar uma bola na sua cabeça e adeus cabeça. Vem cá, vem." Ele me puxou para trás. "Senta aí." Eu me sentei e ele tirou meus sapatos e arregaçou minhas calças. "Vai pra dentro d'água brincar pra ver se você para de babar e gemer."

Eu parei e entrei na água *e Roskus veio e me chamou pra jantar e Caddy disse:*

Ainda não está na hora do jantar não. Eu não vou.

Ela estava molhada. A gente estava brincando no riacho e Caddy se agachou e molhou o vestido e Versh disse:

"Tua mãe vai te bater por causa que você molhou o vestido."

"Vai me bater coisa nenhuma." disse Caddy.

"Como é que você sabe." disse Quentin.

"Sei porque sei." disse Caddy. "Como é que você sabe."

"Porque ela falou que vai." disse Quentin. "Além disso eu sou mais velho que você."

"Eu tenho sete anos." disse Caddy. "Então eu sei."

"Eu tenho mais de sete." disse Quentin. "Eu já estou na escola. Não é, Versh."

"Ano que vem eu também vou pra escola." disse Caddy. "Quando chegar a hora. Não é, Versh."

"Você sabe que ela te bate quando você molha o vestido." disse Versh.

"Não está molhado não." disse Caddy. Ficou em pé dentro d'água e olhou para o vestido. "Eu tiro." disse ela. "Aí ele seca."

"Duvido que você tira." disse Quentin.

"Tiro sim." disse Caddy.
"Melhor não tirar." disse Quentin.
Caddy veio para perto de mim e Versh e virou de costas.
"Desabotoa, Versh." disse ela.
"Não faz isso não, Versh." disse Quentin.
"O vestido não é meu." disse Versh.
"Desabotoa, Versh." disse Caddy. "Senão eu conto pra Dilsey o que você fez ontem." Então Versh desabotoou.

"Quero ver você tirar o vestido." disse Quentin. Caddy tirou o vestido e o jogou na margem. Ela estava só de corpete e calcinha, e Quentin deu um tapa nela e ela escorregou e caiu na água. Quando se levantou ela começou a espirrar água em Quentin, e Quentin espirrou água em Caddy. Caiu um pouco de água em mim e em Versh e Versh me pegou e me pôs na margem. Ele disse que ia contar o que Caddy e Quentin fizeram, e então Quentin e Caddy começaram a espirrar água em Versh. Ele ficou atrás de uma moita.

"Eu vou contar pra mamãe o que vocês estão fazendo." disse Versh.

Quentin subiu para a margem e tentou pegar Versh, mas Versh fugiu e Quentin não conseguiu. Quando Quentin voltou Versh parou e gritou que ia contar para a mãe. Caddy disse que se ele não contasse eles deixavam ele voltar. Então Versh disse que não ia contar, e eles deixaram ele voltar.

"Agora você está satisfeita, não é." disse Quentin. "Nós dois vamos apanhar agora."

"Eu não ligo." disse Caddy. "Eu vou fugir."

"Vai fugir nada." disse Quentin.

"Vou fugir pra não voltar nunca mais." disse Caddy. Comecei a chorar. Caddy se virou e disse: "Não chora." Então eu parei. Então eles brincaram no rio. Jason estava brincando também. Estava sozinho separado dos outros. Versh saiu de trás da moita e me levou para dentro d'água de novo. Caddy estava toda molhada e enlameada atrás, e eu comecei a chorar e ela veio e se abaixou dentro d'água.

"Para com isso." disse ela. "Eu não vou fugir não." Então eu parei. Caddy tinha cheiro de árvore na chuva.

O que é que você tem, disse Luster. Por que que você não para com essa choradeira e brinca no riacho que nem gente.

Por que que você não leva ele pra casa. Mandaram você não tirar ele do quintal não foi.

Ele pensa que o pasto ainda é deles, disse Luster. Lá da casa não dá pra ver aqui, de jeito nenhum.

Mas nós está vendo. E ninguém gosta de olhar pra gente abobalhada. Dá azar.

Roskus veio chamar para o jantar e Caddy disse que ainda não era hora do jantar.

"É sim." disse Roskus. "Dilsey mandou vocês tudo vir pra casa. Traz eles, Versh." Subiu a ladeira, onde a vaca estava mugindo.

"Vai ver que até chegar em casa a gente já secou." disse Quentin.

"A culpa foi toda sua." disse Caddy. "Tomara que a gente leve uma surra." Ela pôs o vestido e Versh abotoou.

"Eles não vão saber que você se molhou." disse Versh. "Nem parece. Só se eu e o Jason contar."

"Você vai contar, Jason." disse Caddy.

"Contar o quê." disse Jason.

"Ele não vai contar não." disse Quentin. "Não é, Jason."

"Ele vai contar sim." disse Caddy. "Vai contar pra Vó."

"Como que ele vai contar pra ela." disse Quentin. "A Vó está doente. Se a gente andar devagar até chegar lá vai estar escuro e eles nem vão ver."

"Eles podem ver ou não ver, que eu não ligo." disse Caddy. "Eu é que vou contar. Carrega ele na subida, Versh."

"O Jason não vai contar não." disse Quentin. "Se lembra daquele arco e flecha que eu fiz pra você, Jason."

"Já quebrou." disse Jason.

"Deixa ele contar." disse Caddy. " Que se dane. Carrega o Maury na ladeira, Versh." Versh se agachou e eu subi nele.

Até logo mais no circo, disse Luster. Vem cá. A gente tem que achar aquela moeda.

"Se a gente andar devagar, vai estar escuro quando a gente chegar." disse Quentin.

"Eu não vou andar devagar não." disse Caddy. Subimos a ladeira, mas Quentin não veio. Ele estava no riacho quando a gente chegou no lugar onde dava para sentir o cheiro dos porcos. Eles estavam guinchando e fuçando na gamela no canto. Jason vinha atrás de nós, com as mãos nos bolsos. Roskus estava ordenhando a vaca na entrada do estábulo.

As vacas saíram saltando do estábulo.

"Vamos", disse T. P. "Grita outra vez. Eu vou gritar também. Êêêê." Quentin chutou T. P. outra vez. Chutou T. P. para dentro da gamela onde os porcos comiam, e T. P. ficou caído dentro dela. "Puxa." disse T. P. "Dessa vez ele me acertou mesmo. Vocês viu só o branco me chutar. Êêêê."

Eu não estava chorando, mas não conseguia parar. Eu não estava chorando, mas o chão estava se mexendo, e depois eu estava chorando. O chão não parava de subir e as vacas subiram a ladeira correndo. T. P. tentou se levantar. Ele caiu de novo e as vacas desceram a ladeira correndo. Quentin segurou meu braço e fomos andando para o estábulo. Então o estábulo não estava mais lá e tivemos que esperar até que ele voltasse. Eu não vi o estábulo voltar. Ele voltou por trás da gente e Quentin me sentou na gamela onde as vacas comiam. Eu segurei a gamela. Ela também estava indo embora, e eu segurei. As vacas desceram a ladeira correndo outra vez, passando pela porta. Eu não conseguia parar. Quentin e T. P. subiram a ladeira, lutando. T. P. estava rolando a ladeira e Quentin arrastou T. P. ladeira acima. Quentin bateu em T. P. Eu não conseguia parar.

"Levanta." disse Quentin. "Não sai daí não. Não sai daí enquanto eu não voltar."

"Eu e o Benjy vamos voltar pro casamento." disse T. P. "Êêêê."

Quentin bateu em T. P. de novo. Então ele empurrou T. P. contra a parede e começou a bater nele. T. P. estava rindo. Cada vez que Quentin batia nele e empurrava ele contra a parede ele tentava dizer Êêêê, mas não conseguia de tanto rir. Eu parei de chorar, mas não conseguia parar. T. P. caiu em cima de mim e a porta do estábulo foi embora. Ela desceu a ladeira e T. P. estava lutando sozinho e caiu de novo. Ele ainda estava rindo, e eu não conseguia parar, e tentei me levantar e caí, e não conseguia parar. Versh disse:

"Dessa vez você aprontou. Aprontou mesmo. Para com essa gritaria."

T. P. ainda estava rindo. Ele caiu no chão e riu. "Êêêê." ele disse. "Eu e o Benjy vamos voltar pro casamento. Gasosa." disse T. P.

"Para com isso." disse Versh. "Onde que você encontrou."

"Lá no porão." disse T. P. "Êêêê."

"Para com isso." disse Versh. "No porão onde."

"Tudo quanto é lugar." disse T. P. Riu mais. "Tem mais de cem garrafa. Mais de um milhão. Olha aí, nego, eu vou berrar."

Quentin disse: "Põe ele de pé."

Versh me levantou.

"Bebe isso aqui, Benjy." disse Quentin. O copo estava quente. "Para de gritar." disse Quentin. "Bebe."

"Gasosa." disse T. P. "Deixa eu beber também, seu Quentin."

"Cala essa boca." disse Versh. "O seu Quentin vai te dar uma surra."

"Segura ele, Versh." disse Quentin.

Eles me seguraram. Ficou quente no meu queixo e na minha camisa. "Bebe." disse Quentin. Seguraram minha cabeça. Ficou quente dentro de mim, e comecei outra vez. Eu estava chorando agora, e alguma coisa estava acontecendo dentro de mim, e eles me seguraram até que parou de acontecer. Então eu parei. Continuava rodando, e então as formas começaram. Abre a manjedoura, Versh. Eles estavam indo devagar. Espalha esses sacos vazios no chão. Eles estavam indo mais depressa, quase depressa. Agora. Pega os pés dele. Eles continuavam, deslizando, claros. Ouvi T. P. rindo. Continuei com eles, subindo a ladeira clara.

No alto da ladeira Versh me pôs no chão. "Vem cá, Quentin." ele disse, olhando para trás. Quentin ainda estava ao lado do riacho. Estava jogando coisas nas sombras no riacho.

"Deixa o bobalhão ficar lá." disse Caddy. Ela pegou minha mão e passamos pelo estábulo e pelo portão. Tinha um sapo parado bem no meio do caminho de tijolo. Caddy pulou por cima dele e me puxou.

"Vem, Maury." disse ela. O sapo continuou no lugar até que Jason cutucou o sapo com o dedão do pé.

"Vai nascer uma verruga no teu pé." disse Versh. O sapo foi embora pulando.

"Vem, Maury." disse Caddy.

"Hoje tem visita." disse Versh.

"Como é que você sabe." disse Caddy.

"As luzes estão todas acesas." disse Versh. "Tem luz acesa em tudo que é janela."

"É, mas a gente pode acender todas as luzes mesmo sem visita, se a gente quiser." disse Caddy.

"Aposto que tem visita." disse Versh. "É melhor vocês entrar pelos fundo e subir pro quarto de fininho."

"Eu não ligo." disse Caddy. "Eu vou entrar pela sala mesmo, onde eles estão."

"Aposto que o teu pai vai te bater se você fizer isso." disse Versh.

"Eu não ligo." disse Caddy. "Eu vou entrar pela sala. Eu vou entrar pela sala e vou jantar."

"Vai sentar aonde." disse Versh.

"Na cadeira da Vó." disse Caddy. "Ela come na cama."

"Estou com fome." disse Jason. Ele passou por nós correndo. Estava com as mãos nos bolsos e caiu. Versh foi e levantou Jason.

"Se a sua mão está fora do bolso você não caía." disse Versh. "Nunca que dá tempo de você tirar fora pra se segurar, gordo do jeito que você é."

O pai estava esperando na escada da entrada da cozinha.

"Cadê o Quentin." ele disse.

"Está vindo aí." disse Versh. Quentin vinha devagar. A camisa dele era um borrão branco.

"Ah." disse o pai. A luz descia a escada e caía nele.

"A Caddy e o Quentin ficaram espirrando água um no outro." disse Jason.

Esperamos.

"É mesmo, é." disse o pai. Quentin chegou, e o pai disse: "Hoje vocês jantam na cozinha." Ele se abaixou e me pegou, e a luz descia a escada e caía em mim também, e olhei para trás e vi Caddy e Jason e Quentin e Versh. O pai virou para a escada. "Mas vocês não podem fazer barulho." disse ele.

"Por que é que a gente não pode fazer barulho, papai." disse Caddy. "Tem visita."

"Tem sim." disse o pai.

"Bem que eu falei que tinha visita." disse Versh.

"Mentira." disse Caddy. "Eu que falei que tinha visita. Eu falei que eu ia..."

"Silêncio." disse o pai. Eles se calaram e o pai abriu a porta e a gente passou pela varanda dos fundos e entrou na cozinha. Dilsey estava lá, e o pai me sentou na cadeira e fechou e empurrou até a mesa, onde estava o jantar. A comida estava fumegando.

"Vocês obedeçam à Dilsey." disse o pai. "Dilsey, não deixe eles fazerem barulho demais."

"Sim senhor." disse Dilsey. O pai foi embora.

"Obedeçam à Dilsey, ouviram." disse ele indo embora. Abaixei o rosto em cima da comida. Subiu fumaça no meu rosto.

"Manda eles me obedecerem, papai." disse Caddy.

"Eu não." disse Jason. "Eu vou obedecer à Dilsey."

"Se o papai mandar, você vai ter que me obedecer." disse Caddy. "Manda eles me obedecerem, papai."

"Silêncio." disse o pai. "Está bem, todo mundo obedece à Caddy. Quando eles terminarem, leve todo mundo pra cima pela escada dos fundos, Dilsey."

"Sim senhor." disse Dilsey.

"Ouviu." disse Caddy. "Agora você vai ter que me obedecer."

"Todo mundo calado." disse Dilsey. "Hoje vocês não pode fazer barulho não."

"Por que que hoje a gente não pode fazer barulho." Caddy cochichou.

"Deixa isso pra lá." disse Dilsey. "Isso vocês vai saber no dia que Deus quiser." Ela trouxe a minha tigela. A fumaça que subia dela fazia cócegas no meu rosto. "Vem cá, Versh." disse Dilsey.

"Qual que é o dia que Deus quer, Dilsey." disse Caddy.

"É o domingo." disse Quentin. "Você não sabe mesmo nada."

"Pssssiu." disse Dilsey. "Vocês não ouviu o seu Jason dizer que é pra não fazer barulho. Vamos comer quietinho. Vem cá, Versh. Pega a colher dele." A mão de Versh pegou a colher e pôs dentro da tigela. A colher subiu até a minha boca. A fumaça fazia cócegas na minha boca. Então paramos de comer e ficamos um olhando para o outro calados, e então ouvimos de novo e eu comecei a chorar.

"Que foi isso." disse Caddy. Ela pôs a mão na minha mão.

"Foi a mamãe." disse Quentin. A colher subiu e eu comi, depois chorei de novo.

"Para com isso." disse Caddy. Mas eu não parei e ela veio e me abraçou. Dilsey foi e fechou as duas portas e depois a gente não ouviu mais nada.

"Para com isso." disse Caddy. Eu parei e comi. Quentin não estava comendo, mas Jason estava.

"Foi a mamãe." disse Quentin. Ele se levantou.

"Senta aí." disse Dilsey. "Lá tem visita, e vocês estão tudo enlameado. Senta você também, Caddy, e termina de comer direito."

"Ela estava chorando." disse Quentin.

"Era alguém cantando." disse Caddy. "Não era, Dilsey."

"Vamos todo mundo jantar, que nem o seu Jason mandou." disse Dilsey. "Vocês vão saber no dia que Deus quiser." Caddy voltou para sua cadeira.

"Eu falei que tinha festa." disse ela.

Disse Versh: "Ele já comeu tudo."

"Traz a tigela dele." disse Dilsey. A tigela foi embora.

"Dilsey." disse Caddy. "O Quentin não está comendo a comida dele. Ele tem que me obedecer, não tem?"

"Come a tua comida, Quentin." disse Dilsey. "Acaba logo de comer vocês tudo pra sair da minha cozinha."

"Eu não quero comer mais." disse Quentin.

"Se eu mando você comer você tem que comer." disse Caddy. "Não é, Dilsey."

A fumaça subiu da tigela até o meu rosto, e a mão de Versh pôs a colher dentro dela e a fumaça fez cócegas na minha boca.

"Não quero mais." disse Quentin. "Como é que eles podem dar uma festa se a Vó está doente."

"A festa é aqui embaixo." disse Caddy. "Se ela quiser ver é só ir até o alto da escada. É o que eu vou fazer depois que eu botar a camisola."

"A mamãe estava chorando." disse Quentin. "Não estava, Dilsey."

"Me deixa em paz, menino." disse Dilsey. "Eu tenho que dar jantar pra essa gente toda assim que vocês acabar de comer."

Depois de algum tempo até Jason terminou de comer, e começou a chorar.

"Agora começou a berradeira." disse Dilsey.

"Ele faz isso toda noite, desde que a Vó adoeceu e ele não pode mais dormir com ela." disse Caddy. "Bebê chorão."

"Eu vou contar", disse Jason.

Ele estava chorando. "Você já contou." disse Caddy. "Agora você não tem mais nada pra contar."

"Vocês precisa é ir pra cama." disse Dilsey. Ela veio e me pegou e enxugou meu rosto e minhas mãos com um pano quente. "Versh, leva eles pela escada dos fundo sem fazer barulho. Jason, para com essa choradeira."

"Está muito cedo pra gente ir se deitar." disse Caddy. "A gente nunca tem que se deitar tão cedo."

"Hoje tem." disse Dilsey. "O teu pai disse que é pra vocês subir pro quarto assim que terminar a janta. Você ouviu ele."

"Ele mandou todo mundo me obedecer." disse Caddy.

"Eu não vou obedecer você não." disse Jason.

"Tem que obedecer." disse Caddy. "Vamos. Você tem que fazer o que eu mandar."

"Não deixa eles fazer barulho não, Versh." disse Dilsey. "Vocês vai ficar tudo quietinho, não vai."

"Por que é que a gente tem que ficar quieto hoje." disse Caddy.

"A mãe de vocês não está passando bem." disse Dilsey. "Agora vai todo mundo com o Versh."

"Bem que eu falei que a mamãe estava chorando." disse Quentin. Versh me pegou e abriu a porta da varanda dos fundos. Saímos e Versh fechou a porta e ficou escuro. Eu sentia o cheiro de Versh e o corpo dele. Agora todo mundo quietinho. A gente ainda não vai subir pro quarto não. O seu Jason mandou vocês ir tudo pro quarto. Ele mandou todo mundo me obedecer. Eu não vou obedecer você não. Mas ele disse que era pra todo mundo. Não disse, Quentin. Eu sentia a cabeça de Versh. Eu ouvia as nossas vozes. Não disse, Versh. Disse, sim. Então eu mando todo mundo ficar lá fora um pouco. Vamos. Versh abriu a porta e saímos.

Descemos os degraus.

"Acho melhor a gente ir pra casa do Versh, pra não fazer barulho." disse Caddy. Versh me largou no chão e Caddy pegou minha mão e seguimos pelo caminho de tijolo.

"Vem." disse Caddy. "O sapo foi embora. Ele já saltou pro jardim. Quem sabe a gente vai ver outro." Roskus chegou com os baldes de leite. Ele seguiu em frente. Quentin não estava vindo conosco. Ele estava sentado nos degraus da cozinha. Fomos até a casa de Versh. Eu gostava do cheiro da casa de Versh. *Tinha um fogo aceso e T. P. estava de cócoras com a camisa para fora da calça na frente do fogo, atiçando até saltar uma labareda.*

Então me levantei e T. P. me vestiu e entramos na cozinha e comemos. Dilsey estava cantando e eu comecei a chorar e ela parou.

"Não deixa ele entrar em casa agora." disse Dilsey.

"A gente não pode ir pra aquele lado." disse T. P.

Nós brincamos no riacho.

"Não dá pra gente ir pra lá." disse T. P. "Você sabe que a mãe diz que não pode."

Dilsey estava cantando na cozinha e eu comecei a chorar.

"Para." disse T. P. "Vem cá. Vamos lá no estábulo."

Roskus estava ordenhando as vacas no estábulo. Estava ordenhando com uma das mãos, e gemendo. Uns pássaros pousados na porta do estábulo olhavam para ele. Um deles desceu e comeu junto com as vacas. Fiquei vendo Roskus ordenhando as vacas enquanto T. P. dava comida a Queenie e Prince. O bezerro estava no chiqueiro. Ele focinhava o arame, berrando.

"T. P." disse Roskus. T. P. disse, "Sim senhor, no estábulo". Fancy pôs a cabeça em cima da porta, porque T. P. não tinha ainda dado comida a ela. "Termina o serviço." disse Roskus. "Você vai ter que ordenhar. Minha mão direita não aguenta mais não."

T. P. veio e ordenhou.

"Por que que o senhor não chama o médico." disse T. P.

"Médico não adianta nada." disse Roskus. "Aqui nesse lugar."

"O que que tem esse lugar." disse T. P.

"Esse lugar é azarado." disse Roskus. "Depois recolhe esse bezerro quando terminar."

Esse lugar é azarado, disse Roskus. O fogo subia e descia atrás dele e de Versh, deslizando no rosto dele e no de Versh. Dilsey terminou de me colocar na cama. A cama tinha o cheiro de T. P. Eu gostava do cheiro.

"Como é que você sabe disso." disse Dilsey. "Você virou adivinho."

"Não precisa de ser adivinho não." disse Roskus. "O sinal está aí, deitado nessa cama. O sinal está aí pra todo mundo ver há quinze anos."

"Então é." disse Dilsey. "Mas ele nunca que fez mal nenhum pra você nem pros seus, não é. O Versh está trabalhando e a Frony encontrou marido e o T. P. está crescendo e logo vai poder fazer o seu trabalho quando o reumatismo acabar com você."

"Tem dois agora." disse Roskus. "Vai ter mais um. Eu vi o sinal, e você também viu."

"Ouvi uma coruja naquela noite." disse T. P. "O Dan também não quis vir comer. Chegou só até o estábulo e não passou dali. Começou a uivar assim que escureceu. O Versh ouviu ele."

"Vai ter mais um." disse Dilsey. "Me mostra um homem que nunca que vai morrer, meu Jesus."

"Morrer não é tudo." disse Roskus.

"Eu sei o que você está pensando." disse Dilsey. "E dizer esse nome vai é dar azar, só se você quer ficar sentado ao lado dele ouvindo ele chorar."

"Esse lugar é azarado." disse Roskus. "Eu vi logo no começo, mas quando mudaram o nome dele aí eu tive certeza."

"Cala essa boca." disse Dilsey. Ela puxou as cobertas. O cheiro era do T. P. "Agora todo mundo cala a boca pra ele dormir."

"Eu vi o sinal." disse Roskus.

"Sinal que o T. P. vai ter que fazer todo o seu trabalho pra você." disse Dilsey. *Leva ele e a Quentin até a casa e deixa eles brincar com o Luster, que a Frony toma conta deles, T. P., e vai lá ajudar o teu pai.*

Acabamos de comer. T. P. pegou Quentin e fomos para a casa de T. P. Luster estava brincando na terra. T. P. pôs Quentin no chão e ela ficou brincando na terra também. Luster tinha uns carretéis e ele e Quentin brigaram e Quentin ficou com os carretéis. Luster chorou e Frony veio e deu a Luster uma lata para ele brincar, e então eu peguei os carretéis e Quentin brigou comigo e eu chorei.

"Para." disse Frony. "Não tem vergonha de tirar um brinquedo dum bebê." Ela tirou os carretéis de mim e deu a Quentin.

"Para com isso." disse Frony. "Para que eu estou mandando."

"Para com isso." disse Frony. "Você está precisando mas é de uma boa surra, é disso que você precisa." Ela pegou Luster e Quentin. "Vem cá." disse ela. Fomos ao estábulo. T. P. estava ordenhando a vaca. Roskus estava sentado na caixa.

"O que é que foi agora." disse Roskus.

"Vocês tem que ficar com ele aqui." disse Frony. "Ele está brigando com as criança pequena. Pegando os brinquedo delas. Fica aqui com o T. P. agora, e tenta ficar quietinho."

"Limpa essa teta direito." disse Roskus. "No inverno passado você secou aquela vaca nova. Se você secar essa aqui, não vai ter mais leite não."

Dilsey estava cantando.

"Por aí não." disse T. P. "Você sabe que a sua mamãe diz que você não pode ir por aí não."

Quentin e Luster estavam brincando na terra em frente à casa de T. P. Havia fogo na casa, subindo e descendo, e Roskus estava sentado contra o fogo, negro.

"São três, graças a Deus", disse Roskus. "Bem que eu te disse há dois anos. Esse lugar é azarado."

"Então por que é que você não vai embora." disse Dilsey. Ela estava me despindo. "Foi por causa dessa sua história de azar que o Versh cismou de ir pra Memphis. Você deve estar satisfeito."

"Se o azar do Versh foi só isso." disse Roskus.

Frony entrou.

"Vocês já terminaram." disse Dilsey.

"O T. P. está terminando." disse Frony. "A dona Caroline mandou você botar a Quentin pra dormir."

"Eu vou assim que puder." disse Dilsey. "Ela já devia saber que eu não tenho asa não."

"Isso que eu digo." disse Roskus. "Tem que ser azarado um lugar onde ninguém nunca que pode dizer o nome de uma filha."

"Cala a boca." disse Dilsey. "Você quer que ele começa de novo."

"Criar uma menina sem nunca dizer pra ela o nome da mãe dela." disse Roskus.

"Se preocupa com isso não." disse Dilsey. "Eu criei eles todos e acho que dá pra criar mais uma. Não faz barulho não. Deixa ele dormir se ele quiser."

"Dizer o nome." disse Frony. "Ele não sabe o nome de ninguém."

"Então diz o nome pra ver se ele não sabe." disse Dilsey. "Diz pra ele com ele dormindo e aposto que ele te ouve."

"Ele sabe muito mais que as pessoas pensa." disse Roskus. "Ele sabe quando chega a hora de cada um, que nem aquele perdigueiro. Se ele soubesse falar ele dizia quando que vai chegar a hora dele. Ou a tua. Ou a minha."

"Tira o Luster dessa cama, mãe." disse Frony. "Esse menino pode botar coisa ruim nele."

"Cala essa boca." disse Dilsey. "Onde já se viu, dizer uma bobagem dessa. Isso que dá, ficar ouvindo história do Roskus. Deita aí, Benjy."

Dilsey me empurrou e eu me deitei na cama, onde Luster já estava. Ele estava dormindo. Dilsey pegou um pau comprido e o colocou entre Luster e mim. "Fica do teu lado." disse Dilsey. "O Luster é pequenino, é pra você não machucar ele não."

Não pode ir ainda não, disse T. P. Espera.

Fomos até o canto da casa e vimos as carruagens indo embora.

"Agora." disse T. P. Ele pegou Quentin e nós corremos até o canto da cerca e vimos as carruagens passar. "Lá vai ele." disse T. P. "Está vendo a que tem vidro. Olha pra ele. Ele está deitado lá dentro. Olha pra ele."

Vamos, disse Luster, eu vou levar essa bola lá pra casa, pra eu não perder. Não senhor, não vou te dar ela não. Se os homem vê ela com você eles vai dizer que você roubou ela. Para com isso. Não vou dar não. Pra que que você quer essa bola? Você nem sabe jogar.

Frony e T. P. estavam brincando na terra perto da porta. T. P. tinha um vidro cheio de vaga-lumes.

"Por que que vocês saiu pelos fundo." disse Frony.

"Tem visita lá em casa." disse Caddy. "O papai mandou todo mundo me obedecer hoje. Você e o T. P. também vão ter que me obedecer."

"Eu não vou obedecer você não." disse Jason. "A Frony e o T. P. também não precisam não."

"Se eu mandar eles têm que obedecer sim." disse Caddy. "Mas eu posso não mandar."

"O T. P. não obedece ninguém." disse Frony. "Já começou o enterro."

"O que que é enterro." disse Jason.

"A mamãe não te falou pra você não contar pra eles." disse Versh.

"É uma coisa que fica todo mundo chorando." disse Frony. "Choraram dois dias no da irmã Beulah Clay."

Choravam na casa de Dilsey. Dilsey estava chorando. Quando Dilsey chorou Luster disse: Tudo mundo calado, e nós nos calamos, e então eu comecei a chorar e Blue uivou debaixo da escada da cozinha. Então Dilsey parou e nós paramos.

"Ah." disse Caddy. "Isso é coisa de negro. Gente branca não faz enterro."

"A mamãe disse pra gente não dizer pra eles, Frony." disse Versh.

"Dizer o que pra eles." disse Caddy.

Dilsey chorava, e quando chegou ao lugar comecei a chorar e Blue uivou debaixo da escada. Luster, disse Frony na janela. Leva eles pro estábulo. Não dá pra eu cozinhar com essa zoeira toda. E esse cachorro também. Tira eles tudo daqui.

Eu não vou lá não, disse Luster. Senão eu posso encontrar com o papai lá. Eu vi ele ontem à noite, levantando os braço no estábulo.

"Por que que não." disse Frony. "Branco também morre. A tua vovó morreu, igual que se ela fosse negra."

"Cachorro morre." disse Caddy. "E quando a Nancy caiu numa vala e o Roskus deu um tiro nela e vieram os urubus e despiram ela."

Os ossos saíram redondos da vala, onde havia trepadeiras escuras na vala negra, e entraram no luar, como se algumas formas tivessem parado. Então todas elas pararam e estava escuro, e quando parei para começar de novo ouvi a mãe, e pés se afastando, e senti o cheiro também. Então veio o quarto, mas meus olhos se fecharam. Eu não parei. Eu sentia o cheiro. T. P. soltou as cobertas.

"Para com isso." disse ele. "Pssssiu."

Mas eu sentia o cheiro. T. P. me puxou para fora da cama e me vestiu depressa.

"Para, Benjy." disse ele. "A gente vai lá pra casa. Você quer ir pra lá, pra ficar com a Frony, não quer. Para. Pssssiu."

Ele amarrou meus sapatos e pôs o boné na minha cabeça e saímos. Havia uma luz acesa no corredor. Do outro lado do corredor ouvimos a mãe.

"Pssssiu, Benjy." disse T. P. "A gente vai sair já já."

Uma porta se abriu e eu sentia o cheiro mais do que nunca, e uma cabeça apareceu. Não era o pai. O pai estava doente ali.

"Você pode tirá-lo de casa."

"É o que eu estou fazendo." disse T. P. Dilsey estava subindo a escada.

"Para." disse ela. "Para. Leva ele lá pra casa, T. P. A Frony está fazendo a cama pra ele. Cuida dele, hein. Para, Benjy. Vai lá com o T. P."

Ela foi e ouvimos a mãe.

"Melhor ficar com ele lá." Não era o pai. Ele fechou a porta, mas eu continuava sentindo o cheiro.

Descemos a escada. Lá embaixo estava escuro e T. P. pegou minha mão, e saímos pela porta, saímos do escuro. Dan estava no quintal dos fundos, uivando.

"Ele sentiu o cheiro", disse T. P. "Será que foi assim que você descobriu."

Descemos os degraus, onde estavam nossas sombras.

"Esqueci o teu casaco." disse T. P. "Você devia de estar com ele. Mas não vou voltar não."

Dan uivava.

"Para com isso." disse T. P. Nossas sombras se mexeram, mas a sombra de Dan não se mexia, uivava só quando ele uivava.

"Não posso te levar lá pra casa berrando desse jeito." disse T. P. "Você agora está pior ainda, com essa voz de sapo-boi. Vem."

Seguimos pelo caminho de tijolo, com as nossas sombras. O chiqueiro tinha cheiro de porco. A vaca estava no quintal, mastigando e olhando para nós. Dan uivava.

"Você vai acordar a cidade inteira." disse T. P. "Por que é que você não para."

Vimos Fancy, comendo perto do riacho. A lua brilhava na água quando chegamos lá.

"Não senhor." disse T. P. "Aqui está muito perto. Aqui não pode parar não. Vem. Olha só o que você fez. Molhou a perna toda. Vem cá, por aqui." Dan uivava.

A vala saiu do mato que zumbia. Os ossos saíram redondos das trepadeiras pretas.

"Agora." disse T. P. "Pode berrar até rebentar se quiser. Você tem a noite inteira e um pasto de oito hectares pra berrar."

T. P. se deitou na vala e eu me sentei, vendo os ossos no

lugar onde os urubus comeram Nancy, batendo as asas pretas e lentas e pesadas.

Estava comigo quando a gente veio aqui antes, disse Luster. Eu mostrei pra você. Você viu, não viu. Eu tirei do bolso aqui mesmo e mostrei pra você.

"Você acha que os urubus vão despir a Vó." disse Caddy. "Você é maluco."

"Você é uma nhonha." disse Jason. Ele começou a chorar.

"Você é um babuchão." disse Caddy. Jason chorava. As mãos dele estavam nos bolsos.

"O Jason vai ficar rico." disse Versh. "Ele fica o tempo todo segurando o dinheiro dele."

Jason chorava.

"Por que que você foi provocar." disse Caddy. "Para, Jason. Como é que vai entrar urubu onde está a Vó. O papai não deixa. Você ia deixar um urubu despir você. Para com isso, vamos."

Jason parou. "A Frony falou que era um enterro." ele disse.

"Pois não é." disse Caddy. "É uma festa. A Frony não sabe de nada. Ele quer os seus vaga-lumes, T. P. Deixa ele segurar um pouquinho."

T. P. me deu o vidro de vaga-lumes.

"Aposto que se a gente for lá na janela da sala dá pra gente ver alguma coisa." disse Caddy. "Aí você vai me acreditar."

"Eu já sei." disse Frony. "Não preciso ver não."

"É melhor calar essa boca, Frony." disse Versh. "A mãe vai bater em você."

"O que é." disse Caddy.

"Eu sei o que sei." disse Frony.

"Vamos." disse Caddy. "Vamos dar a volta pela frente."

Começamos a ir.

"O T. P. quer os vaga-lume dele", disse Frony.

"Deixa ele segurar mais um pouquinho, T. P." disse Caddy. "Depois a gente devolve."

"Não foi vocês que pegou eles." disse Frony.

"Se eu deixar você e o T. P. vir com a gente, você deixa ele segurar." disse Caddy.

"Ninguém falou que eu e o T. P. tem que obedecer você." disse Frony.

"Se eu disser que não precisa vocês me obedecerem, você deixa ele segurar." disse Caddy.

"Está bem." disse Frony. "Deixa ele segurar, T. P. A gente vai ver eles chorando."

"Não tem ninguém chorando não." disse Caddy. "Eu já disse que é uma festa. Eles estão chorando, hein, Versh."

"A gente não vai saber o que eles está fazendo lá, aqui de fora," disse Versh.

"Vamos." disse Caddy. "A Frony e o T. P. não precisam me obedecer não. Mas os outros precisam. Melhor carregar ele, Versh. Está escurecendo."

Versh me pegou e nós demos a volta pela cozinha.

Quando demos a volta e olhamos vimos as luzes subindo o caminho. T. P. voltou à porta do porão e abriu.

Você sabe o que tem lá embaixo, disse T. P. Água gasosa. Eu vi o seu Jason chegar com as duas mão cheia. Espera aqui um pouco.

T. P. foi e olhou na porta da cozinha. Dilsey disse: O que é que vocês está olhando aqui, hein. Cadê o Benjy.

Está aqui fora, disse T. P.

Vai tomar conta dele, disse Dilsey. Não deixa ele entrar em casa agora não.

Sim senhora, disse T. P. Eles já começou já.

Cuida desse menino e não deixa ninguém ver ele não, disse Dilsey. Eu já estou cheia de coisa pra fazer.

Uma cobra saiu de debaixo da casa. Jason disse que não

tinha medo de cobra e Caddy disse que ele tinha sim mas ela não tinha não e Versh disse que eles dois tinha e Caddy disse calem a boca, igual ao pai.

Não começa a berrar agora não, disse T. P. Prova essa gasosa aqui.

Fez cócegas no meu nariz e nos meus olhos.

Se você não vai beber deixa eu, disse T. P. Está bem, toma aí. Melhor nós pegar outra garrafa enquanto não tem ninguém aporrinhando. Quietinho agora.

Paramos debaixo da árvore junto à janela da sala. Versh me pôs no chão na grama úmida. Estava fria. Todas as janelas estavam iluminadas.

"É ali que está a Vó." disse Caddy. "Agora ela passa mal todo dia. Quando ela ficar boa a gente vai fazer um piquenique."

"Eu sei o que eu sei." disse Frony.

As árvores estavam zumbindo, e a grama.

"O do lado é onde a gente fica quando pega sarampo." disse Caddy. "Onde vocês ficam quando você e o T. P. pegam sarampo, Frony."

"Acho que nós fica onde nós está mesmo." disse Frony.

"Eles ainda não começaram não." disse Caddy.

Eles estão se preparando pra começar, disse T. P. Você fica aí enquanto eu pego aquela caixa que é pra nós subir na janela. Espera, vamos acabar de tomar essa gasosa. Dá um negócio que parece que tem uma coruja dentro da gente.

Bebemos a gasosa e T. P. empurrou a garrafa pela treliça, debaixo da casa, e fomos embora. Eu ouvia as pessoas na sala e me agarrava à parede. T. P. arrastava a caixa. Ele caiu e começou a rir. Ficou caído, rindo com a cara na grama. Ele se levantou e empurrou a caixa para perto da janela, tentando não rir.

"Estou com medo de cair na risada." disse T. P. "Sobe você e diz se eles já começou."

"Eles não começaram porque a banda ainda não chegou." disse Caddy.

"Não vai ter banda não." disse Frony.

"Como que você sabe." disse Caddy.

"Eu sei o que eu sei." disse Frony.

"Você não sabe nada." disse Caddy. Ela foi até a árvore. "Me ajuda a subir, Versh."

"Teu pai falou pra você não subir nessa árvore." disse Versh.

"Isso faz muito tempo." disse Caddy. "Ele já deve ter esquecido. Além disso ele mandou todo mundo me obedecer hoje. Mandou sim, não foi."

"Eu não vou te obedecer não." disse Jason. "E a Frony e o T. P. também não vão não."

"Me ajuda a subir, Versh." disse Caddy.

"Está bem." disse Versh. "Quem vai levar surra é você. Não é eu não." Ele foi e levantou Caddy até o primeiro galho. Vimos os fundilhos da calcinha dela sujos de lama. Então não vimos mais Caddy. Ouvíamos o barulho da árvore.

"O seu Jason falou que se você quebrar essa árvore ele te dá uma surra." disse Versh.

"Eu vou contar que ela subiu." disse Jason.

O barulho da árvore parou. Olhamos para os galhos imóveis.

"O que que você está vendo." cochichou Frony.

Eu vi as pessoas. Depois vi Caddy, com flores no cabelo, e um véu comprido como vento reluzente. Caddy Caddy

"Para." disse T. P. "Eles vai ouvir você. Desce daí depressa." Ele me puxou. Caddy. Me agarrei à parede com as mãos Caddy. T. P. me puxou. "Para." disse ele. "Para. Vem logo." Ele saiu me puxando. Caddy "Para com isso Benjy. Você quer que eles ouve você. Desce daí, vamos beber mais gasosa, depois nós volta se você parar de berrar. Vamos pegar mais uma garrafa senão eu vou gritar também. Depois nós diz que foi o Dan que bebeu. O seu Quentin vive dizendo que ele é muito inteligente, aí a gente diz que cachorro também bebe gasosa."

O luar descia pela escada do porão. Bebemos mais gasosa.

"Sabe o que eu queria." disse T. P. "Queria ver um urso entrando aqui no porão. Sabe o que eu fazia. Eu chegava assim pra ele e cuspia bem no olho dele. Me dá essa garrafa pra calar minha boca senão eu grito."

T. P. caiu. Começou a rir, e a porta do porão e o luar deram um salto e sumiram e uma coisa bateu em mim.

"Para." disse T. P., tentando não rir. "Meu Deus, eles vai ouvir a gente. Levanta." disse T. P. "Levanta logo, Benjy." Ele estava se debatendo e rindo e eu tentei me levantar. A escada do porão subia ao luar e T. P. caiu para cima, para o luar, e eu corri e esbarrei na cerca e T. P. atrás de mim dizendo "Para para." Então ele caiu nas flores, rindo, e eu esbarrei na caixa. Mas quando tentei subir nela ela pulou para longe e bateu atrás da minha cabeça e minha garganta fez um barulho. Fez o barulho de novo e eu parei de tentar levantar, e fez o barulho de novo e comecei a chorar. Mas minha garganta continuava fazendo o barulho enquanto T. P. me puxava. Ela continuava fazendo o barulho e eu não sabia se estava chorando ou não, e T. P. caiu em cima de mim, rindo, e ela continuava fazendo o barulho e Quentin chutou T. P. e Caddy me abraçou, e o véu reluzente dela, e não senti mais o cheiro de árvore e comecei a chorar.

Benjy, disse Caddy, Benjy. Ela me abraçou de novo, mas eu fui embora. "Que foi, Benjy." disse ela. "É esse chapéu, é." Tirou o chapéu e voltou, e eu fui embora.

"Benjy." disse ela. "Que foi. Que foi que a Caddy fez."

"Ele não gostou desse vestido cheio de fricote." disse Jason. "Você acha que é melhor que todo mundo, não é. Fricote."

"Cala a boca." disse Caddy. "Seu moleque sujo. Benjy."

"Só porque você tem catorze anos você acha que é gente, não é." disse Jason. "Você acha que é importante. Não é."

"Para, Benjy." disse Caddy. "Você vai incomodar a mamãe. Para."

Mas eu não parei, e quando ela foi embora fui atrás, e ela parou na escada e esperou e eu parei também.

"Que foi, Benjy." disse Caddy. "Conta pra Caddy. Ela faz o que você quiser. Experimenta só."

"Candace." disse a mãe.

"Sim senhora." disse Caddy.

"Pare de implicar com ele." disse a mãe. "Traga o Benjamin aqui."

Fomos para o quarto da mãe, onde ela estava deitada com a doença num pano na cabeça.

"O que foi agora." disse a mãe. "Benjamin."

"Benjy." disse Caddy. Ela voltou outra vez, mas eu fui embora.

"Você deve ter feito alguma coisa com ele." disse a mãe. "Por que é que você não o deixa em paz, para que eu possa ter um pouco de tranquilidade. Dê a caixa a ele e por favor vá embora e o deixe em paz."

Caddy pegou a caixa e pôs no chão e abriu. Estava cheia de estrelas. Quando eu parava, elas paravam. Quando eu me mexia, elas brilhavam e faiscavam. Eu fiquei quieto.

Então ouvi Caddy andando e comecei de novo.

"Benjamin." disse a mãe. "Venha cá." Fui até a porta. "Benjamin." disse a mãe.

"O que foi agora." disse o pai. "Onde é que você vai."

"Leve o Benjamin lá para baixo e arranje alguém para tomar conta dele, Jason." disse a mãe. "Você sabe que eu estou doente e mesmo assim você "

O pai fechou a porta.

"T. P." ele disse.

"Senhor." disse T. P. lá embaixo.

"O Benjy está descendo." disse o pai. "Vá com o T. P."

Fui até a porta do banheiro. Ouvi a água.

"Benjy." disse T. P. lá embaixo.

Eu ouvia a água. Fiquei ouvindo a água.

"Benjy." disse T. P. lá embaixo.

Fiquei ouvindo a água.

Parei de ouvir a água, e Caddy abriu a porta.

"Ora, Benjy." disse ela. Olhou para mim outra vez e eu fui e ela me abraçou. "Você encontrou a Caddy de novo." disse ela. "Pensou que a Caddy tinha fugido, é." Caddy tinha cheiro de árvore.

Fomos para o quarto de Caddy. Ela sentou em frente ao espelho. Ela parou as mãos e olhou para mim.

"Ora, Benjy. O que foi." disse ela. "Não chora não. A Caddy não vai embora não. Olha aqui." disse ela. Pegou o vidro e tirou a tampa e o levou até meu nariz. "Gostoso. Cheira. Bom."

Fui embora e não parei, e ela ficou com o vidro na mão, olhando para mim.

"Ah." disse ela. Largou o vidro e veio e me abraçou. "Então era isso. E você estava tentando dizer à Caddy e não conseguia. Queria, mas não conseguia, não é. Claro que a Caddy não vai. Claro que a Caddy não vai. Espera só eu me vestir."

Caddy se vestiu e pegou o vidro de novo e descemos para a cozinha.

"Dilsey." disse Caddy. "O Benjy trouxe um presente pra você." Abaixou-se e pôs o vidro na minha mão. "Dá pra Dilsey, vamos." Caddy estendeu minha mão e Dilsey pegou o vidro.

"Olha só." disse Dilsey. "Não é que o meu neném deu pra Dilsey um vidro de perfume. Vem ver, Roskus."

Caddy tinha cheiro de árvore. "Nós não gostamos de perfume." disse Caddy.
Ela tinha cheiro de árvore.
"Vamos lá." disse Dilsey. "Você já está muito grande pra ter que dormir acompanhado. Você já está crescido. Já pode dormir sozinho no quarto do tio Maury." disse Dilsey.
O tio Maury estava doente. O olho dele estava doente, e a boca. Versh levava o jantar para o quarto dele na bandeja.
"O Maury diz que vai dar um tiro naquele cachorro." disse o pai. "Eu disse a ele que é melhor não avisar o Patterson." Ele bebeu.
"Jason." disse a mãe.
"Dar um tiro em quem, pai." disse Quentin. "Por que é que o tio Maury vai dar um tiro nele."
"Porque não soube levar na brincadeira uma bobagem." disse o pai.
"Jason." disse a mãe. "Como que você pode. O Maury pode ser morto numa emboscada, e você ri."
"Então melhor ele não se meter em nenhuma emboscada." disse o pai.
"Atirar em quem, pai." disse Quentin. "O tio Maury vai atirar em quem."
"Ninguém." disse o pai. "Eu não tenho pistola."
A mãe começou a chorar. "Se você acha ruim o Maury comer da sua comida, por que você não é homem o bastante para dizer isso na cara dele. Ridicularizar o Maury na frente das crianças, pelas costas dele."
"Absolutamente, ora." disse o pai. "Eu admiro o Maury. Ele é da maior importância para a minha consciência de superioridade racial. Eu não trocaria o Maury por uma tropa de mulas. Sabe por quê, Quentin."
"Não senhor." disse Quentin.

"*Et ego in arcadia* esqueci como se diz feno em latim."* disse o pai. "Ora, ora." disse ele. "Eu estava só brincando." Ele bebeu e largou o copo e pôs a mão no ombro da mãe.

"Com isso não se brinca." disse a mãe. "Minha família é tão boa quanto a sua. Só porque o Maury tem problema de saúde."

"Claro." disse o pai. "Os problemas de saúde são as principais causas de todas as formas de vida. Criadas pela doença, dentro da putrefação, rumo à decadência. Versh."

"Sim senhor." disse Versh atrás da minha cadeira.

"Leve essa garrafa e encha."

"E mande a Dilsey vir pôr o Benjamin na cama." disse a mãe.

"Você já está grande." disse Dilsey. "Caddy já cansou de dormir com você. Para com isso, que é pra você poder dormir." O quarto foi embora, mas eu não parei, e o quarto voltou e Dilsey veio e sentou na cama, olhando para mim.

"Fica quietinho e para com isso." disse Dilsey. "Não vai parar não. Então espera um minuto aí."

Ela saiu. Não havia nada na porta. Então Caddy estava na porta.

"Para." disse Caddy. "Estou vindo."

Eu parei e Dilsey levantou a colcha e Caddy deitou-se entre a colcha e o cobertor. Ela não tirou o roupão.

"Pronto." disse ela. "Eu estou aqui." Dilsey entrou com um cobertor e a cobriu e o ajeitou em volta dela.

"Já já ele dorme." disse Dilsey. "Deixei a luz acesa no teu quarto."

"Está bem." disse Caddy. Ela pôs a cabeça bem junto à minha no travesseiro. "Boa noite, Dilsey."

---

* "Eu [i.e., a morte] também estou presente até na Arcádia." (N. T.)

"Boa noite, meu anjo." disse Dilsey. O quarto ficou preto.
Caddy tinha cheiro de árvore.
Olhamos para cima, para a árvore em que ela estava.
"O que é que ela está vendo, Versh." cochichou Frony.
"Pssssiu." disse Caddy na árvore. Disse Dilsey:
"Tudo mundo vem cá." Ela contornou a quina da casa. "Por que é que vocês não vai tudo pro quarto, que nem o pai de vocês mandou, em vez de sair de fininho quando eu não estou olhando. Cadê a Caddy e o Quentin."
"Eu falei pra ela não subir nessa árvore." disse Jason. "Eu vou contar que ela subiu."
"Que história é essa de subir na árvore." disse Dilsey. Ela veio e olhou para cima. "Caddy." disse Dilsey. Os galhos começaram a tremer de novo.
"Ô sua diaba." disse Dilsey. "Desce daí."
"Silêncio." disse Caddy. "Não sabe que o papai mandou não fazer barulho." As pernas dela apareceram, e Dilsey levantou os braços e tirou Caddy da árvore.
"Você não tem mesmo juízo, deixou eles todos vir pra cá." disse Dilsey.
"Ela não obedece." disse Versh.
"O que é que vocês está fazendo aqui." disse Dilsey. "Quem que falou pra vocês vir cá pra casa."
"Foi ela." disse Frony. "Ela que falou pra gente vir."
"Quem mandou você fazer o que ela manda." disse Dilsey. "Agora vai os dois pra casa." Frony e T. P. saíram. Nós não os vimos indo embora.
"Aqui no sereno essa hora da noite." disse Dilsey. Ela me pegou no colo e fomos para a cozinha.
"Saindo de fininho quando eu não estou olhando." disse Dilsey. "E você sabia que é hora de estar na cama."

"Psssiu, Dilsey." disse Caddy. "Não grita assim não. A gente não pode fazer barulho."

"Então cala essa boca você também." disse Dilsey. "Cadê o Quentin."

"O Quentin está zangado porque hoje todo mundo tinha que me obedecer." disse Caddy. "Ele ficou com o vidro de vaga-lumes do T. P."

"Acho que o T. P. não vai precisar agora não." disse Dilsey. "Vai procurar o Quentin, Versh. O Roskus falou que viu ele indo pro estábulo." Versh saiu. Nós não o vimos indo embora.

"Ninguém está fazendo nada lá dentro." disse Caddy. "Todo mundo sentado, só olhando."

"Pra fazer isso eles não precisa de ajuda de vocês." disse Dilsey. Passamos pela cozinha.

Onde que você quer ir agora, disse Luster. Você quer ir ver eles tacando aquela bola. Ali nós já procurou. Espera aí um minuto. Espera aí que eu vou lá pegar aquela bola. Eu tive uma ideia.

A cozinha estava escura. As árvores estavam pretas no céu. Dan saiu zanzando debaixo da escada e mordeu meu calcanhar. Passei pela cozinha, onde estava a lua. Dan veio atrás, para a lua.

"Benjy." disse T. P. dentro da casa.

A árvore das flores perto da janela da sala não estava escura, mas as árvores cheias estavam. A grama zumbia ao luar, e minha sombra seguia pela grama.

"Ô, Benjy." disse T. P. dentro da casa. "Onde que você se escondeu. Você está fugindo. Eu sei."

Luster voltou. Espera aí, ele disse. Não vai lá não. A d. Quentin está lá no balanço com o namorado. Vem por aqui. Volta pra cá, Benjy.

Estava escuro embaixo das árvores. Dan não quis vir. Ele ficou no luar. Então vi o balanço e comecei a chorar.

Sai daí, Benjy, disse Luster. Você sabe que a d. Quentin vai ficar zangada.

Eram dois agora, e depois só um no balanço. Caddy veio depressa, branca na escuridão.

"Benjy." disse ela. "Como foi que você saiu de casa. Cadê o Versh."

Ela me abraçou e eu me calei e agarrei o vestido dela e puxei.

"Ora, Benjy." disse ela. "O que foi. T. P." ela gritou.

O do balanço se levantou e veio, e eu chorei e puxei o vestido de Caddy.

"Benjy." disse Caddy. "É só o Charlie. Você conhece o Charlie."

"Cadê o negro dele." disse Charlie. "Por que é que deixam ele andar solto por aí."

"Para, Benjy." disse Caddy. "Vai embora, Charlie. Ele não gosta de você." Charlie foi embora e eu me calei. Puxei o vestido de Caddy.

"Ora, Benjy." disse Caddy. "Você não vai me deixar ficar aqui e conversar um pouco com o Charlie."

"Chame aquele negro." disse Charlie. Ele voltou. Chorei mais alto e puxei o vestido de Caddy.

"Vai embora, Charlie." disse Caddy. Charlie veio e pôs as mãos em Caddy e eu chorei mais. Chorei alto.

"Não, não." disse Caddy. "Não, não."

"Ele não fala." disse Charlie. "Caddy."

"Você está louco." disse Caddy. Ela começou a respirar depressa. "Ele enxerga. Não. Não." Caddy lutou. Os dois respiravam depressa. "Por favor. Por favor." sussurrou Caddy.

"Manda ele embora." disse Charlie.

"Eu mando." disse Caddy. "Me solta."

"Você vai mandar ele embora." disse Charlie.

"Vou." disse Caddy. "Me solta." Charlie foi embora. "Para." disse Caddy. "Ele foi embora." Eu me calei. Eu ouvia e sentia o peito dela.

"Vou ter que levá-lo pra dentro de casa." disse ela. Ela pegou minha mão. "Volto já." sussurrou ela.

"Espera." disse Charlie. "Chame o negro."

"Não." disse Caddy. "Eu volto. Vem, Benjy."

"Caddy." sussurrou Charlie, alto. Nós continuamos andando. "Melhor você voltar. Você vai voltar hein." Caddy e eu estávamos correndo. "Caddy." disse Charlie. Corríamos no luar, em direção à cozinha.

"Caddy." disse Charlie.

Caddy e eu corríamos. Subimos correndo os degraus da cozinha, chegamos à varanda, e Caddy se ajoelhou no escuro e me abraçou. Eu ouvia e sentia o peito dela. "Eu não vou." disse ela. "Não vou nunca mais, nunca. Benjy. Benjy." Então ela estava chorando, e eu chorei, e nos abraçamos. "Para," disse ela. "Para. Eu não vou, nunca mais." Então parei e Caddy se levantou e entramos na cozinha e acendemos a luz e Caddy pegou o sabão da cozinha e lavou a boca na pia, com força. Caddy tinha cheiro de árvore.

Eu sempre digo pra você não ir lá, disse Luster. Os dois se endireitaram no balanço, depressa. Quentin estava com as mãos no cabelo. Ele estava com uma gravata vermelha.

Seu maluco, disse Quentin. Eu vou contar à Dilsey que você deixa ele me seguir pra todos os lados. Vou mandar ela lhe dar uma surra das boas.

"Eu não consegui segurar ele." disse Luster. "Vem cá, Benjy."

"Não segurou porque não quis." disse Quentin. "Você nem tentou. Vocês dois estavam me espionando. Foi a vovó que mandou vocês aqui me espionarem, foi." Ela saltou do balanço. "Se você não levar esse maluco embora daqui e não deixar ele voltar, eu mando o Jason dar uma surra em você."

"Eu não consigo nada com ele." disse Luster. "Tenta se acha que é fácil."

"Cala a boca." disse Quentin. "Você vai deixar ele escapulir."

"Ah, deixa ele ficar." disse ele. Ele estava com uma gravata vermelha. O sol era vermelho nela. "Olhe aqui, rapaz." Ele riscou um fósforo e o pôs dentro da boca. Então tirou o fósforo da boca. Continuava aceso. "Quer tentar." disse ele. Eu cheguei perto. "Abre a boca." disse ele. Eu abri a boca. Quentin bateu no fósforo com a mão e ele apagou.

"Seu desgraçado", disse Quentin. "Você quer que ele comece, quer. Não sabe que ele vai ficar berrando o dia todo. Eu vou contar pra Dilsey o que você fez." Ela foi embora correndo.

"Ô menina, volta." disse ele. "Ei. Volta. Não vou mexer com ele não."

Quentin continuou correndo para a casa. Ela deu a volta na cozinha.

"Quer dizer que você aprontou", disse ele. "É ou não é."

"Ele não entende o que se fala." disse Luster. "Ele é surdo--mudo."

"Ah." disse ele. "Quanto tempo que ele é assim."

"Hoje faz trinta e três anos que ele é assim." disse Luster. "Nasceu bobo. O senhor é do circo, é."

"Por quê." disse ele.

"Acho que nunca vi o senhor por aqui antes." disse Luster.

"E daí." disse ele.

"Daí nada." disse Luster. "Eu vou lá hoje."

Ele olhou para mim.

"Não é o senhor que toca música no serrote não, é." disse Luster.

"Isso você vai ter que pagar vinte e cinco centavos pra descobrir." disse ele. Olhou para mim. "Por que é que não internam ele." disse ele. "Por que é que você traz ele aqui pra fora."

"Tenho nada a ver com isso não." disse Luster. "Eu não mando nele não. Eu só saí pra procurar uma moeda que eu perdi pra poder ir no circo hoje. Acho que não vai dar pra eu ir não." Luster olhou para o chão. "O senhor não teria por acaso uma moeda de vinte e cinco sobrando." disse Luster.

"Não tenho não." disse ele.

"Então o jeito é achar a que eu perdi." disse Luster. Pôs a mão no bolso. "O senhor por acaso quer comprar uma bola de golfe." disse Luster.

"Bola de quê." disse ele.

"Bola de golfe." disse ele. "Eu só estou pedindo vinte e cinco centavo."

"Pra quê." disse ele. "Pra que que eu vou querer uma bola de golfe."

"É, eu achava que o senhor não ia querer mesmo não." disse Luster. "Vem cá, seu teimoso." disse ele. "Vamos lá ver eles tacando bola. Toma. Toma aí uma coisa pra você ficar brincando junto com aquele estramônio." Luster pegou e me deu. Era bem colorido.

"Onde que você achou isso." disse ele. A gravata dele era vermelha no sol, andando.

"Achei aqui debaixo desse arbusto." disse Luster. "Na hora pensei até que era a moeda que eu perdi."

Ele veio e pegou.

"Para." disse Luster. "Ele vai só olhar, depois ele devolve."

"Agnes Mabel Becky."* disse ele. Olhou em direção à casa.

"Para." disse Luster. "Ele vai devolver."

Ele me devolveu e eu parei.

"Quem que veio ontem à noite falar com ela." ele disse.

---

* Marca de camisa de vênus. (N.T.)

"Sei não." disse Luster. "Vem gente toda noite que ela consegue descer por aquela árvore. Eu não guardo o nome de todo mundo."

"Pelo visto um deles deixou uma pista." disse ele. Olhou para a casa. Então foi até o balanço e se deitou. "Vai embora." disse ele. "Me deixa em paz."

"Vem cá." disse Luster. "Você já aprontou bastante. A d. Quentin já teve tempo de reclamar de você."

Fomos até a cerca e ficamos olhando nos espaços curvos por entre as flores. Luster procurava na grama.

"Tava aqui mesmo." disse ele. Vi a bandeira no vento, e o sol batendo inclinado no gramado grande.

"Elas já deve estar chegando." disse Luster. "Tem umas aí, mas elas já está indo embora. Vem me ajudar a procurar."

Seguimos junto à cerca.

"Para." disse Luster. "Como é que eu posso fazer elas vir se elas não vem. Espera. Mais um minuto e elas vem. Olha pra lá. Lá vem elas."

Andei junto à cerca até o portão, onde as meninas passavam com as sacolas de livros. "Ô Benjy." disse Luster. "Volta pra cá."

Não adianta nada ficar olhando no portão, disse T. P. A d. Caddy foi embora faz muito tempo. Casou e largou você. Não adianta nada ficar agarrado nesse portão chorando. Ela não ouve você não.

O que é que ele quer, T. P. disse a mãe. Será que você não pode brincar com ele para ele ficar quieto.

Ele quer ir lá no portão pra ficar olhando, disse T. P.

Pois não pode, disse a mãe. Está chovendo. Você vai ter que ficar brincando com ele para ele ficar quieto. Benjamin.

Ele não vai parar de chorar de jeito nenhum, disse T. P. Ele acha que se for lá no portão a d. Caddy volta.

Bobagem, disse a mãe.

Ouvi as pessoas falando. Saí pela porta e parei de ouvir, e fui até o portão, onde as meninas passavam com as sacolas de livros. Elas olhavam para mim, andando depressa, viradas para trás. Tentei dizer, mas elas seguiram em frente, e continuei seguindo junto à cerca, tentando dizer, e elas andaram mais depressa. Então elas estavam correndo e cheguei ao canto da cerca e não pude seguir em frente, e agarrei a cerca, olhando para elas e tentando dizer.

"Ô Benjy." disse T. P. "Que ideia é essa de sair assim de fininho. Não sabe que a Dilsey vai te dar uma surra."

"Não adianta nada, ficar gemendo e chorando na cerca." disse T. P. "Você assustou as criança. Olha só, foi tudo pro outro lado da rua."

Como foi que ele saiu, disse o pai. Você deixou o portão destrancado quando chegou, Jason.

Claro que não, disse Jason. O senhor acha que eu vou fazer uma coisa dessas. O senhor acha que eu queria que acontecesse uma coisa dessas. Essa família já é uma desgraça, Deus sabe. Eu sabia que isso ia acontecer. Acho que só agora vocês vão resolver mandá-lo pra Jackson, isso se o sr. Burgess não der um tiro nele antes.

Cale a boca, disse o pai.

Eu sabia que isso ia acontecer, eu sabia, disse Jason.

Estava aberto quando eu pus a mão, e fiquei agarrado nele no lusco-fusco. Eu não estava chorando, e tentei parar, vendo as meninas passando no lusco-fusco. Eu não estava chorando.

"Lá está ele."

Elas pararam.

"Ele não pode sair. E mesmo se pudesse ele não faz mal a ninguém. Vamos."

"Estou com medo. Estou com medo. Eu vou atravessar a rua."

"Ele não pode sair."

Eu não estava chorando.

"Deixa de ser medrosa. Vamos."

Elas vinham no lusco-fusco. Eu não estava chorando, e fiquei agarrado ao portão. Elas vinham devagar.

"Estou com medo."

"Ele não faz mal não. Eu passo aqui todo dia. Ele só faz correr do outro lado da cerca."

Elas vieram. Abri o portão e elas pararam, virando. Eu estava tentando dizer, e peguei uma, tentando dizer, e ela gritou e eu estava tentando dizer e tentando e as formas coloridas começaram a parar e eu tentei sair. Tentei tirar de cima da minha cara, mas as formas coloridas estavam andando de novo. Estavam subindo a ladeira até o alto e eu tentei chorar. Mas quando puxei o ar depois não consegui botar pra fora e chorar, aí tentei não cair da ladeira e caí da ladeira nas formas coloridas que giravam.

Olha lá, bobão, disse Luster. Lá vem eles. Para de babar e gemer, para.

Eles chegaram à bandeira. Ele tirou a bandeira e eles tacaram, depois ele pôs a bandeira de volta.

"Moço." disse Luster.

O homem olhou. "Que é." disse ele.

"Quer comprar uma bola de golfe." disse Luster.

"Deixa eu ver." disse ele. Veio até a cerca e Luster lhe entregou a bola.

"Onde você arranjou." disse ele.

"Achei." disse Luster.

"Disso eu sei." disse ele. "Onde. Na bolsa de alguém."

"Achei largada ali no quintal." disse Luster. "Eu vendo por vinte e cinco centavo."

"E por que é que você acha que ela é sua." disse ele.

"Eu que achei." disse Luster.

"Então pode achar outra." disse ele. Pôs a bola no bolso e foi embora.

"Eu tenho que ir no circo hoje." disse Luster.

"Não diga." disse ele. Foi até a mesa. "*Fore caddie.*" disse ele. Tacou.

"Mas que coisa." disse Luster. "Você faz barulho quando eles não vem e faz barulho quando eles vem. Será que você não pode calar a boca. Você pensa que as pessoa não cansa de ouvir você berrando o tempo todo. Pega aí. Você deixou cair o seu estramônio." Pegou no chão e me deu. "Está precisando de um novo. Esse aí você já gastou." Ficamos parados junto à cerca vendo os homens.

"Esse branco aí não é fácil não." disse Luster. "Você viu ele pegando a minha bola." Os homens foram andando. Nós andamos junto à cerca. Chegamos ao jardim e não pudemos continuar andando. Agarrei a cerca e fiquei olhando por entre as flores. Eles foram embora.

"Agora você não tem motivo pra chorar." disse Luster. "Para com isso. Eu é que tenho motivo pra chorar, você não. Toma aí. Segura essa flor direito pra não cair. Senão daqui a pouco você está chorando por causa que ela caiu." Ele me deu a flor. "Onde que você está indo."

Nossas sombras estavam na grama. Elas chegaram às árvores antes de nós. A minha chegou primeiro. Então nós chegamos, e as sombras sumiram. Havia uma flor na garrafa. Pus a outra flor dentro.

"'Tamanho homão." disse Luster. "Brincando com duas flor numa garrafa. Sabe o que eles vai fazer com você depois que a d. Caroline morrer. Eles vai mandar você pra Jackson, lá que é o seu lugar. O seu Jason é que diz. Lá você pode ficar o dia inteiro agarrado nas grade e babando com os outro bobo que nem você. Você vai gostar, hein."

Luster derrubou as flores com a mão. "Isso que eles vai fazer com você lá em Jackson quando você abrir o berreiro."

Tentei pegar as flores. Luster pegou as flores, e elas foram embora. Comecei a chorar.

"Pode berrar." disse Luster. "Pode berrar. Quer motivo pra berrar, não é. Então berra. Caddy." ele cochichou. "Caddy. Berra agora. Caddy."

"Luster." disse Dilsey da cozinha.

As flores voltaram.

"Para." disse Luster. "Toma elas aí. Pronto. Que nem que estava antes. Agora para."

"Ô Luster." disse Dilsey.

"Sim senhora." disse Luster. "A gente está indo. Você aprontou, hein. Levanta daí." Ele me deu um puxão no braço e eu me levantei. Saímos do meio das árvores. Nossas sombras sumiram.

"Para." disse Luster. "Olha aí, todo mundo olhando pra você. Para."

"Você me traz ele aqui." disse Dilsey. Ela desceu os degraus.

"Que foi que você fez com ele." ela disse.

"Fiz nada com ele não." disse Luster. "Ele começou a berrar de repente."

"Fez sim." disse Dilsey. "Alguma coisa você fez. Onde que vocês estava."

"Ali debaixo dos cedro." disse Luster.

"Foram incomodar a Quentin." disse Dilsey. "Tinha nada que levar ele pra perto dela não. Você sabe muito bem que ela não gosta que ele fica onde ela está."

"Ela tinha mais é que gostar." disse Luster. "Tio meu ele não é."

"Não responde, moleque." disse Dilsey.

"Fiz nada com ele não." disse Luster. "Ele estava brincando lá, e aí de repente começou a berrar."

"Você mexeu no cemitério dele." disse Dilsey.

"Não mexi no cemitério dele não." disse Luster.

"Não mente pra mim não, moleque." disse Dilsey. Subimos os degraus e entramos na cozinha. Dilsey abriu a porta do fogão e pôs uma cadeira perto dele e eu sentei. Eu fiquei quieto.

Quem mandou você provocar ela, disse Dilsey. Não tinha nada que levar ele pra lá não.

Ele estava só olhando pro fogo, disse Caddy. A mamãe estava ensinando a ele o nome novo dele. A gente não queria provocar ela não.

Eu sei, disse Dilsey. Ele de um lado da casa e ela do outro. Não mexe nas minhas coisa não. Não põe a mão em nada até eu voltar.

"Você não tem vergonha." disse Dilsey. "Ficar implicando com ele." Pôs o bolo na mesa.

"Impliquei com ele não." disse Luster. "Ele estava brincando com aquele vidro cheio de camomila e aí de repente começou a gritar. A senhora ouviu."

"E você não fez nada com as flor dele." disse Dilsey.

"Não mexi no cemitério dele não." disse Luster. "Por que é que eu vou mexer nos troço dele. Eu estava só procurando aquela moeda."

"Você perdeu, não é." disse Dilsey. Acendeu as velas do bolo. Algumas eram pequenas. Algumas eram grandes cortadas em pedaços pequenos. "Bem que eu mandei você guardar. Agora você vai querer que eu peço outra pra Frony."

"Eu tenho que ir nesse circo, com Benjy ou sem Benjy." disse Luster. "Não vou ficar atrás dele dia e noite não."

"Você vai fazer direitinho o que ele quiser, moleque." disse Dilsey. "Ouviu o que eu falei."

"Eu sempre faço, não é." disse Luster. "Eu sempre faço o que ele quer. Não é, Benjy."

"Então continua fazendo." disse Dilsey. "Em vez de trazer ele pra cá, chorando, e ainda por cima provocar ela também. Agora vocês come logo esse bolo antes do Jason chegar. Não quero ele criando caso por causa de um bolo que eu comprei com o meu dinheiro. Eu fazendo bolo e ele contando cada ovo que entra nesta cozinha. Deixa ele em paz agora, senão você não vai em circo nenhum."

Dilsey foi embora.

"Você não sabe apagar vela." disse Luster. "Olha eu apagando." Debruçou-se e encheu as bochechas. As velas se apagaram. Comecei a chorar. "Para." disse Luster. "Olha lá. Olha pro fogo enquanto eu corto o bolo."

Eu ouvia o relógio, e ouvia Caddy atrás de mim, e ouvia o telhado. Continua chovendo, disse Caddy. Detesto chuva. Detesto tudo. E então a cabeça dela estava no meu colo e ela estava chorando, me segurando, e comecei a chorar. Então olhei para o fogo outra vez e as formas claras e lisas começaram outra vez. Eu ouvia o relógio e o telhado e Caddy.

Comi bolo. A mão de Luster apareceu e pegou outra fatia. Eu ouvia Luster comendo. Olhei para o fogo.

Um pedaço comprido de arame passou por cima do meu ombro. Foi até a porta, e então o fogo foi embora. Comecei a chorar.

"Agora você está berrando por quê." disse Luster. "Olha lá." O fogo estava lá. Parei. "Fica sentadinho olhando pro fogo que nem a mãe mandou." disse Luster. "Você não tem vergonha. Toma. Toma mais uma fatia de bolo."

"Que foi que você fez com ele dessa vez." disse Dilsey. "Será que você não deixa ele em paz nunca."

"Eu estava só tentando fazer ele parar de berrar pra não incomodar a d. Caroline." disse Luster. "Alguma coisa fez ele começar de novo."

"E eu sei muito bem o nome dessa alguma coisa." disse Dilsey. "Eu vou mandar o Versh te dar uma surra quando ele chegar em casa. Você está pedindo o dia todo. Você levou ele pro riacho."

"Não senhora." disse Luster. "A gente ficou o dia todo aqui no quintal, que nem a senhora mandou."

A mão dele veio pegar mais um pedaço de bolo. Dilsey bateu na mão dele. "Se tentar pegar mais eu corto fora essa mão agora mesmo com esse facão aqui." disse Dilsey. "Aposto que ele ainda não comeu nem um pedacinho."

"Comeu sim." disse Luster. "Já comeu duas vez o que eu comi. Pergunta pra ele."

"Tenta pegar mais um." disse Dilsey. "Tenta só pra você ver."

Isso mesmo, disse Dilsey. Acho que a próxima a chorar vai ser eu. Acho que o Maury vai deixar eu chorar no colo dele um pouco, também.

O nome dele agora é Benjy, disse Caddy.

Como é que pode, disse Dilsey. Ele ainda não gastou o nome que deram quando ele nasceu.

Benjamin é da Bíblia, disse Caddy. Esse nome é melhor pra ele que Maury.

Como que é melhor, disse Dilsey.

A mãe falou que é, disse Caddy.

Hum, disse Dilsey. Mudar de nome não vai ajudar ele nem um pouco. Nem atrapalhar. Isso de trocar de nome não dá sorte pra ninguém. Meu nome sempre foi Dilsey desde que eu me tenho por gente e vai continuar sendo Dilsey quando ninguém mais nem se lembrar de mim.

Como é que vão saber que o seu nome é Dilsey se ninguém mais se lembrar de você, hein, Dilsey, disse Caddy.

Vai estar escrito no Livro, meu anjo, disse Dilsey. Escrito lá.

Você sabe ler, disse Caddy.

Não vai precisar, disse Dilsey. Eles vai ler pra mim. Eu só vou ter que dizer que estou lá.

O arame comprido passou pelo meu ombro e o fogo se apagou. Comecei a chorar.

Dilsey e Luster brigaram.

"Eu vi você." disse Dilsey. "Ah, eu vi sim." Arrastou Luster do canto e o sacudiu. "Então não tinha ninguém implicando com ele não, hein. Espera só o teu pai chegar em casa. Pena que eu não sou mais moça que nem antigamente, senão eu arrancava essa tua orelha. Acho que é uma boa ideia trancar você naquele porão pra você não ir pro tal circo."

"Ah, mãe." disse Luster. "Ah, mãe."

Pus minha mão onde antes estava o fogo.

"Segura ele." disse Dilsey. "Segura a mão dele."

Minha mão voltou de repente e eu a levei à boca e Dilsey me pegou. Eu continuava ouvindo o relógio apesar da minha voz. Dilsey esticou o braço para trás e bateu na cabeça de Luster. Minha voz estava cada vez mais alta.

"Pega lá a soda." disse Dilsey. Ela tirou minha mão da boca. Minha voz ficou mais alta ainda e minha mão tentou voltar para a boca, mas Dilsey a segurou. Minha voz ficou alta. Ele jogou soda na minha mão.

"Vai lá na despensa e rasga um pedaço daquele pano pendurado no prego." disse ela. "Para com isso. Senão a tua mãe fica doente de novo. Olha lá, olha pro fogo. A Dilsey vai fazer a tua mão parar de doer já já. Olha pro fogo." Ela abriu a porta do fogo. Olhei para o fogo, mas minha mão não parou e eu não parei. Minha mão tentava ir para a boca, mas Dilsey a segurava.

Ela amarrou o pano na mão. A mãe disse:

"Mas o que foi agora. Será que eu não posso nem passar mal em paz. Eu tenho que me levantar da cama e vir aqui embaixo, com dois negros crescidos tomando conta dele."

"Está tudo bem." disse Dilsey. "Ele vai parar. Ele queimou a mão um pouquinho, só isso."

"Dois negros crescidos, e vocês o trazem para dentro de casa", disse a mãe. "Vocês o provocam de propósito, porque sabem que eu estou doente." Ela veio e ficou ao meu lado. "Pare." disse ela. "Agora mesmo. Você deu esse bolo a ele."

"Fui eu que comprou." disse Dilsey. "Não saiu da despensa do Jason não. Eu comprei porque hoje é aniversário dele."

"Você quer envenenar o pobre com esse bolo de loja barato." disse a mãe. "É isso que você está tentando fazer. Será que eu não posso ter um minuto de paz."

"Pode subir e voltar pra cama." disse Dilsey. "A mão dele vai parar de doer já já e ele vai ficar quieto. Vamos."

"E deixar que vocês dois façam outra coisa com ele." disse a mãe. "Como é que eu posso me deitar, se ele não para de gritar. Benjamin. Pare com isso agora mesmo."

"Agora não tem mais pra onde levar ele." disse Dilsey. "A gente não tem mais espaço. Ele não pode ficar no quintal, chorando, e os vizinho tudo olhando."

"Eu sei, eu sei." disse a mãe. "A culpa é minha. Mas em breve eu não vou estar mais aqui, e você e o Jason vão viver bem melhor." Começou a chorar.

"Para com isso." disse Dilsey. "A senhora vai passar mal de novo. Volta pro quarto. O Luster vai levar ele pro escritório e brincar com ele até eu aprontar o jantar dele."

Dilsey e a mãe saíram.

"Para." disse Luster. "Para com isso. Quer que eu queimo a tua outra mão no fogo, é. Você não está machucado não. Para com isso."

"Toma." disse Dilsey. "Agora para de chorar." Ela me deu o chinelo, e eu parei. "Leva ele pro escritório", disse ela. "E se eu ouvir ele chorando de novo, quem vai te dar uma surra sou eu."

Fomos para o escritório. Luster acendeu a luz. As janelas ficaram pretas, e o lugar alto e escuro na parede apareceu e eu fui até lá e pus a mão. Era como uma porta, só que não era uma porta.

O fogo se acendeu atrás de mim e eu fui até o fogo e me sentei no chão, segurando o chinelo. O fogo subiu. Chegou até a almofada da poltrona da mãe.

"Para." disse Luster. "Será que você não consegue parar um minuto. Eu acendi o fogo pra você, e você nem olha pra ele."

Seu nome é Benjy, disse Caddy. Ouviu. Benjy. Benjy.
Não diga isso a ele, disse a mãe. Traga o menino aqui.
Caddy me segurou por debaixo dos braços.
Levanta, Mau... quer dizer, Benjy, disse ela.
Não tente carregá-lo, disse a mãe. Será que você não pode ajudá-lo a andar até aqui. Será que a ideia é muito difícil para lhe ocorrer.
Eu consigo carregar ele sim, disse Caddy. "Deixa que eu carrego ele, Dilsey."

"Consegue nada, menina." disse Dilsey. "Você não pode nem com uma pulga. Fica quietinha que nem o seu Jason mandou."

Uma luz estava acesa no alto da escada. O pai estava lá, em mangas de camisa. Olhou para nós como quem manda calar a boca. Caddy cochichou:

"A mamãe está doente, está."

Versh me pôs no chão e entramos no quarto da mãe. O fogo estava aceso. O fogo subia e descia nas paredes. Havia um outro fogo no espelho. Senti um cheiro de doença. Estava num pano dobrado em cima da cabeça da mãe. O cabelo dela estava no travesseiro. O fogo não chegava até lá, mas iluminava a mão dela, e os anéis saltavam.

"Vem dar boa-noite pra mamãe." disse Caddy. Fomos até a

cama. O fogo saiu do espelho. O pai se levantou da cama e me pegou e a mãe pôs a mão na minha cabeça.

"Que horas são." disse a mãe. Os olhos dela estavam fechados.

"Dez para as sete." disse o pai.

"Está muito cedo para ele se deitar." disse a mãe. "Ele vai acordar assim que o dia nascer, e eu simplesmente não vou aguentar um outro dia igual a hoje."

"Pronto, pronto." disse o pai. Ele tocou o rosto da mãe.

"Eu sei que sou só um peso para você." disse a mãe. "Mas em breve eu não vou estar mais aqui. Aí você não vai mais ter que me aguentar."

"Pare com isso." disse o pai. "Eu levo o menino lá embaixo um pouco." Ele me pegou no colo. "Vamos lá, meu velho. Vamos ficar lá embaixo um pouco. A gente não pode fazer barulho, que o Quentin está estudando."

Caddy foi e inclinou a cabeça sobre a cama e a mão da mãe ficou iluminada pelo fogo. Os anéis saltavam sobre as costas de Caddy.

Sua mãe está doente, disse o pai. A Dilsey vai levar você para a cama. Onde está o Quentin.

O Versh foi chamar, disse Dilsey.

O pai estava parado, vendo passarmos por ele. Ouvimos a mãe no quarto dela. Caddy disse: "Silêncio." Jason ainda estava subindo a escada. Estava com as mãos nos bolsos.

"Hoje todo mundo tem que se comportar muito bem." disse o pai. "E quietinhos, para não incomodar a sua mãe."

"Nós vamos ficar quietos." disse Caddy. "Você tem que ficar quieto, Jason." disse ela. Andamos nas pontas dos pés.

Ouvíamos o telhado. Eu via o fogo no espelho também. Caddy me segurou outra vez.

"Vamos." disse ela. "Depois você pode voltar pro fogo. Para com isso."

"Candace." disse a mãe.

"Para, Benjy." disse Caddy. "A mãe quer falar com você um minuto. Fica quietinho. Depois você pode voltar. Benjy."

Caddy me pôs no chão, e eu me calei.

"Deixa ele ficar aqui, mãe. Quando ele cansar de olhar pro fogo, aí a senhora fala com ele."

"Candace." disse a mãe. Caddy abaixou-se e pegou-me. Ficou cambaleando. "Candace." disse a mãe.

"Para." disse Caddy. "Olha lá o fogo. Para."

"Traga o menino aqui." disse a mãe. "Ele é muito pesado para você carregar. Você tem que parar de tentar. Vai acabar fazendo mal às suas costas. Todas as mulheres da nossa família sempre se orgulharam muito da postura delas. Você quer ficar parecendo uma lavadeira."

"Ele não é pesado não." disse Caddy. "Eu consigo carregar sim."

"Mas eu não quero que você o carregue." disse a mãe. "Uma criança de cinco anos. Não, não. No meu colo, não. Deixe que ele fique em pé."

"Se a senhora segurar, ele para." disse Caddy. "Para com isso." disse ela. "Depois você volta. Toma. Toma a sua almofada. Está vendo."

"Não, Candace." disse a mãe.

"Deixa ele olhar pra ela que ele para." disse Caddy. "Segura só um pouco enquanto eu saio de fininho. Olha aqui, Benjy. Olha."

Olhei e parei.

"Você mima esse menino demais." disse a mãe. "Você e o seu pai também. Vocês não compreendem que sou eu que tenho que pagar. A Vó mimou o Jason desse jeito e ele levou dois anos para se recuperar, e eu não tenho forças para passar pela mesma coisa com o Benjamin."

"A senhora não precisa se incomodar com ele." disse Caddy. "Eu gosto de cuidar dele. Não é, Benjy."

"Candace." disse a mãe. "Eu já disse para você não chamá-lo assim. Já basta esse apelido bobo que o seu pai insistiu em pôr em você, e não quero que ninguém faça isso com ele. Apelido é uma coisa vulgar. Só as pessoas reles usam apelidos. Benjamin." disse ela.

"Olhe para mim." disse a mãe.

"Benjamin." disse ela. Pegou meu rosto com as mãos e virou-o para o dela.

"Benjamin." disse ela. "Leve embora essa almofada, Candace."

"Ele vai chorar." disse Caddy.

"Faça o que estou mandando, leve embora essa almofada." disse a mãe. "Ele precisa aprender a obedecer."

A almofada foi embora.

"Para, Benjy." disse Caddy.

"Saia de perto, sente-se ali." disse a mãe. "Benjamin." Ela aproximou meu rosto do seu.

"Pare com isso." disse ela. "Pare."

Mas não parei, e a mãe me abraçou e começou a chorar, e eu chorei também. Então a almofada voltou e Caddy a segurou acima da cabeça da mãe. Ela fez a mãe se recostar na poltrona e a mãe ficou chorando com a cabeça em cima da almofada vermelha e amarela.

"Para, mamãe." disse Caddy. "Volta pro quarto e vai se deitar, pra senhora poder passar mal em paz. Eu vou chamar a Dilsey." Ela me levou para perto do fogo, e fiquei olhando para as formas luminosas e lisas. Eu ouvia o fogo e o telhado.

O pai me levantou. Ele tinha cheiro de chuva.

"Então, Benjy." disse o pai. "Você hoje se comportou, foi."

Caddy e Jason estavam brigando no espelho.

"Caddy." disse o pai.

Eles brigavam. Jason começou a chorar.

"Caddy." disse o pai. Jason estava chorando. Não estava mais brigando, mas nós víamos Caddy brigando no espelho e o pai me pôs no chão e foi para o espelho e brigou também. Ele levantou Caddy. Ela continuou brigando. Jason estava deitado no chão, chorando. Ele estava segurando a tesoura. O pai estava segurando Caddy.

"Ele cortou todos os bonecos do Benjy." disse Caddy. "Eu vou cortar a garganta dele."

"Candace." disse o pai.

"Vou sim." disse Caddy. "Vou sim." Ela brigava. O pai a segurava. Ela tentava chutar Jason. Ele foi rolando para o canto e saiu do espelho. O pai levou Caddy para perto do fogo. Todos saíram do espelho. Só o fogo estava no espelho. Como se fosse uma porta dando para o fogo.

"Pare com isso." disse o pai. "Você quer que a sua mãe passe mal no quarto dela."

Caddy parou. "Ele cortou todos os bonecos que eu fiz com o Mau... com o Benjy." disse Caddy. "Ele fez isso só de maldade."

"Não fiz não." disse Jason. Estava sentado no chão, chorando. "Eu não sabia que era dele. Achei que era só papel velho."

"Sabia sim senhor." disse Caddy. "Você fez isso só de "

"Cale a boca." disse o pai. "Jason." disse ele.

"Eu faço mais amanhã." disse Caddy. "A gente vai fazer um monte de boneco. Toma, pode olhar pra almofada também."

Jason entrou.

Bem que eu mandei você parar com isso, disse Luster.

O que é que foi agora, disse Jason.

"Ele está só se aporrinhando." disse Luster. "Que nem que ele fez o dia todo."

"Então deixa ele em paz." disse Jason. "Se você não consegue fazer ele ficar quieto, o jeito é levar pra cozinha. Nem todo mundo pode ficar fechado no quarto como faz a mãe."

"A mamãe mandou só deixar ele entrar na cozinha depois que ela aprontar a janta." disse Luster.

"Então brinca com ele e não deixa ele fazer barulho." disse Jason. "Não pode é eu passar o dia trabalhando e chegar em casa e encontrar um hospício." Abriu o jornal e leu.

Você pode olhar pro fogo e o espelho e a almofada também, disse Caddy. Não precisa esperar até depois do jantar pra poder olhar pra almofada, não. Ouvíamos o telhado. Ouvíamos Jason também, chorando alto atrás da parede.

Disse Dilsey: "Vem cá, Jason. Você está deixando ele em paz, hein."

"Estou sim senhora." disse Luster.

"Cadê a Quentin." disse Dilsey. "A janta está quase pronta."

"Sei não senhora." disse Luster. "Não vi ela não."

Dilsey foi embora. "Quentin." disse ela no corredor. "Quentin. O jantar está pronto."

Ouvíamos o telhado. Quentin também tinha cheiro de chuva.

O que foi que o Jason fez, ele disse.

Ele cortou os bonecos do Benjy, disse Caddy.

A mãe disse que não é pra chamar ele de Benjy não, disse Quentin. Ele sentou-se no tapete ao nosso lado. Não gosto quando chove, disse ele. A gente não pode fazer nada.

Você andou brigando, disse Caddy. Não foi.

Nada sério, disse Quentin.

É, mas dá pra ver, disse Caddy. O pai vai perceber.

Eu não ligo, disse Quentin. Não gosto quando chove.

Disse Quentin: "A Dilsey não disse que o jantar estava pronto."

"Sim senhora." disse Luster. Jason olhou para Quentin. Então leu o jornal de novo. Quentin entrou. "Ela disse que está quase pronto." disse Luster. Quentin se jogou na poltrona da mãe. Disse Luster:

"Seu Jason."

"O quê." disse Jason.

"O senhor me dá vinte e cinco centavo." disse Luster.

"Pra quê." disse Jason.

"Pra mim ir no circo hoje à noite." disse Luster.

"Eu pensava que a Dilsey ia pedir o dinheiro à Frony pra você." disse Jason.

"Ela pediu." disse Luster. "Eu perdi. Eu e o Benjy passou o dia inteiro procurando a moeda. Pode perguntar pra ele."

"Então peça a ele." disse Jason. "O meu dinheiro eu ganho trabalhando." Ele leu o jornal. Quentin olhava para o fogo. O fogo estava nos olhos e na boca de Quentin. A boca estava vermelha.

"Eu tentei não deixar ele ir lá." disse Luster.

"Cala a boca." disse Quentin. Jason olhou para ela.

"O que foi que eu lhe disse que ia fazer se visse você com esse tal artista outra vez." disse ele. Quentin olhava para o fogo. "Você me ouviu." disse Jason.

"Ouvi." disse Quentin. "Então por que você não faz."

"Não precisa se preocupar com isso." disse Jason.

"Não estou preocupada." disse Quentin. Jason leu o jornal de novo.

Eu ouvia o telhado. O pai chegou mais perto e olhou para Quentin.

Olá, disse ele. Quem ganhou.

"Ninguém." disse Quentin. "Não deixaram a gente. Os professores."

"Quem foi." disse o pai. "Me diga, por favor."

"Nada sério." disse Quentin. "Ele era do meu tamanho."

"Bom." disse o pai. "Você faria o favor de me dizer o que foi que houve."

"Não foi nada." disse Quentin. "Ele disse que ia botar um sapo na carteira dela e ela não ia ter coragem de bater nele."

"Ah." disse o pai. "Ela. E aí."

"Sim senhor" disse Quentin. "Aí eu meio que bati nele."

Ouvíamos o telhado e o fogo, e alguém fungando do lado de fora.

"Onde ele ia arranjar um sapo em novembro." disse o pai.

"Não sei, pai." disse Quentin.

Ouvíamos isso tudo.

"Jason." disse o pai. Ouvíamos Jason.

"Jason." disse o pai. "Venha aqui e pare com isso."

Ouvíamos o telhado e o fogo e Jason.

"Pare com isso agora." disse o pai. "Quer que eu lhe dê outra surra." O pai pegou Jason e o pôs na cadeira ao lado dele. Jason fungava. Ouvíamos o fogo e o telhado. Jason fungou um pouco mais alto.

"Mais uma vez." disse o pai. Ouvíamos o fogo e o telhado.

Disse Dilsey, Está bem. Vem todo mundo jantar.

Versh tinha cheiro de chuva. Tinha cheiro de cachorro também. Ouvíamos o fogo e o telhado.

Ouvíamos Caddy andando depressa. O pai e a mãe olhavam para a porta. Caddy passou pela porta, andando depressa. Ela não olhou. Ela andava depressa.

"Candace." disse a mãe.

"Que é, mamãe." disse ela.

"Pare, Caroline." disse o pai.

"Venha cá." disse a mãe.

"Pare, Caroline." disse o pai. "Deixe a menina em paz."

Caddy chegou à porta e ficou parada, olhando para o pai e a mãe. Os olhos dela olharam para mim, depois se desviaram. Comecei a chorar. O choro ficou alto e eu me levantei. Caddy entrou e ficou de costas para a parede, olhando para mim. Fui em direção a ela, chorando, e ela se encolheu contra a parede e eu vi os olhos dela e chorei mais alto e puxei o vestido dela. Ela levantou as mãos mas eu puxei o vestido dela. Os olhos dela corriam.

Disse Versh, O teu nome agora é Benjamin. Sabe por que é que o teu nome agora é Benjamin. Vão fazer você virar lobisomem. A mãe diz que antigamente o teu avô mudou o nome de um negro, aí ele virou pregador, aí quando olharam pra ele, ele também era lobisomem. Não era antes não. E quando a mulher da família olha bem no olho dele na lua cheia, a criança nasce lobisomem. E uma noite, quando tinha umas dez criança lobisomem correndo de um lado pro outro, ele nunca mais voltou pra casa. Os caçador encontrou ele no mato, e tinham comido ele. E sabe quem foi que comeu ele. Foi as criança lobisomem.

Estávamos no corredor. Caddy continuava olhando para mim. A mão dela cobria a boca e olhei para os olhos dela e chorei. Subimos a escada. Ela parou outra vez, encostada na parede, olhando para mim, e eu chorei e ela continuou e eu cheguei perto, chorando, e ela recuou se encostando na parede, olhando para mim. Ela abriu a porta do quarto dela, mas eu puxei o vestido e ela foi para o banheiro e ficou encostada na porta, olhando para mim. Então ela pôs o braço na frente do rosto e eu a empurrei, chorando.

O que é que você está fazendo com ele, disse Jason. Será que você não pode deixar ele em paz.

Eu não peguei nele não, disse Luster. Ele está assim o dia todo. Ele precisa é de uma surra.

Ele precisa mas é ser levado pra Jackson, disse Quentin. Como é que se pode viver numa casa como esta.

Se a senhorita não está satisfeita, pode cair fora, disse Jason.

É o que eu vou fazer, disse Quentin. Não se preocupe com isso.

Disse Versh, "Anda pra trás um pouquinho pra eu secar as perna." Ele me empurrou um pouco para trás. "E não começa a berrar não. Você ainda está vendo o fogo. Você não precisa fazer mais nada. Não precisa sair na chuva que nem eu. Você é um sortudo e nem sabe." Ele deitou-se em frente ao fogo.

"Você sabe por que é que o teu nome agora é Benjamin." disse Versh. "A tua mãe é orgulhosa demais pra você. A mamãe é que diz."

"Fica quietinho aí enquanto eu seco as perna." disse Versh. "Senão você sabe o que eu faço. Eu te esquento o fiofó."

Ouvíamos o fogo e o telhado e Versh.

Versh levantou-se depressa e dobrou as pernas. O pai disse: "Está bem, Versh."

"Hoje eu dou comida a ele." disse Caddy. "Às vezes ele chora quando é o Versh quem dá."

"Leva essa bandeja lá pra cima." disse Dilsey. "E volta depressa pra dar de comer ao Benjy."

"Você quer que a Caddy te dê o jantar, não quer." disse Caddy.

Por que é que ele precisa desse chinelo velho e sujo na mesa, disse Quentin. Por que é que vocês não dão comida a ele na cozinha. É a mesma coisa que comer com um porco.

Se você não gosta do jeito como a gente come, melhor não se sentar à mesa, disse Jason.

Saía vapor de Roskus. Ele estava sentado à frente do fogão. A porta do forno estava aberta e os pés de Roskus estavam dentro dele. Saía vapor da tigela. Caddy pôs a colher na minha boca devagar. Havia uma mancha preta do lado de dentro da tigela.

Pronto, pronto, disse Dilsey. Agora ele não vai mais incomodar você não.

A mancha apareceu. Então a tigela ficou vazia. Ela foi embora. "Hoje ele está com fome." disse Caddy. A tigela voltou. Não vi a mancha. Depois vi a mancha. "Hoje ele está morrendo de fome." disse Caddy. "Olha só quanto ele comeu."

Ah, mas vai sim, disse Quentin. Vocês mandam ele ir atrás de mim pra me vigiar. Eu odeio esta casa. Eu vou fugir daqui.

Disse Roskus, "Vai chover a noite toda".

Você vive fugindo, mas não falha nunca na hora do jantar, disse Jason.

Você vai ver, disse Quentin.

"Então eu não sei o que eu faço." disse Dilsey. "Minhas cadeiras está que eu nem consigo me mexer. De tanto subir a escada a noite toda."

Ah, eu não vou me espantar, disse Jason. Eu não me espanto com nada que parta de você.

Quentin jogou o guardanapo na mesa.

Cala essa boca, Jason, disse Dilsey. Ela pôs o braço em Quentin. Senta, meu anjo, disse Dilsey. Ele devia de ter vergonha das coisa que ele diz, quando você não tem culpa de nada disso.

"Ela está emburrada de novo, não está." disse Roskus.

"Cala essa boca." disse Dilsey.

Quentin empurrou Dilsey. Ela olhou para Jason. Sua boca estava vermelha. Ela pegou seu copo d'água e virou o braço para trás, olhando para Jason. Dilsey segurou o braço dela. Elas lutaram. O copo quebrou na mesa, e a água escorreu pela mesa. Quentin estava correndo.

"A mãe está doente de novo." disse Caddy.

"Tem que estar." disse Dilsey. "Esse tempo que está fazendo põe qualquer um doente. Quando é que você vai acabar de comer, menino."

Vá pro inferno, disse Quentin. Vá pro inferno. Ouvíamos Quentin correndo pela escada. Fomos para o escritório.

Caddy me deu a almofada, e eu podia olhar para a almofada, o espelho e o fogo.

"Não podemos fazer barulho quando o Quentin está estudando." disse o pai. "O que é que você está fazendo, Jason."

"Nada." disse Jason.

"Então venha até aqui fazer nada." disse o pai.

Jason saiu do canto.

"O que é que você está mastigando." disse o pai.

"Nada." disse Jason.

"Ele está mastigando papel de novo." disse Caddy.

"Venha cá, Jason." disse o pai.

Jason jogou o papel no fogo. Fez um barulhinho, desdobrou-se, ficou preto. Então ficou cinza. Então sumiu. Caddy e o pai e Jason estavam na poltrona da mãe. Os olhos de Jason estavam inchados e fechados e sua boca se mexia, como se estivesse saboreando. A cabeça de Caddy estava no ombro do pai. Seu cabelo parecia fogo, e havia pontinhos de fogo nos olhos dela, e eu fui e o pai me puxou para cima da poltrona também, e Caddy me segurou. Ela tinha cheiro de árvore.

Ela tinha cheiro de árvore. No canto era escuro, mas eu via a janela. Me agachei, segurando o chinelo. Eu não via o chinelo, mas minhas mãos viam, e eu ouvia o dia anoitecendo, e minhas mãos viam o chinelo mas eu não me via, mas as minhas mãos viam o chinelo, e fiquei agachado, ouvindo o dia anoitecer.

Olha você aí, disse Luster. Olha só o que eu ganhei. Ele me mostrou. Sabe como que foi. Foi a d. Quentin que me deu. Eu sabia que eles não iam me deixar de fora. O que é que você está fazendo aí. Achei que você tinha saído escondido de novo. Será que você já não gemeu e babou bastante por hoje, e ainda por cima vem se esconder nessa sala vazia, resmungando e chorando. Vamos pra cama, pra eu poder sair antes de começar. Hoje não posso ficar a noite inteira brincando com você não. Assim que eles buzinar a primeira vez eu vou cair fora.

Não fomos para o nosso quarto.

"É aqui que a gente fica com sarampo." disse Caddy. "Por que é que a gente tem que dormir aqui hoje."

"O que que tem você dormir aqui ou ali." disse Dilsey. Ela fechou a porta e sentou-se e começou a tirar minha roupa. Jason começou a chorar. "Para." disse Dilsey.

"Eu quero dormir com a Vó." disse Jason.

"Ela está doente." disse Caddy. "Quando ela ficar boa você pode dormir com ela. Não é, Dilsey."

"Para." disse Dilsey. Jason parou.

"As nossas camisolas estão aqui, e tudo o mais." disse Caddy. "É que nem se a gente estivesse se mudando."

"E é bom vocês vestir elas logo." disse Dilsey. "Desabotoa a roupa do Jason."

Caddy desabotoou a roupa de Jason. Ele começou a chorar.

"Está querendo levar uma surra, está." disse Dilsey. Jason parou.

Quentin, disse a mãe no corredor.

O quê, disse Quentin atrás da parede. Ouvimos a mãe trancar a porta. Ela olhou dentro do nosso quarto e entrou e se debruçou sobre a cama e me beijou na testa.

Quando você terminar de colocá-lo na cama, vá perguntar a Dilsey se ela não quer que eu use o saco de água quente, disse a mãe. Diga a ela que se ela não quer, vou tentar passar sem ele. Diga a ela que eu só queria saber.

Sim senhora, disse Luster. Vamos lá. Tira essas calça.

Quentin e Versh entraram. Quentin estava com o rosto virado. "Por que é que você está chorando." disse Caddy.

"Para." disse Dilsey. "Agora todo mundo tira a roupa. Pode ir pra casa, Versh."

Tirei minha roupa e olhei para mim mesmo, e comecei a chorar. Para, disse Luster. Não adianta nada ficar procurando. Não tem mais. Se ficar assim a gente não faz mais aniversário pra você. Ele me vestiu a camisola. Eu parei, e então Luster parou, a cabeça virada para a janela. Então ele foi até a janela e olhou para fora. Ele voltou e pegou meu braço. Lá vem ela, disse ele. Calado agora. Fomos até a janela e olhamos para fora. Saiu da janela de Quentin e desceu pela árvore. Vimos a árvore tremendo. O tremor foi descendo pela árvore, depois saiu e atravessou o gramado. Depois não víamos mais. Vem, disse Luster. Olha lá. Está ouvindo a buzina. Deita nessa cama senão meu pé vai fazer bobagem.

Havia duas camas. Quentin deitou-se na outra. Ele virou o rosto para a parede. Dilsey colocou Jason na mesma cama que ele. Caddy tirou o vestido.

"Olha só como que está essa calcinha." disse Dilsey. "Sorte sua que a sua mãe não viu."

"Eu já contei pra ela." disse Jason.

"Eu sabia que você ia contar." disse Dilsey.

"Bem feito o que aconteceu com você." disse Caddy. "Caguete."

"Aconteceu o quê." disse Jason.

"Veste logo essa camisola." disse Dilsey. Ela foi e ajudou Caddy a tirar o corpete e as calcinhas. "Olha só como que você está." disse Dilsey. Ela embolou as calcinhas e esfregou o traseiro de Caddy com elas. "Atravessou as calcinhas e chegou até você." disse ela. "Hoje você vai ficar sem banho. Toma." Ela vestiu a camisola em Caddy e Caddy subiu na cama e Dilsey foi para a porta e ficou parada com a mão na luz. "Agora todo mundo quietinho. Ouviu." disse ela.

"Está bem." disse Caddy. "A mãe não vem hoje." disse ela. "Então todo mundo ainda tem que me obedecer."

"É." disse Dilsey. "Agora todo mundo dormindo."

"A mãe está doente." disse Caddy. "Ela e a Vó estão doentes."

"Quietinha." disse Dilsey. "Dormir."

O quarto ficou preto, menos a porta. Então a porta ficou

preta. Caddy disse: "Para, Maury" pondo a mão em mim. Por isso eu parei. Ouvíamos nós mesmos. Ouvíamos o escuro.

O escuro foi embora, e o pai olhou para nós. Ele olhou para Quentin e Jason, depois veio e beijou Caddy e pôs a mão na minha cabeça.

"A mãe está muito doente, está." disse Caddy. "Não." disse o pai. "Você vai tomar conta do Maury direitinho."

"Vou." disse Caddy.

O pai foi até a porta e olhou para nós outra vez. Então o escuro voltou, e o pai ficou preto na porta, e então a porta ficou preta de novo. Caddy me pegou e eu ouvia todos nós, e o escuro, e sentia o cheiro de alguma coisa. E então vi as janelas, onde as árvores estavam zumbindo. Então o escuro começou a virar umas formas lisas e brilhantes, como sempre acontece, mesmo quando Caddy depois diz que eu estava dormindo.

2 de junho, 1910

Quando a sombra do caixilho apareceu na cortina era entre sete e oito horas, e portanto eu estava no tempo de novo, ouvindo o relógio. Era o relógio de meu avô, e quando o ganhei de meu pai ele disse Estou lhe dando o mausoléu de toda esperança e todo desejo; é extremamente provável que você o use para lograr o *reducto absurdum* de toda experiência humana, que será tão pouco adaptado às suas necessidades individuais quanto foi às dele e às do pai dele. Dou-lhe este relógio não para que você se lembre do tempo, mas para que você possa esquecê-lo por um momento de vez em quando e não gaste todo seu fôlego tentando conquistá-lo. Porque jamais se ganha batalha alguma, ele disse. Nenhuma batalha sequer é lutada. O campo revela ao homem apenas sua própria loucura e desespero, e a vitória é uma ilusão de filósofos e néscios.

Ele estava encostado na caixa de colarinhos e eu o escutava deitado. Ou melhor, ouvia. Acho que ninguém escuta com atenção o som de um relógio. Não é necessário. É possível esquecer-se do som por um bom tempo, e então um único tique-taque é capaz de criar na mente toda a longa sequência de tempo, ininterrupta e descendente, que não foi ouvida. Como o pai disse, nos raios de luz longos e solitários pode-se ver Jesus caminhando. E o bom são Francisco que disse Irmãzinha Morte, ele que nunca teve irmã.

Ouvi do outro lado da parede as molas da cama de Shreve e depois os chinelos dele se arrastando no chão. Levantei-me, fui até a cômoda e corri a mão por ela e peguei o relógio e virei-o de costas e voltei para a cama. Mas a sombra do caixilho continuava no lugar, e eu havia aprendido a calcular a hora, até quase o minuto exato, de modo que era preciso dar as costas para a janela, sentindo os olhos que os animais tinham atrás da cabeça quando ficava em cima, coçando. São sempre os hábitos vadios que você adquire que depois causam arrependimento. Foi o pai que disse isso. Que Cristo não foi crucificado: foi erodido pelos estalos mínimos de engrenagens minúsculas. Que não teve irmã.

E assim que me dei conta de que não o estava mais vendo, comecei a querer saber que horas eram. O pai falava no excesso de especulações a respeito da posição de ponteiros sobre um mostrador arbitrário que é sintoma de funcionamento mental. Excremento dizia o pai é como suor. E eu dizendo Está bem. Querendo saber. Fique querendo.

Se estivesse nublado eu poderia olhar para a janela, pensando no que ele dizia sobre hábitos vadios. Pensando que seria bom para o pessoal que está lá em New London se o tempo continuar firme. E por que não? O mês das noivas, a voz que se ouvia *Ela saiu correndo direto do espelho, do cheiro acumulado. Rosas. Rosas. O sr. Jason Richmond Compson e esposa participam o casamento de.* Rosas. Não virgens como corniso, asclépia. Eu disse que cometi incesto, pai eu disse. Rosas. Astuciosas e serenas. Se você cursar Harvard um ano, mas não assistir à regata, eles deviam reembolsar você. Dê ao Jason. Deixe o Jason estudar um ano em Harvard.

Shreve estava parado à porta, vestindo o colarinho, um brilho róseo nas lentes dos óculos, como se ele os tivesse lavado junto com o rosto. "Não vai hoje?"

"Já é tão tarde?"

Ele consultou o relógio. "Sinal daqui a dois minutos."

"Eu não sabia que já era tão tarde." Ele continuava olhando para o relógio, a boca formando as palavras. "Vou ter que correr. Não posso perder mais aula. Semana passada o bedel me disse..." Ele pôs o relógio de volta no bolso. Então parei de falar.

"Melhor você vestir as calças e correr", disse ele. Saiu.

Levantei-me e andei de um lado para o outro, ouvindo-o do outro lado da parede. Ele entrou na sala de estar, indo em direção à porta.

"Ainda não está pronto?"

"Ainda não. Vá na frente. Eu vou já."

Ele saiu. A porta fechou-se. Seus pés foram se afastando pelo corredor. Então ouvi o relógio de novo. Parei de andar, fui à janela, abri as cortinas, estavam correndo em direção à capela, os mesmos de sempre se debatendo com as mesmas mangas de casacos, os mesmos livros e colarinhos abertos passando como destroços arrastados por uma inundação, e Spoade. Chamando Shreve de meu marido. Ah deixa ele em paz, disse Shreve, se ele tem juízo e não vive atrás dessas vagabundas, não é da conta de ninguém se. No Sul a gente tem vergonha de ser virgem. Os rapazes. Os homens. Eles mentem. Porque para a mulher não tem tanta importância, disse o pai. Ele dizia que foram os homens que inventaram a virgindade e não as mulheres. O pai disse que era como a morte: um estado em que só os outros ficam, e eu disse: Mas acreditar nisso não tem importância e ele disse: Isso é o que é triste em tudo: não é só a virgindade não e eu disse: Por que é que é ela e não eu que não é virgem e ele disse: É por isso que isso é triste também; nada vale a pena nem mesmo mudar, e Shreve disse: se ele tem juízo e não vive atrás dessas vagabundas e eu perguntei: Você já teve irmã? Já teve? Já teve?

    Spoade ia no meio deles como uma tartaruga numa rua cheia de folhas secas, o colarinho levantado sobre as orelhas, seguindo em seu passo de sempre, sem pressa. Era da Carolina do Sul, estava no último ano. No clube ele se gabava de nunca correr para a capela e nunca chegar lá na hora e não ter faltado nunca em quatro anos e nunca ter chegado nem à capela nem à primeira aula com uma camisa por baixo e meias nos pés. Por volta das dez ele entrava no Thompson's, pedia duas xícaras de café, sentava-se, tirava as meias do bolso e as calçava enquanto o café esfriava. Por volta do meio-dia ele já estava de camisa e colarinho, como todo mundo. Os outros passavam por ele correndo, mas ele nunca acelerava o passo nem um pouco. Depois de algum tempo, o pátio estava vazio.

    Um pardal atravessou o raio de sol numa linha enviesada, pousou no parapeito da janela e inclinou a cabeça para mim. O olho era redondo e reluzente. Primeiro ele me olhava com um olho, e zás! virava o outro, a garganta latejando mais rápido que qualquer pulso. Começou a dar a hora cheia. O pardal parou de trocar de olhos e ficou me observando fixamente com um olho só, até que o carrilhão parou de bater, como se também ele estivesse prestando atenção nas batidas. Então bateu asas e desapareceu.

    Demorou algum tempo até a última batida parar de vibrar. Ela permaneceu no ar, mais sentida que ouvida, por um bom tempo. Como todos os sinos que já bateram até hoje batendo nos raios de luz que morriam aos poucos e Jesus e são Francisco falando sobre a irmã dele. Porque se fosse só para o inferno; se fosse só isso. Acabou. Se as coisas simplesmente acabassem sozinhas.

Ninguém mais lá, só ela e eu. Se tivéssemos feito alguma coisa tão terrível que todos tivessem fugido do inferno, menos nós. *Cometi incesto eu disse pai fui eu não foi o Dalton Ames* E quando ele pôs Dalton Ames. Dalton Ames. Dalton Ames. Quando ele pôs a pistola na minha mão eu não. Foi por isso que eu não. Ele estaria lá e ela e eu. Dalton Ames. Dalton Ames. Dalton Ames. Se tivéssemos feito alguma coisa tão terrível e o pai disse Isso é triste também as pessoas não conseguem fazer nada tão terrível não conseguem fazer nada muito terrível não conseguem nem lembrar amanhã do que parecia terrível hoje e eu disse: A gente pode se esquivar de tudo e ele disse: Mas pode mesmo? E vou olhar para baixo e ver meus ossos murmurantes e a água funda como vento, como um telhado de vento, e muito tempo depois não dá para distinguir nem mesmo os ossos sobre a areia deserta e inviolável. Até o Dia em que Ele dirá Erguei-vos só o ferro de passar subiria à superfície. Não é quando você se dá conta de que nada pode ajudar você — nem religião, nem orgulho, nem nada — é quando você se dá conta de que não precisa de ajuda nenhuma. Dalton Ames. Dalton Ames. Dalton Ames. Se eu pudesse ser a mãe dele deitada corpo aberto levantado rindo, segurando o pai dele com minha mão impedindo, vendo, vendo-o morrer antes de viver. *Ela estava parada na porta de repente*

 Fui até a cômoda e peguei o relógio, ainda com o mostrador virado para baixo. Quebrei o vidro na quina do móvel e aparei os cacos na mão e coloquei-os no cinzeiro e arranquei os ponteiros e os pus no cinzeiro também. O tique-taque não parou. Virei o mostrador para cima, o mostrador vazio, as engrenagens atrás dele continuando a rodar e estalar sem se dar conta. Jesus caminhou na Galileia e Washington jamais contou uma mentira. O pai trouxe um berloque para Jason da Feira de Saint Louis: uma espécie de luneta minúscula pela qual a gente olhava com um olho só e via um arranha-céu, uma roda-gigante que parecia uma aranha, as cataratas de Niágara numa cabeça de alfinete. Havia uma mancha vermelha no mostrador. Quando o vi, meu polegar começou a arder. Larguei o relógio e entrei no quarto de Shreve e peguei o iodo e passei no corte. Tirei o resto de vidro de dentro do relógio com uma toalha.

Separei dois jogos de roupa de baixo, com meias, camisas, colarinhos e gravatas, e fiz a mala. Dentro dela coloquei tudo, menos meu terno novo e um outro velho e dois pares de sapatos e dois chapéus, e meus livros. Levei os livros para a sala e empilhei-os na mesa, os que eu havia trazido de casa e os que *O pai disse que antigamente se conhecia um cavalheiro pelos livros dele; hoje em dia se conhece um cavalheiro pelos livros que ele não devolveu* e tranquei a mala e escrevi nela o endereço. Deu o quarto de hora. Parei e fiquei escutando até o carrilhão silenciar.

Tomei banho, fiz a barba. Com a água meu dedo ardeu um pouco, por isso passei mais iodo. Vesti o terno novo e pus o relógio no bolso e guardei o outro terno e os acessórios e a navalha e os pincéis na bolsa de mão, e embrulhei a chave da mala numa folha de papel e coloquei-a num envelope e enderecei-o ao pai, e escrevi os dois bilhetes e fechei os envelopes.

A sombra ainda não havia saído por completo da varanda. Parei à porta, vendo a sombra se mover. Era um movimento quase perceptível, recuando para dentro da porta, empurrando a sombra para dentro da porta. *Mas ela já estava correndo quando ouvi. No espelho ela corria antes mesmo de eu me dar conta do que estava acontecendo. Depressa com a cauda jogada sobre o braço ela saiu correndo do espelho como uma nuvem, o véu se agitando e brilhando os saltos estalando rápidos apertando o vestido contra o ombro com a outra mão, saindo do espelho os cheiros rosas rosas a voz que soava no Éden. Então ela já passava pela varanda eu não conseguia mais ouvir seus saltos ao luar como uma nuvem, a sombra do véu a flutuar pela grama, em direção aos gritos. Ela saiu do vestido correndo, segurando a grinalda, correndo em direção aos gritos, e T. P. no sereno Ôooo Gasosa Benjy debaixo do caixote berrando. O pai corria com uma couraça de prata em forma de V no peito*

Shreve disse: "Então você não... Casamento ou enterro?"

"Não deu tempo", respondi.

"De tanto que você ficou se embonecando. Mas o que é isso? Achou que hoje era domingo?"

"A polícia não vai me prender só porque eu resolvi pôr meu terno novo", eu disse.

"Eu estava pensando nos calouros. Eles vão pensar que você é aluno. Então você agora está tão metido a besta que nem vai mais à aula?"

"Primeiro vou comer." A sombra já havia saído da varanda. Parei ao sol, procurando minha sombra outra vez. Desci a escada à frente dela. Deu a meia hora. Então o carrilhão silenciou e o som foi morrendo aos poucos.

Deacon também não estava no correio. Selei os dois envelopes, postei o do pai e pus o de Shreve no bolso interno, e então lembrei onde tinha visto Deacon pela última vez. Foi no Dia do Soldado, com um uniforme do Exército da União, no meio da parada. Sempre que havia uma parada, qualquer que fosse, era só parar na esquina e ficar olhando que mais cedo ou mais tarde ele passava. Antes dessa foi no Dia de Colombo, ou de Garibaldi ou de sei lá quem. Ele vinha na seção dos varredores de rua, com um chapéu comprido, segurando uma bandeirinha italiana, fumando charuto em meio às pás e vassouras. Mas da última vez foi no Dia do Soldado, porque Shreve disse:

"Veja. Veja só o que o seu avô fez com aquele preto velho, coitado."

"É", respondi. "Agora ele pode ficar desfilando em tudo que é parada. Se não fosse o meu avô, ele teria que trabalhar igual aos brancos."

Eu não conseguia encontrá-lo em lugar nenhum. Mas jamais consegui encontrar nenhum negro, nem mesmo dos que trabalham, na hora em que eu precisava dele, quanto mais um que está sempre de folga. Passou um bonde. Fui à cidade e tomei um bom café da manhã no Parker's. Enquanto comia ouvi um relógio dar a hora cheia. Mas acho que para se perder tempo é preciso pelo menos uma hora, quando se levou mais que toda a história para entrar na progressão mecânica.

Quando terminei o café da manhã comprei um charuto. A moça disse que o de cinquenta centavos era o melhor, então comprei um, acendi e saí do restaurante. Parado na calçada, dei duas baforadas, depois tirei o charuto da boca e fui andando em direção à esquina. Passei pela vitrine de uma joalheria, mas desviei a vista a tempo. Na esquina dois engraxates me pegaram, um de cada lado, estridentes, roucos, feito melros. Dei a um o charuto e ao outro uma moeda. Então me deixaram em paz. O do charuto queria vendê-lo ao outro em troca da moeda.

Havia um relógio, bem alto, no sol, e pensei que quando a gente não quer fazer uma coisa o corpo tenta levar a gente a fazer a coisa sem se dar conta. Senti os músculos da nuca, depois ouvi o tique-taque do relógio no bolso, e depois de algum tempo me desliguei de todos os outros sons, só restava o relógio no bolso. Dei meia-volta, fui à vitrine. Ele estava trabalhando, sentado a uma mesa junto à vitrine. Estava ficando calvo. Tinha um vidro no olho — um tubo de metal enfiado na cara. Entrei.

O lugar estava cheio de tique-taques, como grilos na grama em setembro, e ouvi um relógio grande na parede, acima da cabeça do homem. Ele levantou a cabeça, o olho grande, desfocado, buliçoso, atrás do vidro. Peguei o meu e entreguei-o a ele.

"Quebrei meu relógio."

O homem examinou-o e virou-o. "Quebrou, mesmo. Deve ter pisado em cima."

"Isso mesmo. Derrubei da cômoda e pisei em cima, no escuro. Mas ele não parou."

O homem abriu o relógio e olhou dentro dele. "Parece que está bom. Mas só posso lhe dizer com certeza depois que desmontar. Hoje à tarde mesmo."

"Eu trago depois", disse eu. "O senhor podia me dizer se algum desses relógios na vitrine está dando a hora certa?"

O homem, com meu relógio na palma da mão, me olhou com o olho desfocado e buliçoso.

"Eu fiz uma aposta", disse eu. "E esqueci meus óculos em casa."

"Ah, está bem", disse ele. Ele largou o relógio e semiergueu-se do banco e olhou por cima da divisória. Em seguida, olhou para a parede. "São vin..."

"Não me diga," interrompi, "por favor, senhor. Diga só se um deles está certo."

Ele olhou para mim de novo. Sentou-se no banco e levantou a lente para a testa. Ficou uma marca vermelha em torno do olho, e todo seu rosto agora parecia nu. "O que é que você está comemorando hoje?" perguntou. "A regata é só na semana que vem, não é?"

"Não, senhor. É uma comemoração particular. Aniversário. Algum deles está certo?"

"Não. Mas eles ainda não foram regulados nem acertados. Se você está pensando em comprar um deles..."

"Não, senhor. Não preciso de relógio. Temos um na nossa sala. E mais este, quando estiver consertado." Estendi a mão.

"Melhor deixar logo aqui."

"Eu trago depois." Ele me deu o relógio. Guardei-o no bolso. Agora não conseguia ouvi-lo, no meio de todos os outros. "Muito obrigado. Espero não ter tomado seu tempo."

"Absolutamente. Traga o relógio quando puder. E é melhor adiar essa comemoração pra depois que a gente ganhar a regata."

"Sim, senhor. Tem razão."

Saí, fechando a porta, ouvindo os tique-taques todos. Olhei para trás, para a vitrine. Ele me observava detrás da divisória. Havia uns doze relógios na vitrine, marcando doze horas diferentes, cada um deles com a mesma convicção determinada e contraditória que o meu manifestava, mesmo sem ponteiros. Um contradizendo o outro. Eu ouvia o meu, ainda a tiquetaquear no meu bolso, muito embora ninguém o visse, muito embora mesmo se o vissem ele não pudesse dizer nada a ninguém.

E assim eu disse a mim mesmo para escolher aquele. Porque o pai disse que os relógios matam o tempo. Ele disse o tempo morre sempre que é medido em estalidos por pequenas engrenagens; é só quando o relógio para que o tempo vive. Os ponteiros estavam estendidos, desviando-se um pouco da horizontal, formando um leve ângulo, como uma gaivota planando no vento. Contendo tudo aquilo que eu antes lamentava, tal como a lua nova contém água, segundo os negros. O joalheiro havia retomado o trabalho, debruçado sobre a bancada, o tubo enfiado na órbita. Seu cabelo estava partido ao meio. O risco chegava até a calva no alto, que lembrava um pântano drenado em dezembro.

Vi a loja de ferragens do outro lado da rua. Eu não sabia que ferro de passar se comprava a quilo.

"Acho que o que o senhor quer é um ferro de alfaiate", disse o vendedor. "Ele pesa cinco quilos." Só que era maior do que eu pensava. Assim, comprei dois pequenos, de três quilos cada um, porque embrulhados pareceriam um par de sapatos. Juntos eram bem pesados, mas lembrei de novo do que o pai falara sobre o *reducto absurdum* da experiência humana, e pensei que era a única oportunidade que eu teria para aplicar o que aprendera em

Harvard. Talvez no ano que vem; talvez sejam necessários dois anos de faculdade para aprender a fazer isso direito.

Mas lá fora eles me pareceram bem pesados. Veio um bonde. Tomei-o. Não vi a placa na frente. Estava cheio, a maioria era de pessoas que pareciam prósperas e liam jornais. O único lugar vazio era ao lado de um negro. Ele estava de chapéu-coco e sapatos engraxados, e tinha na mão um toco de charuto apagado. Antes eu achava que todo sulista tinha de estar sempre preocupado com os negros. Eu achava que era o que os nortistas esperavam dos sulistas. Logo quando vim para o Leste, eu sempre dizia a mim mesmo: Você tem que encará-los como pessoas de cor e não como negros, e se por acaso não tivesse acontecido de eu ter pouco contato com eles eu teria desperdiçado muito tempo e energia até me dar conta de que a melhor maneira de encarar qualquer pessoa, seja branca ou preta, é tomá-la pelo que ela é, e deixá-la em paz. Foi então que me dei conta de que um negro é menos uma pessoa do que uma forma de comportamento, uma espécie de reflexo obverso dos brancos com que ele convive. Mas de início achei que devia estranhar não ter um monte de negros a minha volta porque pensava que era isso que os nortistas pensavam de mim, mas só percebi que de fato sentira falta de Roskus e Dilsey e os outros naquela manhã na Virgínia. O trem estava parado quando acordei e levantei a cortina e olhei para fora. O vagão estava obstruindo uma passagem de nível, onde duas cercas brancas desciam um morro e depois se espalhavam para os lados e para baixo como um esqueleto de chifre, e havia um negro montado numa mula, parado na estrada sulcada, esperando o trem sair do lugar. Eu não sabia há quanto tempo ele estava lá, mas estava montado na mula, com um pedaço de cobertor enrolado na cabeça, como se ele e a mula tivessem sido instalados ali junto com a cerca e a estrada, ou com o morro, como uma placa que diz: Você está em casa outra vez. Ele estava montado em pelo, e os pés estavam quase se arrastando no chão. A mula parecia um coelho. Abri a janela.

"Ô meu tio!" chamei. "É por aqui?"

"Sô?" Ele olhou para mim, depois afrouxou o cobertor e descobriu a orelha.

"Presente de Natal!" disse eu.

"O senhor me pegou direitinho, hein, sinhozinho."*

"Por essa vez passa." Peguei minhas calças no porta-bagagem e tirei do bolso uma moeda de vinte e cinco centavos. "Mas da próxima vez, cuidado. Vou estar passando por aqui dois dias depois do Ano-Novo; fique atento." Joguei a moeda pela janela. "Compre um presente de Natal pra você mesmo."

"Sim, senhor", disse ele. Desmontou, pegou a moeda e esfregou-a na perna. "Obrigado, moço. Obrigado." Então o trem começou a andar. Pus a cabeça para fora, sentindo o ar gelado, e olhei para trás. Ele estava parado ao lado da mula esquálida como um coelho, os dois maltrapilhos, imóveis, pacientes. O trem fez a curva, a locomotiva resfolegando com bafos curtos e pesados, e os dois passaram e foram sumindo, com aquele ar de paciência maltrapilha e atemporal, de serenidade estática: aquele misto de incompetência infantil e prestativa com fidelidade paradoxal que cuida e protege os que ama de modo irracional e os rouba constantemente e se esquiva das responsabilidades e obrigações por meios tão descarados que não podem sequer ser chamados de subterfúgios e ao ser apanhado em flagrante no ato de roubar ou esquivar-se manifesta apenas aquela admiração franca e espontânea pelo vencedor que um cavalheiro exprime por aquele que o derrota numa competição honesta, e também uma tolerância

---

* No dia de Natal e na semana seguinte, a primeira pessoa que dissesse "presente de Natal" ganhava da outra uma pequena quantia ou um pouco de comida. (N. T.)

amorosa e inesgotável pelos caprichos dos brancos, como a que um avô sente por crianças imprevisíveis e travessas, coisa de que eu havia me esquecido. E aquele dia todo, enquanto o trem coleava por gargantas, costeando desfiladeiros onde o movimento era apenas o som tenso da fumaça saindo e das rodas gemendo e as montanhas eternas desapareciam aos poucos no ar espesso, eu pensava na minha terra, a estação pobre, a lama, os negros e os roceiros se acotovelando na praça devagar, com macacos de brinquedo e carroças e sacos de balas e pistolões, e sentia uma comoção nas entranhas tal como no tempo da escola quando tocava o sinal.

Eu só começava a contar quando o relógio dava três horas. Então eu começava, contando até sessenta e dobrando um dedo e pensando nos outros catorze dedos que aguardavam a hora de se dobrar, ou treze ou doze ou oito ou sete, até que de repente eu percebia o silêncio, as cabeças atentas, e eu dizia: "Senhora?" "Você se chama Quentin, não é?" dizia a dona Laura. Então mais silêncio, e a crueldade das cabeças atentas e braços se levantando de repente no silêncio. "Diga ao Quentin quem descobriu o rio Mississippi, Henry." "DeSoto." Então as cabeças iam embora, e depois de algum tempo eu tinha medo de ter ficado para trás, e então contava depressa e dobrava outro dedo, então tinha medo de estar indo rápido demais e contava mais devagar, então tinha medo e contava depressa de novo. Por isso eu nunca acertava a hora da campainha, em que os pés se movimentavam de repente, sentindo a terra no chão arranhado, e o dia como uma vidraça golpeada de leve, mas com firmeza, e minhas entranhas se mexiam todas, eu imóvel no meu banco. *Tudo se mexendo imóvel. Minhas entranhas se reviraram por ti. Ela estava parada à porta de repente. Benjy. Gritando. Benjamin filho da minha velhice gritando. Caddy! Caddy!*

Eu vou fugir. Ele começou a chorar e ela veio e pôs a mão nele. *Para de chorar. Não vou não. Para.* Ele parou. *Dilsey.*

Ele sente o cheiro das coisa que a gente diz pra ele quando ele quer. Não precisa escutar nem falar não.

Será que ele sente o cheiro do nome novo que deram pra ele? O cheiro do azar?

Ele não quer saber disso de azar não. O azar não tem como fazer mal a ele.

Então por que que mudaram o nome dele se não foi pra tentar mudar a sorte dele?

O bonde parou, seguiu, parou de novo. Pela janela eu via os cocurutos das pessoas que passavam, cobertos por chapéus de palha novos, que ainda não estavam desbotados. Havia mulheres no bonde agora, com cestas de feira, e os homens com roupas de trabalho começavam a ser mais numerosos que os sapatos engraxados e colarinhos.

O negro tocou-me no joelho. "Com licença", disse ele. Tirei as pernas do caminho para deixá-lo sair. Estávamos passando por um muro, o ruído do chacoalhar era devolvido para dentro do bonde, para as mulheres com cestas de feira sobre os joelhos e um homem com um chapéu manchado e um cachimbo preso na fita. Senti cheiro de água, e por uma falha no muro vi um reflexo de água e dois mastros, e uma gaivota imóvel no ar, como se houvesse um fio invisível entre os mastros, e levantei a mão e apalpei, através do paletó, as cartas que eu havia escrito. Quando o vagão parou, saltei.

A ponte estava aberta para que uma escuna passasse. Estava sendo rebocada, e o rebocador seguia junto à quadra da popa, deixando uma trilha de fumaça, mas o navio parecia estar se deslocando sem nenhuma força propulsora. Um homem nu da cintura para cima estava enrolando um cabo no castelo de proa. Seu corpo curtido de sol era da cor de uma folha de tabaco. Um outro homem, com um chapéu de palha sem copa, estava ao leme. O navio passou por baixo da ponte, deslizando entre as colunas nuas como um fantasma à luz do dia, com três gaivotas pairando acima da popa como se fossem brinquedos pendurados em fios invisíveis.

Quando a ponte se fechou, atravessei-a e fiquei debruçado na grade acima das casas dos barcos. O flutuador estava vazio e as portas estavam fechadas. Os remadores agora só treinavam no final da tarde, antes disso descansavam. A sombra da ponte, as barras da grade, minha sombra se estendendo plana sobre a água, eu havia enganado com tanta facilidade a que não me abandonava. Pelo menos quinze metros, e se eu tivesse uma coisa que a forçasse a ficar dentro d'água até ela se afogar, a sombra do pacote como dois sapatos embrulhados pousada na água. Dizem os negros que a sombra do afogado ficava olhando por ele de dentro d'água o tempo todo. Ela brilhava, cintilava, como se respirasse, o flutuador lento como se respirasse também, e detritos meio submersos, sumindo em direção ao mar, as cavernas e grutas do mar. O deslocamento da água é igual ao não-sei-quê do não-sei-quê. *Reducto absurdum* de toda a experiência humana, e dois ferros de três quilos pesam mais que um ferro de alfaiate. Desperdício é pecado, diria Dilsey. Quando a Vó morreu o Benjy percebeu. Ele chorou. *Ele sente o cheiro. Ele sente o cheiro.*

O rebocador voltava rio abaixo, dividindo a água em dois cilindros longos, sacudindo o flutuador por fim com o eco de sua passagem, o flutuador subindo no cilindro de água com um estalo líquido e depois um ruído prolongado e áspero, quando a porta se abriu e dois homens saíram, carregando uma iole. Puseram a iole na água e logo depois saiu Bland, com os remos. Estava de calça de flanela, paletó cinza e chapéu de palha. Ele ou sua mãe haviam lido em algum lugar que em Oxford os alunos remavam trajando calças de flanela e chapéu de palha, e assim nos primeiros dias de março compraram para Gerald uma iole de dois remos, e com sua calça de flanela e seu chapéu de palha ele foi para o rio. O pessoal das casas dos barcos ameaçou chamar a polícia, mas ele foi assim mesmo. A mãe veio num automóvel alugado, com um casaco de pele de explorador do Ártico, e viu Bland entrando no barco com um vento de quarenta quilômetros por hora num rio cheio de blocos de gelo que pareciam carneiros sujos. Desde esse dia acredito que Deus não apenas é um cavalheiro e um esportista; também é do Kentucky. Quando ele se afastou da margem ela tomou um desvio e se aproximou do rio de novo e foi seguindo de carro acompanhando o filho, com o carro em marcha reduzida. Dizem que os dois eram como se nunca tivessem se visto, como um rei e uma rainha, sem nem mesmo olhar um para o outro, mas seguindo lado a lado, atravessando Massachusetts em trajetórias paralelas, como se fossem dois planetas.

Ele entrou no barco e começou a remar. Já estava remando muito bem. Não era para menos. Diziam que a mãe dele tentou convencê-lo a abandonar o remo e passar a fazer alguma coisa que seus colegas não soubessem ou não quisessem fazer, mas pela primeira vez na vida ele teimou e fincou pé. Se é que é teimosia ficar todo posudo, como um príncipe entediado, com aqueles cabelos louros cacheados, aqueles olhos violeta e aqueles cílios, aquelas roupas nova-iorquinas, e a mãe dele nos contando sobre os cavalos de Gerald, os negros de Gerald, as mulheres de Gerald. Os pais e maridos de Kentucky devem ter ficado muito satisfeitos quando a mãe levou Gerald para Cambridge. A mãe tinha um apartamento na cidade, e Gerald tinha outro, além dos aposentos na universidade. Ela aprovava a amizade de Gerald comigo porque eu ao menos demonstrava um mínimo de senso de *noblesse oblige* por ter nascido no Sul, e com uns poucos outros que preenchiam as exigências (mínimas) quanto ao quesito

Geografia. Perdoava, ao menos. Ou tolerava. Mas desde que ela se encontrou com o Spoade saindo da capela um Ele disse que ela não podia ser uma senhora de distinção porque uma senhora de verdade não estaria na rua àquela hora da noite ela nunca o perdoou por ter cinco nomes, inclusive o de uma atual família ducal inglesa. Aposto que ela se consolou convencendo-se de que alguma ovelha negra da aristocracia europeia teve um caso com a filha do guarda-caça. O que era bem provável, mesmo tendo ela inventado a história. Spoade era campeão mundial de ócio e praticante de um parasitismo vale-tudo.

A iole agora era só um ponto, os remos refletindo o sol em cintilações espaçadas, como se o barco piscasse o olho enquanto seguia e seguia. *Você já teve irmã? Não mas são todas umas vadias. Você já teve irmã? Ela estava de repente. Vadias. Não vadia de repente estava parada à porta*   Dalton Ames. Dalton Ames. Dalton Ames. Camisas do Ames. E eu crente que eram cáqui, camisas do Exército, até que descobri que eram de uma seda chinesa pesada ou flanela de primeira porque faziam o rosto dele parecer tão moreno os olhos tão azuis. Dalton Ames. Quase aristocrático. Cenário de teatro. Só papel machê, depois pegar. Ah. Amianto. Não bronze. *Mas recebê-lo na casa, não.*

A Caddy é mulher também, não esqueça. Ela também age movida por motivos de mulher.

Por que você não traz o rapaz para casa, Caddy? Por que é que você faz como as negras no pasto nas valas no mato no cio no escuro com fúria no mato escuro.

E depois de ficar algum tempo ouvindo o tique-taque do meu relógio e sentindo as cartas estalando no bolso do paletó, quando me encostava na grade, e me debrucei na grade, olhando para a sombra, eu a havia enganado. Fui caminhando ao longo da grade, mas meu terno também era escuro, eu a enganei. Penetrei na sombra do cais. Então segui para o leste.

Harvard meu rapaz de Harvard Harvard harvard Aquele pirralho cheio de espinhas na cara que ela conheceu na prova de atletismo, com as fitas coloridas. Rondando a cerca, assobiando para ela, como quem tenta atrair um cachorrinho. Como não conseguiam convencê-lo a entrar na sala de jantar a mãe começou a pensar que se ficasse sozinho com ela ele ia enfeitiçá-la. E no entanto qualquer cafajeste *Ele estava deitado ao lado do caixote perto da janela urrando* capaz de chegar numa limusine com uma flor na lapela. *Harvard. Quentin esse aqui é o Herbert. Meu rapaz de Harvard. Herbert vai ser uma espécie de irmão mais velho ele já prometeu ao Jason.*

Jovial, celuloide como um caixeiro-viajante. Boca cheia de dentes brancos mas não sorridente. *Já ouvi falar dele lá.* Todo dentes, mas não sorridente. *Você vai dirigir?*

Entra Quentin.

Você vai dirigir vai.

O carro é dela você não está orgulhosa da sua irmãzinha dona do primeiro carro da cidade o Herbert foi ele que deu. O Louis está dando aula a ela todo dia de manhã você não recebeu minha carta não O sr. Jason Richmond Compson e sua esposa participam o casamento de sua filha Candace com o sr. Sydney Herbert Head, no dia vinte e cinco de abril de mil novecentos e dez em Jefferson Mississippi. O casal estará em sua residência a partir do dia primeiro de agosto no número tal da avenida de tal South Bend Indiana. Shreve perguntou Você não vai nem abrir? *Três dias. Vezes. O sr. Jason Richmond Compson* O jovem Lochinvar chegou do Oeste um pouco cedo demais, não é mesmo? *

Eu sou do Sul. Você é engraçada, não é.

---

* Em *Marmion*, poema de Walter Scott, Lochinvar salva sua amada no momento em que ela vai se casar com outro: chega a cavalo à festa nupcial, pega a noiva e vai embora. (N. T.)

Ah é eu sabia que era de algum lugar do país.
Você é engraçada, sabe. Você devia entrar pro circo.
Eu entrei. Foi assim que estraguei a vista, dando água às pulgas do elefante. *Três vezes* Essas moças da roça. Com elas a gente nunca sabe, não é. É, mas o fato é que Byron nunca conseguiu realizar seu desejo, graças a Deus. *Mas não bater num homem de óculos* Você não vai nem abrir? *Na mesa uma vela acesa em cada canto sobre o envelope amarradas com uma liga cor-de-rosa suja duas flores artificiais.* Não bater num homem de óculos.

Esses roceiros coitados nunca viram um automóvel na vida muitos deles toque a buzina Candace para *Ela não olhava para mim* eles saírem da frente *não olhava para mim* seu pai não ia gostar nem um pouco se você machucasse alguém sabe acho que seu pai agora vai ter que comprar um automóvel estou quase achando que não foi uma boa ideia você vir nele Herbert eu me diverti muito andando nele é claro temos a carruagem mas acontece muito de eu querer sair e aí o sr. Compson mandou os negros fazerem alguma coisa que valeria a minha vida interromper ele insiste que o Roskus está à minha disposição o tempo todo mas eu sei o que isso significa sei que as pessoas estão sempre prometendo coisas só para apaziguar a consciência você vai tratar a minha filhinha assim Herbert mas eu sei que não vai não Herbert nos acostumou muito mal Quentin eu lhe contei na última carta que ele vai arranjar um emprego para Jason no banco dele quando Jason terminar o secundário Jason vai ser um excelente banqueiro é o único dos meus filhos que tem senso prático e graças a mim pois ele puxou a minha família os outros são todos Compson *Jason trouxe a farinha. Eles faziam papagaios de papel na varanda dos fundos e vendiam por cinco centavos cada, ele e o menino dos Patterson. Jason era o tesoureiro.*

Neste bonde não havia nenhum negro, e um fluxo de chapéus ainda não desbotados passando pela janela. Indo para

Harvard. Vendemos o pasto *Ele estava deitado no chão junto à janela, berrando.* Vendemos o pasto do Benjy para que o Quentin possa ir estudar em Harvard um irmão para você. Seu irmãozinho.

Você devia ter um carro foi muito bom para você não acha pois então Quentin vou logo chamando pelo nome é porque a Candace vive falando de você.

Por que não eu quero que meus filhos sejam mais do que amigos sim Candace e Quentin mais do que amigos *Pai eu cometi* que pena você nunca teve irmão nem irmã *Não teve irmã não teve não teve irmã* Não pergunte ao Quentin ele o sr. Compson ficam um pouco insultados quando eu estiver me sentindo melhor vou me sentar à mesa agora estou me forçando eu pago depois que terminar e você levar embora minha filhinha *Uma irmã pequena que ainda não. Se eu pudesse dizer mãe. Mãe*

A menos que eu faça o que tenho vontade de fazer e leve você acho que o sr. Compson não vai conseguir alcançar o carro.

Ah Herbert Candace você ouviu essa *Ela não olhava para mim suave teimosa o ângulo do maxilar sem olhar para trás* Mas não fique com ciúmes não ele está só elogiando uma velha uma filha crescida casada não posso acreditar.

Bobagem a senhora parece uma mocinha muito mais jovem que Candace as faces coradas feito uma mocinha *Um rosto reprovador lacrimoso cheiro de cânfora e de lágrimas uma voz chorando sem parar baixinho além da porta à luz do crepúsculo o cheiro de madressilvas com a cor do crepúsculo. Descendo do sótão carregando baús vazios pareciam caixões French Lick. Não encontrou a morte ao lamber o sal*

Chapéus não desbotados, cabeças sem chapéus. Três anos sem poder usar chapéu. Eu não podia. Era. Haverá chapéus então se eu não e não Harvard então. Onde o melhor do pensamento disse o pai se apega aos velhos tijolos mortos como hera morta. Então nada de Harvard. Não para mim. De novo. Mais triste que antes. De novo. Mais triste de tudo. De novo.

Spoade estava de camisa; então tinha que ser. Quando eu voltar a ver minha sombra se não tiver cuidado a que eu enganei e fiz cair n'água vou pisar de novo na minha sombra invulnerável. Mas sem irmã. Eu não teria feito isso. *Não admito que fiquem espionando minha filha* não teria.

Como é que eu posso controlá-los se você a vida inteira os ensinou a não me respeitar a não me fazer as vontades sei que você despreza a minha família mas isso não é motivo para ensinar meus filhos meus próprios filhos por quem sofri tanto a não respeitar Pisoteando os ossos de minha sombra contra o concreto com os saltos duros do sapato e então ouvi o relógio, apalpei as cartas através do paletó.

Não admito que ninguém fique espionando minha filha nem você nem Quentin nem ninguém independentemente do que vocês achem que ela fez

Pelo menos você reconhece que há um motivo para vigiá-la

Eu não teria eu não teria. *Sei que você não ia não foi minha intenção falar com tanta rispidez mas é que as mulheres não respeitam umas às outras nem a si próprias*

Mas por que foi que ela O carrilhão começou a bater assim que pisei na minha sombra, mas era o quarto de hora. Deacon não estava em lugar nenhum. *acho que eu teria eu poderia ter*

Não foi intenção dela é assim que as mulheres agem é porque ela adora a Caddy

Os postes de iluminação desciam a ladeira depois subiam em direção à cidade Eu caminhava sobre o ventre de minha sombra. Se esticasse a mão, sairia dela. *sentindo o pai atrás de mim além da escuridão áspera do verão e agosto os postes de iluminação* Eu e o pai protegemos as mulheres das mulheres delas próprias nossas mulheres *As mulheres são assim elas não adquirem conhecimento sobre as pessoas como nós elas nascem com uma fertilidade prática de desconfiança que gera frutos de vez em quando normalmente com motivo elas têm uma afinidade pelo mal dão ao mal o que lhe falta puxam o mal para junto delas de modo instintivo como quem puxa as cobertas ao adormecer fertilizando a mente para o mal até ele cumprir seu objetivo tenha este existido ou não* Ele vinha entre dois calouros. Ainda não havia se recuperado do desfile, pois bateu continência para mim, com jeito de oficial superior.

"Quero falar com você um minuto", disse-lhe eu, parando.

"Comigo? Está bem. Até mais, pessoal", despediu-se, parando e virando-se para trás, "foi um prazer conversar com vocês." Deacon, em plena forma. Um autêntico psicólogo natural. Diziam que jamais havia deixado de comparecer à chegada de um trem no início das aulas, nem uma vez em quarenta anos, e que identificava os sulistas ao primeiro olhar. Não errava nunca, e depois que ouvia o sujeito falar, dizia de que estado ele era. Tinha um uniforme que usava para esperar o trem, uma espécie de uniforme de cabana do Pai Tomás, com remendos e tudo.

"Sim senhor. Isso, sinhozinho, deixa comigo", pegando a bagagem. "Vem cá, menino, segura essas mala." Quando então uma montanha de bagagem ambulante se aproxima, revelando um menino branco de seus quinze anos embaixo, e Deacon conseguia dar um jeito de acrescentar mais uma mala à pilha e o despachava. "Não deixa nada cair não, ouviu? Sinhozinho, diga o número de seu quarto aqui pro preto velho que quando chegar no quarto as mala já está tudo lá."

Daí em diante, até conseguir subjugar o sujeito por completo, ele vivia entrando e saindo do quarto dele, onipresente e loquaz, se bem que aos poucos seus modos iam ficando mais nortistas à medida que suas roupas melhoravam, até que por fim, quando conseguira explorar a vítima a ponto de torná-la desconfiada, ele já a chamava de Quentin ou lá o que fosse, e da próxima vez que era visto estava com um terno da Brooks Brothers de segunda mão e um chapéu com uma fita de um clube de Princeton, já não sei qual, que alguém lhe dera, e que ele julgava, com uma convicção agradável e inabalável, ser parte da faixa do uniforme militar de Abraham Lincoln. Alguém espalhou anos atrás, quando ele apareceu em Harvard pela primeira vez, vindo sabe-se lá de onde, que Deacon havia se formado na faculdade de teologia. E quando ele entendeu o que isso significava, ficou tão empolgado que começou a repetir a história por conta própria, até sem dúvida chegar a se convencer de que era mesmo verdade. Fosse como fosse, contava histórias compridas e sem pé nem cabeça dos seus tempos de aluno, falando com familiaridade de professores que já haviam falecido ou saído de Harvard, chamando-os pelo primeiro nome, quase sempre o nome errado. Porém havia sido mentor e amigo de inúmeras safras de calouros inocentes e solitários, e imagino que apesar de todas as suas pequenas desonestidades e hipocrisias para as narinas dos céus ele não devia feder mais do que qualquer outro.

"Não lhe vejo há três-quatro dias", disse ele, contemplando-me do alto de sua aura militar. "Andou doente?"

"Não, estou bem. Estudando, só isso. Mas acho que vi você."

"Foi?"

"No desfile, o outro dia."

"Ah, claro. É, eu estava lá. Até que eu não ligo muito pra essas coisa, você sabe, mas o pessoal gosta que eu vou com eles, os veterano. As mulher gosta de ver os veterano tudo desfilando, sabe como é. Aí eu tenho que fazer a vontade desse povo."

"E naquele feriado italiano também", eu disse. "Pelo visto, você estava fazendo a vontade da Liga Feminina contra o Álcool."

"Ah, não, foi por causa que o meu genro pediu. Ele quer arrumar emprego de funcionário público. Gari. Eu digo a ele que ele quer a vassoura mas é só pra dormir em cima dela. Você me viu, foi?"

"As duas vezes. Vi, sim."

"Quer dizer, fardado. Como é que eu estava?"

"Muito bem. O mais garboso de todos. Deviam promover você a general, Deacon."

Pegou no meu braço de leve, aquele toque gasto e suave de mão de negro. "Escuta só. Isso não é pra contar pra ninguém, não. Pra você eu conto porque eu e você é como se fosse a mesma pessoa, nas horas boa e nas ruim." Inclinou-se um pouco para mim, falando depressa, sem olhar nos meus olhos. "Eu estou mexendo uns pauzinho aí. Espera até ano que vem. Espera só. E aí você vai ver onde que eu vou desfilar. Não preciso nem lhe dizer o que é que eu estou fazendo; só lhe peço pra esperar, meu rapaz." Então olhou para mim, deu-me um tapinha no ombro e apoiou o peso nos calcanhares, virando-se para trás, balançando a cabeça. "Sim, senhor. Não foi à toa que eu bandeei pro Partido Democrata faz três anos. Meu genro vai ser funcionário: e eu... Sim, senhor. Se eu virar democrata servir pra botar aquele filho da puta pra trabalhar... E eu, ó: fica parado ali na esquina daqui a um ano, contando de anteontem, que você vai ver."

"Espero que sim. Você merece, Deacon. E aproveitando o ensejo..." Tirei a carta do bolso. "Leve isso aqui ao meu quarto amanhã e entregue ao Shreve. Ele vai lhe dar alguma coisa. Mas só amanhã, ouviu?"

Pegou o envelope e examinou-o. "Está fechado."

"Está. E dentro está escrito: Para ser lido só amanhã."

"Hm", disse ele. Olhou para o envelope, apertando os lábios. "Vai me dar alguma coisa, é?"

"Vai. Um presente que eu vou lhe dar."

Agora ele estava olhando para mim, o envelope branco na mão negra, ao sol. Os olhos eram suaves, castanhos, desprovidos de íris, e de repente vi Roskus me olhando por trás de toda aquela sua parafernália de branco — uniformes, política, modos de aluno de Harvard — tímido, cheio de segredos, exprimindo-se mal, tristonho. "Você não está pregando uma peça nesse preto velho não, não é?"

"Você sabe que não. Algum sulista já pregou peça em você?"

"Tem razão. É tudo gente boa. Mas não se pode viver com eles."

"E você já tentou?" disse eu. Mas Roskus havia desaparecido. Ele voltara a ser o homem que havia muito tempo aprendera a exibir ao mundo: pomposo, espúrio, não de todo grosseiro.

"Vou atender ao seu pedido, meu rapaz."

"Mas só amanhã, veja lá."

"Claro", respondeu ele, "perfeito, meu rapaz. Bom..."

"Espero que..." fui dizendo. Ele olhou para mim, bondoso, profundo. De repente estendi a mão e trocamos um aperto de mãos, ele muito sério, do alto de seu pomposo sonho municipal e militar. "Você é um bom sujeito, Deacon. Espero que... você ajudou muitos rapazes, aqui e ali."

"Sempre tento tratar todo mundo bem", disse ele. "Não faço nenhuma discriminação social mesquinha. Pra mim, um homem é sempre um homem, em qualquer lugar."

"Espero que você sempre encontre tantos amigos quanto os que você fez."

"Gente moça — eu me dou bem com gente moça. Eles não me esquece, não", disse ele, brandindo o envelope. Colocou-o no bolso e abotoou o paletó. "Sim, senhor", disse ele. "Amigo nunca me faltou."

O carrilhão começou a bater outra vez, a meia hora. Parado no ventre de minha sombra, fiquei escutando as batidas, espaçadas e tranquilas no sol, em meio às folhinhas finas e imóveis. Espaçadas e suaves e serenas, com aquele toque outonal que os sinos sempre têm, mesmo no mês das noivas. *Deitado no chão junto à janela berrando* Olhou para ela e na mesma hora entendeu. Das bocas de criancinhas de peito. *Os postes de iluminação* O carrilhão silenciou. Voltei aos correios, calcando com os pés minha sombra contra a calçada. *descem a ladeira depois sobem em direção à cidade como lanternas penduradas uma em cima da outra num muro.* O pai disse porque ela adora a Caddy ela adora as pessoas através dos defeitos delas. O tio Maury de pernas abertas diante da lareira tem que tirar do bolso uma das mãos o tempo suficiente para brindar o Natal. Jason correndo, as mãos nos bolsos, caiu e ficou estendido no chão como um frango amarrado até que Versh veio levantá-lo. *Por que é que você não tira as mão do bolso quando você corre assim dava pra você se levantar* Girando a cabeça dentro do berço girando de um lado para o outro. Caddy disse a Jason e Versh que o tio Maury não trabalhava porque ficava girando a cabeça no berço quando era pequeno.

Shreve vinha na minha direção, gingando, gordamente sério, os óculos brilhando sob as folhas ariscas como poças pequenas.

"Dei ao Deacon um bilhete pedindo umas coisas. Talvez eu não esteja aqui hoje à tarde, por isso não dê nada a ele antes de amanhã, está bem?"

"Está bem." Olhou para mim. "Mas, afinal, o que é que você está fazendo hoje? Todo vestido e zanzando de um lado pro outro, parece que está se preparando pra fazer *sati*. Foi à aula de psicologia hoje?"

"Não estou fazendo nada. Só amanhã."

"O que é isso aí?"

"Nada. Sapatos que eu mandei pôr meia-sola. Mas não dê nada a ele, só amanhã, está certo?"

"Certo. Combinado. Ah, a propósito, você pegou uma carta hoje de manhã na mesa?"

"Não."

"Está lá. É da Semíramis. O motorista trouxe antes das dez."

"Está bem. Vou pegar. O que será que ela quer, hein."

"Mais uma apresentação de banda, imagino. Gerald parará tim pum. 'Mais forte no bumbo, Quentin.' Graças a Deus eu não sou um cavalheiro." Seguiu em frente, segurando um livro com cuidado, um pouco disforme, gordamente determinado. *Os postes de iluminação* você pensa assim porque um dos nossos ancestrais era governador e três eram generais e os da mãe não eram

qualquer homem vivo é melhor que qualquer homem morto, mas nenhum homem vivo ou morto é muito melhor que qualquer outro homem vivo ou morto *Mas para a mãe acabou. Acabou. Acabou. Então fomos todos envenenados* você está confundindo pecado com moralidade as mulheres não fazem isso a sua mãe está pensando em moralidade se é pecado ou não é isso nem passa pela cabeça dela

Jason tenho que ir embora você cuida dos outros eu levo o Jason e vou para algum lugar onde ninguém nos conheça para que ele tenha oportunidade de crescer e esquecer tudo isso os outros não me amam eles nunca amaram nada puxaram o egoísmo e o falso orgulho dos Compson Jason é o único por quem meu coração bate sem receio

bobagem o Jason está bem estive pensando assim que você estiver melhor você e a Caddy podiam ir para French Lick

e deixar o Jason aqui sozinho com você e a negrada

ela vai esquecer dele e aí as pessoas vão parar de falar nisso *não encontrou a morte ao lamber o sal*

quem sabe eu não encontro um marido pra ela *não a morte ao lamber o sal*

O bonde se aproximou e parou. O carrilhão continuava a dar a meia hora. Subi no bonde e ele partiu, encobrindo a meia hora. Não: os três quartos de hora. Então só faltavam dez minutos. Ir embora de Harvard o sonho da sua mãe por isso o pasto de Benjy vendido por isso

    o que foi que eu fiz para ter filhos assim Benjamin já foi um castigo suficiente e agora ela sem a menor consideração por mim pela mãe eu sofri por ela sonhei e fiz planos e sacrifícios e andei pelo vale da sombra e mesmo assim desde o dia em que ela nasceu nem uma vez ela pensou em mim sem egoísmo às vezes eu olho para ela e me pergunto se ela é mesmo minha filha menos o Jason esse nunca me causou o menor aborrecimento desde que eu peguei o Jason no colo pela primeira vez senti que ele seria minha alegria e minha salvação eu pensava que Benjamin já fosse castigo suficiente por todo e qualquer pecado que eu tenha cometido meu castigo por ter engolido o orgulho e me casado com um homem que se considerava melhor que eu não me queixo eu o amava mais do que a todos por isso mesmo por obrigação embora o Jason me puxasse pelo coração o tempo todo mas agora compreendo que ainda não sofri o bastante agora compreendo que tenho de pagar pelos seus pecados além de pelos meus o que foi que você fez que pecados que a sua família importante e poderosa jogou sobre a minha cabeça mas você há de assumi-los pela sua gente você sempre acha desculpas para quem é do seu sangue o Jason é o único que erra porque ele é mais Bascomb que Compson enquanto a sua filha a minha filhinha a minha menininha ela ela não é melhor que vocês não quando eu era menina tive a infelicidade de ser só uma Bascomb me ensinaram que não havia meio-termo uma mulher ou bem é uma senhora de distinção ou não é mas nunca sonhei quando peguei minha filha nos braços que uma filha minha fosse capaz de se deixar você sabe eu olho nos olhos dela e posso lhe dizer você pode achar que ela conta a você mas ela esconde as coisas ela é cheia de segredos você não conhece sua filha eu sei de coisas que ela já fez que eu preferia morrer a ter de contar a você isso mesmo continue criticando o Jason pode me acusar de usar o menino para ficar vigiando a irmã como se isso fosse um crime enquanto a sua própria filha é capaz de eu sei que você não gosta dele que acredita em todas as acusações que fazem a ele você nunca é pode ridicularizar o menino como você sempre fez com o Maury mas a mim você não pode fazer mais nenhum mal maior do que os seus filhos já fizeram e um dia eu não vou estar mais aqui e o Jason não vai ter ninguém que goste dele ninguém que o proteja disso eu olho para ele todo dia com medo de ver o sangue dos Compson começando a se manifestar nele finalmente e a irmã dele fugindo para ver então como é que você chama isso você já o viu alguma vez você deixa pelo menos eu tentar descobrir quem ele é não é por mim não eu nem aguentaria olhar para ele é por você para proteger você mas quando o sangue é ruim não adianta fazer nada você não me deixa nem tentar o jeito é ficar sentada sem fazer nada enquanto ela não apenas arrasta o seu nome para a lama mas também corrompe o ar que os seus filhos respiram Jason você tem que me deixar ir embora eu não aguento mais deixe-me ficar com o Jason e você pode ficar com os outros eles não são sangue do meu sangue como ele são desconhecidos e não são nada para mim e tenho medo deles deixe-me ficar com o Jason e ir para algum lugar onde ninguém nos conheça e eu me ponho de joelhos e rezo para que meus pecados sejam absolvidos para que ele possa escapar dessa praga tento esquecer que os outros existem

    Se eram mesmo os três quartos de hora, só dez minutos agora. Um bonde havia acabado de partir, e as pessoas já estavam esperando pelo próximo. Perguntei, mas ele não sabia se o próximo sairia antes de meio-dia ou não, porque esses interurbanos a gente fica achando. De modo que o primeiro era outro bonde local. Entrei. O meio-dia a gente percebe. Será que até mesmo os mineiros nas entranhas da terra. Daí os apitos: porque as pessoas que suam, e a uma certa distância do suor não se ouvem os assobios, e em oito minutos se está longe do suor em Boston. O pai disse que o homem é o somatório de suas desgraças. A gente fica achando que um dia as desgraças se cansam, mas aí o tempo é que é a sua desgraça disse o pai. Uma gaivota presa num fio invisível o espaço cruzou. Você leva o símbolo da sua frustração para a eternidade. Então as asas são maiores disse o pai só quem sabe tocar harpa.

    Sempre que o bonde parava eu ouvia meu relógio, mas isso não era frequente eles já estavam comendo *Quem tocaria* Comer o ato de comer dentro de você espaço também espaço e tempo confundidos O estômago dizendo meio-dia o cérebro dizendo hora de comer Está bem Eu queria saber que horas são e daí. As pessoas estavam saltando. Agora o bonde parava menos, esvaziado pelo ato de comer.

    Então passou. Saltei e fiquei parado em cima da minha sombra e depois de algum tempo passou um bonde e entrei e voltei para a estação do interurbano. Havia um bonde prestes a sair, e achei um lugar perto da janela e o bonde deu a partida e fomos entrando num charco raso, depois árvores. De vez em quando eu via o rio e pensei seria bom para eles lá em New London se o tempo e a iole de Gerald seguindo muito sério no sol da tarde e o que seria que a velha queria agora, mandando um bilhete para mim antes das dez da manhã. Que retrato de Gerald eu um dos que aparecem *Dalton Ames* ah amianto o *Quentin atirou* ao fundo. Uma com umas moças. As mulheres têm mesmo *sempre a voz dele em meio ao tagarelar voz que soava* uma afinidade pelo mal, acreditar que nenhuma mulher é digna de confiança, mas que há homens inocentes demais para se proteger. Moças feiosas. Primas distantes e amigas da família que só porque a gente conhece há uma certa obrigação do sangue *noblesse oblige*. E ela sentada dizendo a nós na cara deles que era uma pena Gerald herdar toda a beleza da família porque homem nem precisa, até melhor não ter, mas sem beleza uma moça realmente está perdida. Falando para nós sobre as mulheres do Gerald num o *Quentin atirou no Herbert atirou nele a voz atravessando o chão do quarto de Caddy* tom de aprovação presunçosa. "Quando ele estava com dezessete anos eu disse a ele um dia 'Que pena você ter uma boca assim ela ficava melhor no rosto de uma moça' e imaginem só. *as cortinas enviesadas ao crepúsculo com o cheiro da macieira a cabeça dela contra o crepúsculo os braços atrás a cabeça com asas de quimono a voz que soava no éden roupas na cama junto ao nariz visto acima da maçã* o que ele disse? só dezessete anos, vejam lá. 'Mamãe' ele disse 'ela volta e meia fica.'" E ele ali posudo feito um rei, olhando para os outros dois ou três por entre os cílios. Pareciam andorinhas voando os cílios dele. Shreve dizia que ele sempre *Você vai tomar conta de Benjy e do pai vai*

Quanto menos você falar sobre Benjy e o pai melhor quando na sua vida que você pensou neles hem Caddy

Promete

Não se preocupa com eles não você está saindo em boa situação

Promete estou doente você tem que prometer quis saber quem inventou aquela piada mas por outro lado ele sempre achou a sra. Bland muito bem conservada e dizia que ela estava criando Gerald para ele seduzir uma duquesa um dia. Ela se referiu a Shreve aquele rapaz canadense gordo duas vezes ela resolveu arranjar um outro companheiro de quarto para mim sem nem me consultar, uma vez eu teria que sair do quarto, na outra

Ele abriu a porta no crepúsculo. Seu rosto parecia uma torta de abóbora.

"Pois bem, vou fazer uma despedida amorosa. Ainda que o destino cruel nos separe, jamais hei de amar outro. Jamais."

"Do que é que você está falando?"

"Estou falando do destino cruel coberto por oito metros de seda alaranjada e mais metal em termos de peso do que um escravo nas galés e única proprietária do incontestável e peripatético sobrevivente da extinta Confederação." Então me contou que ela tinha ido falar com o bedel para que o mudassem de quarto, e que o bedel fora turrão a ponto de insistir em consultar Shreve. Então ela sugeriu que o bedel chamasse o Shreve ali mesmo e o despachasse, e ele se recusou a fazer isso, e daí em diante ela mal cumprimentava Shreve. "Faço questão de jamais falar mal de mulher", disse Shreve, "mas essa tem mais de puta que de senhora, mais que todas as que já conheci em todos estes estados soberanos e domínios." e agora Carta sobre a mesa à mão, ordem odor e cor de orquídea Se ela soubesse que eu quase passei pela janela sabendo que a carta estava lá sem Prezada senhora ainda não tive oportunidade de receber sua missiva mas peço-lhe antecipadamente que me dispense hoje ou ontem ou amanhã ou quando Quando me lembro que a próxima vai ser a vez em que Gerald empurrou o negro dele escada abaixo e o negro pediu pra deixar ele matricular na faculdade de teologia pra ficar perto do sinhozinho gerald e Ele correu até a estação ao lado da carruagem com lágrimas nos olhos quando o sinhozinho gerald foi-se embora e vou esperar até que venha a história do marido da serraria que veio até a porta da cozinha com uma espingarda Gerald desceu e partiu a espingarda ao meio com os dentes e entregou os pedaços ao homem e limpou as mãos num lenço de seda jogou o lenço no fogão essa eu só ouvi duas vezes

atirou acertou ele na Vi você aqui aí percebi que era a minha oportunidade e por isso vim falar com você pra talvez a gente se conhecer fumar um charuto
Obrigado eu não fumo
Não pelo visto as coisas mudaram por lá desde o meu tempo se incomoda se eu fumar

Fique à vontade
Obrigado tenho ouvido falar muito acho que sua mãe não vai se incomodar se eu colocar o fósforo atrás do para-fogo não é sobre você a Candace falou sobre você o tempo todo lá em Licks Fiquei até com ciúme e aí pensei quem é esse tal de Quentin eu tenho que ver quem é essa criatura porque fiquei completamente fascinado quando vi a menininha pela primeira vez eu não me incomodo de lhe dizer isso nem me ocorreu que ela estaria falando sobre o irmão dela ela falava como se você fosse o único homem do mundo não ia ter lugar para um marido você não vai mudar de ideia e aceitar um charuto
Eu não fumo
Nesse caso não vou insistir apesar de que é um dos bons paguei vinte e cinco dólares pela caixa de cem no atacado um amigo lá em Havana pois é imagino que deve ter mudado muita coisa por lá eu vivo dizendo a mim mesmo que vou fazer uma visita mas acabo que nunca vou estou dando duro no banco já faz dez anos não dá pra largar o trabalho durante as aulas os hábitos da gente mudam coisas que parecem importantes quando a gente está na faculdade você sabe conte pra mim como vão as coisas por lá
Não vou contar nada pro meu pai e a minha mãe se é isso que você está querendo dizer
Não vai contar não vai contar pra ah é nisso que você está falando é você tem que compreender que eu estou me lixando se você vai ou não vai contar uma coisa dessas é lamentável mas não é nenhum crime não fui o primeiro nem o último eu só tive azar quem sabe você talvez tivesse mais sorte
Mentira
Não me leva a mal não eu não estou tentando arrancar nada de você não vai ficar não quis ofender você é claro que um rapazinho

como você acha isso muito mais sério do que você mesmo vai achar daqui a cinco anos
Pra mim só existe uma maneira de encarar uma trapaça e acho que não vou aprender outra em Harvard não
Mas isso aqui está virando uma peça de teatro você deve estar no Grupo de Arte Dramática está certo a gente não precisa contar nada pra eles e o que passou passou não vamos nós dois deixar que uma bobagem dessas vire motivo de briga eu gosto de você Quentin gosto da sua estampa você não é como esses caipiras ainda bem que a gente vai se entender bem eu prometi à sua mãe fazer uma coisa pelo Jason mas eu queria ajudar você também pro Jason tanto faz ficar lá ou aqui mas um fim-de-mundo como esse não é lugar pra um rapaz como você
Obrigado mas é melhor você ficar com o Jason você vai se dar melhor com ele que comigo
Lamento o que aconteceu mas eu era um garoto na época e eu nunca tive uma mãe como a sua pra me ensinar o que é certo ela ia ficar magoada se soubesse é desnecessário é você tem razão não vale a pena contar nem pra Candace aliás
Eu disse pra meu pai e minha mãe
Vem cá olha bem pra mim e me diz quanto tempo você acha que ia conseguir aguentar se me enfrentasse
Não vou precisar aguentar muito tempo se você aprendeu a brigar na escola também então vamos ver quanto tempo eu aguento
Seu moleque o que você pensa que está querendo dizer
Eu lhe mostro
Meu Deus o charuto o que a sua mãe diria se encontrasse uma queimadura no console da lareira na hora H olha aqui Quentin a gente vai acabar fazendo uma coisa que depois nós dois vamos nos arrepender eu gosto de você gostei desde que bati o olho em você eu pensei ele deve ser um sujeito muito bom seja lá quem for senão a Candace não ia gostar dele assim escute uma coisa

eu estou há dez anos conhecendo o mundo essas coisas não são tão importantes assim você vai descobrir isso vamos nos entender nós dois ainda por cima dois filhos de Harvard acho que se eu fosse lá hoje eu nem reconhecia mais o lugar o melhor lugar no mundo pra um rapaz estudar eu vou mandar meus filhos pra lá pra eles terem uma oportunidade melhor que eu tive espere aí não vá ainda não vamos conversar mais sobre essa questão a gente quando é garoto tem essas ideias e eu acho isso ótimo faz bem pro rapaz quando ele está na escola ajuda a formar o caráter é bom pra tradição pra escola mas quando ele vai viver no mundo real ele tem que se virar pra se dar bem da melhor maneira possível porque aí a gente percebe que é isso que todo mundo faz e que se dane toca aqui o que passou passou é pro bem da sua mãe não esquece a saúde dela vem cá me dá a sua mão olha isso aqui essa acabou de sair do convento olha nenhuma mancha não foi nem dobrada ainda olhe aqui
Pro inferno com o seu dinheiro
Não não vamos lá eu agora também sou da família não é eu sei como é quando a gente é jovem a gente tem mil questões particulares e é sempre difícil fazer o velho abrir a mão não é eu também já passei por isso e nem faz tanto tempo assim mas agora eu vou me casar ainda mais por ser lá vamos não seja bobo escuta aqui quando a gente tiver oportunidade de ter uma conversa de verdade eu quero lhe falar sobre uma viuvinha lá da cidade
Também já ouvi falar disso pode ficar com a porcaria do seu dinheiro
Então vamos considerar que é um empréstimo você fecha os olhos um minuto quando vê está com cinquenta anos
Tira as mãos de mim melhor tirar o charuto do console
Pode contar então e vá pro inferno você vai ver o que vai acontecer com você se você não fosse um idiota você entendia que

eles já estão todos na minha mão e não vai ser um irmão pateta e puritano a sua mãe já me falou de você todo metido a besta ah entre querida eu e o Quentin estamos nos conhecendo falando sobre Harvard você queria falar comigo não consegue ficar longe do velho hein
Sai um minuto Herbert quero falar com o Quentin
Pode entrar pode entrar vamos todos bater um papo e se conhecer melhor eu estava dizendo ao Quentin
Sai Herbert só um minuto
Então está bem imagino que você e o seu mano querem se ver mais uma vez não é
Melhor você tirar o charuto do console
Você tem razão como sempre meu rapaz então eu vou saindo tem que deixar elas mandarem em você enquanto elas podem Quentin depois de depois de amanhã vai ser bom agradar o velho não vai meu amor me dá um beijinho meu bem
Ah para com isso deixa isso pra depois de amanhã
Então eu vou querer com juros não deixa o Quentin fazer nada que ele não possa fazer até o fim ah por falar nisso será que eu contei ao Quentin a história do papagaio do homem e o que aconteceu com ele uma história triste me lembre disso pense nisso você também adeusinho e juízo
Então
Então
O que é que você está querendo fazer hein
Nada
Você está se metendo na minha vida de novo será que não basta o que você fez no verão passado
Caddy você está com febre *Você está doente está doente como*
    Estou doente e pronto. Não posso perguntar.
    Atirou na voz dele atravessando o
    Com esse cafajeste não Caddy

114

De vez em quando o rio brilhava além das coisas todas uns brilhos largos, no meio-dia e depois. Bom depois de agora, se bem que já passamos por onde ele ainda estava seguindo rio acima majestoso desafiando deus os deuses. Melhor. Deuses. Deus seria *canaille* também em Boston em Massachusetts. Ou talvez apenas não um marido. Os remos úmidos piscando para ele em piscadelas reluzentes e palmas femininas. Adulante. Adulante se não fosse marido ignoraria Deus. *Aquele cafajeste, Caddy* O rio brilhava ao longe seguindo em curva.

Estou doente você tem que prometer

Doente você está doente como

Estou doente e pronto não posso pedir a ninguém ainda promete que você vai

Se eles precisarem de cuidados é por causa de você você está doente como Pela janela ouvíamos o bonde partindo em direção à estação, o bonde das oito e dez. Para trazer primos. Cabeças. Aumentando a si próprio cabeça por cabeça mas não barbeiros. Manicures. Antigamente a gente tinha um cavalo puro-sangue. Na cocheira sim, mas quando selado um vira-lata. *Quentin atirou nas vozes de todos eles atravessando o assoalho do quarto de Caddy*

O bonde parou. Saltei, no meio da minha sombra. Uma estrada cruzava os trilhos. Havia um abrigo de madeira, com um velho comendo alguma coisa que tirava de um saco de papel, e depois já não dava mais para ouvir o bonde. A estrada seguia por entre as árvores, onde havia sombra, mas as folhagens em junho na Nova Inglaterra não são muito mais densas do que em abril lá no Mississippi. Vi uma chaminé. Dei as costas para ela, pisoteando a minha sombra contra a terra. *Havia alguma coisa terrível em mim às vezes à noite eu via a coisa sorrindo para mim eu via através deles sorrindo para mim através dos rostos deles agora passou e eu estou doente*

Caddy

Não me toque promete só isso
Se você está doente você não pode
Posso sim depois eu vou estar bem não vai fazer diferença não deixa mandarem ele pra Jackson promete
Eu prometo Caddy Caddy
Não me toque não me toque
Como é que é Caddy
O quê
A que sorri pra você a coisa através deles
    Eu ainda via a chaminé. Era lá que estaria a água, curativa, se espraiando em direção ao mar, às grutas tranquilas. Despencando tranquilos, e quando Ele dissesse Levantai-vos só os ferros de passar. Quando eu e Versh passávamos o dia inteiro caçando não almoçávamos, e ao meio-dia eu tinha fome. Ficava com fome até mais ou menos uma hora, então de repente eu até esquecia que não estava mais com fome. *Os lampiões de rua descem a ladeira depois ouvi o carro descendo a ladeira.* O braço da poltrona liso e fresco sob minha testa dando forma à poltrona a macieira pendia sobre meu cabelo acima das roupas edênicas pelo nariz visto Você está com febre eu senti ontem é como ficar junto do fogão.
    Não me toque
    Caddy você não pode se você está doente. Aquele cafajeste.
    Eu preciso casar com alguém. *Então me disseram que o osso teria de ser quebrado outra vez*
    Finalmente não dava mais para ver a chaminé. A estrada seguia junto a um muro. Árvores pendiam sobre o muro, salpicadas de sol. A pedra estava fresca. Caminhando junto ao muro dava para sentir o frescor. Só que nossa terra não era como esta. Só de caminhar por ela a gente sentia uma coisa. Uma espécie de fecundidade tranquila e violenta que satisfazia até a fome de pão quase. Fluindo em torno da gente, e não parando e acariciando cada pedra sovina. Como se para compensar verde suficiente

para todas as árvores e até o azul da distância não aquela quimera abundante. *me disse que o osso teria de ser quebrado outra vez e dentro de mim começou a dizer Ah Ah Ah e comecei a suar. E daí que diferença faz eu sei o que é uma perna quebrada sei muito bem não vai ser nada só vou ter que ficar em casa mais um pouco só isso e os músculos do maxilar ficando dormentes e minha boca dizendo Espera aí Espera aí só um minuto através do suor ah ah ah atrás dos dentes e o pai cavalo desgraçado cavalo desgraçado. Espera aí a culpa é minha. Ele vinha até a cerca todas as manhãs com uma cesta em direção à cozinha arrastando um bastão na cerca todas as manhãs eu me arrastava até a janela com gesso e tudo e ficava à espera dele com um pedaço de carvão Dilsey dizia você vai ficar doente não tem juízo não você quebrou a perna outro dia mesmo. Espere basta um minuto que eu me acostumo espere só um minuto que eu*

Até o som parecia esmorecer neste ar, como se o ar estivesse esgotado de transportar sons por tanto tempo. A voz de um cão vai mais longe que um trem, pelo menos no escuro. E de algumas pessoas também. Negros. Louis Hatcher nunca usava a corneta que carregava junto com aquela lanterna velha. Perguntei: "Louis, quando foi a última vez que você limpou essa lanterna?"

"Limpei ela faz pouco tempo. Lembra aquela enchente que carregou aquele povo lá de cima? Eu limpei ela foi aquele dia mesmo. Eu e a velha estava nós dois sentado na frente da lareira naquela noite e ela pegou e falou assim: 'Louis, o que é que você vai fazer se essa enchente chegar até aqui?' e eu virei e disse: 'É mesmo. Melhor eu limpar a lanterna'. Aí eu limpei a lanterna aquela noite mesmo."

"A enchente foi na Pensilvânia", eu disse. "Nunca que ia chegar até aqui."

"Você que pensa", disse Louis. "A água pode subir tanto aqui em Jefferson quanto lá na Pensilvânia, ora. Quem diz que a enchente não chega até aqui é que acaba boiando no telhado da casa."

"Você e a Martha saíram naquela noite?"

"Saímos sim. Eu limpei a lanterna e aí a gente foi passar o resto da noite no alto daquele morro que tem nos fundo do cemitério. E se eu sei de um morro inda mais alto nós ia pra ele em vez de lá."

"E desde aquele dia que você não limpa essa lanterna?"

"Limpar pra quê se não tem precisão?"

"Quer dizer que só quando houver outra enchente?"

"Foi com ela que nós escapou da outra."

"Ah, essa não, tio Louis", eu disse.

"Sim, sinhô. Você faz do seu jeito que eu faço do meu. Se pra escapar da enchente basta eu limpar essa lanterna, eu não vou brigar com ninguém por conta disso."

"O tio Louis não ia pegar nada de lanterna acesa", disse Versh.

"Eu já caçava gambá nessa terra quando inda estavam catando piolho na cabecinha do teu pai, menino", disse Louis. "Já caçava e pegava mesmo."

"Lá isso é verdade", disse Versh. "Acho que o tio Louis já pegou mais gambá que qualquer um nessa terra."

"Se peguei!" disse Louis. "A luz que eu tenho dá pros gambá enxergar direitinho. Até hoje nenhum deles nunca que reclamou. Todo mundo cala a boca. É ele. Vamos lá, cachorro." E então ficávamos sentados nas folhas secas, que suspiravam baixinho com a respiração lenta da nossa espera e com a respiração lenta da terra e o ar parado de outubro, o fedor áspero da lanterna poluindo o ar frágil, ouvindo o som dos cachorros e o eco da voz de Louis morrendo na distância. Ele jamais levantava a voz, e no entanto numa noite silenciosa mais de uma vez a ouvimos da nossa varanda da frente. Quando chamava os cães,

sua voz era tal qual a corneta que levava pendurada no ombro e jamais usava, porém mais limpa, mais suave, como se sua voz fosse parte da escuridão e do silêncio, desenroscando-se da noite para depois nela enroscar-se outra vez. HuUuuuu. HuUuuuu. HuUuuuuuuuuuuuuuuuu *Preciso casar com alguém*
    Foram muitos Caddy hein
    Não sei foram demais me diz se você vai cuidar do Benjy e do pai
    Então você não sabe de quem é e ele sabe
    Não me toque você vai cuidar do Benjy e do pai
    Comecei a sentir a água antes de chegar à ponte. A ponte era de pedra cinzenta, coberta de liquens, com manchas de umidade lenta nos lugares que o fungo havia alcançado. Lá embaixo a água era límpida e tranquila na sombra, sussurrando e gorgolejando em torno da pedra em remoinhos pálidos de céu a rodopiar. *Caddy esse*
    Eu preciso casar com alguém Versh me falou de um homem que se mutilou. Ele foi para o mato e se cortou com uma navalha, dentro duma vala. Uma navalha quebrada jogou por cima do ombro no mesmo movimento completo a massa de sangue para trás uma trajetória reta. Mas não é isso. É não ter. É nunca ter tido e aí eu poderia dizer Ah Isso Isso é chinês Não sei chinês. E o pai disse é porque você é virgem: entendeu? As mulheres nunca são virgens. A pureza é um estado negativo e portanto contrário à natureza. É a natureza que está fazendo mal a você e não Caddy e eu disse Isso são só palavras e ele disse A virgindade também e eu disse O senhor não sabe. O senhor não pode saber e ele disse É. No momento em que a gente compreende isso a tragédia é uma coisa de segunda mão.
    Onde a sombra da ponte caía dava para enxergar bem fundo, mas não até o leito. Quando você deixa uma folha muito tempo dentro d'água o tecido desaparece e as fibras delicadas

balançando devagar como o movimento do sono. Elas não encostam uma na outra, por mais que antes estivessem enredadas, por mais próximas que antes estivessem dos ossos. E talvez quando Ele disser Levantai-vos os olhos subam à superfície também, do fundo tranquilo do sono, para contemplar a glória. E depois de algum tempo os ferros de passar também subiriam à superfície. Escondi-os debaixo da extremidade da ponte e debrucei-me sobre o parapeito.

Não dava para ver o fundo, mas consegui ver a água fluindo numa boa profundidade até minha vista cansar, e depois vi uma sombra pendurada como uma seta gorda pendendo sobre a corrente. Efeméridas entravam e saíam da sombra da ponte bordejando a superfície da água. *Se ao menos houvesse um inferno depois: a chama limpa nós dois mais que mortos. Então você terá só a mim então só a mim então nós dois em meio à reprovação e o horror além da chama limpa* A seta aumentou sem movimento, então num torvelinho rápido a truta engoliu um inseto sob a superfície com aquela espécie de delicadeza gigantesca com que um elefante pega um amendoim. O vórtice aquietou-se aos poucos e seguiu correnteza abaixo e depois vi a seta outra vez, oscilando de leve ao ritmo da água sobre a qual as efeméridas pousavam inclinadas. *Só você e eu então em meio à reprovação e o horror emparedados pela chama limpa*

A truta quedava imóvel, delicada, em meio às sombras oscilantes. Três garotos munidos de caniços surgiram na ponte, e debruçados sobre o parapeito ficamos olhando para a truta. Eles conheciam o peixe. Era um personagem local.

"Faz vinte e cinco anos que estão tentando pegar essa truta. Tem uma loja em Boston que oferece um caniço de vinte e cinco dólares a quem conseguir pegar."

"Então por que é que vocês não pegam? Vocês não queriam ter um caniço de vinte e cinco dólares?"

"É", responderam. Debruçados sobre o parapeito, olhavam para a truta. "Eu queria, sim", disse um deles.

"Eu não ia querer o caniço", disse o segundo. "Eu preferia o dinheiro."

"Vai ver que o dinheiro eles não davam", disse o primeiro. "Aposto que eles iam querer que você levasse o caniço."

"Aí eu vendia."

"Você não ia achar quem desse vinte e cinco dólares por ele."

"Eu aceitava o que me dessem. Eu pesco com este caniço aqui igualzinho se fosse um caniço de vinte e cinco dólares." Então começaram a falar sobre o que fariam com vinte e cinco dólares. Todos falavam ao mesmo tempo, com vozes insistentes e contraditórias e impacientes, fazendo da irrealidade uma possibilidade, depois uma probabilidade, e por fim um fato incontestável, como costumam fazer as pessoas quando seus desejos se transformam em palavras.

"Eu comprava um cavalo e uma carroça", disse o segundo.

"Ah, comprava, é?" disseram os outros.

"Comprava sim. Eu sei onde que vende por vinte e cinco dólares. Eu conheço o homem."

"Quem é?"

"Eu sei quem é. Eu compro por vinte e cinco dólares."

"Conversa", disseram os outros. "Conhece coisa nenhuma. É só conversa."

"Vocês acham, é?" insistiu o menino. Os outros continuavam a debochar dele, mas ele não disse mais nada. Debruçado sobre o parapeito, olhava para a truta que ele já havia consumido, e de repente a acrimônia, o conflito, desapareceu de suas vozes, como se também para eles fosse como se o menino tivesse capturado o peixe e comprado o cavalo e a carroça, também eles compartilhando aquela característica adulta de se deixar convencer do que quer que seja por um ar de superioridade silenciosa. Creio que as pessoas, que constantemente utilizam a si próprias e as outras por meio das palavras, são ao menos coerentes quando atribuem sabedoria a uma língua que se cala, e por algum tempo senti que os outros dois tentavam às pressas encontrar algum meio de fazer frente a ele, de roubar-lhe o cavalo e a carroça.

"Você não ia achar quem desse vinte e cinco dólares pelo caniço", disse o primeiro. "Aposto qualquer coisa que não."

"Ele ainda não pegou a truta", disse o terceiro de repente, e então os dois exclamaram:

"É, eu não disse? Como que chama o tal homem? Duvido você dizer o nome dele. Não tem homem nenhum."

"Ah, cala a boca", disse o segundo. "Olha lá. Lá vem ela de novo." Debruçados sobre o parapeito, idênticos, os caniços esguios inclinados ao sol, também idênticos. A truta subiu à tona sem pressa, uma sombra a tremer e crescer pouco a pouco; outra vez o pequeno vórtice lentamente foi se dissolvendo correnteza abaixo. "Puxa", murmurou o primeiro.

"A gente nem tenta mais pegar ela", disse ele. "A gente fica só vendo o pessoal de Boston que vem aqui tentar."

"É o único peixe desta lagoa?"

"É. Ela expulsou os outros todos. O melhor lugar pra pescar aqui é lá perto do Eddy."

"Não é não", disse o segundo. "É melhor perto do moinho de Bigelow, lá tem o dobro de peixe." Então ficaram algum tempo discutindo qual era o melhor lugar para se pescar, depois pararam de repente para ver a truta subir à tona outra vez, enquanto o pequeno torvelinho de água perturbada tragava um pouco do céu. Perguntei a que distância ficava a cidade mais próxima. Eles me disseram.

"Mas a linha de bonde mais próxima fica pra lá", disse o segundo, apontando para a estrada. "Pra onde você vai?"

"Lugar nenhum. Estou só caminhando."

"Você é da faculdade?"

"Sou. Nessa cidade tem fábricas?"

"Fábricas?" Eles olharam para mim.

"Não", disse o segundo. "Lá, não." Olharam para minhas roupas. "Você está procurando trabalho?"

"Tem o moinho de Bigelow", disse o terceiro. "É uma fábrica, não é?"

"Fábrica coisa nenhuma. Ele quer saber fábrica de verdade."

"Uma que tenha apito", disse eu. "Até agora não ouvi nenhum apito dando uma hora."

"Ah", disse o segundo. "Tem um relógio na torre da igreja unitarista. Lá o senhor pode ver as horas. Não tem um relógio nessa sua corrente?"

"Eu quebrei hoje de manhã." Mostrei-lhes meu relógio. Eles o examinaram, sérios.

"Ainda está andando", disse o segundo. "Quanto que custa um relógio desses?"

"Foi presente", respondi. "Meu pai me deu quando terminei o secundário."

"Você é canadense?" perguntou o terceiro. Era ruivo.

"Canadense?"

"Ele não fala que nem eles, não", disse o segundo. "Já ouvi canadense falando. Ele fala que nem artista de *minstrel show*."*

"Ih", disse o terceiro. "Você não tem medo dele bater em você não?"

"Bater em mim?"

"Você disse que ele fala que nem gente de cor."

---

* Espetáculos de variedade em que artistas brancos cantavam e representavam caracterizados como negros. (N. T.)

"Ah, cala a boca", retrucou o segundo. "Daquele morro ali dá pra ver a torre da igreja."

Agradeci. "Boa sorte pra vocês. Mas não peguem aquele velhote. Ele merece ser deixado em paz."

"Esse peixe ninguém consegue pegar não", disse o primeiro. Debruçados sobre o parapeito, olhavam para a água lá embaixo, e os três caniços pareciam três fios enviesados de fogo amarelo ao sol. Voltei a caminhar pisoteando minha sombra contra as sombras mosqueadas das árvores. A estrada fazia uma curva, subindo e afastando-se da água. Chegando ao alto, ela descia dando voltas, levando adiante o olho, a mente, por um túnel verde silencioso, e a cúpula quadrada que se destacava acima das nuvens e o olho redondo do relógio, porém a uma distância suficiente. Sentei-me à beira-estrada. A grama chegava à altura dos tornozelos, inúmera. As sombras na estrada eram imóveis como se tivessem sido traçadas com um estêncil, com lápis enviesados de sol. Mas era só um trem, e depois de algum tempo ele foi morrendo atrás das árvores, o som prolongado, e depois voltei a ouvir meu relógio e o trem morrendo aos poucos, como se estivesse atravessando um outro mês ou um outro verão em algum lugar, afastando-se sob o voo imóvel da gaivota e todas as outras coisas que se afastavam. Menos Gerald. Também ele seria algo de grandioso, cruzando solitário o meio-dia, afastando-se do meio-dia com os movimentos dos remos, subindo o ar ensolarado como uma apoteose, galgando um infinito sonolento onde apenas ele e a gaivota, uma tremendamente imóvel, o outro num movimento uniforme e medido de ida e volta que compartilhava da própria inércia, o mundo insignificante sob suas sombras no sol. *Caddy aquele cafajeste aquele cafajeste aquele cafajeste Caddy*

As vozes deles vieram do outro lado da lombada, e os três caniços esguios como se fossem fios de fogo fluente imobilizados. Eles me viram ao passar, sem diminuir o passo.

"Ora", disse eu, "não estou vendo o peixe."

"A gente não tentou pegar", disse o primeiro. "Ninguém consegue pegar esse peixe."

"Olha lá o relógio", disse o segundo, apontando. "Quando você estiver um pouco mais perto vai dar pra ver a hora."

"É", concordei. "Está bem." Levantei-me. "Vocês estão indo à cidade?"

"Vamos lá no Eddy pegar carpa", disse o primeiro.

"Lá no Eddy não dá pra pegar nada", disse o segundo.

"Eu sei, você quer é ir lá no moinho de Bigelow, onde tem um monte de gente nadando e espantando os peixes todos."

"No Eddy não dá pra pegar peixe nenhum."

"A gente não vai pegar peixe nenhum em lugar nenhum se a gente não sair daqui", disse o terceiro.

"Não sei por que você cismou com o Eddy", insistiu o segundo. "Lá não dá pra pegar nada."

"Se não quiser ir, não vai", disse o primeiro. "Você não está grudado em mim."

"Vamos no moinho de Bigelow nadar", disse o terceiro.

"Eu vou pro Eddy pescar", disse o primeiro. "Vocês fazem o que vocês quiserem."

"Me diz uma coisa, quando foi que você ouviu falar que alguém pescou alguma coisa lá no Eddy?" perguntou o segundo ao terceiro.

"Vamos no moinho de Bigelow nadar", disse o terceiro. A cúpula afundava lentamente atrás das árvores, o mostrador redondo do relógio ainda longe o bastante. Seguíamos em frente, na sombra mosqueada. Chegamos a um pomar, rosado e branco. Estava cheio de abelhas; já ouvíamos seu zumbido.

"Vamos no moinho de Bigelow nadar", disse o terceiro. Um caminho saía da estrada junto ao pomar. O terceiro menino foi andando mais devagar e parou. O primeiro seguiu em frente, manchas de sol deslizando sobre o caniço apoiado no ombro e as costas da camisa. "Vamos", disse o terceiro. O segundo menino parou também. *Por que é que você tem que se casar com alguém Caddy*

Você quer que eu diga acha que se eu disser não acontece mais "Vamos até o moinho de Bigelow", disse ele. "Vamos."

O primeiro menino seguiu em frente. Seus pés descalços não produziam nenhum ruído, pousavam no chão mais leves que folhas sobre a terra fina. No pomar o som das abelhas era como se começasse a ventar, um som captado por um feitiço no momento exato antes do crescendo, e paralisado ali. O caminho seguia junto ao muro, arqueado, despedaçado em flores, dissolvendo-se em meio às árvores. Um sol ralo e ansioso descia sobre ele, enviesado. Borboletas amarelas tremeluziam na sombra como fiapos de sol.

"Por que é que você quer ir no Eddy?" perguntou o segundo menino. "Você pode pescar no moinho de Bigelow se quiser."

"Ah, deixa ele", disse o terceiro. Ficaram vendo o primeiro menino se afastar. O sol deslizava em manchas por seus ombros, brilhando no caniço como se fossem formigas amarelas.

"Kenny", exclamou o segundo. *Conta pro pai então Vou contar sim sou o Progenitor de meu pai fui que inventei eu que criei meu pai Conta pra ele não vai ser pois ele vai dizer que eu não e então você e eu porque filoprogenitivo*

"Ah, vamos", disse o terceiro. "Eles já estão lá." Olhavam para o primeiro menino. "Ah", disseram de repente, "então vai, filhinho da mamãe. Se ele cair n'água ele vai molhar a cabeça e aí vai levar uma surra." Entraram no caminho e seguiram, as borboletas amarelas esvoaçando em torno deles na sombra.

é porque não há nada mais em que eu acredite há uma outra coisa mas pode não haver e então eu Você vai ver que até mesmo a injustiça não é merecedora do que você julga ser Ele não prestou atenção em mim, o queixo visto em perfil, o rosto virado um pouco para o outro lado sob o chapéu quebrado.

"Por que é que você não vai nadar com eles?" perguntei. *aquele cafajeste Caddy*

Você estava tentando puxar briga com ele estava hein

Um mentiroso um patife Caddy foi expulso do clube porque roubou no baralho levou gelo de todo mundo foi apanhado colando nas provas do meio de ano e expulso

E daí eu não vou jogar baralho com

"Você gosta mais de pescar que de nadar?" perguntei. O som das abelhas diminuía, ainda sustentado, como se em vez de mergulhar no silêncio o silêncio apenas aumentasse entre nós, como água subindo. A estrada fazia outra curva e virava uma rua entre gramados ensombrados e casas brancas. *Caddy aquele cafajeste então você pensa em Benjy e no pai e faz uma coisa dessas mas não em mim*

Então vou pensar no quê em que outra coisa eu tenho pensado O menino saiu da rua. Subiu uma cerca sem olhar para trás e atravessou o gramado, chegou a uma árvore e largou o caniço e subiu na árvore e sentou-se numa forquilha e ficou ali, de costas para a estrada, o sol mosqueado finalmente imóvel em sua camisa amarela. *coisa eu tenho pensado não posso nem chorar eu morri no ano passado eu lhe disse que morri mas na época eu não sabia o que eu queria dizer não sabia o que estava dizendo* Há dias no final de agosto lá no Sul que são assim, o ar fino e ansioso assim, com algo de triste e nostálgico e familiar. O homem é o somatório de suas experiências climáticas disse o pai. O homem é o somatório de seja lá o que for. Um problema de propriedades impuras levado monotonamente até o nada invariável: impasse de pó e desejo. *mas agora eu sei que morri estou lhe dizendo*

Então por que você tem que ouvir a gente pode ir embora eu e você e o Benjy pra um lugar onde ninguém nos conhece onde A carruagem era puxada por um cavalo branco, cascos batendo na terra fina; rodas como aranhas, estalos finos e secos, subindo a ladeira sob um xale tremeluzente de folhas. Olmo. Não: ormo. Ormo.

Com que dinheiro o dinheiro da sua faculdade o dinheiro do pasto que eles venderam pra você poder ir estudar em Harvard será que você não entende agora você tem que se formar se você não se formar ele vai ficar sem nada

Venderam o pasto A camisa branca estava imóvel na forquilha, na sombra mosqueada. Rodas como aranhas. Debaixo da carruagem os cascos rápidos eficientes como os movimentos de uma mulher bordando, diminuindo sem sair do lugar como uma figura andando imóvel sendo rapidamente puxada para fora do palco. A rua fazia outra curva. Vi a cúpula branca, a afirmação redonda e idiota do relógio. *Venderam o pasto*

O pai vai morrer daqui a um ano se não parar de beber é o que disseram e ele não vai parar ele não consegue parar desde que eu desde o verão passado e aí eles vão mandar o Benjy pra Jackson não consigo chorar não consigo nem chorar ela estava parada à porta de repente ele estava puxando o vestido dela e urrando a voz dele batia contra as paredes em ondas e ela se encolhendo contra a parede diminuindo diminuindo o rosto branco os olhos como se polegares enfiados até que ele a empurrou para fora da sala como se seu próprio ímpeto a impedisse de parar como se não houvesse lugar para ela no silêncio urrando

Quando se abria a porta uma campainha soava, mas uma vez só, um som agudo e nítido e discreto no espaço limpo e escuro acima da porta, como se estivesse regulado e temperado para produzir aquele único som nítido e discreto de modo a não gastar a campainha nem exigir que se gastasse muito silêncio na hora de restabelecê-lo quando a porta se abrisse para um cheiro quente de pão fresco; uma menininha suja com olhos de urso de pelúcia e duas tranças de verniz.

"Olá, maninha." O rosto dela era como uma xícara de leite com um toque de café, doce e quente e vazia. "Tem alguém aqui?"

Porém ela limitou-se a olhar para mim, até que uma porta se abriu e a mulher veio. Acima do balcão, onde sombras bem definidas enfileiradas atrás do vidro o rosto preciso e cinzento o cabelo ralo preso sobre o crânio preciso e cinzento, óculos com uma armação precisa e cinzenta se aproximando como se fosse uma coisa pendurada num arame, como uma caixa registradora numa loja. Ela parecia uma bibliotecária. Alguma coisa em meio às prateleiras empoeiradas de certezas organizadas há muito divorciada da realidade, ressecando-se em paz, como se uma lufada daquele ar que testemunha uma injustiça

"Dois desses, por favor, minha senhora."

Ela pegou sob o balcão um quadrado de papel recortado de um jornal e retirou os dois pães doces. A menina ficou olhando para eles com olhos imóveis que não piscavam, como duas groselhas boiando imóveis numa xícara de café fraco Terra do judeu pátria do carcamano. Olhando para o pão, as mãos precisas e cinzentas, uma aliança de ouro larga no indicador esquerdo, que ali engrossava numa junta azulada.

"A senhora mesma é que faz o pão?"

"Senhor?" disse ela. Assim mesmo. Senhor? Como se no teatro. "Cinco centavos. Mais alguma coisa?"

"Não, senhora. Pra mim, não. Esta mocinha aqui quer uma coisa." Ela não era alta o bastante para poder olhar por cima do mostruário, por isso a mulher foi até a extremidade do balcão e olhou para a menina.

"Foi o senhor que trouxe?"

"Não, senhora. Ela já estava aqui quando entrei."

"Uma mendigazinha", disse ela. Contornou o balcão e aproximou-se, mas não tocou na menina. "Tem alguma coisa no seu bolso?"

"Ela não tem bolso", repliquei. "Ela não estava fazendo nada. Estava só parada, esperando pela senhora."

"Então como foi que a campainha não tocou?" Olhava para mim, feroz. Só lhe faltava um maço de varas, um quadro-negro atrás $2 \times 2 = 5$. "Ela esconde debaixo do vestido, que ninguém repara. Ô menina. Me diga, como foi que você entrou aqui?"

A menininha não disse nada. Olhou para a mulher, depois me dirigiu um relance fugidio e voltou a olhar para ela. "Esses estrangeiros", disse a mulher. "Como que ela entrou sem tocar a campainha?"

"Ela entrou quando eu abri a porta", expliquei. "Tocou uma vez só para nós dois. E de qualquer modo ela não alcança nada aqui. Além disso, não acredito que ela fizesse uma coisa dessas. Não é, maninha?" A menininha olhou para mim, reservada, pensativa. "O que você quer? Pão?"

Ela estendeu a mão. Abriu o punho cerrado, revelando uma moeda de cinco centavos, úmida e suja, sujeira úmida nas dobras de sua carne. A moeda estava úmida e quente. Senti seu cheiro, levemente metálico.

"A senhora teria um pão de cinco centavos?"

De dentro do mostruário ela retirou um quadrado de jornal, colocou-o sobre o balcão e nele embrulhou um pão. Pus a moeda e mais outra no balcão. "E mais um desses pães doces, por favor."

A mulher pegou outro pão doce. "Me dê esse embrulho", disse ela. Entreguei-lhe o embrulho, ela o desfez e colocou o terceiro pão doce junto com os outros, refez o embrulho, pegou as duas moedas, encontrou duas moedas de um centavo no avental e as entregou a mim. Dei-as à menininha. Seus dedos se fecharam sobre as moedas, úmidos e quentes, como vermes.

"O senhor vai dar aquele pão doce pra ela?" perguntou a mulher.

"Sim, senhora", respondi. "Acho que o cheiro dos seus pães agrada a ela tanto quanto a mim."

Peguei os dois embrulhos e dei o pão à menininha, a mulher toda cinza-férreo atrás do balcão nos observando com uma certeza fria. "Espere um minuto", disse ela. Foi para os fundos da loja. A porta se abriu outra vez e fechou-se. A menininha me olhava, apertando o pão contra o vestido sujo.

"Como você se chama?" perguntei. Ela parou de olhar para mim, mas continuou imóvel. Parecia nem respirar. A mulher voltou. Tinha na mão uma coisa de aspecto estranho. Segurava-a meio como se fosse um rato de estimação morto.

"Toma", disse ela. A criança olhou-a. "Pega", disse a mulher, impingindo-lhe o objeto. "Está com uma cara meio estranha. Imagino que você não vai sentir muita diferença quando comer. Toma. Não posso ficar parada aqui o dia inteiro." A criança pegou a oferenda, ainda olhando para a mulher. A mulher esfregou as mãos no avental. "Preciso mandar consertar essa campainha", disse ela. Foi até a porta e abriu-a com um movimento brusco. A campainha soou uma vez, um som frágil e nítido e invisível. Fomos em direção à porta e à mulher que olhava para trás.

"Obrigado pelo bolo", agradeci.

"Esses estrangeiros", disse ela, olhando para a escuridão onde a campainha soava. "Ouve o que eu estou dizendo: não se mete com eles, seu moço."

"Sim, senhora", retruquei. "Vamos, maninha." Saímos. "Obrigado, senhora."

Ela foi fechando a porta, depois a abriu de supetão outra vez, fazendo a campainha soar outra vez, uma nota única e suave. "Estrangeiros", disse ela, olhando para cima para a campainha.

Fomos andando. "Bom", disse eu. "Que tal um sorvete?"

Ela estava comendo o bolo disforme. "Você gosta de sorvete?" Ela me dirigiu um olhar negro e imóvel, mastigando. "Vamos."

Chegamos ao drugstore e tomamos sorvete. Ela não largava o pão. "Por que você não larga pra poder comer melhor?" sugeri, oferecendo-me para segurá-lo. Mas ela continuava agarrada ao pão, mastigando o sorvete como se fosse puxa-puxa. O bolo mordido estava largado na mesa. Ela tomou o sorvete metodicamente, depois voltou a atacar o bolo, olhando para os mostruários. Terminei o meu e saímos.

"Pra que lado você mora?" perguntei.

Uma charrete, a do cavalo branco. Só que o dr. Peabody é gordo. Cento e trinta quilos. Subir a ladeira ao lado dele, segurando-se. Crianças. A pé é mais fácil que na charrete, segurando-se. *Já foi ao médico   você já foi   Caddy*

Eu não tenho que ir não posso perguntar agora depois não vai ter problema não vai fazer diferença

Porque as mulheres tão delicadas tão misteriosas disse o pai. Equilíbrio delicado de imundície periódica entre duas luas. Luas disse ele cheias e amarelas como lua do equinócio de outono as cadeiras as coxas. Fora fora delas sempre mas. Amarelo. Solas dos pés de tanto caminhar parece. Então saber que algum homem que todos esses misteriosos e imperiosos ocultos. Com tudo que dentro delas molda uma suavidade externa aguardando um toque para. Putrefação líquida como coisas afogadas subindo à superfície feito borracha pálida flácida cheia com o odor de madressilva se misturando a tudo.

"Melhor levar o seu pão pra casa, não é?"

Ela olhou para mim. Mastigava em silêncio, sem parar; com intervalos regulares uma pequena distensão descia-lhe a garganta num movimento uniforme. Abri meu pacote e dei-lhe um dos pães doces. "Até logo", disse eu.

Segui em frente. Então olhei para trás. Ela estava atrás de mim.

"Você mora pra esse lado?" Ela não disse nada. Caminhava a meu lado, meio que debaixo do meu cotovelo, comendo. Seguimos em frente. A rua estava tranquila, quase ninguém a nossa volta *o odor de madressilva se misturando a tudo Ela me teria dito para não me deixar ficar sentado na escada ouvindo a porta dela entardecer batendo Benjy ainda chorando Jantar ela teria de descer então o odor de madressilva se misturando a tudo* Chegamos à esquina.

"Bom, tenho que ir pra lá", eu disse. "Até logo." Ela parou também. Engoliu o resto do bolo, então atacou o pão doce, olhando para mim por cima do pão. "Até logo", eu disse. Virei na rua e segui em frente, mas só parei quando cheguei à esquina seguinte.

"Pra que lado você mora?" perguntei. "Pra lá?" Apontei para uma direção. Ela limitou-se a olhar para mim. "Você mora pra lá? Aposto que mora perto da estação, lá onde tem aqueles trens todos. Não é?" Ela limitou-se a olhar para mim, serena e reservada, mastigando. A rua estava vazia para os dois lados, gramados silenciosos e casas ordenadas entre as árvores, mas só havia gente no trecho de onde tínhamos vindo. Viramos e voltamos para lá. Havia dois homens sentados em cadeiras à frente de uma loja.

"Vocês conhecem esta menina? Ela meio que grudou em mim e eu não consigo descobrir onde mora."

Eles pararam de olhar para mim e olharam para ela.

"Deve ser uma dessas famílias italianas novas", disse um deles. Usava uma sobrecasaca surrada. "Já vi essa menina. Como é que você se chama, menina?" Ela dirigiu-lhes um olhar negro por algum tempo, a mandíbula sempre em movimento. Engoliu sem parar de mastigar.

"Vai ver que ela não sabe falar inglês", disse o outro.

"Mandaram ela comprar pão", expliquei. "Alguma coisa ela deve falar."

"Como é que se chama o seu papai?" perguntou o primeiro. "Pete? Joe? É John, é?" Ela deu mais uma mordida no pão doce.

"O que é que eu faço com ela?" indaguei. "Aonde eu vou ela vai atrás. Eu preciso voltar pra Boston."

"Você é da faculdade?"

"Sim, senhor. E tenho que voltar."

"Você podia subir essa rua e entregar a menina ao Anse. Ele deve estar na cocheira de aluguel. O chefe de polícia."

"Acho que é isso que eu tenho que fazer, sim", concordei. "Alguma coisa eu tenho que fazer com ela. Muito obrigado. Vamos lá, maninha."

Subimos a rua, pelo lado sem sol, onde a sombra da fachada irregular lentamente se estendia até a pista. Chegamos à cocheira. O chefe de polícia não estava lá. Um homem, sentado numa cadeira inclinada, no vão largo da porta baixa, por onde vinha das baias uma brisa escura e fresca cheirando a amônia, me sugeriu que o procurasse no correio. Também ele não conhecia a menina.

"Esses estrangeiro. Pra mim é tudo igual. Você podia era levar ela pro outro lado do trilho do trem, que é lá que eles mora, e quem sabe alguém conhece ela."

Fomos ao correio. Tivemos que andar de volta um trecho da rua. O homem da sobrecasaca estava abrindo um jornal.

"O Anse agorinha mesmo saiu da cidade", disse ele. "É melhor você seguir até passar da estação e ir naquelas casas à beira-rio. Lá deve ter alguém que conhece ela."

"É, acho que é o jeito", respondi. "Vamos, maninha." Ela enfiou na boca o último pedaço do pão doce e o engoliu. "Quer outro?" perguntei. Ela olhou para mim, mastigando, com olhos negros e afáveis que não piscavam. Tirei do embrulho os dois outros pães doces, dei um a ela e cravei os dentes no outro. Perguntei a um homem onde ficava a estação, e ele me explicou. "Vamos, maninha."

Chegamos à estação e atravessamos os trilhos, onde ficava o rio. Havia uma ponte, e uma rua de casas de madeira amontoadas seguia o traçado do rio, recuando junto com ele. Uma rua pobre, mas com uma atmosfera heterogênea e animada. No centro de um terreno coberto de capim, protegido por uma cerca com umas estacas quebradas e outras faltando, havia uma carruagem velha e torta e uma casa maltratada; numa das janelas do andar de cima destacava-se uma roupa de um tom vivo de rosa.

"Essa aí parece a sua casa?" perguntei. Ela olhou para mim por cima do pão doce. "Essa?" perguntei, apontando. Ela limitou-se a mastigar, porém tive a impressão de discernir algo de afirmativo, aquiescente, ainda que não ávido, em sua expressão. "Essa?" insisti. "Vamos, então." Entrei pelo portão quebrado. Olhei para trás, para ela. "Aqui?" perguntei. "Essa aqui parece a sua casa?"

Ela fez que sim, num movimento rápido, olhando para mim, roendo a meia-lua úmida de pão. Seguimos em frente. Um caminho de lajes quebradas e aleatórias, lancetadas por folhas de relva, tenras e grossas, terminava numa pequena varanda quebrada. Não havia nenhum movimento em toda a casa, a roupa rosa pendurada na janela imobilizada pela falta de vento. Havia uma campainha, um pendente de porcelana preso a um fio de cerca de dois metros quando parei de puxar e bati à porta. A menininha mastigava o pão enfiado na boca de lado.

Uma mulher abriu a porta. Olhou para mim, depois falou depressa com a menininha em italiano, com uma entonação crescente, depois uma pausa, interrogativa. Falou com ela outra vez, a menininha olhando para ela por cima da ponta do pão, enfiando-o na boca com a mão suja.

"Ela diz que mora aqui", expliquei. "Eu encontrei ela no centro da cidade. Este pão é seu?"

"*No spika*", respondeu a mulher. Dirigiu-se à menininha outra vez. A menina limitou-se a olhar para ela.

"Não mora aqui?" perguntei. Apontei para a menina, depois para ela, depois para a porta. A mulher fez que não com a cabeça. Disse algo depressa. Veio para a beira da varanda e apontou para um ponto mais adiante da rua, falando.

Fiz que sim, com um movimento brusco. "A senhora vem mostrar?" sugeri. Tomei-lhe o braço, apontando com a outra mão para a rua. Falava depressa, apontando. "A senhora vem mostrar", repeti, tentando fazê-la descer a escada.

"*Si, si*", disse ela, detendo-se, mostrando-me onde era. Fiz que sim outra vez.

"Obrigado. Obrigado. Obrigado." Desci da varanda e caminhei em direção ao portão, não correndo, mas bem depressa. Cheguei ao portão e parei e fiquei algum tempo olhando para ela. O resto de pão havia desaparecido, e ela olhava para mim fixamente com seus olhos negros e afáveis. A mulher permanecia parada na varanda, nos observando.

"Vamos", eu disse. "Mais cedo ou mais tarde a gente encontra a casa certa."

Ela seguia logo abaixo de meu cotovelo. Fomos em frente. Todas as casas pareciam vazias. Não havia vivalma à vista. Aquele ar ofegante que têm as casas vazias. No entanto, não era possível que todas estivessem vazias. Todos aqueles cômodos, se fosse possível arrancar as paredes de repente. Minha senhora, a sua filha, por favor. Não. Minha senhora, pelo amor de Deus, a sua filha. Ela seguia logo abaixo de meu cotovelo, as tranças bem amarradas, reluzentes, e depois a última casa ficou para trás, e a estrada fazia uma curva e sumia de vista atrás de um muro, acompanhando o rio. A mulher estava saindo de um portão quebrado, a cabeça coberta por um xale preso debaixo do queixo. A estrada seguia pela curva afora, vazia. Encontrei uma moeda e dei-a à menininha. Vinte e cinco centavos. "Até logo, maninha", disse eu. E saí correndo.

Eu corria depressa, sem olhar para trás. Logo antes da curva olhei para trás. Ela estava parada na pista, uma figurinha apertando um pão contra o vestidinho imundo, os olhos ainda fixos e negros, sem piscar. Continuei correndo.

Um caminho saía da estrada. Entrei nele e diminuí o passo; agora estava apenas caminhando depressa. O caminho era ladeado por fundos de casas — casas sem pintura, com mais daquelas roupas alegres de cores surpreendentes nas cordas, um celeiro de espinha partida, apodrecendo em silêncio entre as árvores luxuriantes de um pomar, jamais podadas, sufocadas por mato, rosadas e brancas, murmurantes de sol e abelhas. Olhei para trás. A entrada do caminho estava deserta. Diminuí ainda mais o passo, minha sombra me seguindo, arrastando a cabeça por entre o mato que ocultava a cerca.

A pista chegava a um portão trancado, morria à míngua em meio ao capim, uma mera picada discreta aberta no capim tenro. Pulei o portão e entrei num bosque e o atravessei e cheguei a outro muro e fui seguindo ao longo dele, minha sombra agora atrás de mim. Havia trepadeiras e parasitas, que na minha terra seriam madressilvas. Brotando mais e mais, especialmente ao entardecer, quando chovia, as madressilvas se misturando a tudo, como se já não bastasse sem isso, como se não fosse insuportável o bastante. *Por que você deixou que ele beijasse beijasse*

Eu não deixei eu fiz ele vendo que eu cada vez mais irritado O que você acha disso? Marca vermelha da minha mão emergindo no rosto dela como quando a gente acende a luz debaixo da mão os olhos brilhando mais

Não foi pelo beijo que lhe dei essa bofetada. Os cotovelos das moças de quinze anos disse o pai a gente engole como se tivesse uma espinha de peixe na garganta o que deu em você e Caddy do outro lado da mesa não olhar para mim. Foi por ser com um pirralho qualquer da cidade que eu lhe dei a bofetada você vai você vai hein agora acho que você vai pedir arrego. *Minha mão vermelha emergindo no rosto dela.* O que você acha disso hein *esfregando a cabeça dela no. Gravetos e grama riscando a carne espetando esfregando a cabeça dela.* Peça arrego vamos

Eu não beijei uma garota suja como a Natalie não O muro mergulhou na sombra, e depois a minha sombra, consegui enganá-la outra vez. Tinha me esquecido do rio que curvava junto com a estrada. Subi o muro. E então ela me viu pular do outro lado, apertando o pão contra o vestido.

Fiquei parado no mato, e nos entreolhamos por algum tempo.

"Por que foi que você não me disse que morava por aqui, hein, maninha?" O pão estava lentamente rasgando o papel; já precisava de um embrulho novo. "Bom, então vamos lá, me mostre onde é a casa." *não uma garota suja como a Natalie. Estava chovendo a gente ouvia a chuva no telhado, suspirando no vazio amplo e suave do celeiro.*

Aí? pegando nela.

Não aí não

Aí? não uma chuva forte mas não ouvíamos nada só o telhado e se era o meu sangue ou o sangue dela

Ela me empurrou me expulsou da escada e saiu correndo e me deixou Caddy

Foi aí que você se machucou quando a Caddy foi embora correndo foi aí

Ah Ela seguia logo abaixo do meu cotovelo, o alto da cabeça de verniz, o pão rasgando o jornal.

"Se você não chegar em casa logo, esse pão vai estragar. E aí o que é que a sua mamãe vai dizer?" *Aposto que eu consigo levantar você*

Não consegue não eu peso muito

A Caddy foi embora hein ela foi pra casa não dá pra ver o celeiro lá da nossa casa você já tentou ver o celeiro lá da
A culpa foi dela ela me empurrou ela saiu correndo
Eu consigo levantar você olhe só como eu consigo
Ah o sangue dela ou o meu sangue Ah Seguimos, caminhando sobre a terra fina, nossos pés silenciosos como se de borracha sobre a terra fina onde lápis de sol desciam enviesados pelas copas das árvores. E outra vez senti a presença de água correndo depressa e tranquila na sombra secreta.

"Você mora longe, hein. Você é muito esperta, vai até a cidade sozinha." *É como dançar sentado você já dançou sentado? A gente ouvia a chuva, um rato na baia, o celeiro vazio cheio da ausência de cavalos. Como é que você segura pra dançar você segura assim*
Ah
Eu segurava assim você pensava que eu não tinha força pra isso não é
Ah Ah Ah Ah
Eu segurava assim quer dizer você ouviu o que eu falei eu falei ah ah ah ah
A estrada seguia em frente, silenciosa e vazia, o sol cada vez mais enviesado. As tranças dela, rígidas, amarradas na ponta com pedaços de pano carmim. Um dos cantos do papel de embrulho balançava-se com os passos dela, o nariz do pão nu. Parei.

"Olha aqui. Você mora nesta estrada? A gente não passa por nenhuma casa a um quilômetro."

Ela olhou para mim, olhar negro e secreto e afável.

"Onde você mora, maninha? Você não mora lá atrás, na cidade?"

Havia um pássaro em algum lugar no mato, além dos raios de sol enviesados, quebrados, esparsos.

"O seu papai deve estar preocupado com você. Você não

acha que vai levar uma surra porque não voltou direto pra casa com esse pão?"

O pássaro assobiou de novo, invisível, um som sem sentido e profundo, sem inflexões, cessando como se cortado por um golpe de faca, e de novo, e aquela sensação de água rápida e tranquila passando por lugares secretos, sentida, nem vista nem ouvida.

"Ah, que diabo, maninha." Cerca de metade do papel pendia do pão. "Isso não adianta mais nada." Arranquei fora o papel e joguei-o na beira da estrada. "Vamos. O jeito é voltar pra cidade. Vamos seguir pela margem do rio."

Saímos da estrada. Em meio ao musgo brotavam umas florzinhas pálidas, e a sensação de água muda e invisível. *Eu seguro costumar assim quer dizer eu costumo segurar Ela estava parada à porta olhando para nós as mãos nas cadeiras*

Você me empurrou a culpa foi sua me machucou ouviu

A gente estava dançando sentado aposto que a Caddy não sabe dançar sentado

Para com isso para com isso

Eu estava só tirando a sujeira das costas do seu vestido

Tira essas mãos sujas de mim foi culpa sua você me empurrou da escada estou com raiva de você

Eu não ligo ela olhou para nós pode ficar com raiva ela foi embora Começamos a ouvir os gritos, água espadanada; vi um corpo escuro brilhar por um momento.

Pode ficar com raiva. Minha cabeça estava ficando molhada e meu corpo. *Pelo telhado ouvindo o telhado bem alto agora vi Natalie atravessando o jardim na chuva. Se molha bastante tomara que você pegue pneumonia vá pra casa Cara de Vaca.* Pulei com toda a força para dentro da lama afundei até a cintura na lama amarela fedorenta continuei pulando até que caí e aí rolei na lama "Está ouvindo, maninha? Estão nadando. Eu bem que gostaria." *Se tivesse tempo. Quando eu tiver tempo.* Eu ouvia meu relógio. *lama mais quente que a chuva o cheiro era horrível. Ela estava de costas eu dei a volta fui para a frente dela. Sabe o que eu estava fazendo? Ela virou-se de costas eu dei a volta fui para a frente dela a chuva penetrando a lama achatando o corpete dela através do vestido cheiro horrível. Eu estava abraçando ela era isso que eu estava fazendo. Ela virou-se de costas eu dei a volta fui para a frente dela. Eu estava abraçando ela ouviu.*

E daí eu estou me lixando pro que você estava fazendo.

Ah é eu vou fazer você não se lixar. Ela bateu nas minhas mãos para se safar eu esfreguei lama nela com a outra mão eu não senti a mão dela molhada me batendo peguei lama nas minhas pernas lambuzei no corpo dela molhado e duro ela virou-se ouvi os dedos dela acertando meu rosto mas não senti nada nem quando a chuva começou a ficar adocicada nos meus lábios

Eles nos viram da água primeiro, cabeças e ombros. Gritaram, e um deles se agachou e se levantou de um salto. Pareciam castores, água escorrendo do queixo, gritando.

"Tira essa menina daí! Por que é que você trouxe uma menina pra cá? Vai embora!"

"Ela não vai fazer mal a ninguém. A gente só quer olhar vocês um pouco."

Eles se acocoraram dentro d'água. Suas cabeças se aglomeraram, olhando para nós, depois se separaram e vieram em nossa direção, espirrando água. Nós nos esquivamos depressa.

"Cuidado, meninos; ela não vai fazer mal a ninguém."

"Vai embora, Harvard!" Era o segundo menino, o que imaginou o cavalo e a carroça, lá na ponte. "Água neles, pessoal!"

"Vamos lá pegar eles e jogar eles na água", disse outro. "Eu não tenho medo de menina nenhuma."

"Água neles! Água neles!" Eles corriam em nossa direção, jogando água. Recuamos. "Vai embora!" gritavam. "Vai embora!"

Fomos embora. Eles ficaram agrupados logo abaixo da

margem, as cabeças molhadas em fila contra a água reluzente. Seguimos em frente. "Isso não é pra nós, não." O sol descia enviesado, chegando até o musgo aqui e ali, aplainando tudo. "Coitadinha, você é só uma menina." Florzinhas brotavam em meio ao musgo, as mais pequeninas que eu já vira. "Você é só uma menina. Coitadinha." Havia um caminho curvo que margeava a água. Depois a água ficou silenciosa outra vez, escura e silenciosa e rápida. "Só uma menina. Coitada da maninha." *Ficamos deitados na grama úmida ofegantes a chuva como chumbo frio nas minhas costas. E agora ainda está se lixando hein hein*

Meu Deus nós estamos imundos levanta daí. Onde a chuva caía na minha testa começou a arder pus a mão ela ficou vermelha escorrendo rosa na chuva. Está doendo está

Claro que está o que é que você acha

Eu tentei arrancar os seus olhos meu Deus nós estamos fedendo melhor tentar se lavar no riacho "Olhe a cidade outra vez, maninha. Agora você vai ter que ir pra casa. Eu tenho que voltar pra escola. Veja como está ficando tarde. Agora você vai pra casa, não vai?" Mas ela ficou só olhando para mim com seu olhar negro, secreto, afável, o pão seminu apertado contra o peito. "Molhou. Eu achei que a gente tinha recuado a tempo." Peguei o lenço e tentei enxugar o pão, mas a casca começou a sair, por isso parei. "O jeito é deixar ele secar sozinho. Segure assim." Ela o segurou assim. Agora parecia que tinha sido mordiscado por ratos. *e a água subindo e subindo e de cócoras a lama caindo em camadas fedendo caindo na superfície fazendo desenhos como gordura no fogão quente. Bem que eu falei que eu ia fazer você*

Eu estou me lixando pro que você faz

Então ouvimos gente correndo e paramos e olhamos para trás e o vimos subindo o caminho correndo, as sombras planas riscando-lhe as pernas.

"Ele está com pressa. Melhor nós..." então vi outro homem,

um homem já velhusco, correndo pesado, brandindo um pau, e um garoto nu da cintura para cima, segurando as calças enquanto corria.

"É o Julio", disse a menininha, então vi o rosto italiano dele, os olhos dele, quando pulou em cima de mim. Caímos. As mãos dele atingiam minha cara e ele dizia alguma coisa, tentando me morder, ao que parecia, e então o arrancaram de cima de mim e o seguraram, ofegante, se debatendo, gritando, e seguraram-lhe os braços e ele tentou me chutar até que o arrastaram para trás. A menininha berrava, segurando o pão com os dois braços. O garoto seminu corria de um lado para o outro e saltava, agarrando as calças, e alguém me levantou do chão a tempo de ver um outro vulto, nu em pelo, dobrando a curva tranquila do caminho, correndo e mudando de direção no meio da corrida e saltando para dentro do mato, puxando duas roupas rígidas como tábuas. Julio ainda se debatia. O homem que me levantou disse: "Upa. Pegamos você." Ele estava de colete, mas sem paletó. No colete havia um escudo de metal. Na outra mão carregava um bastão de madeira polida, com um nó.

"O senhor é o Anse, não é?" perguntei. "Eu estava procurando o senhor. O que houve?"

"Tenho que lhe avisar que qualquer coisa que você diga pode ser usada contra você", disse ele. "Você está preso."

"Io mato ele", disse Julio. Ele se debatia. Dois homens o seguravam. A menininha berrava sem parar, segurando o pão. "Roubou minha irmã", dizia Julio. "Me solta, senhores."

"Roubei a irmã dele?" exclamei. "Ora, pois se eu estou..."

"Cale a boca", disse Anse. "Vá dizer isso ao juiz."

"Roubei a irmã dele?" repeti. Julio livrou-se dos homens e saltou em minha direção outra vez, mas o delegado segurou-o e os dois se debateram, até que os outros dois homens prenderam-lhe os braços outra vez. Anse o soltou, ofegante.

"Seu estrangeiro desgraçado", disse ele. "Vou acabar prendendo você também, por lesões corporais." Virou-se para mim outra vez. "Você vem por bem ou vou ter que algemar você?"

"Vou por bem", respondi. "Qualquer coisa, desde que eu consiga encontrar alguém — fazer alguma coisa com — Roubei a irmã dele", repeti. "Roubei a..."

"Já avisei", disse Anse. "Ele vai acusar você de agressão criminosa premeditada. Eh, você aí, manda essa menina parar com essa barulheira."

"Ah", eu disse. Então comecei a rir. Mais dois meninos de cabelo encharcado e olhos redondos saíram do mato, abotoando camisas que já haviam se molhado ao contato com os ombros e braços, e tentei conter o riso, mas não consegui.

"Olho nele, Anse, ele é maluco, eu acho."

"V-vou ter q-que parar", disse eu. "Isso v-vai passar logo. Da outra vez disse ha ha ha", expliquei, rindo. "Deixa eu sentar um pouco." Sentei-me, eles olhando para mim, e a menininha com o rosto riscado e o pão que parecia mordiscado, e a água correndo rápida e tranquila junto à estrada. Depois de algum tempo, o riso parou. Mas minha garganta não conseguia parar por completo de tentar rir, como uma ânsia de vômito quando o estômago já está vazio.

"Eh", disse Anse. "Você tem que se controlar."

"É", concordei, constringindo a garganta. Apareceu outra borboleta amarela, como se uma daquelas manchas de sol tivesse batido asas. Depois de algum tempo não era mais necessário manter a garganta apertada. Levantei-me. "Estou pronto. Pra onde vamos?"

Seguimos o caminho, os outros dois de olho em Julio e na menininha, e os garotos na retaguarda. O caminho margeava o rio até a ponte. Atravessamos a ponte e os trilhos, gente vindo às portas das casas e olhando para nós, e mais garotos surgindo do nada, de modo que ao chegarmos à rua principal já formávamos uma procissão e tanto. Diante do drugstore estava parado um carro, um carro grande, mas só os reconheci quando a sra. Bland exclamou:

"Ora, Quentin! Quentin Compson!" Então vi Gerald, e Spoade refestelado no banco de trás. E Shreve. As duas moças eu não conhecia.

"Quentin Compson!" gritou a sra. Bland.

"Boa tarde", respondi, levantando o chapéu. "Recebi ordem de prisão. Lamento não ter recebido seu bilhete. O Shreve não lhe disse?"

"Ordem de prisão?" exclamou Shreve. "Com licença." Encolheu-se e, passando por cima dos pés dos outros, saltou do carro. Estava com uma das minhas calças de flanela, como uma luva. Não me lembrava de tê-la esquecido. Também não me lembrava do número de queixos que tinha a sra. Bland. A mais bonita das moças estava com Gerald no banco da frente, também. Elas me olhavam através de véus, com uma espécie de horror delicado. "Quem é que levou ordem de prisão?" Shreve perguntou. "Que história é essa, moço?"

"Gerald", disse a sra. Bland. "Mande essa gente embora. Entre aqui no carro, Quentin."

Gerald saltou. Spoade permaneceu imóvel.

"O que foi que ele fez, chefe?" perguntou ele. "Roubou uma galinha?"

"Estou lhe avisando", disse Anse. "O senhor conhece o prisioneiro?"

"Se eu conheço", disse Shreve. "Olhe aqui..."

"Então o senhor vem também falar com o juiz. O senhor está obstruindo a justiça. Vamos." Sacudiu meu braço.

"Boa tarde", disse eu. "Foi um prazer ver vocês. Desculpe eu não poder acompanhá-los."

"Ô Gerald!" exclamou a sra. Bland.

"Olhe aqui, seu guarda", disse Gerald.

"Estou lhe avisando, o senhor está obstruindo a ação de um agente da lei", disse Anse. "Se o senhor tem alguma coisa a dizer, o senhor vá falar com o delegado pra efetuar a identificação do prisioneiro." Seguimos em frente. Uma procissão e tanto, Anse e eu à frente. Eu os ouvia contando o que ocorrera, e Spoade fazendo perguntas, e então Julio disse algo em italiano com violência e olhei para trás e vi a menininha parada no meio-fio, olhando para mim com seu olhar afável, inescrutável.

"Vai pra casa", Julio gritou com ela. "Io lhe dou uma surra daquelas."

Seguimos em frente e entramos num terreno com um pouco de gramado, onde, recuado da rua, ficava um prédio de um andar, de tijolo com remates brancos. Tomamos um caminho de pedra e chegamos à porta, e Anse fez com que todos ficassem à espera do lado de fora, menos eu e ele. Entramos, uma sala nua, cheirando a fumo rançoso. Havia uma estufa de ferro no centro de uma armação de madeira cheia de areia, um mapa desbotado na parede e uma planta do distrito, desbotada. Sentado a uma mesa arranhada e cheia de papéis, um homem com um topete feroz de cabelo grisalho cor de ferro olhava para nós por cima dos óculos de armação de aço.

"Pegou ele, Anse?" perguntou ele.

"Peguei, sim senhor."

Ele abriu um livro enorme e poeirento e puxou-o para perto de si e mergulhou uma pena imunda num tinteiro que parecia conter pó de carvão.

"Olhe aqui, seu juiz", disse Shreve.

"Nome do prisioneiro", disse o juiz de paz. Identifiquei-me. Ele escreveu o nome no livro, com a pena que arranhava, com uma lentidão torturante.

"Olhe aqui, seu juiz", disse Shreve. "A gente conhece esse homem. Nós..."

"Ordem no tribunal", disse Anse.

"Cala a boca, rapaz", disse Spoade. "Deixa ele fazer à maneira dele. É o que ele vai fazer, mesmo."

"Idade", disse o juiz. Respondi. Ele escreveu, mexendo a boca enquanto escrevia. "Profissão." Respondi. "Aluno de Harvard, é?" indagou ele. Levantou a vista e me encarou, curvando o pescoço um pouco para olhar por cima dos óculos. Seus olhos eram límpidos e frios, como olhos de bode. "Mas que história é essa, vir até aqui pra raptar criancinha?"

"Eles estão malucos, seu juiz", disse Shreve. "Quem disse que esse rapaz raptou..."

Julio gesticulou com violência. "Maluco, é?" disse ele. "Enton io non peguei ele, hein? Io non vi com os meus próprios olhos..."

"Seu mentiroso", disse Shreve. "Você não..."

"Ordem, ordem", disse Anse, levantando a voz.

"Vocês calem a boca", disse o juiz. "Se não calar, bota todo mundo pra fora, Anse." Eles se calaram. O juiz olhou para Shreve, depois para Spoade, depois para Gerald. "O senhor conhece este jovem?" perguntou a Spoade.

"Sim senhor, meritíssimo", disse Spoade. "Ele é só um rapaz do interior fazendo faculdade em Harvard. Ele não fez nada de errado não. Acho que o delegado vai ver que foi tudo um mal-entendido. O pai dele é pastor congregacionalista."

"Hm", exclamou o juiz. "O que foi exatamente que o senhor fez?" Contei-lhe, enquanto ele me olhava com seus olhos frios e claros. "E então, Anse?"

"Pode ser", disse Anse. "Esses estrangeiro desgraçado."

"Io americano", disse Julio. "Tenho documenti."

"Cadê a menina?"

"Ele mandou ela pra casa", disse Anse.

"Ela estava com medo, nervosa?"

"Só quando o tal do Julio pulou em cima do prisioneiro. Eles estavam só andando à beira do rio, vindo pra cidade. Uns meninos que estavam nadando disseram pra nós pra onde eles estavam indo."

"É um equívoco, seu juiz", disse Spoade. "Criança e cachorro sempre grudam nele. Ele não tem culpa não."

"Hm", disse o juiz. Ficou olhando pela janela por algum tempo. Nós olhávamos para ele. Ouvi Julio se coçando. O juiz olhou para nós.

"Você aí, você viu se a menina está bem, não está machucada nem nada?"

"Machucada agora non", disse Julio, emburrado.

"Você largou o trabalho pra procurar ela?"

"Claro que larguei. Saí correndo. Corri feito louco. Olho pra cá, olho pra lá, enton homem falou que viu ele deu comida a ela. Ela foi com ele."

"Hm", disse o juiz. "Bom, meu filho, acho que você deve alguma coisa ao Julio por fazer o rapaz largar o trabalho."

"Sim senhor", respondi. "Quanto?"

"Um dólar, eu diria."

Dei um dólar a Julio.

"Bem", disse Spoade. "Se é só isso — imagino que ele está livre, não é, meritíssimo?"

O juiz não olhou para ele. "Você correu muito atrás dele, Anse?"

"Três quilômetros, no mínimo. Levamos umas duas horas pra pegar ele."

"Hm", disse o juiz. Ficou pensando por algum tempo. Nós o observávamos, a crista rígida, os óculos na ponta do nariz. A forma amarela da janela lentamente se espichava no chão, chegou

à parede, foi subindo. Grãos de poeira rodavam e deslizavam.
"Seis dólares."

"Seis dólares?" exclamou Shreve. "Por quê?"

"Seis dólares", disse o juiz. Olhou para Shreve por um momento, depois voltou a olhar para mim.

"Olhe aqui", disse Shreve.

"Cala a boca", interrompeu Spoade. "Dá o dinheiro a ele, rapaz, e vamos cair fora daqui. As mulheres estão nos esperando. Você tem seis dólares?"

"Tenho", respondi. Dei os seis dólares.

"Caso encerrado", disse ele.

"Você tem direito a um recibo", interveio Shreve. "Você tem direito a um recibo assinado."

O juiz dirigiu um olhar tranquilo a Shreve. "Caso encerrado", repetiu, sem levantar a voz.

"Mas que diabo..." foi dizendo Shreve.

"Venha cá", disse Spoade, pegando-lhe o braço. "Boa tarde, meritíssimo. Muito obrigado." Quando passávamos pela porta Julio levantou a voz outra vez, com violência, depois se calou. Spoade me dirigia um olhar interrogativo com os olhos castanhos, um pouco frios. "É, rapaz, depois dessa é melhor você só correr atrás das garotas lá em Boston."

"Sua besta quadrada", disse Shreve. "Mas que ideia é essa, se desgarrar da gente e vir pra cá se meter com esses carcamanos idiotas?"

"Vamos", disse Spoade. "Elas devem estar ficando impacientes."

A sra. Bland estava falando com elas. As moças eram a srta. Holmes e a srta. Daingerfield, e elas pararam de ouvi-la e voltaram a me olhar com aquele horror delicado e curioso, os véus caídos sobre os narizinhos alvos, os olhos esquivos e misteriosos sob os véus.

"Quentin Compson", disse a sra. Bland. "O que a sua mãe diria. É normal um rapaz meter-se em encrencas, mas ser preso a pé por um policial do interior. O que eles acharam que ele tinha feito, Gerald?"

"Nada", disse Gerald.

"Absurdo. O que foi, Spoade?"

"Ele estava tentando raptar aquela menininha suja, mas pegaram ele na hora", disse Spoade.

"Absurdo", repetiu a sra. Bland, mas sua voz foi morrendo aos poucos e ela ficou por um momento me encarando, e as moças prenderam a respiração com um som suave, em uníssono. "Asneira", disse a sra. Bland, seca. "Só mesmo esses nortistas ignorantes, sem classe. Entre, Quentin."

Shreve e eu nos sentamos em dois bancos dobráveis pequenos. Gerald rodou a manivela e entrou e demos a partida.

"Agora, Quentin, me conte que palhaçada foi essa", disse a sra. Bland. Contei, Shreve encolhido e furioso em seu banquinho e Spoade outra vez refestelado ao lado da srta. Daingerfield.

"E o melhor da história é que o Quentin nos enganou a todos esse tempo todo", disse Spoade. "A gente crente que ele era um rapaz modelo, desses que qualquer mãe acha que pode confiar a filha, e aí a polícia pega ele em flagrante cometendo suas abominações."

"Pare com isso, Spoade", disse a sra. Bland. Descemos a rua e cruzamos a ponte e passamos pela casa onde havia uma roupa cor-de-rosa pendurada na janela. "Quem mandou você não ler o meu bilhete. Por que você não veio pegar? O sr. MacKenzie alega que disse a você que estava lá."

"Sim senhora. Eu ia pegar, mas acabei não voltando ao quarto."

"Você ia nos deixar esperando sei lá quanto tempo, se não fosse o sr. MacKenzie. Quando ele disse que você não tinha voltado, sobrou um lugar no carro, e por isso o convidamos para vir também. Mas assim mesmo foi um prazer o senhor nos acompanhar, sr. MacKenzie." Shreve não disse nada. Estava de braços cruzados, olhando fixamente para a frente, por cima do boné de Gerald. Era um boné de motorista usado na Inglaterra. Foi o que a sra. Bland disse. Passamos por aquela casa, e mais três outras, e por um quintal onde a menininha estava parada junto ao portão. Ela não estava mais com o pão, e seu rosto parecia riscado de pó de carvão. Acenei para ela, mas ela não respondeu, apenas virou a cabeça lentamente enquanto o carro passava, acompanhando-nos com seus olhos que não piscavam. Então passamos pelo muro, nossas sombras correndo pelo muro, e depois de algum tempo passamos por um pedaço de jornal rasgado caído à beira-estrada e comecei a rir de novo. Eu sentia o riso na garganta e olhei para as árvores onde a tarde caía enviesada, pensando na tarde e no pássaro e nos meninos que nadavam. Mesmo assim não consegui me conter, e então me dei conta de que se me esforçasse demais para parar eu ia acabar chorando, e pensei então que antes havia pensado que eu não podia ser virgem, com tantas delas caminhando pelas sombras e sussurrando com vozes suaves de moças nos lugares sombrios e as palavras saindo e perfume e olhos que a gente sente mas não vê, mas se era tão simples de fazer não seria nada, e se não seria nada o que era eu e então a sra. Bland disse: "Quentin? Ele está passando mal, sr. MacKenzie?" e então a mão gorda de Shreve tocou meu joelho e Spoade começou a falar e eu parei de tentar me conter.

"Se essa cesta está atrapalhando, sr. MacKenzie, passe para o outro lado. Eu trouxe vinho porque acho que um jovem cavalheiro deve beber vinho, se bem que meu pai, o avô de Gerald" *já fez isso Você já fez isso Na escuridão cinzenta um pouco de luz as mãos delas agarrando*

"Bebem, sim, quando podem", disse Spoade. "Hein, Shreve?"

os joelhos o rosto dela olhando para o céu o cheiro de madressilva no rosto e na garganta dela

"Cerveja, também", disse Shreve. Sua mão tocou meu joelho outra vez. Mexi o joelho outra vez. *como uma camada fina de tinta lilás esmaecida falando sobre ele trazendo*

"Você não é um cavalheiro", disse Spoade. *ele entre nós até que a sombra dela borrada não com escuro*

"Não, eu sou canadense", disse Shreve. *falando sobre ele as pás dos remos piscando para ele seguindo piscando o Boné feito para andar de carro na Inglaterra e o tempo todo correndo por baixo e eles dois borrados um dentro do outro para sempre ele tinha servido no Exército matado homens*

"Eu adoro o Canadá", disse a srta. Daingerfield. "Acho maravilhoso."

"Você já bebeu perfume?" perguntou Spoade. *com uma das mãos ele conseguia levantá-la até a altura do ombro e correr com ela correndo Correndo*

"Não", disse Shreve. *correndo o monstro com duas costas e ela borrada nos remos piscando correndo os porcos de Euboleu correndo acasalados dentro quantos Caddy*

"Eu também não", disse Spoade. *Não sei foram demais havia uma coisa terrível em mim terrível em mim Pai cometi Você já fez aquilo Não nunca fizemos aquilo nós fizemos aquilo?*

"e o avô de Gerald sempre escolhia a folha de hortelã que ia usar no café da manhã, quando ainda estava orvalhada. Ele não deixava nem o velho Wilkie pegar nela você lembra Gerald mas fazia questão de colher ele mesmo para preparar o julepo. Nisso ele era muito exigente, parecia uma solteirona, preparava o julepo seguindo uma receita que ele guardava de cabeça. Ele só deu essa receita a um único homem, foi o" *nós fizemos como vocês podem não saber espere um pouco eu vou dizer como foi foi um crime nós cometemos um crime terrível impossível de esconder você acha que pode mas espere Pobre Quentin você nunca fez isso e eu vou dizer como foi Vou contar ao pai então tem que ser porque você ama o pai então vamos ter que ir embora enquanto todos apontam para nós e o horror a chama limpa vou fazer você dizer que nós fizemos sim sou mais forte que você vou fazer você saber que nós fizemos você pensava que tinham sido eles mas fui eu olha eu enganei você o tempo todo fui eu você pensava que eu estava na casa onde aquela maldita madressilva tentando não pensar o balanço os cedros os ímpetos secretos a respiração trancado bebendo a respiração ofegante o sim Sim Sim sim* "nunca foi de beber vinho, mas sempre dizia que uma cesta em que livro que você leu isso naquele da roupa de remar de Gerald vinho era uma presença indispensável na cesta de piquenique de um cavalheiro" *você os amava Caddy você os amava Quando eles me tocavam eu morria*

ela estava parada de repente ele estava gritando puxando o vestido dela entraram no corredor subiram a escada gritando e empurrando obrigando-a a subir a escada até a porta do banheiro e a encurralaram contra a porta e o braço dela cobrindo o rosto gritando e tentando empurrá-la para dentro do banheiro quando ela entrou para jantar T. P. estava dando comida a ele ele começou outra vez primeiro só gemendo até que ela tocou nele então ele gritou ela ficou parada os olhos feito ratos encurralados depois eu estava correndo na escuridão cinzenta cheirava a chuva e todos os cheiros de flores que o ar úmido e quente exalava e grilos serrando sem parar na grama me seguindo com uma pequena ilha móvel de silêncio Fancy do outro lado da cerca me olhava manchada como uma colcha de retalhos na corda eu pensei aquele negro desgraçado esqueceu de dar comida a ela outra vez desci a ladeira correndo naquele vácuo de grilos como um bafo se espalhando pela superfície de um espelho ela estava deitada na água a cabeça no banco de areia água fluindo em torno de suas cadeiras havia um pouco mais de luz na água a saia dela

meio saturada se remexia sobre ela seguindo o movimento da
água em ondas pesadas que não iam a lugar nenhum se reno-
vavam com seu próprio movimento fiquei parado na margem
sentindo o cheiro de madressilvas na água o ar parecia chuviscar
madressilvas e o ruído áspero dos grilos uma substância que dava
para sentir na carne
o Benjy ainda está chorando
não sei está não sei
coitado do Benjy
sentei-me na margem a grama estava úmida um pouco então
senti os sapatos molhados
sai dessa água você está maluca
mas ela não se mexeu o rosto dela era um borrão branco emoldu-
rado contra o borrão da areia pelo cabelo
sai agora
ela sentou-se então ficou em pé a saia batia-se contra as pernas
dela escorrendo água ela subiu a margem as roupas encharcadas
sentou-se
por que você não esprime as roupas quer pegar um resfriado
quero
a água gorgolejava em torno do banco de areia e por cima dele
no escuro entre os salgueiros no trecho raso a água se enrugava
como um pedaço de pano guardando um pouco de luz como a
água sempre faz
ele já atravessou todos os oceanos do mundo todo
então falou sobre ele agarrando os joelhos molhados o rosto inclinado para trás na luz cinzenta o cheiro de madressilva havia uma
luz acesa no quarto da mãe e no de Benjy onde T. P. estava pondo
Benjy na cama
você ama ele
a mão dela veio eu não me mexi ela apalpou meu braço e segurou
minha mão apertou-a contra o peito dela o coração batendo forte

não não
então ele obrigou você ele fez você fazer você deixou ele era mais forte que você e amanhã eu mato ele juro que mato e o pai não precisa ficar sabendo só depois e então eu e você ninguém precisa ficar sabendo podemos pegar meu dinheiro da faculdade podemos cancelar a minha matrícula Caddy você tem ódio dele não tem não tem
ela apertou minha mão contra o peito dela o coração batendo forte eu virei-me e segurei-lhe o braço
Caddy você tem ódio dele não tem
ela levou minha mão até a garganta dela o coração dela também estava martelando ali
coitado do Quentin
ela levantou o rosto para o céu tão baixo que todos os cheiros e sons da noite pareciam ter se amontoado ali como se dentro de uma tenda frouxa especialmente a madressilva o cheiro tinha penetrado minha respiração estava no rosto na garganta dela como tinta o sangue dela batia contra a minha mão eu estava apoiado no outro braço ele começou a se contrair e tremer e eu tive de respirar fundo para conseguir esvaziar os pulmões com toda aquela madressilva espessa e cinzenta
tenho ódio dele sim por ele eu morria já morri por ele eu morro por ele várias vezes sempre que isso acontece
quando levantei a mão ainda sentia gravetos e grama entrecruzados ardendo na minha palma
coitado do Quentin
ela se inclinou para trás apoiada nos braços as mãos entrelaçadas sobre os joelhos
você nunca fez isso fez
o quê fiz o quê
aquilo que eu o que eu fiz
fiz sim fiz sim um monte de vezes com um monte de garotas

então comecei a chorar a mão dela tocou-me outra vez e eu chorava encostado na blusa úmida dela então ela deitada de costas olhando para o céu por cima da minha cabeça vi uma nesga de branco sob as íris dos olhos dela abri meu canivete
você se lembra o dia que a Vó morreu quando você se sentou dentro d'água de calcinha
lembro
levei a ponta da lâmina até a garganta dela
é coisa de um segundo só um segundo depois eu faço na minha eu faço na minha depois
está bem você consegue fazer na sua sozinho
claro a lâmina é bem comprida o Benjy já está deitado
está bem
é coisa de um segundo só isso vou tentar fazer de um jeito que não doa
está bem
fecha os olhos por favor
assim não vai ter que enfiar com mais força
ponha a sua mão
mas ela não se mexia os olhos estavam bem abertos olhando para o céu por cima da minha cabeça
Caddy você lembra que a Dilsey brigou com você porque sua calcinha estava suja de lama
não chora
não estou chorando Caddy
enfia logo vamos você vai ou não vai
você quer mesmo
quero enfia
põe a sua mão
não chora Quentin coitado de você
mas não consegui me conter ela apertou minha cabeça contra o peito dela úmido e duro eu ouvia seu coração batendo firme

e lento agora não martelando e a água gorgolejando entre os
salgueiros no escuro e ondas de madressilva subindo no ar meu
braço e meu ombro estavam retorcidos sob meu corpo
o que é que você está fazendo
os músculos dela se retesaram me sentei
é o meu canivete eu deixei cair
ela sentou-se
que horas são
não sei
ela se pôs de pé comecei a tatear pelo chão
estou indo deixa isso para lá
para casa
eu sentia a presença dela em pé sentia o cheiro das roupas molhadas dela a presença dela ali
tem que estar por aqui
deixa pra lá amanhã você procura vamos
espera um minuto vou achar
você está com medo de
pronto achei estava aqui mesmo o tempo todo
estava mesmo vamos
levantei-me e fui atrás dela subimos a ladeira os grilos silenciando
quando passávamos engraçado você estar sentado no chão e deixar uma coisa cair e levar um tempão para encontrar
cinzento estava cinzento com orvalho enviesado na grama o céu
cinzento depois as árvores mais além
essa madressilva desgraçada queria que esse cheiro parasse
antes você gostava
chegamos ao ponto mais alto e seguimos em frente em direção às
árvores ela esbarrou em mim afastou-se um pouco a vala era uma
cicatriz negra na grama verde ela esbarrou em mim outra vez
olhou para mim e afastou-se chegamos à vala
vamos por aqui

pra quê
pra ver se a gente ainda encontra os ossos da Nancy há um bom tempo que eu não venho olhar e você
estavam cobertos de trepadeiras e urzes escuras
estavam aqui mesmo a gente nem sabe se está vendo ou não não é
para Quentin
vamos
a vala estreitou-se fechou-se ela virou-se para as árvores
para Quentin
Caddy
fiquei à frente dela de novo
Caddy
para com isso
segurei-a
eu sou mais forte que você
ela estava parada dura inflexível porém imóvel
eu não vou brigar para melhor você parar
Caddy não Caddy
não vai adiantar nada você sabe não vai me deixa ir
a madressilva chuviscava chuviscava eu ouvia os grilos olhando para nós em círculo ela recuou me contornou indo em direção às arvores
volta você pra casa você você não precisa vir não
segui em frente
por que você não volta pra casa
essa madressilva desgraçada
chegamos à cerca ela a atravessou de gatinhas eu fui atrás quando me levantei ele estava saindo do meio das árvores surgindo à luz cinzenta vindo em nossa direção alto e liso e imóvel embora estivesse se movendo como se estivesse parado ela foi em direção a ele

este é o Quentin eu estou molhada estou toda molhada toda molhada se você não quiser não precisa
as sombras deles uma sombra a cabeça dela se elevou acima da dele no céu mais alto que as duas cabeças
se você não quiser não precisa
então não mais duas cabeças a escuridão cheirava a chuva a grama e folhas úmidas a luz cinzenta chuviscando como se fosse água a madressilva emergindo em ondas úmidas eu via o rosto dela um borrão contra o ombro dele ele a segurava com um braço como se ela fosse pequena como uma criança ele estendeu a mão
muito prazer
trocamos um aperto de mãos então ficamos parados a sombra dela alta contra a dele uma sombra
o que é que você vai fazer Quentin
andar um pouco acho que vou pelo bosque até a estrada e volto pela cidade
virei-me me afastando
boa-noite
Quentin
parei
o que é que você quer
no bosque as pererecas coaxavam sentiam o cheiro de chuva no ar pareciam caixas de música de brinquedo difíceis de dar corda e a madressilva
vem cá
o que é que você quer
vem cá Quentin
voltei ela tocou-me no ombro debruçada a sombra o borrão do rosto apoiado na sombra alta dele recuei
cuidado
vai pra casa
não estou com sono vou dar uma caminhada

me espera lá no riacho
vou dar uma caminhada
eu vou já pra lá me espera
não eu vou pro bosque
não olhei para trás as pererecas não ligaram para mim a luz cinzenta feito musgo nas árvores chuviscando mas assim mesmo não ia chover depois de algum tempo virei-me voltei para junto do bosque assim que cheguei lá voltei a sentir o cheiro de madressilva vi as luzes do relógio do fórum e o brilho da cidade o quadrado no céu e os salgueiros escuros à beira do riacho e a luz nas janelas da mãe a luz ainda acesa no quarto de Benjy e me abaixei para passar pela cerca e atravessei o pasto correndo eu corria na grama cinzenta em meio aos grilos a madressilva cada vez mais forte e o cheiro da água então vi a água cor de madressilva cinzenta deitei-me à beira do riacho com a cara bem perto do chão para não sentir o cheiro da madressilva e não senti e fiquei deitado sentindo a terra atravessar minhas roupas ouvindo a água e depois de algum tempo já não estava muito ofegante e fiquei deitado pensando que se eu não mexesse o rosto não seria preciso respirar fundo e sentir o cheiro e então não estava mais pensando em nada ela voltou pela beira do riacho e parou não me mexi
está tarde volta pra casa
o quê
vai pra casa está tarde
está bem
as roupas dela farfalhavam não me mexi elas pararam de farfalhar
você vai pra casa que nem eu falei
não ouvi nada
Caddy
vou sim se você quiser eu vou
fiquei sentado ela estava sentada no chão as mãos entrelaçadas sobre o joelho

vai pra casa que nem eu falei
vou sim eu faço o que você quiser que eu faça sim
ela nem olhou para mim segurei-a pelo ombro e sacudi-a com força
cala a boca
sacudi-a
cala a boca cala a boca
está bem
ela levantou o rosto e então vi que não estava nem olhando para mim dava para ver aquela nesga branca
levanta
puxei-a ela estava mole puxei-a até ela ficar em pé
vai agora
o Benjy ainda estava chorando quando você saiu estava
vai
atravessamos o riacho o telhado surgiu ao longe depois as janelas do segundo andar
ele está dormindo agora
tive que parar para fechar o portão ela seguiu em frente na luz cinzenta o cheiro de chuva mas nada de chover e a madressilva começando a vir da cerca do jardim começando ela entrou na sombra eu ouvi os passos dela então
Caddy
parei nos degraus da entrada não ouvia mais seus passos
Caddy
ouvi seus passos então minha mão tocou a dela não quente nem fresca apenas imóvel
as roupas dela ainda um pouco úmidas
você ama ele agora
sem respirar só muito devagar como se uma respiração distante
Caddy você ama ele
não sei

fora da luz cinzenta as sombras das coisas feito coisas mortas em
água estagnada
eu queria que você estivesse morta
é mesmo você vai pra casa agora
você está pensando nele agora
não sei
me diz em que é que você está pensando me diz
para para Quentin
cala a boca cala a boca ouviu cala a boca será que você não vai
calar a boca
está bem eu paro a gente vai fazer muito barulho
eu mato você ouviu
vamos lá pro balanço daqui vão ouvir você
eu não estou chorando você diz que eu estou chorando
não para com isso vamos acordar o Benjy
agora você vai pra casa vamos
eu vou não chora eu não presto mesmo você não pode fazer nada
nós somos malditos não é culpa nossa será que a culpa é nossa
para com isso vamos vá pra cama agora
você não pode me obrigar somos malditos
finalmente eu o vi ele estava entrando na barbearia ele olhou pra
fora eu segui em frente e fiquei esperando
estou procurando você há uns dois ou três dias
você queria falar comigo
eu vou falar com você
ele enrolou o cigarro depressa com cerca de dois movimentos
riscou o fósforo no polegar
aqui não dá pra gente falar vamos nos encontrar em algum lugar
eu vou ao seu quarto você está no hotel
não lá não é bom não você sabe aquela ponte sobre o riacho ali
atrás do
sei está bem

à uma hora está bem
está bem
virei-me para ir embora
eu lhe agradeço
olha
parei olhei para trás
ela está bem está
ele parecia feito de bronze a camisa cáqui
será que ela está precisando de mim pra alguma coisa
estou lá à uma
ela me ouviu mandando T. P. pôr a sela no Prince à uma hora
ficou olhando para mim não comendo quase ela veio
também
o que você vai fazer
nada será que não posso andar a cavalo se eu quiser
você vai fazer alguma coisa o que é
não é da sua conta sua puta puta
T. P. estava com Prince na porta lateral
não precisa não eu vou a pé
desci o caminho saí pelo portão entrei na alameda então corri antes de chegar à ponte já o vi ele estava debruçado no parapeito o cavalo estava amarrado no bosque ele olhou por cima do ombro então deu as costas só levantou a vista quando cheguei à ponte e parei ele tinha nas mãos um pedaço de casca de árvore estava quebrando-o em pedaços e jogando-os dentro d'água
vim pra lhe dizer pra você ir embora da cidade
ele quebrou um pedaço de casca devagar e o largou com cuidado na água ficou vendo a casca ir embora na correnteza
eu disse que você tem que ir embora daqui
ele olhou para mim
foi ela que mandou você

sou eu que digo que você tem que ir embora não é meu pai nem ninguém sou eu
escuta espera um pouco primeiro quero saber se ela está bem estão aporrinhando ela por lá
isso é uma coisa que você não precisa se dar ao trabalho de querer saber
então ouvi minha própria voz dizendo você tem até o pôr do sol pra ir embora desta cidade
ele quebrou um pedaço de casca e o deixou cair na água então largou o resto da casca no parapeito e enrolou um cigarro com aqueles dois movimentos rápidos riscou o fósforo no parapeito o que é que você vai fazer se eu não for embora
vou matar você não fique pensando que só porque eu pareço um garoto
a fumaça saiu das narinas em dois jatos que lhe riscaram o rosto quantos anos você tem
comecei a tremer minhas mãos estavam no parapeito pensei se eu as escondesse ele saberia por quê
você tem até hoje à noite
escute aqui como é que você se chama Benjy é o bobo não é você é
Quentin
foi minha boca que disse eu não disse nada
você tem até o pôr do sol
Quentin
ele bateu a cinza do cigarro com cuidado no parapeito com um gesto lento e cuidadoso como se fizesse ponta num lápis minhas mãos tinham parado de tremer
olha não faz sentido levar a coisa tão a sério você não tem culpa garoto se não fosse eu seria outro qualquer
você já teve irmã já
não mas são todas umas vagabundas

bati nele minha mão aberta conteve o impulso de se fechar antes de atingir seu rosto sua mão foi tão rápida quanto a minha o cigarro passou por cima do parapeito levantei a outra mão ele pegou-a também antes de o cigarro bater na água segurou meus dois pulsos com a mesma mão a outra foi em direção a sua axila por baixo do casaco atrás dele o sol descia e um pássaro cantando em algum lugar além do sol nos encarávamos enquanto o pássaro cantava ele soltou minhas mãos
olha aqui
ele pegou a casca de árvore no parapeito e jogou-a na água ela afundou voltou à superfície foi sendo levada pela corrente a mão dele estava pousada no parapeito segurando a pistola frouxamente ficamos esperando
você não consegue acertá-la agora
não
a casca de árvore seguia rio abaixo o bosque estava muito silencioso ouvi o pássaro outra vez e a água depois a pistola subiu ele nem fez pontaria a casca de árvore desapareceu depois pedaços dela voltaram à superfície se espalhando ele acertou mais dois tiros nos pedaços de casca do tamanho de moedas de um dólar
acho que isso basta
abriu o tambor soprou dentro do cano um fio de fumaça se dissolveu ele recarregou as três câmaras fechou o tambor entregou-me a pistola com a coronha virada para mim
pra quê eu não vou tentar repetir o que você fez
você vai precisar pelo que você disse estou lhe dando esta porque você já viu do que ela é capaz
não quero essa porcaria de arma
bati nele continuei tentando bater nele quando ele já estava segurando meus pulsos continuei tentando era como se eu o visse através de um vidro colorido eu ouvia meu sangue e depois

vi o céu outra vez e os galhos das árvores contra o céu e o sol descendo entre eles e ele me segurando para que eu não caísse
você bateu em mim
eu não conseguia ouvir
o quê
bati o que você está sentindo
estou bem me solte
ele me soltou me encostei no parapeito
você está bem
me larga estou bem
você consegue voltar para casa
vai embora me deixa em paz
melhor não tentar ir a pé leve o meu cavalo
não quero vai embora
é só você pendurar as rédeas no arção e deixar ele solto que ele volta pra cocheira
me deixa em paz vai embora e me deixa em paz
debrucei-me no parapeito olhando para a água e o ouvi desamarrando o cavalo e indo embora e depois de algum tempo não ouvi mais nada só a água e depois o pássaro outra vez saí da ponte e me sentei apoiei as costas numa árvore e encostei a cabeça na árvore e fechei os olhos um raio de sol atravessou a copa da árvore e caiu nos meus olhos e cheguei-me um pouco para o lado em torno da árvore ouvi o pássaro outra vez e a água e depois tudo meio que foi se apagando e não senti mais nada eu me sentia quase bem depois de todos aqueles dias e noites com a madressilva emergindo da escuridão no meu quarto onde eu estava tentando dormir mesmo quando depois de algum tempo me dei conta de que ele não havia batido em mim que ele havia mentido por causa dela também e que eu havia simplesmente desmaiado como uma menina mas nem isso tinha mais importância e fiquei sentado recostado na árvore lampejos de sol roçando meu rosto

como folhas amarelas num galho ouvindo a água e não pensando
em absolutamente nada até mesmo quando ouvi o cavalo vindo
depressa continuei sentado de olhos fechados e ouvi seus cascos
afundando na areia e pés correndo e as mãos dela duras correndo
seu bobo seu bobo você se machucou
abri os olhos as mãos dela correndo pelo meu rosto
eu não sabia para que lado então ouvi a pistola eu não sabia onde
eu não imaginava que você e ele correndo fugindo
eu não imaginava que ele pudesse
ela segurava meu rosto com as duas mãos batendo minha cabeça
contra a árvore
para para com isso
agarrei os pulsos dela
para com isso para
eu sabia que ele não ia sabia que ele não ia
ela tentou bater minha cabeça na árvore
eu disse a ele para nunca mais falar comigo eu disse a ele
ela tentou libertar seus pulsos das minhas mãos
me solta
para com isso sou mais forte que você para com isso agora
me solta eu tenho que ir atrás dele e pedir a ele que me solta
Quentin por favor me solta
de repente ela desistiu seus pulsos relaxaram
eu posso dizer a ele sim eu digo e ele acredita é só eu querer eu
consigo sim
Caddy
ela não havia amarrado Prince ele podia voltar para casa a qualquer momento se lhe desse na veneta
ele acredita em mim é só eu querer
você ama ele Caddy hein
eu o quê

ela olhou para mim e então seus olhos se esvaziaram de tudo
pareciam olhos de estátuas brancos cegos serenos
põe a mão na minha garganta
ela pegou minha mão e encostou-a na sua garganta
agora diz o nome dele
Dalton Ames
senti o sangue pulsar de repente ele pulsava num ritmo forte cada vez mais rápido
diz outra vez
o rosto dela virou-se para as árvores onde o sol descia e onde o pássaro
diz outra vez
Dalton Ames
o sangue dela pulsava de modo ritmado batendo batendo contra a minha mão

Continuou escorrendo por um bom tempo, mas meu rosto parecia frio e meio morto, e meu olho, e o corte no meu dedo estava ardendo outra vez. Ouvi Shreve bombeando água, então ele voltou com a bacia e uma mancha redonda de crepúsculo tremeluzindo dentro dela, com uma borda amarela como um balão se apagando, e depois meu reflexo. Tentei ver meu rosto ali.

"Parou?" perguntou Shreve. "Me dê o pano." Tentou tirá-lo da minha mão.

"Cuidado", eu disse. "Eu mesmo faço isso. É, já praticamente parou." Mergulhei o pano na água outra vez, rompendo o balão. O pano tingiu a água. "Eu precisava de um pano limpo."

"Você vai precisar pôr um pedaço de carne nesse olho", disse Shreve. "Amanhã você vai ficar com o olho preto. Que filho da puta", disse ele.

"Eu cheguei a machucar ele?" Espremi o pano e tentei limpar o sangue do meu colete.

"Assim não sai não", disse Shreve. "Só mandando pra lavanderia. Vamos, põe o pano no olho."

"Dá pra tirar alguma coisa, sim", disse. Mas não estava adiantando. "Como é que está o meu colarinho?"

"Não sei", disse Shreve. "Põe o pano no olho. Assim."

"Cuidado", eu disse. "Deixa que eu ponho. Mas eu machuquei ele?"

"Pode ser que você tenha acertado nele. Vai ver que na hora eu desviei a vista ou pisquei, sei lá. Ele bateu em você com toda a força. Socou você em todos os lugares. Por que é que você resolveu trocar socos com ele? Sua besta quadrada. Como é que você está se sentindo?"

"Estou ótimo", eu disse. "Eu queria era dar um jeito de limpar o colete."

"Ah, que se danem as suas roupas. O seu olho está doendo?"

"Estou ótimo", repeti. Tudo estava meio violeta e parado, o verde do céu se esvaecendo em dourado acima da cumeeira da casa, e uma pluma de fumaça saindo da chaminé sem nenhum vento. Ouvi a bomba outra vez. Um homem estava enchendo um balde, olhando para nós por cima do ombro que bombeava. Uma mulher passou pela porta, mas não olhou para fora. Ouvi uma vaca mugindo.

"Vamos", disse Shreve. "Esquece dessas roupas e põe o pano no olho. Amanhã assim que eu acordar eu mando lavar o seu terno."

"Está bem. Só lamento não ter tirado sangue dele, pelo menos um pouco."

"Filho da puta", disse Shreve. Spoade saiu da casa, falando com a mulher, eu acho, e atravessou o quintal. Olhava para mim com seus olhos frios e zombeteiros.

"É, rapaz", disse ele, olhando para mim. "Pelo visto você faz qualquer coisa pra se divertir. Primeiro rapta, depois sai na briga. O que é que você faz nas férias? Provoca incêndios?"

"Estou bem", respondi. "O que foi que a sra. Bland disse?"

"Está passando um sabão no Gerald por ter feito você sangrar. E vai passar outro em você quando vocês se encontrarem, por ter deixado ele bater em você. Ela não é contra as brigas, mas sangue ela não suporta. Acho que você caiu um pouco no conceito dela por não ter conseguido segurar o sangue. Como é que você está?"

"É claro", disse Shreve. "Se você não é um Bland, então no mínimo tem que cometer adultério com um Bland ou então tomar um porre e brigar com um Bland, dependendo do sexo."

"Isso mesmo", concordou Spoade. "Mas eu não sabia que o Quentin estava bêbado."

"E não estava", disse Shreve. "Precisa estar bêbado pra ter vontade de bater naquele filho da puta?"

"Pois acho que eu só ia tentar se estivesse muito bêbado, depois de ver como que o Quentin se saiu. Onde que ele aprendeu a lutar boxe?"

"Ele vai lá no Mike todo dia, na cidade", expliquei.

"É mesmo?" exclamou Spoade. "Você sabia disso quando bateu nele?"

"Não sei", respondi. "Acho que sim. Sabia, sim."

"Molha outra vez", insistiu Shreve. "Quer água limpa?"

"Esta aqui serve", disse eu. Mergulhei o pano na água outra vez e levei-o ao olho. "Queria dar um jeito de limpar esse colete." Spoade continuava olhando para mim.

"Vem cá", indagou ele, "por que foi que você bateu nele? O que foi que ele disse?"

"Não sei. Não sei por que eu fiz isso."

"De repente vi você se levantar de um salto e perguntar: 'Você já teve irmã? Já teve?' E quando ele respondeu Não, você deu um soco nele. Percebi que você estava olhando pra ele, mas você parecia não estar prestando atenção no que as pessoas estavam dizendo, até a hora em que você se levantou de repente e perguntou a ele se ele tinha irmã."

"Ah, ele estava se gabando como sempre", disse Shreve, "das mulheres que tem. Você sabe: do jeito que ele sempre faz na frente das moças, pra elas não entenderem exatamente o que ele está dizendo. Cheio de indiretas e mentiras e coisas que nem fazem sentido. Falou de uma zinha que ele combinou de encontrar num salão de dança em Atlantic City e aí deu bolo nela, foi pro hotel e se deitou e ficou na cama pensando na mulher, com pena dela porque estava à espera dele no píer, sem que ele estivesse lá pra dar a ela o que ela queria. Falou da beleza do corpo, e do triste fim dessa beleza, e que as mulheres eram umas coitadas, que não podiam fazer nada, só deitar de barriga pra cima. Leda vagando no mato, chorando de saudade do cisne, entende? Filho de uma puta. Eu tive vontade de bater nele também. Só que se fosse eu, eu acertava o garrafão de vinho nele."

"Ah", disse Spoade, "o defensor das donzelas. Rapaz, você desperta não apenas a minha admiração como também o meu horror." Olhou para mim, frio e zombeteiro. "Meu Deus", exclamou.

"Estou arrependido de ter batido nele", disse eu. "Minha cara está ruim demais pra eu ir lá pedir desculpas?"

"Que pedir desculpas, que nada", disse Shreve. "Eles que vão pro inferno. Vamos pra cidade."

"Ele devia voltar pra eles verem que ele luta como um cavalheiro", observou Spoade. "Quer dizer, apanha como um cavalheiro."

"Nesse estado?" perguntou Shreve. "Com as roupas cheias de sangue?"

"Está bem, está bem", disse Spoade. "Você que sabe."

"Ele não pode andar por aí de camiseta", disse Shreve. "Ele ainda não é veterano. Vamos pra cidade, vamos."

"Vocês não precisam vir", retruquei. "Podem voltar pro piquenique."

"Eles que se danem", disse Shreve. "Vamos."

"O que é que eu digo a eles?" perguntou Spoade. "Que você e Quentin brigaram também?"

"Não diz nada", respondeu Shreve. "Diz a ela que o prazo dela expirou na hora do pôr do sol. Vou perguntar àquela mulher onde que se pega o bonde inter..."

"Não", disse eu. "Não vou voltar à cidade."

Shreve parou, olhando para mim. Virou-se, e seus óculos pareciam pequenas luas amarelas.

"O que é que você vai fazer?"

"Ainda não vou voltar à cidade. Vocês voltem para o piquenique. Podem dizer a eles que eu não quis voltar porque minhas roupas estavam estragadas."

"Vem cá", indagou ele. "O que é que você está pensando em fazer?"

"Nada. Estou bem. Você e o Spoade voltem pra lá. Eu vejo vocês amanhã." Atravessei o quintal, rumo à estrada.

"Você sabe onde fica a estação?" perguntou Shreve.

"Eu descubro. Até amanhã. Digam à sra. Bland que lamento ter estragado o passeio dela." Os dois ficaram me olhando. Contornei a casa. Um caminho de pedra dava na estrada. Havia roseiras de ambos os lados do caminho. Passei pelo portão, cheguei à estrada. Ela descia numa ladeira, em direção ao bosque, e vi o automóvel à beira da estrada. Subi a ladeira. A luz aumentava à medida que eu subia, e antes de chegar ao alto ouvi um carro. Soava distante, no crepúsculo; parei e fiquei a ouvi-lo. Já não dava para vê-lo, mas Shreve estava parado na estrada à frente da casa, olhando para o alto da ladeira. Atrás dele a luz amarela cobria o telhado da casa como uma demão de tinta. Levantei a mão e comecei a descer a elevação do outro lado, ouvindo o carro. Então a casa desapareceu, e parei à luz verde e amarela e ouvi o carro cada vez mais alto, até que, no momento exato em que começou a diminuir, o ruído cessou por completo. Esperei até ouvi-lo outra vez. Então segui em frente.

À medida que eu ia descendo, a luz diminuía pouco a pouco, mas sem mudar de qualidade, como se eu, e não a luz, é que estivesse mudando, diminuindo, se bem que até mesmo quando a estrada penetrou no bosque ainda daria para ler um jornal. Logo cheguei a um atalho. Entrei nele. Era mais estreito e mais escuro que a estrada, mas quando saí no ponto do bonde — mais um abrigo de madeira — a luz continuava igual. Saindo do atalho, tive a impressão de que estava mais claro, como se tivesse atravessado a noite no atalho e emergido na manhã do outro lado. Logo o bonde chegou. Entrei, todos se viraram e olharam para meu olho, e encontrei lugar no lado esquerdo.

As luzes do bonde estavam acesas, de modo que, enquanto seguíamos por entre as árvores, eu só enxergava meu próprio rosto e uma mulher sentada do outro lado, com um chapéu equilibrado bem no cocuruto, com uma pena quebrada, mas quando deixamos para trás as árvores voltei a ver o entardecer, aquela luz que dava a impressão de que o tempo havia mesmo parado por alguns instantes, o sol imobilizado logo abaixo do horizonte, e então passamos pelo abrigo onde antes havia um velho comendo algo que tirava de um saco de papel, e a estrada seguia em frente sob o crepúsculo, em direção ao crepúsculo, e a sensação de águas tranquilas e rápidas ali perto. Então o bonde seguiu em frente, uma corrente de ar cada vez mais forte entrando pela porta aberta até atravessar todo o bonde com um cheiro de verão e escuridão, mas não de madressilva. O cheiro de madressilva era o mais triste de todos, eu acho. Lembro-me de muitos cheiros. Glicínia era um deles. Nos dias de chuva, quando a mãe não estava se sentindo tão mal que não pudesse ir até a janela, nós brincávamos embaixo da glicínia. Quando a mãe estava de cama,

Dilsey nos vestia com roupas velhas e nos deixava sair na chuva, porque dizia que chuva não fazia mal a gente moça. Mas se a mãe não estava de cama, sempre começávamos brincando na varanda, até que ela dizia que estávamos fazendo barulho demais, e então saíamos e brincávamos debaixo do caramanchão da glicínia.

Foi aqui que vi o rio pela última vez nesta manhã, mais ou menos aqui. Eu sentia a presença da água além do crepúsculo, o cheiro. Quando as flores se abriam na primavera e chovia o cheiro estava em toda parte a gente não reparava nele muito em outras ocasiões mas quando chovia o cheiro começava a entrar na casa à hora do entardecer ou chovia mais ao entardecer ou então havia alguma coisa na luz em si mas era sempre nessa hora que o cheiro era mais forte até que eu me deitava na cama pensando quando será que vai parar quando será que vai parar. A corrente de ar que entrava pela porta cheirava a água, um hálito úmido e constante. Às vezes eu me acalentava a mim mesmo dizendo isso vez após vez até que depois a madressilva se misturou a tudo e aí a história toda passou a simbolizar a noite e a inquietude eu parecia estar deitado nem dormindo nem acordado olhando para um corredor comprido a meia-luz cinzenta onde todas as coisas estáveis haviam se tornado sombrias paradoxais tudo que eu havia feito sombras tudo que eu havia sentido sofrido ganhando forma visível grotesca e perversa zombeteira sem relevância inerentes nelas a negação do significado que deveriam afirmar pensando eu era eu não era quem não era não era quem.

Senti o cheiro das curvas do rio além do lusco-fusco e vi a última luz supina e tranquila sobre o charco como pedaços de um espelho partido, então mais além luzes surgiam no ar pálido e límpido, tremendo um pouco como borboletas adejando ao longe. Benjamin filho de. Ele sentado diante daquele espelho. Refúgio infalível de conflito serenado silenciado conciliado.

Benjamin filho da minha velhice cativo no Egito. Ó Benjamin. Dilsey dizia que era porque a mãe era orgulhosa demais dele. Eles entram na vida dos brancos assim, em súbitos lampejos negros nítidos que isolam fatos brancos por um instante numa verdade inquestionável como se vistos ao microscópio; fora esses momentos, apenas vozes que riem quando a gente não vê motivo para riso, lágrimas quando não há razão para choro. Eles apostam se o número dos acompanhantes de um enterro será par ou ímpar. Um bordel cheio deles em Memphis entrou num transe religioso e saíram todos nus às ruas. Três policiais foram necessários para dominar um deles. Sim Jesus ó bom Jesus ó homem bom.

O bonde parou. Saltei, todo mundo olhando para meu olho. Quando chegou o bonde local, estava cheio. Fui para a plataforma de trás.

"Tem lugar na frente", disse o condutor. Olhei para dentro do vagão. Não havia lugares do lado esquerdo.

"Não vou muito longe", respondi. "Vou ficar em pé aqui mesmo."

Atravessamos o rio. Isto é, a ponte, a arquear-se lenta e alta no espaço, entre o silêncio e o nada, onde luzes — amarelas, vermelhas, verdes — tremiam no ar límpido, se repetindo.

"Melhor ir pra frente e sentar", disse o condutor.

"Vou saltar logo", disse eu. "Só uns dois quarteirões."

Saltei antes de chegarmos ao correio. Todos já estariam sentados em algum lugar àquela altura, porém, e então comecei a ouvir meu relógio e fiquei aguardando o som do carrilhão e apalpei a carta de Shreve no bolso do paletó, enquanto as sombras recortadas dos olmos escorriam sobre minha mão. E então quando entrei no pátio da universidade o carrilhão começou a bater e segui em frente enquanto as notas se sucediam como ondas concêntricas numa poça d'água e passavam por mim e seguiam em frente, dizendo Quinze para o quê? Está bem. Quinze para o quê.

Nossas janelas estavam escuras. A entrada estava vazia. Entrei caminhando junto à parede da esquerda, mas não havia ninguém: só a escada subindo em curva na sombra ecos de passos de gerações tristes como poeira leve sobre as sombras, meus passos a despertá-las como pó, que depois descia, leve, outra vez.

Vi a carta antes mesmo de acender a luz, em pé, apoiada num livro sobre a mesa, para que eu a visse. Chamando-o de meu marido. E então Spoade disse que iam a algum lugar, só voltariam tarde, e a sra. Bland teria de arranjar outro cavalheiro. Mas eu o teria visto e ele vai ter de esperar uma hora para pegar o próximo bonde porque depois das seis horas. Peguei meu relógio e ouvi-o fazendo tique-taque sem parar, sem saber que ele não era capaz nem mesmo de mentir. Então o coloquei virado para cima na mesa e peguei a carta da sra. Bland e rasguei-a ao meio e joguei os pedaços na cesta de papéis e tirei o paletó, o colete, a gravata e a camisa. A gravata também estava estragada, mas então os negros. Talvez a mancha de sangue ele podia dizer que era a usada por Cristo. Achei gasolina no quarto de Shreve e abri o colete sobre a mesa, estiquei-o, e abri a lata de gasolina.

o primeiro carro da cidade uma menina Menina é o que Jason não suportava cheiro de gasolina o enjoava depois ficou mais irritado do que nunca porque uma menina Menina não tinha irmã mas Benjamin Benjamin filho do meu doloroso se eu tivesse mãe para poder dizer Mãe Mãe Foi preciso usar muita gasolina, e então eu não sabia mais se era ainda a mancha ou só a gasolina. Ela fez o corte no dedo voltar a arder, e por isso quando fui me lavar estendi o colete numa cadeira e puxei para baixo o fio da luz para que a lâmpada secasse a mancha. Lavei o rosto e as mãos, mas mesmo assim continuei sentindo-a pungente por trás do sabão, constringindo as narinas um pouco. Então abri a mala e retirei a camisa, o colarinho e a gravata e coloquei dentro dela as roupas ensanguentadas e fechei a mala, e me vesti. Enquanto escovava o cabelo, a meia hora transcorreu. Mas ainda havia os três quartos de hora, a menos que, se *vendo na escuridão rápida apenas seu próprio rosto nenhuma pena quebrada a menos que duas delas mas não duas assim indo para Boston na mesma noite então meu rosto o rosto dele por um instante cruzando o estrondo quando emergindo da escuridão duas janelas acesas num estrondo rígido rápido somem o rosto dele e o meu só eu vejo vi se vi não adeus o abrigo vazio de comer a estrada vazia no escuro em silêncio a ponte subindo no silêncio escuridão sono a água tranquila e rápida não adeus*

Apaguei a luz e entrei no meu quarto, longe da gasolina mas ainda sentindo o cheiro. Fui até a janela as cortinas se mexiam devagar emergindo da escuridão tocando meu rosto como quem respira dormindo, respirando devagar na escuridão de novo, deixando o toque. *Depois que eles subiram a mãe acomodou-se na poltrona, levando à boca o lenço embebido em cânfora. O pai permanece imóvel continuava sentado ao lado dela segurando-lhe a mão os gritos martelando sem parar como se não houvesse lugar para ele no silêncio* Quando eu era pequeno havia uma gravura num dos nossos livros, um lugar escuro penetrado por um único débil raio de luz descendo enviesado e iluminando dois rostos que emergiam da escuridão. *Sabe o que eu fazia se eu fosse Rei?* ela nunca era rainha nem fada era sempre rei ou gigante ou general *Eu arrombava aquele lugar e tirava os dois de lá e dava uma boa surra neles* Estava arrancada, rasgada. Ainda bem. Eu teria de voltar a ela até que o calabouço fosse a mãe ela mesma e o pai para fora na luz fraca de mãos dadas e nós perdidos em algum lugar abaixo até deles sem sequer um raio de luz. Então a madressilva se misturou. Assim que eu apagava a luz e tentava dormir ela começava a entrar no quarto em ondas que cresciam e cresciam até que eu ficava ofegante tentando respirar até que eu era obrigado a me levantar e tatear às cegas como no tempo em que eu era pequenino *mãos enxergam tocando na mente tateando invisível porta Porta agora nada mãos enxergam* Meu nariz via a gasolina, o colete na mesa, a porta. O corredor continuava vazio de todos os passos das tristes gerações buscando água. *e no entanto os olhos sem ver apertados como dentes não desacreditando duvidando até mesmo a ausência de dor canela tornozelo o longo fluxo invisível do corrimão da escada onde um passo em falso na escuridão cheia de sono de pai mãe Caddy Jason Maury porta não tenho medo só mãe pai Caddy Jason Maury indo tão à frente dormindo vou dormir profundamente quando eu porta Porta porta* Estava vazio também, os canos, a porcelana, as paredes manchadas silenciosas, o trono da contemplação. Eu havia esquecido o vidro, mas podia *mãos enxergam dedos mais frescos invisível garganta de cisne onde menos que a vara de Moisés o copo toque hesitante não tamborilando esguia fresca garganta tamborilando esfriando o metal o copo cheio transbordando resfriando o vidro os dedos vermelhos o sono deixando gosto de sono úmido no silêncio prolongado da garganta* Voltei ao corredor, despertando os passos perdidos em batalhões sussurrantes no silêncio, voltei à gasolina, o relógio contando sua mentira furiosa na mesa escura. Então as cortinas emergindo da escuridão respirando sobre meu rosto, deixando a respiração no meu rosto. Ainda um quarto de hora. Então não serei mais. As palavras mais tranquilas. Palavras mais tranquilas. *Non fui. Sum. Fui. Non sum.* Em algum lugar ouvi sinos uma vez. Mississippi ou Massachusetts. Fui. Não sou. Massachusetts ou Mississippi. Shreve tem uma garrafa no baú dele. *Você não vai nem abrir* O sr. e a sra. Jason Richmond Compson participam o *Três vezes. Dias. Você não vai nem abrir* casamento de sua filha Candace *que a bebida ensina a gente a confundir o meio com o fim* Sou. Beber. Não fui. Vamos vender o pasto de Benjy para que Quentin possa estudar em Harvard e eu possa chacoalhar meus ossos. Vou ter morrido em. Foi um ano que

Caddy disse. Shreve tem uma garrafa no baú. Não, senhor, não vou precisar da do Shreve vendi o pasto de Benjy e posso morrer em Harvard Caddy disse nas cavernas e grutas do mar jogando suavemente ao sabor das marés porque Harvard soa tão bem dezesseis hectares não é um preço alto por uma coisa que soa tão bem. Um belo som morto vamos trocar o pasto de Benjy por um belo som morto. Ele terá este som por muito tempo porque só pode ouvi-lo quando sente seu cheiro *assim que ela entrou pela porta ele começou a chorar* E eu crente que era só mais um desses pirralhos da cidade que o pai vivia mexendo com ela por causa deles até que. Eu não dava nenhuma atenção especial a ele era como se fosse um caixeiro-viajante ou o que pensei que fossem camisas do Exército até que de repente me dei conta de que ele não estava me encarando como um inimigo em potencial porém pensava nela quando olhava para mim estava olhando para mim através dela como se através de um vidro colorido *por que é que você está se metendo comigo você não sabe que não vai adiantar nada eu imaginava que você deixaria isso para a mãe ou Jason*
    foi a mãe que mandou o Jason espionar você Eu não teria.
    A mulher só faz usar os códigos de honra dos outros é porque ela ama Caddy ficava no andar de baixo mesmo estando doente para que o pai não pudesse fazer troça do tio Maury na frente de Jason o pai disse que o tio Maury era ruim demais em literatura clássica para enfrentar o imortal menino cego pessoalmente devia ter escolhido Jason porque Jason faria a mesma bobagem que o próprio tio Maury teria feito e não um tipo de bobagem que acabou lhe custando um soco no olho além disso o menino dos Patterson era menor que Jason eles vendiam os papagaios por cinco centavos cada até que por desavenças financeiras Jason arranjou um novo sócio menor ainda ou ao menos pequeno o bastante porque T. P. disse que Jason continuava sendo o tesoureiro mas o pai disse por que é que o tio Maury vai querer trabalhar se ele

o pai podia sustentar cinco ou seis negros que não faziam nada e ficavam o dia inteiro com os pés no forno ele podia perfeitamente dar casa e comida ao tio Maury de vez em quando e lhe emprestar um dinheirinho era ele que mantinha viva a crença do pai na ideia de que a espécie a que ele pertencia tinha origem no céu então a mãe chorava e dizia que o pai achava que a família dele era melhor que a dela que ele estava ridicularizando o tio Maury para nos ensinar a mesma coisa ela não via que o pai estava nos ensinando que todos os homens não passam de acumulações bonecos estofados com serragem varrida dos montes de lixo onde todos os bonecos anteriores eram jogados fora saía serragem na ferida no lado que não foi por mim que morreu. Antes eu achava que a morte era um homem parecido com o vovô um amigo dele uma espécie de amigo íntimo e particular como a gente pensava na mesa do vovô ninguém podia mexer nela nem mesmo falar alto no cômodo em que ela estava sempre imaginei que eles estavam juntos em algum lugar o tempo todo esperando que o velho coronel Sartoris descesse e ficasse com eles esperando num lugar alto depois dos cedros o coronel Sartoris estava num lugar ainda mais alto olhando para alguma coisa lá longe e eles estavam esperando que ele parasse de olhar para ela e descesse o vovô estava fardado e ouvíamos o murmúrio das vozes deles vindo depois dos cedros estavam sempre falando e vovô tinha sempre razão

    Começou a dar três quartos de hora. A primeira nota soou, medida e tranquila, serenamente peremptória, esvaziando o silêncio desapressado até a próxima e pronto se as pessoas pudessem mudar uma a outra para sempre desse jeito fundir-se como uma chama que tremula por um instante depois soprada e apagada para sempre na escuridão fresca e eterna em vez de ficar deitado tentando não pensar no balanço até todos os cedros ficarem com aquele cheiro intenso e morto de perfume que Benjy tanto odiava. Só de imaginar as árvores me dava a impressão de que eu ouvia sussurros impulsos secretos sentia o cheiro do sangue quente pulsando sob a pele selvagem nada secreta vendo contra as pálpebras vermelhas os porcos soltos em pares correndo acasalados para dentro das águas e ele nós temos que ficar acordados e ver o mal ser cometido por um momento não sempre e eu não é preciso nem mesmo esse momento para um homem de coragem e ele você considera isso coragem e eu sim senhor o senhor não acha e ele cada homem é árbitro de suas próprias virtudes você considerar o ato corajoso ou não é mais importante que o ato em si que qualquer ato senão seria impossível você estar falando sério e eu o senhor não acredita que eu estou falando sério e ele acho que você é tão sério que nem é preciso eu me preocupar senão você não teria sido levado ao expediente de me dizer que havia cometido incesto e eu eu não estava mentindo eu não estava mentindo e ele você queria sublimar uma bobagem humana natural transformando-a num horror e então exorcizá-la com a verdade e eu foi para isolá-la do mundo barulhento para que o mundo fosse obrigado a fugir de nós e então seria como se o som dele nunca tivesse existido e ele você tentou obrigá-la a cometer o ato e eu eu temia eu temia que ela aceitasse e então não teria adiantado nada mas se eu pudesse dizer ao senhor que havíamos cometido teria sido assim e então os outros não seriam assim e então o mundo barulhento iria embora e ele e agora este outro você não está mentindo agora também não mas continua cego para o que está em você mesmo para aquela parte da verdade geral a sequência de eventos naturais com suas causas que ensombrecem o cenho de todo homem até mesmo de Benjy você não está pensando na finitude está imaginando uma apoteose em que um estado mental temporário se tornará simétrico acima da carne e cônscio tanto de si próprio quanto da carne ela não vai se livrar de você não estará nem mesmo morta e eu temporariamente e ele você não suporta a ideia de que algum dia ela não vai mais torturar você desse jeito agora estamos chegando ao ponto você pelo visto encara isso como apenas uma experiência que vai embranquecer seu cabelo do dia para a noite por assim dizer sem alterar sua aparência nem um pouco você não vai fazer sob essas condições será uma aposta e o mais estranho é que o homem que é concebido por acaso e que a cada respiração faz um lance de dados já viciados contra ele não vai encarar o lance final que ele sabe de antemão que ele terá de encarar sem apelar para expedientes que vão desde a violência até as chicanas mesquinhas que não enganam nem mesmo uma criança até que um dia movido pelo nojo ele arrisca tudo numa única cartada cega nenhum homem faz isso sob o impacto da primeira fúria do desespero ou remorso ou dor mas só quando se dá conta de que até mesmo o desespero ou remorso ou dor não é particularmente importante para o sinistro lançador de dados e eu temporariamente e ele é difícil acreditar que um amor ou uma dor é uma debênture comprada sem intenção e que vence querendo ou não e é recolhida sem aviso prévio para ser substituída pelo título que os deuses resolverem emitir no momento não você só vai fazer isso quando acreditar que nem mesmo ela era merecedora do desespero talvez e eu eu nunca vou fazer isso ninguém sabe o que eu sei e ele acho melhor você ir para cambridge logo de uma vez você podia passar um mês em maine o dinheiro há de dar se você for cuidadoso talvez seja bom para você contar tostões já curou mais feridas do que jesus e eu digamos que eu compreenda o que o senhor acredita que vou compreender lá na semana que vem ou no mês que vem e ele então você há de se lembrar que você estudar em harvard é o sonho da sua mãe desde que você nasceu e nenhum compson jamais decepcionou uma senhora e eu temporariamente vai ser melhor para mim para todos nós e ele cada homem é árbitro de suas próprias virtudes mas homem algum deve prescrever o que é bom para outro homem e eu temporariamente e ele foi a palavra mais triste de todas nada mais no mundo não é desespero até que seja tempo nem mesmo o tempo até que foi

A última nota soou. Por fim parou de vibrar e a escuridão mergulhou no silêncio outra vez. Entrei na sala de estar e acendi a luz. Vesti o colete. A gasolina agora quase não se sentia, e no espelho não dava para ver a mancha. Ou, pelo menos, via-se bem menos que meu olho. Vesti o paletó. A carta de Shreve estalava dentro do bolso, e tirei-a e conferi o endereço, e coloquei-a no bolso lateral. Então levei o relógio para o quarto de Shreve e guardei-o na gaveta e fui para meu quarto e peguei um lenço limpo e fui até a porta e pus a mão no interruptor da luz. Então lembrei que não havia escovado os dentes, de modo que tive de abrir a mala outra vez. Encontrei minha escova e peguei um pouco da pasta de dentes de Shreve e escovei os dentes. Apertei a escova para secá-la o máximo possível e recoloquei-a na mala e fechei a mala e voltei à porta. Antes de apagar a luz olhei a minha volta para ver se havia mais alguma coisa, e então percebi que havia esquecido o chapéu. Eu teria de passar pelo correio e com certeza ia encontrar algum deles, e eles pensariam que eu era um aluno de Harvard bancando o veterano. Eu tinha esquecido de escová-lo também, mas Shreve tinha uma escova, de modo que não precisei abrir minha mala de novo.

6 de abril, 1928

Uma vez vagabunda, sempre vagabunda, é o que eu digo. O que eu digo é que a senhora é feliz se a sua única preocupação é ela estar matando aula. O que eu digo é que ela devia estar lá embaixo na cozinha agora mesmo, em vez de socada no quarto dela, lambuzando a cara com maquiagem e esperando que seis negros que nem conseguem se levantar da cadeira se não devorarem uma panela cheia de pão e carne preparem o café da manhã dela. E a mãe diz:

"Mas as autoridades escolares vão pensar que eu não consigo controlá-la, e isso eu não..."

"Ora", eu digo, "a senhora não controla mesmo, é ou não é? A senhora nunca tentou nada com ela", eu digo. "O que adianta começar a essa altura, quando ela já está com dezessete anos?"

Ela ficou pensando um tempo.

"Mas o que vão pensar... Eu nem sabia que tinha boletim. Ela me disse no outono passado que este ano tinham parado de usar boletim. E agora o professor Junkin me telefona para dizer que com mais uma falta ela vai ter que sair da escola. Como é que ela faz isso? Aonde ela vai? Você passa o dia todo no centro; você devia vê-la se ela fica na rua."

"É", eu digo. "Se ela ficasse na rua. Imagino que se ela mata aula não é pra fazer uma coisa que ela podia fazer em público", eu digo.

"O que você quer dizer?" ela pergunta.

"Não quero dizer nada", eu digo. "Só fiz responder a sua pergunta." Então ela começou a chorar de novo, dizendo que o sangue do sangue dela agora a amaldiçoava.

"A senhora me perguntou", eu digo.

"Não estou me referindo a você", ela diz. "Você é o único que não me envergonha."

"Claro", eu digo. "Nunca tive tempo pra isso. Nunca tive tempo pra ir estudar em Harvard nem pra me matar de tanto beber. Sempre tive que trabalhar. Mas, é claro, se a senhora quiser que eu fique andando atrás dela pra saber o que ela faz, eu largo a loja e arranjo um emprego em que eu possa trabalhar à noite. Aí eu posso ficar o dia inteiro atrás dela, vigiando, e a senhora manda o Ben me substituir à noite."

"Eu sei que para você sou só um fardo e um estorvo", ela diz, chorando no travesseiro.

"E eu não sei?", eu digo. "Há trinta anos que a senhora vive me dizendo isso. Até mesmo o Ben já deve estar sabendo. A senhora quer que eu fale com ela?"

"Você acha que vai adiantar alguma coisa?" ela pergunta.

"Não, se a senhora descer e se meter na conversa assim que eu começar", eu digo. "Se a senhora quer que ela fique sob meu controle, é só me dizer e depois não se meter. Toda vez que eu tento, a senhora se intromete e aí ela ri de nós dois."

"Não esqueça que ela é sangue do seu sangue", ela diz.

"Claro", eu digo, "era justamente nisso que eu estava pensando — sangue. Na minha opinião, um pouco de sangue seria bom. Quando uma pessoa age igual a um negro, seja ela quem for, o jeito é ela ser tratada como negro."

"Tenho medo que você perca a paciência com ela", ela diz.

"Ora", eu digo. "O seu sistema não tem dado muito certo. A senhora quer que eu faça alguma coisa ou não quer? Diga se quer ou não quer; tenho que voltar pro trabalho."

"Eu sei que você tem que trabalhar como um escravo por nós", ela diz. "Você sabe que, se dependesse de mim, você teria um escritório só para você, e teria um expediente digno de um Bascomb. Porque você é um Bascomb, apesar do seu nome. Eu sei que se o seu pai pudesse adivinhar..."

"Bom", eu digo, "acho que ele tem direito de adivinhar errado de vez em quando, como todo mundo, até mesmo um Smith ou um Jones." Ela começou a chorar de novo.

"O rancor com que você fala do seu falecido pai", ela diz.

"Está bem", eu digo, "está bem. Seja como a senhora quiser. Mas como eu não tenho um escritório só pra mim, tenho que me virar com o que tenho. A senhora quer que eu diga alguma coisa a ela?"

"Tenho medo que você perca a paciência com ela", ela diz.

"Está bem", eu digo. "Então não vou dizer nada."

"Mas há que se fazer alguma coisa", ela diz. "As pessoas vão pensar que eu deixo que ela saia da escola e fique andando pela rua, ou que eu sou incapaz de proibi-la de fazer o que ela faz... Jason, Jason", ela diz. "Como que você pode. Como que você pode deixar esse fardo todo sobre as minhas costas."

"Ora, ora", eu digo. "Assim a senhora vai adoecer. Melhor trancar ela em casa o dia inteiro, ou então deixar que eu cuide dela e parar de se preocupar com isso, não é?"

"Sangue do meu sangue", ela diz, chorando. Então eu digo:

"Está bem. Eu cuido dela. Agora para de chorar."

"Não perca a paciência", ela diz. "Ela é só uma criança, não esqueça."

"Não", eu digo. "Não esqueço, não." Saí, fechando a porta.

"Jason", ela diz. Não respondi. Segui pelo corredor. "Jason", ela diz, de dentro do quarto. Desci a escada. Não tinha ninguém na sala de jantar, e aí ouvi a voz dela na cozinha. Estava tentando convencer Dilsey a lhe dar mais uma xícara de café. Entrei.

"Então esse é o seu uniforme escolar?" eu digo. "Ou então hoje é feriado?"

"Só meia xícara, Dilsey", ela diz. "Por favor."

"Não senhora", diz Dilsey. "Dou não. Tem nada que tomar mais de uma xícara, uma menina de dezessete anos, inda mais depois que a d. Caroline falou. Se apronta pra ir pra escola, pra poder pegar carona com o Jason. Você vai acabar se atrasando outra vez."

"Não vai não", eu digo. "Isso a gente vai resolver agora mesmo." Ela olhou para mim, a xícara na mão. Jogou para trás o cabelo caído no rosto, o quimono escorregando do ombro. "Larga essa xícara e vem aqui comigo agora", eu digo.

"Por quê?" ela pergunta.

"Vem", eu digo. "Larga essa xícara na pia e vem."

"O que é que você está aprontando agora, Jason?" pergunta Dilsey.

"Você pensa que passa por cima de mim que nem você faz com a sua avó e com todo mundo", eu digo. "Mas você vai ver que não é assim, não. Eu lhe dou dez segundos pra largar essa xícara que nem eu mandei."

Ela parou de olhar para mim. Olhou para Dilsey. "Que horas são, Dilsey?" perguntou. "Quando der dez segundos, você assobia. Só meia xícara, Dilsey, p..."

Agarrei-a pelo braço. Ela largou a xícara. A xícara se espatifou no chão e ela tentou puxar o braço, olhando para mim, mas não soltei. Dilsey se levantou da cadeira.

"Ô Jason", ela diz.

"Me solta", diz Quentin. "Eu te dou um tapa."

"Você me dá um tapa, é?" eu digo. "Me dá um tapa, é?" Ela tentou me dar um tapa. Agarrei a outra mão também e fiquei segurando como quem segura um gato selvagem. "Me dá um tapa, é?" eu digo. "Você acha que me dá, é?"

"Ô Jason!" diz Dilsey. Arrastei-a até a sala de jantar. O quimono soltou-se e ficou esvoaçando em torno dela, quase nua. Dilsey veio mancando atrás. Virei-me e com o pé fechei a porta na cara dela.

"Não se mete aqui não", eu digo.

Quentin estava apoiada na mesa, amarrando o quimono. Fiquei olhando para ela.

"Pois bem", eu digo. "Quero saber que história é essa de matar aula e contar mentira pra sua avó e falsificar a assinatura dela no seu boletim e quase matar ela de tanta preocupação. Que história é essa?"

Ela não disse nada. Estava amarrando o quimono debaixo do queixo, apertando a roupa em torno do corpo, olhando para mim. Não havia ainda se pintado, e a cara dela parecia ter sido esfregada com um pano de polir espingarda. Agarrei-a pelo pulso. "Que história é essa, hein?" eu digo.

"Não é da sua conta", ela diz. "Me larga."

Dilsey entrou na sala. "Ô Jason", ela diz.

"Eu mandei você não se meter", eu digo, sem nem mesmo olhar para trás. "Quero saber aonde que você vai quando você mata aula", eu digo. "Na rua você não fica, senão eu via você. Com quem que você anda se metendo? Você se esconde no mato com um desses almofadinhas idiotas com brilhantina no cabelo? É pra lá que você vai?"

"Seu... seu desgraçado!" ela diz. Debateu-se, mas eu a segurei. "Seu desgraçado desgraçado!" ela diz.

"Vou lhe mostrar", eu digo. "Numa velha você mete medo, mas eu vou lhe mostrar na mão de quem que você está agora." Segurei-a com uma só mão, e então ela parou de se debater e ficou me olhando, os olhos cada vez mais arregalados e negros.

"O que é que você vai fazer?" ela pergunta.

"Espera só eu tirar este cinto que eu lhe mostro", eu digo, tirando meu cinto. Então Dilsey agarrou meu braço.

"Jason", ela diz. "Ô Jason! Tem vergonha não?"

"Dilsey", diz Quentin. "Dilsey."

"Eu não deixo ele não", diz Dilsey. "Não preocupa não, meu anjo." Ela não largava meu braço. Então o cinto saiu e eu me soltei dela e a empurrei para longe. Ela saiu aos tropeções e esbarrou na mesa. Estava tão velha que mal conseguia se mexer. Mas não tem problema: a gente precisa de alguém na cozinha para comer o que os mais jovens deixam na panela. Ela veio mancando e se meteu entre nós, tentando me segurar de novo. "Então bate em mim", ela diz, "já que você tem que bater em alguém. Bate em mim", ela diz.

"Você acha que eu não bato?" eu digo.

"Não tem judiação que você não é capaz de fazer", ela diz. Então ouvi a mãe na escada. Claro que ela não ia conseguir não se meter. Soltei-a. Ela caiu para trás contra a parede, segurando o quimono para ele não se abrir.

"Está bem", eu digo. "Vamos parar com isso por ora. Mas não pensa que você vai passar por cima de mim, não. Não sou uma velha, nem sou uma negra com o pé na cova. Sua vagabunda", eu digo.

"Dilsey", ela diz. "Dilsey, eu quero a minha mãe."

Dilsey foi até ela. "Que é isso, que é isso", ela diz. "Ele não encosta o dedo em você não com eu do seu lado." A mãe estava descendo a escada.

"Jason", ela diz. "Dilsey."

"Que é isso", diz Dilsey. "Eu não deixo ele machucar você não." Pôs a mão em Quentin. Ela deu-lhe um tapa na mão.

"Sua negra desgraçada", ela diz. Correu em direção à porta.

"Dilsey", diz a mãe na escada. Quentin subiu a escada correndo, passando por ela. "Quentin", diz a mãe. "Ô Quentin." Quentin continuou correndo. Ouvi-a chegar ao alto da escada, depois seguir pelo corredor. Então a porta se bateu.

A mãe havia parado. Então recomeçou. "Dilsey", ela diz.

"Está bem", diz Dilsey. "Estou indo. E você vai lá tirar o carro e fica esperando", ela diz, "pra levar ela pra escola."

"Não se preocupe", eu digo. "Vou levar ela à escola e vou fazer ela ficar lá. Eu comecei essa história e agora vou até o fim."

"Jason", diz a mãe na escada.

"Vai logo", diz Dilsey, indo em direção à porta. "Quer provocar a outra também? Estou indo, d. Caroline."

Saí. Eu ouvia as duas na escada. "A senhora volta pra cama", dizia Dilsey. "A senhora não vê que ainda está doente? Volta já pra cama. Deixa comigo que hoje eu faço ela chegar na escola na hora."

Saí pela porta dos fundos para tirar o carro de ré, depois tive que ir até a frente da casa para encontrar os dois.

"Eu achei que tinha mandado você pôr esse pneu atrás do carro", eu digo.

"Deu tempo não", diz Luster. "Tinha ninguém pra tomar conta dele não até a mamãe terminar de preparar o café."

"É", eu digo. "Eu dou comida pra um batalhão de negros só pra andar atrás dele, mas se fura um pneu eu mesmo é que tenho que trocar."

"Tinha ninguém pra tomar conta dele não", ele diz. Então ele começou a gemer e choramingar.

"Leva ele pros fundos", eu digo. "Que história é essa de deixar ele aqui pra todo mundo ver?" Despachei os dois antes que ele começasse a berrar para valer. Já não chega o que ele faz nos domingos, com aquele campo cheio de gente que não tem que tomar conta de um circo inteiro e alimentar seis negros, dando tacada numa bola de naftalina avantajada. Ele fica correndo junto daquela cerca de um lado para o outro e berrando cada vez que vê alguém, só falta agora começarem a me cobrar mensalidade do clube, e depois a mãe e Dilsey vão ter que arranjar duas maçanetas de porcelana e uma bengala e se virar, a menos que eu jogue de noite com uma lanterna. Aí mandavam todos nós lá para Jackson, talvez. Só Deus sabe, lá ia ser uma tremenda festa quando isso acontecesse.

Voltei à garagem. Lá estava o pneu, encostado na parede, mas raios me partam se eu ia colocá-lo no carro. Saí de ré e contornei a casa. Ela estava parada junto à entrada. Eu digo:

"Eu sei que você não tem nenhum livro: eu só queria lhe perguntar o que foi que você fez com eles, se isso é da minha conta. É claro que eu não tenho nenhum direito de perguntar", eu digo. "Eu só fiz pagar onze dólares e sessenta e cinco centavos por eles em setembro."

"Quem compra meus livros é a minha mãe", ela diz. "Você não gasta um centavo do seu dinheiro comigo. Prefiro morrer de fome."

"É mesmo?" eu digo. "Diz isso à sua avó e depois ouve o que ela vai dizer. Você não parece totalmente nua", eu digo, "se bem que essa maquiagem que você passa na cara esconde você mais do que as roupas que você usa."

"Você pensa que foi com o seu dinheiro ou com o dela que isso foi comprado, é?" ela pergunta.

"Pergunta pra sua avó", eu digo. "Pergunta pra ela o que aconteceu com aqueles cheques. Você viu sua avó queimando um deles, eu lembro." Ela não estava nem mesmo me ouvindo, a cara toda lambuzada de maquiagem e os olhos duros como os de um cachorro vira-lata.

"Você sabe o que eu fazia se eu pensasse que foi com o seu dinheiro ou com o dela que isso foi comprado?" ela diz, pondo a mão no vestido.

"Você fazia o quê?" perguntei. "Vestia um barril?"

"Eu tirava isso agora mesmo e jogava no chão", ela diz. "Você não acredita?"

"Claro que sim", eu digo. "Você vive fazendo isso."

"Você vai ver se eu não tiro", ela diz. Agarrou a gola do vestido com as duas mãos e fez menção de rasgá-la.

"Se você rasgar esse vestido", eu digo, "eu vou lhe dar uma surra aqui mesmo que você nunca mais vai esquecer, o resto da sua vida."

"Você vai ver se eu não tiro", ela diz. Então percebi que ela estava mesmo tentando rasgar o vestido, arrancá-lo do corpo. Quando consegui parar o carro e agarrar as duas mãos dela, já havia umas dez pessoas olhando. Foi tamanha a raiva por um minuto que fiquei quase cego.

"Se fizer uma coisa dessas outra vez, você vai se arrepender de ter nascido", eu digo.

"Já me arrependi", ela diz. Não resistiu, depois seus olhos ficaram esquisitos e eu pensei com os meus botões: se você chorar aqui neste carro, na rua, eu lhe dou uma surra. Vou acabar com você. Sorte dela que não chorou, por isso soltei os punhos dela e dei a partida no carro. Por sorte estávamos perto de uma ruela vazia, e entrei nela para evitar a praça. Já estavam armando a lona no terreno de Beard. Earl tinha me dado dois ingressos em troca do anúncio na nossa vitrine. Ela estava com o rosto virado para o outro lado, mastigando o lábio. "Já me arrependi", ela diz. "Não sei por que eu fui nascer."

"E eu conheço pelo menos mais uma pessoa que também não entende muito bem por quê", eu digo. Parei à frente da escola. O sinal já havia tocado, e os últimos alunos estavam entrando. "Pelo menos hoje você está chegando na hora", eu digo. "Você vai entrar nessa escola e ficar nela ou será que eu tenho que levar você na marra?" Ela saltou e bateu a porta com força. "Ouve o que eu estou dizendo", eu digo. "Estou falando sério. Deixa eu ficar sabendo mais uma vez que você anda se escondendo nos becos com um desses almofadinhas desgraçados."

Ao ouvir isso, ela se virou: "Eu não escondo", ela diz. "Por mim todo mundo pode saber tudo que eu faço."

"E todo mundo sabe, mesmo", eu digo. "Todo mundo nesta cidade sabe o que você é. Mas eu vou acabar com isso, ouviu? Eu estou me lixando pro que você faz", eu digo. "Mas nesta cidade eu não sou qualquer um, não, e não admito que uma pessoa da minha família se comporte como uma negra vagabunda. Você está me ouvindo?"

"Estou me lixando", ela diz. "Sou má e vou para o inferno, e estou me lixando. Melhor estar no inferno do que estar em qualquer lugar junto com você."

"Se eu ficar sabendo mais uma vez que você faltou à aula, você vai mesmo se arrepender de não estar no inferno", eu digo. Ela se virou e saiu correndo pelo pátio. "Basta só mais uma vez, ouviu", eu digo. Ela não olhou para trás.

Fui ao correio, peguei a correspondência, segui até a loja e estacionei o carro. Earl olhou para mim quando entrei. Dei-lhe oportunidade de comentar que eu estava atrasado, mas a única coisa que ele disse foi:

"Chegaram as capinadeiras. Melhor você ajudar o tio Job a montar."

Fui para os fundos, onde o velho Job estava desencaixotando as máquinas, a uma velocidade aproximada de três parafusos por hora.

"Você devia trabalhar mas era pra mim", eu digo. "Todos os outros negros vagabundos da cidade comem na minha cozinha."

"Eu trabalho pra quem me paga todo sábado", ele diz. "Não sobra muito tempo pra agradar os outro não." Apertou uma porca. "Aqui nessa terra ninguém não trabalha não, só o bicudo", ele diz.

"Sorte sua que você não é um bicudo esperando essas capinadeiras", eu digo. "Você ia morrer de tanto trabalhar e nunca que elas iam ficar prontas para atacar você."

"Lá isso é verdade", ele diz. "Vida de bicudo não é fácil não. Trabalha tudo que é dia no sol ou na chuva. Não tem varanda pra ficar sentado vendo as melancia crescer, e sábado pra ele é um dia igual aos outro."

"O sábado pra você também seria um dia igual aos outros", eu digo, "se fosse eu que pagasse o seu salário. Tira essas coisas dos caixotes e leva tudo lá pra dentro."

Primeiro abri a carta dela e tirei o cheque. Bem coisa de mulher, mesmo. Seis dias de atraso. Depois querem convencer os homens de que elas são capazes de cuidar de uma firma. Queria ver quanto tempo ia durar uma firma se o dono dela achasse que o primeiro dia do mês era o dia seis. Depois, quando o banco mandasse o extrato, ela ia querer saber por que o salário só foi depositado no dia seis. Esse tipo de coisa nunca passa pela cabeça de uma mulher.

Não recebi resposta à minha carta sobre o vestido de Páscoa de Quentin. Ele chegou direitinho? As duas últimas cartas que escrevi para ela não tiveram resposta, embora o cheque incluído na segunda tenha sido descontado juntamente com o outro. Ela está doente? Avise imediatamente, senão vou aí para ver. Você me prometeu que me avisaria sempre que ela precisasse de alguma coisa. Espero receber uma resposta antes do dia 10. Não, melhor você me passar um telegrama imediatamente. Você está abrindo as cartas que eu mando para ela. Sei disso muito bem, como se estivesse olhando para você. É melhor você enviar um telegrama sobre ela agora mesmo para este endereço.

Mais ou menos nessa hora Earl começou a gritar com Job, por isso guardei as cartas e fui lá tentar fazê-lo se mexer um pouco. Este país precisa é de mão de obra branca. Esses negros vagabundos tinham que passar fome uns dois anos para eles verem a vida boa que estão levando.

Por volta das dez horas, fui ao balcão. Estava lá um caixeiro-viajante. Faltavam dois minutos para as dez, e eu o convidei a ir à esquina tomar uma coca comigo. Começamos a falar sobre agricultura.

"É perda de tempo", eu digo. "Algodão é coisa de especulador. Eles enrolam os fazendeiros, fazem os trouxas produzirem uma safra bem grande, mas depois quem fatura no mercado são eles. E o fazendeiro só ganha uma queimadura de sol na nuca e uma corcunda nas costas. O sujeito que sua a camisa pra plantar algodão só ganha o suficiente pra não morrer de fome", eu digo. "Se ele faz uma colheita grande, não paga o trabalho de colher; se a colheita é pequena, nem vale a pena pôr na descaroçadeira. E tudo isso pra quê? Pra que um bando de judeus lá do Leste, não que eu esteja falando mal de quem é da religião judaica", eu digo. "Já conheci judeus que eram bons cidadãos. Quem sabe você mesmo não é", eu digo.

"Não", ele diz. "Eu sou americano."

"Não quis ofender ninguém," eu digo. "Eu julgo cada um pelo que é, independente de religião ou qualquer outra coisa.

Não tenho nada contra judeu como indivíduo", eu digo. "Agora, a raça deles. Você vai concordar comigo que eles não produzem nada. Eles vão atrás dos pioneiros que desbravam a terra pra vender roupas pra eles."

"Você está pensando nos armênios", ele diz, "não é? Pioneiro não precisa de roupa nova."

"Não quis ofender ninguém", eu digo. "Não tenho nada contra a religião de ninguém."

"Claro", ele diz. "Eu sou americano. Minha família tem um pouco de sangue francês, por isso que o meu nariz é assim. Mas eu sou americano, sim."

"Eu também", eu digo. "Agora nós somos poucos. Estou falando é daqueles sujeitos lá de Nova York que jogam e sempre ganham dos trouxas."

"Você tem razão", ele diz. "Pobre sempre se dá mal no jogo. Isso devia ser proibido."

"Você não concorda comigo?" eu digo.

"Concordo", ele diz. "Acho que você tem razão. O fazendeiro leva a pior na entrada e na saída."

"Eu sei que tenho razão", eu digo. "Nesse jogo só não é trouxa quem tem informação privilegiada dada por quem sabe o que está acontecendo. Eu por acaso tenho ligações com pessoas que estão no centro dos acontecimentos. O assessor delas é um dos maiores manipuladores de Nova York. Comigo é assim", eu digo, "eu nunca arrisco muito de uma vez só. Eles querem pegar é o sujeito que acha que sabe tudo e que está tentando ganhar uma fortuna com três dólares. É por isso que eles continuam por cima."

E então deu dez horas. Fui à agência de telégrafos. Abriu em alta, pouca coisa, conforme o previsto. Fui para um canto e peguei o telegrama de novo, para tirar a teima. Enquanto eu lia, chegou um boletim. Tinha subido dois pontos. Todo mundo estava comprando. Era o que eu imaginava com base no que estavam dizendo. Todo mundo embarcando. Como se não soubessem que a coisa só podia ir para um lado. Como se fosse proibido não comprar. É, acho que aqueles judeus do Leste também têm que ganhar a vida. Mas é um absurdo uma porcaria de um estrangeiro qualquer que não consegue viver no país onde Deus o pôs poder vir para cá tirar dinheiro do bolso dos americanos. Tinha subido mais dois pontos. Quatro pontos. Mas, ora, eles estavam lá e sabiam o que estava acontecendo. E se eu não ia seguir a orientação deles, então para que era que eu estava mandando dez dólares por mês para eles. Saí, então me lembrei e voltei, e passei o telegrama. "Tudo bem. Q escreve hoje."

"Q?" pergunta o telegrafista.

"É", eu digo. "Q. Você não sabe escrever Q?"

"Perguntei só para ver se estava certo", ele diz.

"Pode mandar como eu ditei que eu garanto que está certo", eu digo. "Mande a cobrar do destinatário."

"O que é que você está passando, Jason?" pergunta Doc Wright, olhando por cima do meu ombro. "É uma mensagem em código pra comprar?"

"Isso é problema meu", eu digo. "Vocês que façam o que quiserem. Vocês sabem tudo, mais que aquele pessoal lá de Nova York."

"Quem dera", diz Doc. "Se eu soubesse mais que eles eu tinha economizado dinheiro este ano plantando por dois centavos a libra."

Chegou outro boletim. Tinha caído um ponto.

"O Jason está vendendo", diz Hopkins. "Olha só a cara dele."

"É problema meu, o que eu estou fazendo", eu digo. "Vocês que façam o que quiserem. Esses judeus ricos de Nova York têm que ganhar a vida como todo mundo", eu digo.

Voltei para a loja. Earl estava ocupado no balcão. Voltei para a minha mesa e li a carta de Lorraine. "Amorzinho que pena que você não está aqui. Não tem festa boa quando meu amorzinho não está comigo estou morrendo de saudade." Deve estar, mesmo. Da última vez eu lhe dei quarenta dólares. Dei a ela. Nunca prometo nada a uma mulher, nem aviso a ela o que vou lhe dar. Com mulher é assim que se deve fazer sempre. Para ela ficar sempre na expectativa. Se você não conseguir encontrar nenhuma outra maneira de surpreendê-la, dê-lhe um soco na cara.

Rasguei a carta e queimei na escarradeira. Por regra, jamais guardo nenhum pedaço de papel escrito por mulher, e nunca escrevo para mulher nenhuma. Lorraine vive me pedindo para escrever para ela, mas eu digo a ela que se esquecer de dizer alguma coisa a ela eu guardo para dizer quando voltar a Memphis, mas eu digo não me incomodo se você me escrever de vez em quando num envelope simples, mas se tentar telefonar para mim, eu digo, em Memphis você não fica mais. Eu digo a ela, quando estou aí eu sou um sujeito legal, mas não quero mulher nenhuma telefonando pra mim. Tome aí, eu digo, dando os quarenta dólares a ela. Se você alguma vez tomar um porre e lhe der na telha de me telefonar, pensa nisso e conta até dez antes de ligar.

"Quando?" ela pergunta.

"O quê?" eu digo.

"Quando que você vai voltar", ela diz.

"Eu aviso", eu digo. Então ela tentou pedir uma cerveja, mas eu não deixei. "Guarda esse dinheiro", eu digo. "Compra um vestido pra você." Dei uma nota de cinco à empregada, também. Afinal, é como eu digo, dinheiro não tem valor; o que vale é a maneira como a gente o gasta. Ele não pertence a ninguém, de modo que não faz sentido tentar estocar. O dinheiro só pertence ao homem que consegue ganhá-lo e guardá-lo. Tem um homem aqui mesmo em Jefferson que ganhou muito dinheiro vendendo mercadoria podre para os negros, morava num quarto em cima da loja mais ou menos do tamanho de um chiqueiro, e era ele mesmo que cozinhava a comida que comia. Uns quatro, cinco anos atrás, esse homem adoeceu. Levou um tremendo susto, e quando ficou bom passou a frequentar a igreja e resolveu sustentar um missionário na China, cinco mil dólares por ano. Eu fico sempre pensando que ele vai ficar uma fera se morrer e descobrir que não tem céu nenhum, quando pensar naqueles cinco mil dólares por ano. É como eu digo, melhor morrer logo de uma vez e economizar um bom dinheiro.

A carta queimou completamente e eu já ia botar as outras no bolso quando alguma coisa me disse de repente para eu abrir a de Quentin antes de voltar para casa, mas mais ou menos nessa hora Earl começou a me chamar lá da loja, e eu guardei todas e fui lá atender um caipira idiota que levou quinze minutos tentando decidir se comprava a corda de arreio de vinte centavos ou a de trinta e cinco.

"Melhor você levar essa boa", eu digo. "Como é que vocês querem subir na vida trabalhando com equipamento barato?"

"Se essa aqui não é boa", ele diz, "por que é que vocês vende ela?"

"Eu não disse que não é boa", eu digo. "Eu disse que não é tão boa quanto a outra."

"Como é que você sabe que não é", ele diz. "Você já usou as duas?"

"Porque eles não pedem trinta e cinco centavos por ela", eu digo. "Por isso que eu sei que ela não é tão boa."

Ele segurava a corda de vinte, passando-a por entre os dedos. "Eu acho que vou levar é essa aqui mesmo", ele diz. Me ofereci para fazer um embrulho, mas ele a enrolou e pôs no bolso do macacão. Então pegou um saco de fumo, demorou para desamarrá-lo, sacudiu-o e umas moedas caíram de dentro. Ele me entregou uma moeda de vinte e cinco centavos. "Com os quinze que sobra eu pago o jantar", ele diz.

"Está bem", eu digo. "Você que manda. Mas depois não me aparece aqui ano que vem reclamando porque precisa comprar uma nova."

"Eu ainda nem que plantei a colheita do ano que vem", ele diz. Finalmente consegui me livrar dele, mas toda vez que eu pegava aquela carta alguma coisa acontecia. Estava todo mundo na cidade hoje, por causa do circo, vinham em bandos para gastar o dinheiro deles numa coisa que não trazia nada para a cidade e não ia deixar nada nela, além do dinheiro que os ladrões da prefeitura depois vão dividir entre eles, e Earl zanzando de um lado para o outro como se fosse uma galinha no galinheiro, dizendo: "Sim senhora, o sr. Compson vai já atendê-la. Jason, mostre a essa senhora uma batedeira de manteiga ou cinco centavos de ganchos".

Ora, Jason gosta de trabalhar. Eu digo não, nunca tive a vantagem de fazer faculdade, porque lá em Harvard ensinam a gente a nadar à noite sem saber nadar e em Sewanee eles nem ensinam o que é água. Eu digo, podem me mandar para a universidade estadual; quem sabe lá me ensinam a tomar um remédio que faz o coração parecer que tem um sopro, e depois vocês podem mandar o Ben para a Marinha, eu digo, ou então para a Cavalaria, eles usam capões na Cavalaria. Então quando ela mandou Quentin lá para casa para eu ter que dar comida a ela também eu digo: está certo, em vez de eu ter que ir lá para o Norte para arrumar trabalho eles mandam o trabalho para cá para mim, aí a mãe começou a chorar e eu digo, eu não tenho nada contra ela vir pra cá, não; se a senhora quiser eu paro de trabalhar e viro ama-seca dela, e aí a senhora e a Dilsey cuidam de manter o barril cheio de farinha, ou então o Ben. A senhora pode alugar o Ben pra um circo; deve ter gente em algum lugar que vai pagar dez centavos pra olhar pra ele, aí ela chorou mais e ficou dizendo pobrezinho do meu bebezinho doente, e eu digo ele vai ajudar muito a senhora assim que terminar de crescer já que por enquanto ele tem só uma vez e meia a minha altura, e ela diz que em breve ela ia morrer e isso ia ser melhor para todos nós e eu digo está bem, está bem, como a senhora quiser. A neta é sua, coisa que os outros avós dela não sabem com certeza. Agora, eu digo, é só uma questão de tempo. Se a senhora acredita nela quando ela diz que não vai tentar ver a menina, a senhora está se iludindo porque na primeira vez a mãe continuou falando graças a Deus você só é Compson no nome, porque você é tudo que eu tenho agora, só você e o Maury, e eu digo pois eu por mim dispensava o tio Maury e então eles chegaram e disseram que estavam prontos para começar. Então a mãe parou de chorar. Ela baixou o véu e descemos a escada. O tio Maury estava saindo da sala de jantar, com o lenço na boca. Eles meio que abriram alas para nós e nós saímos da casa ainda a tempo de ver Dilsey tocando Ben e T. P. para os fundos da casa. Descemos a escada e entramos. O tio Maury não parava de dizer Coitadinha da minha irmãzinha, coitadinha, falando pelo canto da boca e acariciando a mão da mãe. Falando sei lá como.

"Você pôs a faixa de luto?" ela pergunta. "Por que é que eles não vão logo, antes que o Benjamin apareça e dê um espetáculo. Pobrezinho, ele não sabe. Ele não entende nada."

"Ora, o que é isso", diz o tio Maury, acariciando a mão dela, falando pelos cantos da boca. "É melhor assim. É melhor ele ficar sem compreender a morte por quanto tempo ele puder."

"As outras mulheres são amparadas pelos filhos nessas horas", diz a mãe.

"Você tem o Jason e a mim", ele diz.

"É terrível para mim", ela diz. "Os dois, uma coisa dessas, em menos de dois anos."

"Ora, o que é isso", ele diz. Depois de algum tempo levou a

mão à boca e jogou alguma coisa fora pela janela. Então entendi que cheiro era aquele. Cravo. Imagino que ele pensou que era o mínimo que podia fazer pelo pai, ou então o aparador pensou que ainda era o pai e lhe passou uma rasteira quando ele passou. É como eu digo, se ele precisava vender uma coisa para a gente mandar Quentin para Harvard, teria sido muito melhor para todos nós se ele tivesse vendido aquele aparador e usado o dinheiro para comprar para ele uma camisa de força com uma manga só. Acho que não sobrou nenhum sangue de Compson para mim como diz a mãe porque ele bebeu tudo. Pelo menos eu nunca ouvi dizer que ele se ofereceu para vender uma coisa para eu poder estudar em Harvard.

Assim, ele ficou acariciando a mão dela e dizendo "Coitadinha da minha irmãzinha", acariciando a mão dela com uma das luvas pretas, aliás a conta delas chegou quatro dias depois lá em casa porque era dia vinte e seis porque era o mesmo dia do mês que o pai foi lá e trouxe a criatura para casa e não quis dizer onde ela estava nem nada e a mãe chorando e dizendo "E você nem o viu? Você nem tentou pedir uma pensão a ele?" e o pai diz "Não não quero que ela toque no dinheiro dele nem um centavo" e a mãe diz "Por lei ele tem obrigação. Ele não pode provar nada, a menos que... Jason Compson", ela diz. "Será que você fez a loucura de dizer..."

"Pare com isso, Caroline", diz o pai, então me mandou ajudar Dilsey a pegar aquele berço velho lá no sótão, e eu digo:

"É, hoje trouxeram trabalho pra mim" porque o tempo todo a gente tinha esperança que eles iam conseguir entrar num acordo e ele ia ficar com ela porque a mãe não parava de dizer que era preciso ter um mínimo de consideração com a família e me dar uma oportunidade depois que ela e Quentin tinham tido as oportunidades deles.

"E aonde você quer que ela fica?" diz Dilsey. "Quem é que vai criar ela? Não foi eu que criou vocês tudo?"

"E que belo serviço você fez", eu digo. "Pelo menos vai ser mais um bom motivo pra ela se preocupar." Então levamos o berço lá para baixo e Dilsey começou a prepará-lo no quarto antigo dela. Não deu outra; a mãe logo começou:

"Cuidado, d. Caroline", diz Dilsey. "A senhora vai acordar ela."

"Naquele quarto?" diz a mãe. "Para se contaminar com aquela atmosfera? Já não chega a herança que ela traz no sangue?"

"Pare com isso", diz o pai. "Não seja boba."

"Por que é que ela não pode dormir aqui?", diz Dilsey. "No mesmo quarto que eu botava a mãe dela pra dormir toda noite até que ela ficou crescida pra dormir sozinha."

"Você não sabe", diz a mãe. "A minha própria filha rejeitada pelo marido. Pobre criança inocente", ela diz, olhando para Quentin. "Você jamais há de saber quanto sofrimento você causou."

"Pare com isso, Caroline", diz o pai.

"Por que é que a senhora fica falando essas coisa na frente do Jason?" diz Dilsey.

"Eu tento protegê-lo", diz a mãe. "Sempre tentei protegê-lo disso. Pelo menos posso fazer o possível para proteger também a ela."

"Eu queria entender que mal que faz ela dormir nesse quarto", diz Dilsey.

"Não tenho culpa", diz a mãe. "Eu sei que sou só uma velha rabugenta. Mas sei que ninguém viola as leis de Deus e fica impune."

"Bobagem", diz o pai. "Então ponha lá no quarto da d. Caroline, Dilsey."

"Você pode dizer que é bobagem", diz a mãe. "Mas ela não pode saber nunca. Não pode nem aprender aquele nome. Dilsey, você está proibida de pronunciar aquele nome perto dela. Se ela crescer sem jamais saber que teve uma mãe, eu dou graças a Deus."

"Não seja boba", diz o pai.

"Eu nunca interferi na maneira como você os criou", diz a mãe. "Mas não aguento mais. Temos que decidir isso agora, hoje mesmo. Ou bem esse nome nunca vai ser pronunciado na frente dela, ou bem ela vai embora, ou bem vou eu. Pode escolher."

"Pare com isso", diz o pai. "Você está nervosa, só isso. Pode colocar aqui, Dilsey."

"E o senhor também está doente", diz Dilsey. "Está que parece uma alma penada. O senhor vai já pra cama que eu preparo um grogue que é pro senhor dormir bem. Aposto que o senhor não dormiu nenhuma noite direito desde que saiu daqui."

"Não", diz a mãe. "Você não sabe o que o médico diz? Por que é que você fica dando ideia para ele beber? O problema dele agora é esse. Olhe para mim, eu também sofro, mas não sou tão fraca que precise me matar com um uísque."

"Conversa", diz o pai. "Os médicos não sabem de nada. Ganham a vida aconselhando as pessoas a fazer qualquer coisa que eles não estejam fazendo na época, porque mais do que isso ninguém sabe a respeito desse macaco degenerado. Só falta agora você arranjar um pastor para ficar segurando a minha mão." Então a mãe chorou, e ele saiu. Desceu a escada, e então ouvi o aparador. Acordei e o ouvi descendo outra vez. A mãe pelo visto tinha dormido, porque a casa estava silenciosa finalmente. Ele estava tentando não fazer barulho, porque eu não ouvi nada, só a barra da camisola e as pernas nuas dele em frente ao aparador.

Dilsey preparou o berço e tirou a roupa da criatura e a deitou. Ela ainda não havia acordado desde a hora em que chegou em casa.

"Ela quase que não cabeu", diz Dilsey. "Pronto. Eu durmo

numa colcha no corredor que é pra senhora não precisar levantar no meio da noite."

"Eu não vou dormir", diz a mãe. "Você pode ir para a sua casa. Eu não me incomodo. É com prazer que eu dedico o resto da minha vida a ela, desde que eu consiga impedir que..."

"Faz barulho não", diz Dilsey. "Nós vai tomar conta dela. E você vai pra cama também", ela diz a mim. "Amanhã você tem escola."

Assim, eu saí, depois a mãe me chamou de volta e chorou no meu ombro um pouco.

"Você é minha única esperança", ela diz. "Toda noite eu agradeço a Deus por ter você." Enquanto a gente esperava que começassem, ela diz Graças a Deus ele também teve que ir embora, que me restou você e não Quentin. Graças a Deus você não é um Compson, porque agora eu só tenho você e o Maury e eu digo, Pois eu por mim dispensava o tio Maury. Ele continuava acariciando a mão dela com a luva preta dele, falando sem virar a boca para ela. Tirou as luvas quando chegou a hora dele pegar na pá. Ele chegou perto do primeiro, todos protegidos por guarda-chuvas, de vez em quando batendo os pés no chão e tentando tirar o barro dos sapatos e depois grudava nas pás e então eles batiam com elas para sair, e fazia um barulho oco quando caía nele, e quando dei a volta no carro eu o vi atrás de uma lápide, tomando mais um gole no gargalo. Achei que ele nunca que ia terminar porque eu estava de terno novo também, mas até que não tinha muito barro nas rodas ainda, só que a mãe viu e aí ela diz Não sei quando é que você vai poder ganhar outro e o tio Maury diz "Ora, ora. Não se preocupe. Você pode contar comigo, sempre".

E era verdade. Sempre. A quarta carta era dele. Mas nem precisava abrir. Eu mesmo poderia escrevê-la, ou então recitar para ela de cor, acrescentando dez dólares de lambuja. Mas eu estava cismado com aquela outra carta. Eu sentia que já estava na época de ela tentar outro estratagema. Ela ficou esperta depois daquela primeira vez. Percebeu logo que eu era muito diferente do pai. Quando já estavam terminando de encher de terra, a mãe começou a chorar, é claro, e aí o tio Maury entrou no carro com ela e foram embora. Ele diz: Você vai com outra pessoa: eles vão querer lhe dar uma carona. Eu tenho que levar a sua mãe e eu pensei em dizer: É, o senhor devia ter trazido duas garrafas e não uma só mas aí eu lembrei onde que a gente estava e então deixei eles irem. Eles pouco se importavam se eu ia ficar molhado, porque aí a mãe ia poder se divertir bastante se preocupando comigo porque eu ia pegar pneumonia.

Pois bem, comecei a pensar nisso enquanto eles jogavam terra lá dentro, jogando de qualquer maneira como se estivessem fazendo a argamassa ou fazendo uma cerca ou sei lá o quê, e comecei a sentir um negócio meio esquisito e aí resolvi andar um pouco. Pensei que se eu fosse andando em direção à cidade depois iam me alcançar no caminho e iam querer que eu entrasse na carruagem com eles, por isso voltei em direção ao cemitério dos negros. Fiquei embaixo de um cedro, onde não caía muita chuva, só umas gotas de vez em quando, e de lá daria para ver quando eles terminassem e fossem embora. Depois de algum tempo todo mundo foi embora e então eu esperei um minuto e saí.

Eu tinha que andar pelo caminho porque a grama estava molhada, por isso só a vi quando já estava bem perto dela, ela de capa preta, olhando para as flores. Eu adivinhei quem era na mesma hora, antes mesmo de ela virar e olhar para mim e levantar o véu.

"Oi, Jason", ela diz, estendendo a mão. Trocamos um aperto de mãos.

"O que é que você está fazendo aqui?" eu pergunto. "Eu

pensava que você tinha prometido a ela que nunca mais ia voltar aqui. Eu pensava que você tinha mais juízo."

"É?" ela diz. Olhou para as flores de novo. Aquelas flores deviam ter custado bem uns cinquenta dólares. Alguém tinha colocado um buquê na do Quentin. "Você pensava mesmo?"

"Mas não estou espantado", eu digo. "Nada que você faça me espanta. Você não liga pra ninguém. Você está se lixando pra todo mundo."

"Ah", ela diz, "aquele emprego." Olhou para a sepultura. "Eu lamento muito, Jason."

"Sei", eu digo. "Agora você está toda humilde. Mas não precisava você voltar. Não sobrou mais nada. Pode perguntar ao tio Maury, se você não acredita em mim."

"Eu não quero nada", ela diz. Ficou olhando para a sepultura. "Por que não me avisaram?" ela diz. "Eu vi no jornal por acaso. Na última página. Só por acaso."

Não respondi nada. Ficamos parados, olhando para a sepultura, e então comecei a pensar no tempo em que nós éramos pequenos e uma coisa e outra e comecei a sentir aquele negócio esquisito outra vez, uma espécie de raiva ou coisa parecida, pensando que agora o tio Maury não ia sair mais lá de casa, dando ordens, que nem ele me fez voltar para casa sozinho na chuva. Aí eu digo:

"É, você deve mesmo estar muito sensibilizada, vindo pra cá escondida assim que ele morreu. Mas você não vai ganhar nada com isso. Não fica pensando que você vai se aproveitar dessa situação pra voltar pra cá. Se você não consegue ficar no cavalo que você tem, o jeito é andar a pé", eu digo. "Lá em casa a gente nem conhece o seu nome", eu digo. "Sabia disso? A gente nem conhece o seu nome. Seria melhor pra você se você estivesse lá embaixo junto com ele e o Quentin", eu digo. "Sabia disso?"

"Eu sei", ela diz. "Jason", ela diz, olhando para a sepultura, "se você der um jeito de eu poder vê-la por um minuto, eu lhe dou cinquenta dólares."

"Você não tem cinquenta dólares", eu digo.

"Você faz o que eu estou pedindo?" ela pergunta, sem olhar para mim.

"Só vendo", eu digo. "Não acredito que você tem cinquenta dólares."

Vi que as mãos dela estavam se mexendo debaixo do casaco, e então ela estendeu a mão. Macacos me mordam se não estava cheia de dinheiro. Via umas duas ou três amarelinhas.

"Ele ainda lhe dá dinheiro?" pergunto eu. "Quanto que ele manda pra você?"

"Eu lhe dou cem", ela diz. "Você faz?"

"Espera aí", eu digo. "E tem que ser como eu disser. Eu não deixava que ela soubesse nem por mil dólares."

"É", ela diz. "Como você disser. Eu só quero vê-la por um minuto. Não vou implorar nem fazer nada. Depois eu vou logo embora."

"Me dá o dinheiro", eu digo.

"Eu dou depois", ela diz.

"Você não confia em mim?" eu digo.

"Não", ela diz. "Eu conheço você. Eu fui criada com você."

"Tem graça você falar em confiar nas pessoas", eu digo. "Bom", eu digo, "tenho que sair da chuva. Até logo." Fiz menção de ir embora.

"Jason", ela diz. Parei.

"Sim?" eu digo. "Depressa. Estou me molhando."

"Está bem", ela diz. "Toma." Não havia ninguém à vista. Voltei e peguei o dinheiro. Ela não o soltou. "Você faz o que eu estou pedindo?" ela diz, olhando para mim por debaixo do véu. "Promete?"

"Solta", eu digo. "Você quer que passe alguém e veja a gente?"

Ela soltou. Guardei o dinheiro no bolso. "Você faz, Jason?" pergunta ela. "Eu não pediria a você se houvesse alguma outra maneira."

"Você tem toda razão, não tem nenhuma outra maneira", eu digo. "É claro que eu faço. Eu disse que fazia, não disse? Só que você vai ter que fazer exatamente o que eu disser."

"Está bem", ela diz. "Eu faço." Então eu disse a ela onde devia ficar, e fui até a cocheira de aluguel. Fui correndo, e cheguei lá justamente quando estavam desatrelando a carruagem. Perguntei se já tinham pagado e ele disse Não e eu disse A senhora Compson esqueceu uma coisa e queria outra vez, então me deixaram levar. O cocheiro era Mink. Comprei um charuto para ele, e ficamos dando voltas até que começou a escurecer nas ruelas estreitas onde ninguém o veria. E então Mink disse que teria que devolver os cavalos e aí eu disse que ia comprar outro charuto para ele e assim fomos até perto da casa e eu atravessei o quintal. Fiquei parado na entrada até que ouvi as vozes da mãe e do tio Maury lá em cima, e então voltei à cozinha. Ela e o Ben estavam lá com Dilsey. Eu disse que a mãe queria vê-la e a levei para dentro da casa. Encontrei a capa de chuva do tio Maury e a embrulhei nela e voltei para a rua e entrei na carruagem. Disse a Mink para ir até a estação. Ele estava com medo de passar pela cocheira, de modo que tivemos de ir pelas ruelas e eu a vi em pé na esquina junto ao lampião e eu disse a Mink para passar bem perto da calçada e quando eu dissesse Vamos para ele dar uma boa lambada na parelha. Então tirei a capa de cima dela e a coloquei na janela e Caddy a viu e meio que deu um pulo para a frente.

"Vamos, Mink!" eu digo, e Mink soltou o chicote e nós passamos por ela que nem um carro de bombeiros. "Agora vá pegar aquele trem como você prometeu", eu digo. Pela janela de trás eu a via correndo atrás de nós. "Mais uma lambada", eu digo. "Vamos pra casa." Quando viramos a esquina ela ainda estava correndo.

E assim contei o dinheiro de novo aquela noite e o guardei, e até que eu não me sentia tão mal. Eu digo, é para você aprender. Acho que agora você vai entender que não pode roubar o meu emprego e achar que vai ficar por isso mesmo. Nem me passou pela cabeça que ela era capaz de não cumprir a promessa de pegar aquele trem. Mas naquele tempo eu não sabia quase nada sobre elas; eu era bobo a ponto de acreditar no que elas diziam, porque no dia seguinte não é que ela me entra pela loja adentro, só que teve ao menos o bom senso de ficar de véu e não falar com ninguém. Era uma manhã de sábado, porque eu estava na loja, e ela foi direto para a mesa dos fundos onde eu ficava, caminhando com passos rápidos.

"Você mentiu", ela diz. "Você mentiu."

"Você está maluca?" eu digo. "Que ideia é essa de entrar aqui assim desse jeito?" Ela ia começar a falar, mas eu a interrompi. Eu digo: "Você já me fez perder um emprego; quer que eu perca mais este? Se você tem alguma coisa pra me dizer, eu me encontro com você depois que escurecer. O que é que você tem pra me dizer?" eu digo. "Não fiz tudo que eu falei que ia fazer? Eu falei que ia deixar você ver por um minuto, não falei? E você não viu?" Ela ficou parada olhando para mim, tremendo como se estivesse com calafrios, cerrando os punhos, tendo uma espécie de espasmo. "Fiz exatamente o que eu falei que ia fazer", eu digo. "Quem não cumpriu a palavra foi você. Você prometeu pegar aquele trem. Não foi? Não prometeu? Se você acha que vai me fazer devolver aquele dinheiro, pode tentar", eu digo. "Mesmo que fosse mil dólares, você ainda ia ser minha devedora, pelo risco que eu passei. E se eu ficar sabendo que você ainda está na cidade depois que sair o trem número 17", eu digo, "eu vou contar pra mãe e pro tio Maury. Aí pode esperar sentada pra ter outra oportunidade." Ela continuava parada, olhando para mim, contorcendo as mãos.

"Seu desgraçado", ela diz. "Seu desgraçado."

"Está bem", eu digo. "Não tem problema. Agora, escuta só o que eu estou dizendo. Depois do número 17 eu conto pra eles."

Depois que ela foi embora eu me senti melhor. Pensei, acho que agora você vai pensar duas vezes antes de me roubar um emprego que me foi prometido. Naquele tempo eu era um menino. Quando uma pessoa dizia que ia fazer uma coisa, eu acreditava. Agora já aprendi. Além disso, é como eu digo, acho que não preciso que ninguém me ajude para eu me virar, sempre consegui cuidar de mim sozinho. Aí de repente pensei em Dilsey e no tio Maury. Pensei que ela ia saber manobrar Dilsey e que o tio Maury era capaz de fazer qualquer coisa por dez dólares. E eu lá na loja, sem poder sair para proteger a minha própria mãe. Como ela diz, se um de vocês tinha que ser levado embora, ainda bem que foi você que me restou em você eu posso confiar e eu digo é acho que eu nunca vou conseguir me afastar da loja o bastante para ficar fora do seu alcance. Acho que alguém tem que segurar o pouco que a gente ainda tem.

Assim, logo que cheguei em casa dei um jeito em Dilsey. Disse a Dilsey que ela estava com lepra e peguei a Bíblia e li aquele trecho em que diz que a carne do homem caía de podre e disse que se ela olhasse para ela ou para Ben ou Quentin eles iam pegar também. Então achei que estava tudo resolvido até aquele dia em que cheguei em casa e encontrei Ben gritando. Botando a boca no mundo e ninguém conseguia fazê-lo parar. A mãe disse: Bom, alguém vá pegar o chinelo. Dilsey fingiu que não ouviu. A mãe repetiu e aí eu disse que eu ia porque não aguentava mais aquele barulho infernal. É como eu digo, eu aguento muitas coisas que eu já aprendi a não esperar muito delas, mas se eu tenho que passar o dia inteiro trabalhando numa porcaria de loja só faltava eu chegar em casa e não poder comer o meu jantar em paz. Aí eu disse que ia e Dilsey falou rápido: "Jason!"

Bom, entendi na mesma hora, mas só para tirar a teima fui

lá, peguei o chinelo e trouxe, e foi exatamente como imaginei, quando ele olhou para o chinelo, quem visse pensava que a gente o estava matando. Aí eu obriguei Dilsey a se abrir, depois contei para a mãe. Tivemos que levá-la para a cama, e depois que as coisas se acalmaram um pouco fui ameaçar Dilsey. Quer dizer, até onde é possível fazer isso com um negro. Esse é o problema dos criados negros, quando eles estão há muito tempo com a gente eles ficam tão metidos a besta que não prestam mais como criados. Acham que mandam na família toda.

"Eu queria saber o que é que tem deixar aquela coitadinha ver a filhinha dela", diz Dilsey. "Se o seu Jason inda fosse vivo a coisa era diferente."

"Só que o seu Jason não está mais vivo", eu digo. "Sei que você não liga pro que eu falo, mas imagino que você faça o que a mãe disser. Se você continuar preocupando a mãe desse jeito você vai acabar fazendo ela ir parar no cemitério também, e aí você pode ir encher a casa toda com a sua gentalha. Mas por que é que você resolveu levar esse idiota pra ver ela também?"

"Você é um homem frio, Jason, se é que você é homem mesmo", ela diz. "Graças a Deus que eu tenho mais coração que você, mesmo sendo preta."

"Pelo menos sou homem bastante para manter o barril cheio de farinha", eu digo. "E se você fizer isso outra vez, da minha farinha você não come mais."

Assim, na vez seguinte eu disse a ela que se ela procurasse Dilsey outra vez, a mãe ia despedir Dilsey, mandar Ben para Jackson, pegar Quentin e ir embora com ela. Ela ficou me olhando por algum tempo. Não havia nenhum lampião de rua ali perto e eu não conseguia ver o rosto dela direito. Mas eu sentia que ela estava olhando para mim. Quando a gente era criança, quando ela ficava com raiva e não podia fazer nada o lábio superior dela começava a saltar. Cada salto que dava os dentes dela apareciam um pouco mais, mas fora isso ela continuava imóvel feito um poste, a única coisa nela que se mexia era o lábio, subindo mais e mais e deixando os dentes de fora. Mas ela não disse nada. Só disse:

"Está bem. Quanto?"

"Bom, se uma olhadela por uma janela de carruagem custou cem", eu digo. Depois dessa ela se comportou muito bem, só uma vez ela pediu para ver um extrato da conta bancária.

"Eu sei que eles foram endossados pela mãe", ela diz. "Mas quero ver os extratos. Quero ver com meus próprios olhos aonde vão parar esses cheques."

"Isso é assunto pessoal da mãe", eu digo. "Se você acha que você tem direito de se meter na vida privada dela, eu digo a ela que você acha que os cheques estão sendo desviados e que você quer uma auditoria porque não confia nela."

Ela não disse nada e não se mexeu. Percebi que estava murmurando Seu desgraçado ah seu desgraçado desgraçado.

"Pode falar em voz alta", eu digo. "Acho que não é segredo nenhum o que a gente pensa um do outro. Vai ver que você quer o dinheiro de volta", eu digo.

"Escuta, Jason", ela diz. "Não mente pra mim. Sobre ela. Não vou pedir pra ver nada. Se isso não basta, eu mando mais todo mês. Só me promete que ela... que ela... Você pode. Coisas para ela. Seja bonzinho com ela. Coisas pequenas que eu não posso, que não me deixam... Mas não adianta. Você nunca teve um pingo de coração. Escuta", ela diz. "Se você convencer a mãe a me devolver a menina, eu lhe dou mil dólares."

"Você não tem mil dólares", eu digo. "Eu sei que você está mentindo agora."

"Tenho sim. Vou ter. Posso arranjar."

"E eu sei como você vai arranjar", eu digo. "Do mesmo modo como você arranjou a filha. E quando ela estiver mais crescida..." Então cheguei a pensar que ela ia mesmo bater em mim, e depois não entendi o que ela ia fazer. Ela ficou um minuto que nem um brinquedo de corda que a gente deu corda demais e que está prestes a estourar e se fazer em pedaços.

"Ah, eu estou maluca", ela diz. "Estou louca. Não posso ficar com ela. Fica com ela. Não sei o que me deu na cabeça. Jason", ela diz, agarrando meu braço. As mãos dela estavam quentes, mãos febris. "Você tem que prometer que vai tomar conta dela, que... Ela é sua parente, sangue do seu sangue. Você tem que prometer, Jason. Você tem o mesmo nome do pai: você acha que eu ia ter que pedir a ele duas vezes? Nem mesmo uma vez."

"É verdade", eu digo. "Ele me deixou alguma coisa. O que é que você quer que eu faça?" eu digo. "Quer que eu compre um avental e um carrinho de bebê? Não fui eu quem meteu você nessa confusão", eu digo. "Eu me arrisco mais que você, porque você não tem nada a perder. Por isso, se você acha que..."

"Não", ela diz, e então começou a rir e a tentar se conter ao mesmo tempo. "Não, eu não tenho nada a perder", ela diz, só fazendo aquele barulho, levando as mãos à boca. "N-n-nada", ela diz.

"Ei", eu digo. "Para com isso!"

"Estou t-tentando", ela diz, apertando as mãos contra a boca. "Ah meu Deus, meu Deus."

"Eu vou embora", eu digo. "Ninguém pode me ver aqui. E você vai embora da cidade, ouviu?"

"Espera", ela diz, segurando meu braço. "Já parei. Não vou fazer isso de novo. Você promete, Jason?" ela diz, e era quase como se os olhos dela estivessem tocando meu rosto. "Promete? A mãe... aquele dinheiro... se ela precisar de alguma coisa... Se eu mandar uns cheques pra ela, outros cheques além daqueles, você dá pra ela? Você não conta pra ninguém? Você compra pra elas as coisas que as outras meninas todas têm?"

"Claro", eu digo. "Desde que você se comporte e faça o que eu disser."

E aí Earl apareceu no balcão de chapéu e tudo, e disse: "Vou lá no Rogers beliscar alguma coisa. Acho que não vai dar tempo de ir comer em casa."

"Por que é que não vai dar tempo?" eu pergunto.

"Com essa história de circo", ele diz. "Vai ter vesperal também, e todo mundo vai querer fazer as compras antes de começar. Então é melhor a gente dar um pulo lá no Rogers."

"Está bem", eu digo. "O estômago é seu. Se você quer virar escravo da sua loja, por mim tudo bem."

"Você é que nunca vai virar escravo de loja nenhuma, eu acho", ele diz.

"Só se a loja for de Jason Compson", eu digo.

Assim, quando voltei e abri o envelope, só me espantei porque era uma ordem de pagamento e não um cheque. Sim, senhor. Realmente, não se pode confiar nelas. Depois de todo o risco que eu passei, sabendo que a mãe podia descobrir que ela estava vindo aqui uma ou duas vezes por ano, e tendo que mentir para a mãe. Isso é que é gratidão. E não duvido que ela fosse capaz de tentar avisar o correio para não entregar o dinheiro para ninguém que não ela. Dar cinquenta dólares para uma criança como ela. Ora, pois eu só fui ver cinquenta dólares quando já estava com vinte e um anos, quando todos os outros garotos estavam de folga a tarde toda e no sábado e eu trabalhando numa loja. É como eu digo, como é que se pode querer que alguém controle a menina se ela dá dinheiro para ela quando a gente vira as costas. Ela mora na mesma casa que você morou, eu digo, está sendo criada igual a você. Eu acho que a mãe sabe o que ela precisa melhor que você, que nem casa tem. "Se você quer dar dinheiro a ela", eu digo, "manda pra mãe, em vez de dar pra ela.

Se eu tenho que correr esse risco mais de uma vez por ano, você tem que fazer como eu digo, senão nada feito."

E justamente quando estou me preparando para começar, porque se Earl pensava que eu ia sair correndo para comer porcaria e depois ter uma indigestão por causa dele ele estava redondamente enganado. Eu posso não estar sentado com os pés em cima de uma mesa de mogno, mas estou sendo pago pelo que eu faço dentro deste prédio, e se eu não conseguir levar uma vida civilizada fora dele eu vou para outro lugar. Eu sei ficar em pé sozinho; não preciso me apoiar na mesa de mogno de ninguém. Assim, justamente quando estivesse pronto para começar, eu ia ter que largar tudo e correr para vender um punhado de pregos a algum caipira, enquanto Earl comia um sanduíche correndo e voltava, quando descobri que não tinha mais nenhum cheque em branco. Lembrei então que havia pensado em arranjar mais, mas agora era tarde, então levantei a vista e lá vinha ela. Pela porta dos fundos. Ouvi quando ela perguntou ao velho Job se eu estava lá. Só tive tempo de abrir a gaveta, jogar tudo lá dentro e fechar.

Ela veio até minha mesa. Olhei para o relógio.

"Você já almoçou?" eu pergunto. "É meio-dia; acabou de dar a hora. Você deve ter ido para casa voando."

"Não vou almoçar em casa", ela diz. "Chegou carta pra mim hoje?"

"Por quê, você estava esperando carta?" eu digo. "Você arranjou um namorado que sabe escrever?"

"Da mãe", ela diz. "Chegou carta da mãe?" ela pergunta, olhando para mim.

"A mãe recebeu carta dela", eu digo. "Não abri. Você vai ter que esperar até ela abrir. Ela vai mostrar a você, eu imagino."

"Por favor, Jason", ela diz, sem me ouvir. "Chegou?"

"O que houve?" eu digo. "Nunca vi você ficar tão ansiosa por isso. Pelo visto você está esperando que ela lhe mande dinheiro."

"Ela disse que..." ela diz. "Por favor, Jason. Chegou?"

"Pelo visto você foi mesmo à aula hoje", eu digo. "Devem ter ensinado você a dizer por favor. Espere um minuto que tenho que atender aquele cliente."

Fui atender o cliente. Quando me virei para voltar, ela estava atrás da escrivaninha, não dava para vê-la. Corri. Contornei a mesa correndo e peguei-a na hora exata em que ela tirava a mão na gaveta. Tirei a carta dela, batendo com os dedos dela na mesa até ela largar.

"Muito bonito, hein?" eu digo.

"Me dá", ela diz. "Você já abriu. Me dá a carta. Por favor, Jason. É minha. Eu vi o nome."

"Eu vou lhe dar mas é uma surra", eu digo. "É isso que eu vou lhe dar. Mexendo nos meus papéis."

"Tem dinheiro?" ela diz, tentando pegar a carta. "Ela disse que ia me mandar dinheiro. Ela prometeu. Me dá."

"Pra que é que você quer dinheiro?" eu digo.

"Ela disse que ia mandar", ela diz. "Me dá. Por favor, Jason. Eu nunca mais que peço nada a você, se você me der dessa vez."

"Eu dou, se você me der tempo", eu digo. Tirei a carta e a ordem de pagamento do envelope e entreguei a ela a carta. Ela estendeu a mão para pegar a ordem de pagamento, sem nem olhar para a carta. "Primeiro você vai ter que assinar", eu digo.

"Quanto que é?" ela diz.

"Leia a carta", eu digo. "Imagino que a carta deve dizer."

Ela leu a carta depressa, com dois golpes de vista.

"Não diz", ela diz, levantando o olhar. Deixou a carta cair no chão. "Quanto que é?"

"Dez dólares", eu digo.

"Dez dólares?" ela pergunta, olhando para mim.

"E você devia ficar muito agradecida", eu digo. "Uma

criança feito você. Pra que é que você quer esse dinheiro com tanta afobação?"

"Dez dólares?" ela diz, como se estivesse falando dormindo. "Só dez dólares?" Fez menção de agarrar a ordem de pagamento. "Você está mentindo", ela diz. "Ladrão! Ladrão!"

"Muito bonito, hein?" eu digo, contendo-a.

"Me dá!" ela diz. "É meu. Ela mandou para mim. Eu quero ver. Eu quero."

"Você quer?" eu digo, segurando-a. "Como é que você vai pegar?"

"Deixa eu ver, Jason", ela diz. "Por favor. Nunca mais que eu peço nada a você."

"Acha que eu estou mentindo, é?" eu digo. "Só por isso eu não vou deixar você ver."

"Mas só dez dólares", ela diz. "Ela me disse, ela... ela me disse... Jason, por favor por favor. Eu estou precisando de dinheiro. Preciso mesmo. Me dá, Jason. Eu faço qualquer coisa se você me der."

"Me diz pra que é que você precisa de dinheiro", eu digo.

"Eu preciso", ela diz. Estava olhando para mim. Então, de repente, parou de olhar para mim sem sequer mexer os olhos. Eu sabia que ela ia mentir. "É um dinheiro que estou devendo", ela diz. "Tenho que pagar. Tenho que pagar hoje."

"Devendo a quem?" eu pergunto. As mãos dela estavam meio que se torcendo. Dava para perceber que ela estava tentando inventar uma mentira. "Você andou comprando fiado nas lojas de novo?" eu pergunto. "Isso nem adianta você me dizer. Se você conseguir encontrar alguma pessoa nessa cidade capaz de vender fiado a você depois do que eu disse a elas, eu dou minha cara a tapa."

"É uma garota", ela diz. "É uma garota. Eu pedi dinheiro emprestado a uma garota. Eu tenho que pagar. Jason, me dá o dinheiro. Por favor. Eu faço qualquer coisa. Eu preciso. A mãe paga você. Eu escrevo a ela pedindo pra ela pagar você e dizendo que nunca mais vou pedir nada a ela. Eu mostro a carta a você. Por favor, Jason. Eu preciso."

"Me diz pra que é que você quer o dinheiro, que eu vejo o que eu faço", eu digo. "Me diz." Ela continuava parada, retorcendo as mãos apertadas contra o vestido. "Está bem", eu digo. "Se dez dólares é pouco pra você, eu vou entregar à mãe, e aí você sabe o que vai acontecer com o dinheiro. Claro, se você é tão rica que não precisa de dez dólares..."

Ela ficou parada, olhando para o chão, meio que murmurando entre dentes. "Ela disse que ia me mandar um dinheiro. Ela disse que manda dinheiro pra você e você diz que ela não manda nada. Ela disse que já mandou muito dinheiro pra você. Diz que é pra mim. Que é pra me dar uma parte. E você diz que a gente não tem dinheiro nenhum."

"Você sabe tão bem quanto eu o que acontece", eu digo. "Você já viu o que acontece com os cheques."

"É", ela diz, olhando para o chão. "Dez dólares. Dez dólares."

"Você tem mais é que agradecer a sua sorte por esses dez dólares", eu digo. "Bom." Pus a ordem de pagamento na mesa, virada para baixo, com a mão em cima do papel. "Assina."

"Você deixa eu olhar?", ela pergunta. "Eu só quero olhar. Seja o que for, só vou pedir dez dólares. Você pode ficar com o resto. Eu só quero olhar."

"Depois do que você fez, não deixo, não", eu digo. "Você tem que aprender uma coisa: quando eu mando você fazer uma coisa, você tem que fazer. Assina o seu nome nessa linha."

Ela pegou a caneta, mas em vez de assinar ficou parada, de cabeça baixa, a caneta tremendo na mão. Igualzinho à mãe. "Ah, meu Deus", ela diz, "meu Deus."

"É", eu digo. "Mesmo que você não aprenda mais nada,

pelo menos isso você vai ter que aprender. Assina logo de uma vez e vai embora."

Ela assinou. "Cadê o dinheiro?" perguntou. Peguei a ordem de pagamento, passei o mata-borrão e guardei-a no bolso. Então dei a ela os dez dólares.

"Você vai voltar pra escola agora de tarde, ouviu?" eu digo. Ela não respondeu. Amassou a nota na mão como se fosse um pano velho ou coisa parecida e saiu pela porta da frente no momento exato em que Earl entrava. Um freguês entrou junto com ele, e os dois pararam na parte da frente da loja. Recolhi as coisas, pus o chapéu na cabeça e fui para lá.

"Muito movimento?" Earl pergunta.

"Pouca coisa", eu respondo. Ele olhou em direção à porta.

"Aquele ali é o seu carro?" ele pergunta. "Melhor não ir almoçar em casa. Vai ter muito freguês vindo antes da hora do espetáculo. Vá almoçar no Roger e ponha um vale na gaveta."

"Muito obrigado", eu digo. "Acho que ainda sei me alimentar sozinho."

E ele ia ficar ali, olhando por aquela porta como se fosse um gavião até eu voltar. Pois ele ia ter que ficar olhando por um bom tempo; eu estava fazendo o melhor que podia. Da outra vez eu disse a mim mesmo: é o último; você tem que se lembrar de arranjar mais uns o mais depressa possível. Mas como é que a gente pode se lembrar de alguma coisa com essa confusão toda. E agora mais esse circo, exatamente no dia que eu vou ter que rodar a cidade inteira para achar um cheque em branco, além de todas as outras coisas que tenho que fazer para a casa não cair, e Earl olhando pela porta feito um gavião.

Fui à gráfica e disse ao homem que eu queria pregar uma peça num amigo meu, mas ele não tinha nada. Sugeriu que eu fosse na antiga ópera, onde alguém havia guardado um monte de papéis e outras coisas que sobraram do velho Banco dos

Comerciantes e Fazendeiros depois que ele abriu falência, e assim me enfiei por mais alguns becos para que Earl não me visse e por fim encontrei o velho Simmons, ele me deu a chave e eu fui lá procurar. Finalmente encontrei o talão de um banco de Saint Louis. E é claro que era justamente dessa vez que ela ia querer examinar bem de perto. Mas tinha que ser aquele mesmo. Eu não podia perder mais tempo.

Voltei à loja. "Esqueci de pegar uns documentos que a mãe quer pra levar no banco", eu digo. Voltei à minha mesa e fiz o cheque. Com a pressa que eu estava, pensei que ainda bem que ela não está mais enxergando muito bem, com aquela putinha na casa, uma mulher cristã e resignada como a mãe. Eu digo, a senhora sabe tão bem quanto eu o que ela vai virar quando crescer, mas isso é problema da senhora, eu digo, se a senhora quer ficar com ela e criá-la na sua casa só por causa do pai. Aí ela começava a chorar e dizia que era sangue do sangue dela, e aí eu digo: Está bem. A senhora é que sabe. Se a senhora aguenta, eu aguento também.

Dobrei a carta e fechei o envelope com cola outra vez e saí.

"Tente não demorar muito se for possível", diz Earl.

"Está bem", eu digo. Fui ao telégrafo. O pessoal esperto estava todo lá.

"Algum de vocês já ganhou um milhão de dólares?" eu pergunto.

"Como é que se pode, com um mercado assim?" Doc diz.

"Como é que está?" eu digo. Entrei e olhei. Havia caído três pontos desde que abrira. "Vocês não vão ficar chateados por causa de uma bobagem como o mercado do algodão, não é?" eu digo. "Eu pensava que vocês eram muito espertos."

"Espertos, o diabo", Doc diz. "Ao meio-dia já tinha caído doze pontos. Fiquei limpo."

"Doze pontos?" eu digo. "Mas por que é que ninguém me

avisou? Por que é que você não me avisou?" eu pergunto ao operador.

"Eu só faço passar o que me chega", ele diz. "Aqui não tem roubalheira, não."

"Você é esperto, não é?" eu digo. "Pois eu acho que, com todo o dinheiro que eu gasto aqui, você bem que podia se dar ao trabalho de me ligar. A menos que a porcaria da sua companhia esteja mancomunada com esses patifes lá do Leste."

Ele não disse nada. Fingiu que estava ocupado.

"Você está ficando muito saliente", eu digo. "Quando você menos esperar você vai ter que trabalhar pra ganhar a vida."

"O que é que deu em você?" Doc diz. "Você ainda está três pontos no lucro."

"É", eu digo. "Se eu estivesse vendendo. Que eu me lembre, eu ainda não disse isso. Vocês todos estão limpos?"

"Eu caí duas vezes", Doc diz. "Pulei fora na última hora."

"Ora", diz I. O. Snopes, "já me dei bem outras vez; acho que não tem nada de mais eu me dar mal de vez em quando."

Assim, deixei o pessoal comprando e vendendo um para o outro a cinco centavos o ponto. Encontrei um negro e o mandei pegar meu carro e fiquei parado na esquina esperando. Não vi Earl parado na porta olhando para a rua, com um olho no relógio, porque de onde eu estava não dava para ver a porta. Depois de mais ou menos uma semana o negro chegou com o carro.

"Onde é que você estava?" eu pergunto. "Dando volta no carro, se mostrando pras vagabundas?"

"Eu vim direto pra cá", ele diz. "É que eu tive que dar a volta na praça, que está assim de carroça."

Nunca encontrei um negro que não tivesse um álibi perfeito para tudo que ele fizesse. Mas é só soltar um deles num carro que ele começa a se mostrar. Entrei no carro e dei a volta na praça. Vi de relance Earl na porta da loja, do outro lado da praça.

Fui direto à cozinha e mandei Dilsey aprontar depressa o almoço.

"A Quentin ainda não veio", ela diz.

"E daí?" eu digo. "Só falta você me dizer agora que o Luster ainda não está pronto pra almoçar. A Quentin sabe muito bem a que horas se servem as refeições nesta casa. Vamos, depressa."

A mãe estava no quarto. Entreguei-lhe a carta. Ela abriu o envelope, tirou o cheque e ficou com ele na mão. Fui até o canto do quarto e peguei a pá e dei um fósforo a ela. "Vamos", eu digo. "Vamos logo com isso. Senão a senhora começa a chorar."

Ela pegou o fósforo, mas não o riscou. Ficou parada, olhando para o cheque. Tal como eu havia previsto.

"Eu tenho horror de fazer isso", ela diz. "Você já está sobrecarregado, e ainda mais a Quentin..."

"A gente sobrevive", eu digo. "Vamos. Vamos logo com isso."

Mas ela continuava parada, segurando o cheque.

"Este aqui é de um banco diferente", ela diz. "Antes era um banco de Indianápolis."

"É", eu digo. "Mulher também pode fazer isso."

"Fazer o quê?" ela pergunta.

"Ter conta em dois bancos diferentes", eu digo.

"Ah", ela diz. Ficou um tempão olhando para o cheque. "É bom saber que ela está tão... que ela tem tanto... Deus sabe que estou agindo direito", ela diz.

"Vamos", eu digo. "Vamos logo com essa brincadeira."

"Brincadeira?" ela diz. "Quando eu penso..."

"Eu pensava que a senhora queimava duzentos dólares por mês pra se divertir", eu digo. "Vamos logo. Quer que eu risque o fósforo?"

"Eu conseguiria me obrigar a aceitar esse dinheiro", ela diz. "Pelos meus filhos. Eu não tenho orgulho."

"A senhora nunca que ia ficar satisfeita", eu digo. "A senhora sabe que não. Isso já foi decidido uma vez, e decidido está. A gente sobrevive."

"Eu deixo tudo nas suas mãos", ela diz. "Mas às vezes fico pensando se ao fazer isto eu não estou privando você de tudo que é seu por direito. Talvez eu mereça ser punida por isso. Se você quiser, eu engulo meu orgulho e aceito."

"Começar agora não ia adiantar nada, agora que a senhora já está fazendo isso há quinze anos", eu digo. "Se a senhora continuar fazendo, então não perdeu nada, mas se começar a aceitar agora, a senhora perdeu cinquenta mil dólares. Até agora a gente sobreviveu, não é?" eu digo. "Por enquanto a senhora não está no asilo."

"É", ela diz. "Nós, os Bascomb, não precisamos da caridade de ninguém. Certamente não de uma mulher perdida."

Ela riscou o fósforo e incendiou o cheque e o colocou na pá, e depois o envelope, e ficou vendo o papel queimando.

"Você não sabe como é", ela diz. "Graças a Deus você nunca há de saber como se sente uma mãe."

"Tem muita mulher neste mundo que não é melhor que ela", eu digo.

"Só que elas não são minhas filhas", ela diz. "Não é por mim", ela diz. "Eu até que a aceitaria de volta, com todos os pecados dela, porque ela é sangue do meu sangue. É pela Quentin."

Bom, eu poderia dizer que seria difícil alguém prejudicar Quentin neste sentido, mas é como eu digo, eu não espero muita coisa mas quero poder comer e dormir sem duas mulheres brigando e chorando dentro de casa.

"E por você", ela diz. "Eu sei o que você pensa dela."

"Por mim", eu digo, "ela pode voltar."

"Não", ela diz. "Tenho que respeitar a memória do seu pai."

"Por quê, se ele vivia tentando convencer a senhora a deixar que ela voltasse pra casa depois que o Herbert não quis mais saber dela?" eu pergunto.

"Você não entende", ela diz. "Eu sei que você não quer tornar as coisas ainda mais difíceis para mim. Mas cabe a mim sofrer pelos meus filhos", ela diz. "Eu aguento."

"A impressão que dá é que a senhora faz tudo da maneira mais complicada possível", eu digo. O papel estava todo queimado. Levei as cinzas para a lareira e despejei-as lá. "Mas é um pecado queimar dinheiro", eu digo.

"Eu prefiro não estar aqui para ver meus filhos aceitando esse dinheiro, dinheiro sujo", ela diz. "Acho que prefiro até ver você morto no caixão."

"Como a senhora quiser", eu digo. "Quando é que sai esse almoço?" eu digo. "Porque se não sair eu tenho que voltar. Hoje estamos com muito movimento." Ela se levantou. "Já falei com ela", eu digo. "Parece que ela está esperando pela Quentin ou pelo Luster ou sei lá quem. Deixa que eu chamo. Espera aqui." Mas ela foi até a escada e chamou.

"A Quentin ainda não chegou não", diz Dilsey.

"Bom, eu tenho que voltar", eu digo. "Eu como um sanduíche lá no centro. Não quero atrapalhar a vida da Dilsey", eu digo. Foi só eu dizer isso para ela começar outra vez, enquanto Dilsey andava de um lado para o outro, mancando e resmungando, dizendo:

"Está bem, está também, eu boto a mesa depressa."

"Eu tento agradar a vocês todos", a mãe diz. "Eu tento facilitar as coisas o máximo que eu posso."

"Eu não estou me queixando, estou?" eu digo. "Eu só falei que preciso voltar pro trabalho, não é?"

"Eu sei", ela diz. "Eu sei que você não teve as oportunidades que os outros tiveram, que você teve que se enfurnar numa lojinha provinciana. Eu queria que você subisse na vida. Eu sabia que seu pai jamais entenderia que você era o único que tinha jeito para negócios, e depois que tudo deu errado eu achava que quando ela se casasse, e o Herbert... depois que ele prometeu..."

"Bom, provavelmente ele também estava mentindo", eu digo. "Vai ver ele nem tinha banco coisa nenhuma. E mesmo que tivesse, não vejo por que ele ia ter que vir até o Mississippi pra achar uma pessoa pra trabalhar lá."

Começamos a comer. Eu ouvia Ben na cozinha, Luster estava dando comida a ele. É como eu digo, se é para a gente ter que alimentar mais uma boca e se ela não quer aceitar aquele dinheiro, então a gente devia era mandá-lo para Jackson. Lá ele vai se sentir melhor, no meio de gente igual a ele. Eu digo, Deus sabe que esta família não tem muito do que se orgulhar, mas não precisa ser muito orgulhoso para não gostar de ver um homem de trinta anos de idade brincando no quintal com um moleque, correndo de uma ponta da cerca para a outra mugindo como uma vaca cada vez que começam a jogar golfe do outro lado. Eu digo, se a gente tivesse mandado Ben para Jackson há muito tempo, hoje todos nós íamos estar melhor. Eu digo, a senhora já cumpriu o seu dever com ele; já fez tudo o que se pode esperar da senhora, e mais do que a maioria das pessoas faria, de modo que a gente podia mandá-lo para lá e pelo menos aproveitar uma parte do imposto que a gente paga. Então ela diz: "Em breve eu não vou estar mais aqui. Eu sei que sou só um peso para você", e eu digo: "A senhora diz isso há tanto tempo que estou começando a acreditar" só que eu digo também, melhor a senhora não me avisar que não está mais aqui porque nessa noite mesmo eu despacho ele no trem dezessete, e digo também que sei de um lugar onde aceitam ela também, e não se chama rua do Leite nem avenida do Mel. Então ela começou a chorar e eu digo Está bem está bem eu também me orgulho dos meus parentes, mesmo quando não sei exatamente de onde eles vieram.

Comemos por algum tempo. A mãe mandou Dilsey ir até a porta procurar Quentin outra vez.

"Eu já disse que ela não vem almoçar", eu digo.

"Ela não vai fazer isso", a mãe diz. "Ela sabe que não permito que ela fique saracoteando pela rua em vez de vir almoçar em casa. Você olhou direitinho, Dilsey?"

"Então não permita", eu digo.

"O que é que eu posso fazer", ela diz. "Vocês todos nunca me obedeceram. Nunca."

"Se a senhora deixasse, eu fazia ela obedecer", eu digo. "Bastava um dia só que eu dava jeito nela."

"Você seria bruto com ela", ela diz. "Você tem o gênio do seu tio Maury."

Isso me fez pensar na carta. Peguei-a e entreguei-a a ela. "Não precisa nem abrir", eu digo. "O banco vai logo lhe avisar quanto é desta vez."

"Está endereçada a você", ela diz.

"Pode abrir", eu digo. Ela abriu e leu e entregou a carta a mim.

"'Meu querido sobrinho', dizia a carta,

'Você há de ficar contente de saber que me encontro agora numa situação em que posso me valer de uma oportunidade a respeito da qual, por motivos que deixarei claro para você, só entrarei em detalhe quando tiver a oportunidade de lhe falar em particular. Minha experiência profissional ensinou-me a evitar fazer qualquer comunicação de natureza confidencial de outra maneira que não por via oral, e minha extrema precaução no caso atual deve lhe dar uma ideia do valor em questão. É escusado dizer que já fiz um exame exaustivo de todas as fases, e não hesito em dizer que se trata de uma dessas oportunidades áureas que só nos são oferecidas uma vez na vida, e vejo agora com clareza que a meta que há tantos anos venho tentando atingir, com dedicação incansável, a saber, a consolidação definitiva de meus negócios de modo que me seja possível restituir à posição que ela merece ocupar a família da qual tenho a honra de ser o único descendente vivo do sexo masculino; a família na qual sempre incluí a senhora sua mãe e seus filhos.

'No entanto, não me encontro no momento em posição de poder aproveitar esta oportunidade tão completamente como seria importante fazer, mas em vez de recorrer a alguém fora da família prefiro apelar para o banco de sua mãe para obter a pequena quantia necessária para complementar o investimento inicial que fiz, pelo qual lhe envio em anexo, por uma questão de formalidade, minha promissória a oito por cento ao ano. É escusado dizer que isso é apenas uma formalidade, uma garantia a sua mãe para o caso daquela circunstância à qual todo homem está inevitavelmente sujeito. Pois claro está que utilizarei essa quantia como se fosse minha para desse modo permitir que sua mãe se valha dessa oportunidade, que, como revelaram minhas exaustivas investigações, é uma mina de ouro — se me permite o chavão — caída do céu numa bandeja de prata.

'Peço-lhe a mais estrita discrição, como você há de compreender, afinal somos ambos homens de negócio; saberemos fazer nossa colheita, não é? E, sabedor que sou da saúde delicada de sua mãe e da timidez com que as senhoras sulistas encaram as questões de negócios, bem como de seu encantador hábito de divulgar inadvertidamente tais questões em conversas, sugiro que nem sequer mencione o assunto para ela. Pensando bem, aconselho-o a não fazê-lo. Seria melhor simplesmente restituir a quantia ao banco futuramente, talvez acrescida das outras pequenas quantias que lhe devo, sem que sequer se diga coisa alguma a esse respeito. É nosso dever protegê-la do vulgar mundo material tanto quanto possível.

'Do seu tio querido,
Maury L. Bascomb.'"

"O que a senhora pretende fazer?" pergunto, empurrando a carta para ela.

"Sei que você se ressente do que eu dou a ele", ela diz.

"O dinheiro é seu", eu digo. "Se você quiser dar tudo pros pássaros, não é da minha conta."

"Ele é meu irmão", a mãe diz. "É o último dos Bascomb. Depois que nós dois morrermos, não vai restar nenhum."

"Vai ser terrível pra alguém, imagino", eu digo. "Está bem, está bem, o dinheiro é seu. Faça o que a senhora bem entender. Quer que diga ao banco para pagar?"

"Eu sei que você se ressente", ela diz. "Eu sei o peso que isso representa para você. Depois que eu não estiver mais aqui as coisas vão ficar mais fáceis para você."

"Eu podia fazer as coisas ficarem mais fáceis agora mesmo", eu digo. "Está bem, está bem, não se fala mais nisso. Transforme essa casa num hospício se é isso que a senhora quer."

"Ele é seu irmão", ela diz. "Mesmo sendo doente."

"Vou levar sua caderneta do banco", eu digo. "Eu recebo hoje."

"Ele deixou você esperando seis dias", ela diz. "Será que os negócios vão mesmo bem? Eu acho estranho uma firma que está bem não poder pagar os empregados no dia certo."

"Ele vai bem, sim", eu digo. "Vai bem como um banqueiro. Sou eu que digo a ele pra só me pagar depois que a gente receber tudo que nos devem no mês. É por isso que às vezes atrasa."

"Eu não conseguiria suportar se você perdesse o pouco que pude investir em você", ela diz. "Eu vivo pensando que o Earl não é um bom comerciante. Eu sei que ele não se abre com você, embora você seja sócio dele. Vou falar com ele."

"Não, deixa o Earl em paz", eu digo. "A loja é dele."

"Você tem uma participação de mil dólares."

"Deixa o Earl em paz", eu digo. "Eu estou de olho. Tenho a sua procuração. Tudo vai dar certo."

"Você não imagina o conforto que você é para mim", ela diz. "Você sempre foi meu orgulho e minha alegria, mas quando você veio me pedir, por livre e espontânea vontade, que o seu salário fosse depositado todo mês na minha conta, eu agradeci a Deus por ter me deixado você, já que os outros tiveram de ir embora."

"Eles não tiveram culpa", eu digo. "Acho que eles fizeram o melhor que puderam."

"Quando você fala assim eu sei que você guarda ressentimento do seu falecido pai", ela diz. "Acho que você tem direito. Mas meu coração dói de ouvir isso."

Levantei-me. "Se a senhora precisar chorar agora", eu digo, "o jeito é chorar sozinha, porque eu tenho que voltar. Vou pegar a caderneta."

"Eu pego", ela diz.

"Fica aí", eu digo. "Eu pego." Subi a escada, peguei a caderneta na mesa dela e voltei para a cidade. Fui ao banco e depositei o cheque e a ordem de pagamento e os outros dez, e parei no telégrafo. Estava um ponto acima da cotação da abertura. Eu já havia perdido treze pontos, tudo isso porque ela veio me infernizar ao meio-dia, por causa daquela história da carta.

"A que horas chegou esse boletim?" eu pergunto.

"Mais ou menos há uma hora", ele diz.

"Uma hora?" eu digo. "Mas pra que é que a gente paga você?" eu digo. "Boletim semanal? Como é que você quer que a gente faça alguma coisa? Podia dar uma quebradeira geral que a gente ficava sem saber."

"Eu não quero que vocês façam nada", ele diz. "Mudaram aquela lei que obriga as pessoas a jogar no mercado de algodão."

"É mesmo?" eu digo. "Eu não sabia. Devem ter mandado a notícia pela Western Union."

Voltei para a loja. Treze pontos. Garanto que ninguém sabe nada dessa história toda, só aquele pessoal nos escritórios de Nova York, eles ficam esperando os trouxas do interior que vão lá pedir por favor para eles ficarem com o dinheiro deles. Bom, o homem que só faz consulta mostra que não acredita em si próprio, e é como eu digo, se você não vai usar a informação, para que pagar? Além disso, esses sujeitos estão no lugar certo; eles sabem o que está acontecendo. Eu sentia o peso do telegrama no bolso. Eu só precisaria provar que eles estavam usando a companhia de telégrafos para fazer fraudes. Com isso eu provaria que havia roubalheira. Eu não hesitaria um minuto. Agora, não acredito que uma companhia grande e rica como a Western Union não consiga entregar um boletim em tempo hábil. Se é para mandar um telegrama dizendo Sua conta foi encerrada, chega na mesma hora. Mas eles não estão preocupados com o povo. Estão mais é mancomunados com aquele pessoal de Nova York. Estava na cara.

Quando entrei, Earl estava olhando para o relógio. Mas só falou depois que o freguês foi embora. Então ele pergunta:

"Você foi almoçar em casa?"

"Tive que ir ao dentista", eu digo, porque não é da conta dele onde eu como, desde que eu passe a tarde na loja com ele. Aí ele disparou a falar, depois de tudo que eu tinha passado. Você pega o dono de um armazém de meia-tigela do interior, é como eu digo, basta o sujeito ter quinhentos dólares para ele ficar se preocupando como se tivesse cinquenta mil dólares.

"Você podia ter me avisado", ele diz. "Eu achei que você ia voltar logo."

"Eu lhe dou esse dente e mais dez dólares de lambuja, a hora que você quiser", eu digo. "O combinado é uma hora pro almoço," eu digo, "e se você não gosta do meu trabalho, você sabe o que a gente pode fazer."

"Eu sei disso há muito tempo", ele diz. "E só não fiz nada

ainda por causa da sua mãe. Eu tenho muita consideração por essa senhora, Jason. Pena que tem gente que eu conheço que não tem."

"Obrigado", eu digo. "Se a gente estiver precisando de consideração, eu aviso você com antecedência."

"Eu venho protegendo você com relação a essa história há muito tempo, Jason", ele diz.

"É mesmo?" eu digo, deixando-o falar. Ouvindo o que ele ia dizer antes de mandá-lo calar a boca.

"Acho que eu sei mais sobre a compra desse carro do que ela."

"Você acha, é?" eu digo. "Quando é que você vai espalhar a notícia que eu roubei o dinheiro da minha mãe?"

"Eu não estou dizendo nada", ele diz. "Sei que você tem uma procuração dela. E sei que ela ainda acredita que aqueles mil dólares foram investidos nesta loja."

"Está bem", eu digo. "Já que você sabe tanta coisa, vou lhe contar mais uma: pode ir lá no banco e perguntar pra eles em que conta que eu venho depositando cento e sessenta dólares no primeiro dia de cada mês há doze anos."

"Eu não digo nada", ele diz. "Só estou lhe pedindo para ser um pouco mais cuidadoso de agora em diante."

Não falei mais. Não adianta. Já aprendi que quando um homem começa a se repetir a melhor coisa a fazer é deixar que ele fique se repetindo. E quando um homem enfia na cabeça que ele precisa dizer a você uma coisa para o seu próprio bem, até logo. Ainda bem que eu não tenho esse tipo de consciência que é preciso ficar papericando o tempo todo como se fosse um cachorrinho doente. Viver morrendo de medo que essa lojinha de meia-tigela dê mais do que oito por cento. Acho que ele imagina que se ganhasse mais de oito por cento ele ia ser enquadrado na lei contra a usura. Que diabo de futuro pode ter um sujeito preso a uma cidade como essa e a uma loja como essa. Ora, eu no lugar dele em um ano dava jeito de nunca mais precisar trabalhar, só que nesse caso ele ia querer doar tudo para a igreja ou sei lá o quê. Se tem uma coisa que eu não suporto é hipocrisia. O tipo de homem que acha que qualquer coisa que ele não entende deve ser roubalheira, e que na primeira oportunidade ele tem obrigação moral de contar para terceiros uma coisa que não é da conta dele. É como eu digo, se toda vez que um homem faz uma coisa que eu não entendo eu ficasse pensando que esse homem deve ser um ladrão, não ia ser nada difícil para mim encontrar alguma coisa nos livros dessa loja que eu não tinha nada que sair correndo para contar para todo mundo que eu acho que devia ficar sabendo, quando na verdade todo mundo pode saber melhor que eu do que se trata, e se todo mundo não sabe também não é da minha conta, aí ele diz: "Meus livros estão abertos pra qualquer um. Se alguma pessoa acha que tem direito de saber como é que essa firma funciona, ela pode olhar o que bem entender."

"Claro, você não vai dizer nada", eu digo. "Você não quer isso pesando na sua consciência. Você só vai mostrar os livros pra ela e deixar que ela ache por conta própria. Dizer, você não vai dizer nada."

"Não estou tentando me meter na sua vida", ele diz. "Eu sei que você não teve as vantagens que o Quentin teve. Mas a vida da sua mãe também foi infeliz, e se ela viesse aqui me perguntar por que foi que você se demitiu, eu ia ter que contar pra ela. O problema não são os mil dólares. Você sabe disso. É que nenhum homem vai pra frente se a contabilidade dele não bate. E eu não vou mentir pra ninguém não, nem pra me proteger nem pra proteger os outros."

"Nesse caso", eu digo, "acho que essa tal da sua consciência é um empregado mais valioso do que eu; ela não tem que ir pra casa ao meio-dia pra almoçar. Agora, não deixe ela atrapalhar o meu apetite", eu digo, porque como é que eu posso fazer alguma coisa direito com aquela desgraça de família, e ela que não faz a menor tentativa de controlar a outra nem ninguém, que nem aquela vez que ela viu alguém beijando a Caddy e no dia seguinte ficou andando pela casa de vestido preto com um véu e nem mesmo o pai conseguiu arrancar uma palavra dela, ela só fazia chorar e dizer que a filhinha dela tinha morrido e a Caddy estava com uns quinze anos na época, a continuar assim daí a três anos ela ia querer rasgar as vestes e jogar cinzas na cabeça, no mínimo. A senhora acha que eu posso permitir que ela viva saracoteando pela rua com cada caixeiro-viajante novo que aparece, eu digo, para depois na estrada ele avisar o próximo que está chegando que tem uma bem assanhada para ele procurar lá em Jefferson. Eu não tenho muito orgulho, não posso ter orgulho se tenho uma cozinha cheia de negros que eu preciso alimentar e não deixo o asilo estadual internar o sujeito que seria a principal atração de lá. Sangue, eu digo, governadores e generais. Ainda bem que não teve nenhum rei nem presidente na família, senão nós estávamos todos lá em Jackson correndo atrás de borboleta. Eu digo, já não seria nada bom se fosse minha filha; pelo menos eu teria certeza que era filha bastarda, mas essa, nem mesmo Deus sabe com certeza.

Assim, depois de algum tempo ouvi a banda começando a tocar, e todo mundo começou a sair. Todos indo para o circo, um por um. Pechinchando por causa de uma corda de vinte centavos para economizar quinze, só para poder dar esse dinheiro a um bando de nortistas que vêm para cá e pagam no máximo dez dólares pelo privilégio. Fui para os fundos da loja.

"Se você não se cuidar", eu digo, "esse parafuso vai criar raiz na sua mão. Aí eu vou ter que pegar um machado pra cortar fora. Se você não aprontar essas capinadeiras logo, não vai ter colheita de algodão, e os pobres dos bicudos vão comer o quê?" eu digo. "Capim?"

"Esses músico toca muito bem", ele diz. "Diz que tem um que faz música com um serrote. Toca que nem que o serrote fosse um banjo."

"Escuta", eu digo. "Sabe quanto que esse circo vai gastar aqui nesta cidade? Uns dez dólares", eu digo. "Os dez dólares que estão no bolso do Buck Turpin agora."

"Por que é que deram dez dólar pro seu Buck?" ele pergunta.

"Pra terem o privilégio de se apresentar aqui", eu digo. "Você vai ver o que eles vão gastar."

"Quer dizer que eles paga dez dólar só pra se apresentar aqui?" ele pergunta.

"Só isso", eu digo. "E quanto você acha que..."

"Que coisa!" ele diz. "Então eles cobra pra deixar os homem se apresentar aqui? Pois eu bem que pagava dez dólar só pra ver o tal tocando serrote. Pra mim, amanhã eu ainda vou estar devendo a ele nove dólar e setenta e cinco centavo."

E depois veem esses nortistas falar no progresso dos negros. Progresso, é? Progresso para mim era botar esses negros todos para correr, até que não se pudesse encontrar nenhum ao sul de Louisville, nem mesmo procurando com um cão de caça. Porque quando eu disse a ele que sábado à noite eles iriam embora do condado com pelo menos mil dólares no bolso, ele me diz:

"Eles merece. Eu pago de bom grado os meu vinte e cinco centavo."

"Vinte e cinco coisa nenhuma", eu digo. "Isso é só o começo. E os dez ou quinze que você vai gastar numa porcaria de um pacote de balas que deve valer dois centavos? E o tempo que você está perdendo agora, ouvindo essa banda?"

"Lá isso é verdade", ele diz. "Mas se eu não morrer hoje à tarde eles vai levar vinte e cinco centavo meu quando for embora, ah se vai."

"Então você é um trouxa", eu digo.

"Bom", ele diz. "Isso aí eu não discuto. Se ser trouxa fosse crime, não ia ter só preto na prisão, não."

Pois justamente nesse momento olhei para o beco e vi a criatura. Quando dei um passo para trás e olhei para o relógio, não reparei no momento quem era ele, porque estava olhando para o relógio. Eram só duas e meia, e todo mundo menos eu imaginava que ela só saísse da escola às três e quinze. Daí, quando olhei para fora de novo a primeira coisa que vi foi a gravata vermelha que ele estava usando, e pensei que raio de homem seria capaz de usar uma gravata vermelha. Mas ela estava andando pelo beco sorrateira, de olho na porta, de modo que só pensei nele depois que os dois já haviam passado. Eu estava pensando se ela realmente tinha tão pouco respeito por mim que era capaz de não apenas matar aula depois que eu a proibi de fazer isso como também de passar pela loja, me desafiando a vê-la passar. Só que ela não podia ver dentro da loja, porque estava batendo sol bem na porta, e era como tentar ver através da luz do farol de um carro, e assim fiquei parado vendo a criatura passar, com a cara toda pintada como se fosse um palhaço e o cabelo todo lambuzado e retorcido e um vestido que se uma mulher saísse na rua só com um vestido daqueles cobrindo as pernas e o traseiro, mesmo lá na Gayoso ou Beale Street quando eu era menino, ela ia parar na cadeia. Garanto que quem veste uma roupa assim quer mais é que cada homem que cruza com ela na rua passe a mão nela. E assim eu estava pensando que espécie de idiota usa gravata vermelha quando de repente me dei conta de que só podia ser um desses homens do circo, com tanta certeza quanto se ela mesma me tivesse contado. Bom, eu aguento muita coisa; se não aguentasse eu estava roubado, de modo que quando eles viraram a esquina eu saí correndo atrás. Eu, sem chapéu, no meio da tarde, tendo que correr pelos becos para defender o bom nome da minha mãe. É como eu digo, não se pode fazer nada com uma mulher assim, se ela nasceu desse jeito. Se está no sangue, não se pode fazer nada. A única coisa que se pode fazer é se livrar dela, deixar que ela vá embora para ir viver com gente da sua laia.

Cheguei à rua, mas os dois haviam desaparecido. E lá estava eu, sem chapéu, como se eu também fosse maluco. E quem me visse podia muito bem pensar: um é maluco, o outro se matou afogado, a outra foi posta no olho da rua pelo marido, então todos eles devem ser malucos mesmo. O tempo todo eu via as pessoas me olhando, como quem olha um gavião, aguardando uma oportunidade de dizer: Bom, não me surpreende, eu já esperava isso, a família toda é maluca. Vendem terra para que o outro possa estudar em Harvard, pagam imposto para sustentar uma universidade estadual que eu nunca vi, fora umas duas vezes em partidas de beisebol, e não deixam o nome da filha ser pronunciado na casa até que depois de um tempo o pai nem vinha mais ao centro, ficava o dia inteiro sentado ao lado da garrafa, eu só via as fraldas da camisola dele e as pernas nuas e ouvia o barulho da garrafa contra o copo até que no fim T. P. tinha que pôr a bebida no copo para ele e ela diz: Você não demonstra respeito pela memória do seu pai, e eu digo: Não vejo por que não ela está muito bem preservada e vai durar bastante só que se eu for maluco também Deus sabe o que eu vou fazer só de ver água me sinto mal e tomar um copo de uísque para mim é a mesma coisa que engolir gasolina e a Lorraine dizendo a eles ele não bebe não mas se vocês não acreditam que ele é homem eu digo a vocês como é que faz para saber ela diz Se eu pegar você metido com uma dessas putas você sabe o que eu vou fazer ela diz eu agarro ela e dou-lhe umas chicotadas é só eu pôr as mãos nela ela diz e eu digo se eu não bebo isso é problema meu mas alguma vez eu já deixei você na mão eu digo pago quantas cervejas você quiser até encher uma banheira de cerveja porque tenho o maior respeito por uma puta séria e direita porque com a saúde da mãe e a posição que eu tento manter e ela não me respeita pelo que eu tento fazer e arrasta o nome dela e o meu nome e o da mãe para a lama.

Ela havia conseguido se esquivar e sumir de vista. Me viu chegando e se enfiou num outro beco, correndo de um lado para o outro com esse desgraçado desse homem do circo de gravata vermelha e todo mundo olhando para ele e perguntando que raio de homem que é capaz de andar com uma gravata vermelha. Bom, o garoto falava comigo e assim eu peguei o telegrama sem saber que havia pegado o telegrama. Só me dei conta do que era quando fui assinar o recibo, e abri sem dar muita importância ao que era. Eu já sabia o que era desde o começo, imagino. Era a única outra coisa que podia acontecer, justamente depois que eu havia anotado o cheque na caderneta.

Não sei como numa cidade feito Nova York cabe gente suficiente para arrancar dinheiro de nós, os trouxas do interior. A gente se mata de trabalhar todos os dias, manda o dinheiro para lá e recebe de volta um pedacinho de papel: Sua conta fechou a 20,62. Primeiro engana a gente, deixa a gente acumular um pouco de lucro no papel, depois pof! Sua conta fechou a 20,62. E se não bastasse isso, ainda por cima pagar dez dólares por mês a um sujeito que ensina a gente a perder dinheiro mais depressa, um sujeito que ou não entende nada do assunto ou então está mancomunado com a companhia de telégrafos. Pois para mim, chega. É a última vez que eles me fazem de trouxa. Qualquer idiota, menos um idiota capaz de acreditar na palavra de um judeu, podia perceber que o mercado estava subindo o tempo todo, a região do Delta prestes a sofrer uma inundação e toda a colheita de algodão se perder, igualzinho ao ano passado. A gente perde a colheita todo ano, e enquanto isso o governo gasta cinquenta mil dólares por dia para manter um exército na Nicarágua ou sei lá onde. É claro que vai ter outra inundação, e aí o algodão vai ficar valendo trinta centavos a libra. Pois eu só queria dar uma boa surra neles uma vez só, e pegar o meu dinheiro de volta. Não quero tirar a sorte grande; isso é coisa de jogador profissional do interior; eu só quero de volta o meu dinheiro que esses judeus desgraçados roubaram, graças às informações privilegiadas que eles têm. Então eu parava; e eu queria ver se eles iam levar mais um centavo meu.

Voltei para a loja. Já eram quase três e meia. Não dava mais tempo para fazer quase nada, mas eu já estou acostumado. Não precisei estudar em Harvard para aprender isso. A banda tinha parado de tocar. Agora que já estava todo mundo lá dentro, não precisava mais desperdiçar o fôlego deles. Earl diz:

"Ele encontrou você? Ele esteve aqui ainda há pouco. Imaginei que você tinha saído pelos fundos."

"Encontrou, sim", eu digo. "Eles não iam me deixar em paz a tarde toda. A cidade é muito pequena. Tenho que dar um pulo em casa um minuto", eu digo. "Pode me descontar, se assim você se sente melhor."

"Pode ir", ele diz. "Agora dá pra eu segurar. Espero que não seja notícia ruim."

"Isso você só vai saber se for até a companhia de telégrafo", eu digo. "Lá eles têm tempo pra contar a você. Eu não tenho."

"Eu estava só perguntando", ele diz. "A sua mãe sabe que pode contar comigo."

"Ela vai gostar de saber disso", eu digo. "Eu volto assim que puder."

"Pode ir com calma", ele diz. "Agora dá pra eu segurar. Pode ir."

Peguei o carro e fui para casa. Uma vez de manhã, duas ao meio-dia, e agora mais uma vez, com ela e tendo que rodar a cidade toda atrás dela e tendo que pedir a eles por favor para poder comer um pouco da comida que sou eu que pago. Às vezes fico pensando qual o sentido disso tudo. Com o precedente que me deram, só mesmo sendo maluco para tocar em frente. E agora acho que vou chegar em casa bem a tempo de fazer um belo passeio atrás de uma cesta de tomates ou coisa parecida, e depois voltar à cidade cheirando como se eu fosse uma fábrica de cânfora para a minha cabeça não explodir de repente. Eu vivo dizendo a ela que essa tal de aspirina é só farinha e água para doentes imaginários. Eu digo, a senhora não sabe o que é uma dor de cabeça. Eu digo, a senhora pensa que eu ia viver enfiado num automóvel se só dependesse de mim. Eu digo, por mim eu me virava perfeitamente sem automóvel já aprendi a me virar sem um monte de coisas mas se a senhora quer se arriscar a andar naquela carruagem caindo aos pedaços com um moleque ainda cheirando a leite bancando o cocheiro porque, eu digo, Deus toma conta de gente como o Ben, Deus sabe que é preciso fazer alguma coisa por ele mas se a senhora acha que eu vou colocar uma máquina delicada que vale mil dólares na mão de um moleque, ou mesmo de um negro crescido, a senhora que compre um automóvel para ele porque, eu digo, a senhora gosta de andar de carro e sabe que gosta.

Dilsey disse que ela estava em casa. Entrei no hall e fiquei escutando, mas não ouvi nada. Subi a escada, mas assim que passei pelo quarto dela ela me chamou.

"Eu só queria saber quem era", ela diz. "Passo tanto tempo sozinha que escuto tudo."

"A senhora não precisa ficar sozinha", eu digo. "A senhora podia passar o dia inteiro fazendo visitas, como as outras mulheres, se quisesse." Ela veio até a porta.

"Achei que você podia estar passando mal", ela diz. "Do jeito que você comeu depressa no almoço hoje."

"Não, ainda não foi dessa vez", eu digo. "O que é que a senhora quer?"

"Tem algum problema?" ela pergunta.

"Que problema?" eu digo. "Será que eu não posso vir pra casa no meio da tarde sem deixar todo mundo preocupado?"

"Você viu a Quentin?" ela pergunta.

"Ela está na escola", eu digo.

"Já passa das três", ela diz. "Ouvi o relógio dar três horas faz pelo menos meia hora. Ela já devia estar em casa."

"Já devia?" eu digo. "Quando que a senhora já viu ela voltar pra casa com o sol ainda de fora?"

"Ela devia estar em casa", ela diz. "Quando eu era menina..."

"Tinha alguém que obrigava a senhora a se comportar", eu digo. "Ela não tem ninguém."

"Eu não consigo fazer nada com ela", ela diz. "Já cansei de tentar."

"E por algum motivo a senhora não me deixa tentar", eu digo. "Então não sei por que a senhora não está satisfeita." Fui para o meu quarto. Tranquei a porta devagarinho e fiquei esperando a maçaneta girar. Então ela diz:

"Jason."

"O quê", eu digo.

"É que eu achei que havia algum problema."

"Aqui, não", eu digo. "A senhora veio ao lugar errado."

"Eu não quero preocupar você", ela diz.

"Ainda bem que a senhora me avisa", eu digo. "Eu não tinha certeza. Achei que talvez eu estivesse enganado. A senhora quer alguma coisa?"

Depois de algum tempo ela diz: "Não. Nada". Então foi embora. Peguei a caixa e contei o dinheiro e escondi a caixa outra vez e destranquei a porta e saí. Pensei na cânfora, mas agora já era tarde demais. E eu ainda tinha que fazer mais uma viagem de ida e volta. Ela estava parada à porta, esperando.

"A senhora quer alguma coisa da cidade?" eu pergunto.

"Não", ela diz. "Não quero me meter na sua vida. Mas não sei o que eu faria se acontecesse alguma coisa com você, Jason."

"Estou bem", eu digo. "Só uma dor de cabeça."

"Eu queria que você tomasse uma aspirina", ela diz. "Eu sei que você não vai parar de usar aquele carro."

"O que é que o carro tem a ver com isso?" eu digo. "Como é que um carro pode dar dor de cabeça?"

"Você sabe que sempre fica enjoado com cheiro de gasolina", ela diz. "Desde que você era pequeno. Eu queria que você tomasse uma aspirina."

"Pode continuar querendo", eu digo. "Mal não faz."

Entrei no carro para voltar à cidade. Mal entrei na rua quando vi um forde vindo na minha direção a toda velocidade. De repente ele parou. Ouvi as rodas derrapando, aí o carro rodopiou e deu ré e saiu de novo e justamente quando eu estava pensando que diabo ele está fazendo, vi a tal gravata vermelha. Então reconheci o rosto dela olhando para trás pela janela. O carro entrou correndo no beco. Ainda o vi virar mais uma vez, mas quando cheguei na outra rua ele estava quase desaparecendo, correndo como o diabo.

Vi tudo vermelho na minha frente. Quando reconheci aquela gravata vermelha, depois de tudo que eu tinha dito a ela, esqueci de tudo o mais. Até na minha cabeça só pensei depois que cheguei ao primeiro cruzamento e tive que parar. A gente gasta dinheiro e mais dinheiro nas estradas mas quando precisa delas elas parecem um telhado de ferro corrugado. Nem mesmo com um carrinho de mão dá para seguir muito tempo nessas estradas. Penso demais no meu carro; não vou arrebentá-lo como se fosse um forde. Já o deles era bem possível que fosse roubado mesmo, então eles pouco se importavam. É como eu digo, o sangue sempre acaba se manifestando. Quem tem sangue assim é capaz de qualquer coisa. Eu digo, a senhora já cumpriu todas as suas obrigações que dizem respeito a ela; de agora em diante o que a senhora fizer a culpa é só sua, porque a senhora sabe muito bem o que qualquer pessoa sensata faria. Eu digo, se eu tenho que passar metade do meu dia bancando o detetive, então pelo menos eu devia arranjar um jeito de ser pago por essa porcaria de trabalho.

Mas tive que parar no cruzamento. Aí lembrei da cabeça. Era como se tivesse alguém dentro dela batendo um martelo. Eu digo, eu tento fazer a senhora não se preocupar com ela; eu digo, por mim ela pode ir para o inferno o mais depressa que ela quiser, e quanto antes melhor. Eu digo, o que é que se pode esperar, só mesmo caixeiro-viajante e gente de circo que aparece na cidade, porque até mesmo esses almofadinhas da cidade já dão o fora nela. A senhora não sabe do que acontece, eu digo, a senhora não ouve as coisas que eu ouço, e olha que eu mando as pessoas calarem a boca quando ouço. Eu digo, minha família já tinha escravo aqui no tempo em que vocês todos trabalhavam em armazéns de meia-tigela ou então como meeiros numas roças tão vagabundas que negro nenhum ia querer.

Se é que eles trabalhavam em roça. Ainda bem que Deus fez alguma coisa por essa terra, porque a gentinha que vive aqui nunca fez nada. Numa tarde de sexta, dali mesmo onde eu estava dava para ver cinco quilômetros de terra que nem tinha sido arada, e todos os homens aptos para trabalhar do condado estavam enfiados naquele circo. Se eu fosse um forasteiro morrendo de fome, não ia encontrar ninguém na rua nem mesmo para me informar para que lado fica o centro. E ela querendo que eu tomasse aspirina. Eu digo, quando como pão eu prefiro comer na mesa. Eu digo, a senhora vive falando que abriu mão de tanta coisa por nós, mas dava para comprar dez vestidos novos por ano com o dinheiro que a senhora gasta nessas porcarias de remédios. Eu não preciso de remédio para ficar bom não eu precisava era que me dessem uma oportunidade mas se eu tenho de trabalhar dez horas por dia para manter uma cozinha cheia de negros no nível de vida que eles estão acostumados a levar e deixar todos eles irem ao circo onde estão todos os outros negros do condado, só que já estava atrasado. Quando ele chegasse lá já estaria tudo terminado.

    Depois de algum tempo ele se aproximou do carro e quando finalmente consegui fazer com que ele entendesse se havia passado por ali um forde com duas pessoas, ele disse que sim. Então segui adiante, e quando cheguei no cruzamento da estrada das carroças vi as marcas dos pneus. Ab Russell estava na roça dele, mas não me dei ao trabalho de lhe perguntar, e ainda dava para ver o celeiro dele ao longe quando dei com o forde. Eles tinham tentado esconder o dito. Nessa de esconder carro ela se saiu tão bem quanto se saía em tudo mais que fazia. É como eu digo, isso para mim é o de menos; vai ver que ela não consegue mesmo fazer nada melhor; a questão é que ela tem tão pouca consideração com a família que nem se dá ao luxo de ser discreta. Meu medo é de um dia encontrar de repente os dois no meio da rua ou debaixo de uma carroça na praça, que nem cachorros.

    Estacionei e saltei. E agora eu tinha que dar a volta e cruzar um campo arado, o único que tinha visto desde que saí da cidade, e a cada passo era como se alguém caminhasse atrás de mim, batendo com um porrete na minha cabeça. Eu pensava o tempo todo que quando terminasse de atravessar o campo pelo menos estaria pisando num chão plano, que não me daria um solavanco a cada passo, mas quando entrei no bosque vi que havia muita vegetação rasteira e tinha que ficar dando voltas, até que cheguei a uma vala cheia de urzes. Caminhei à margem dela por algum tempo, mas a vala foi ficando cada vez mais espessa, e o tempo todo Earl devia estar telefonando lá para casa perguntando por mim, pondo a mãe nervosa de novo.

Quando finalmente consegui atravessar a vala, tive que dar tantas voltas que depois precisei parar para pensar onde deveria estar o carro. Eu sabia que eles não estariam longe dele, e sim enfiados no arbusto mais próximo, por isso dei meia-volta e voltei para a estrada. Mas aí eu não sabia a que distância estava o carro, e o jeito era parar e ficar escutando, e então, agora que minhas pernas não estavam usando tanto sangue, ia tudo para a minha cabeça, que parecia prestes a explodir a qualquer momento, e o sol estava tão baixo que batia direto nos meus olhos, e meus ouvidos zumbiam tanto que eu não escutava nada. Segui em frente, tentando não fazer barulho, então ouvi um cachorro ou coisa parecida e compreendi que quando ele sentisse meu cheiro viria para cima de mim fazendo a maior algazarra e estragando tudo.

Eu estava cheio de carrapichos e gravetos e sei lá mais o quê, até mesmo dentro das roupas e dos sapatos, e então olhei para o lado e vi que minha mão estava bem em cima de um sumagre- -venenoso. A única coisa que eu não entendia era por que motivo era só sumagre-venenoso e não uma cobra ou coisa parecida. De modo que nem tirei a mão de lá. Fiquei parado até o cachorro ir embora. Depois segui adiante.

Agora eu não fazia ideia de onde estava o carro. Não conseguia pensar em outra coisa que não a minha cabeça, e eu parava num lugar e meio que me perguntava se tinha mesmo visto um forde, e já nem fazia muita diferença se tinha visto ou não. É como eu digo, ela pode ir para a cama com tudo que usa calças na cidade, o que é que eu tenho a ver com isso. Não devo nada a uma pessoa que não tem a menor consideração comigo, que seria perfeitamente capaz de deixar aquele forde ali e me fazer passar a tarde toda aqui e o Earl chamando a mãe para vir até a loja e mostrar os livros a ela só porque ele é virtuoso demais para este mundo. Eu digo, quando você chegar no céu vai ser um inferno para você, lá você não vai poder ficar se metendo na vida de ninguém, agora não me deixe pegar você em flagrante, eu digo, eu fecho os olhos para tudo por causa da sua avó, mas vá você me deixar pegar você em flagrante uma vez aqui neste lugar, onde minha mãe mora. Esses fedelhos com o cabelo cheio de brilhantina, que adoram fazer diabrura, vou mostrar a eles o que dá mexer com o diabo, e a você também. Ele vai ver que aquela gravata vermelha dele é a corda do trinco do inferno, se ele pensa que pode sair correndo pelo mato com a minha sobrinha.

Com o sol bem nos meus olhos e meu sangue latejando tanto que eu pensava o tempo todo que minha cabeça ia estourar e resolver o problema todo logo de uma vez, com urzes e outras coisas grudando na minha roupa, cheguei à vala cheia de areia onde eles haviam ficado e reconheci a árvore onde estava o carro, e assim que saí da vala e comecei a correr ouvi o carro dando a partida. Ele saiu na disparada, buzinando. Buzinavam sem parar, como se dizendo É. É. Éééééééééé, até sumir de vista. Cheguei à estrada no exato momento em que ele sumiu de vista.

Quando consegui chegar ao meu carro, eles já haviam desaparecido por completo, só se ouvia a buzina. Bom, nem parei para pensar, só dizia uma coisa: Corra. Volte para casa correndo. Volte para casa e tente convencer a mãe de que eu não vi você no carro. Que eu não sei quem ele era. Que não é verdade que eu só não peguei você naquela vala por uma questão de três metros. Que você estava em pé, além disso. A buzina continuava, Éééé, Éééé, Éééééééééé, cada vez mais fraca. Então sumiu, e ouvi uma vaca mugindo no celeiro de Russell. E mesmo assim não pensei em nada. Pus a mão na maçaneta, abri a porta e levantei o pé. Até achei que o carro estava um pouco mais torto do que a pista da estrada, mas só descobri depois que entrei e dei a partida.

Bom, fiquei sentado, parado. Já estava quase começando a escurecer, e eu estava a uns oito quilômetros da cidade. Eles não tiveram nem coragem de furar o pneu, de abrir um buraco nele. Simplesmente esvaziaram. Fiquei parado um tempo, pensando naquela cozinha cheia de negros, e nenhum deles tinha tempo de levantar um pneu e apertar dois parafusos. Engraçado, nem mesmo ela teria sido capaz de ter a ideia de levar a bomba de propósito, a menos que tenha pensando nisso enquanto ele esvaziava o pneu, talvez. Mas o mais provável é que alguém a tivesse pegado e entregado a Ben para ele brincar de esguichar com ela, porque se ele pedir eles desmontam o carro inteirinho, e depois Dilsey diz, Ninguém botou a mão no seu carro não. Pra que é que a gente ia fazer isso? e eu digo Você é uma negra. Você é uma pessoa de sorte, sabia? Eu digo, Eu trocaria de lugar com você de bom grado, porque só mesmo um branco cai na bobagem de se preocupar com o que faz uma pirralha sem-vergonha.

    Fui até a casa de Russell. Ele tinha uma bomba. Acho que por mero acaso. Mas eu continuava sem conseguir acreditar que ela tinha tido coragem. Eu pensava nisso o tempo todo. Não sei por que é que não aprendo que uma mulher é capaz de qualquer coisa. Eu pensava, Vamos deixar de lado por um momento o que eu penso de você e o que você pensa de mim: eu não faria isso com você, independente do que você fizesse comigo. Porque, como eu digo, sangue é sangue e não adianta, não tem jeito. Não é pregar uma peça que qualquer garoto de oito anos seria capaz de pregar, é deixar um sujeito que usa uma gravata vermelha rir do seu tio. Eles chegam à cidade e dizem que nós somos todos uns caipiras e acham que a cidade é pequena demais para eles. Pois não é que ele tem razão? E ela também. Se é assim que ela vê a coisa, melhor mesmo cair fora daqui, e já vai tarde.

    Parei e devolvi a bomba a Russell e segui para a cidade. Parei num drugstore e tomei uma coca e depois fui à companhia de telégrafo. Tinha fechado a 20,21, baixa de quarenta pontos.

Quarenta vezes cinco dólares; compre alguma coisa com isso se você puder, e ela diz: eu preciso preciso e eu digo lamento mas você vai ter que tentar com outro, eu não tenho dinheiro. Vivo tão ocupado que não tenho tempo de ganhar dinheiro.

Eu só olhei para ele.

"Vou lhe dizer uma novidade", eu digo. "Você vai ficar espantado de saber que eu me interesso pelo mercado de algodão", eu digo. "Essa possibilidade nem lhe passou pela cabeça, não é?"

"Eu fiz o possível pra te entregar", ele diz. "Liguei duas vezes pra loja e liguei pra sua casa, mas ninguém sabia onde você estava", ele diz, remexendo a gaveta.

"Entregar o quê?" eu digo. Ele me entregou um telegrama. "Que hora chegou isso?" pergunto.

"Por volta das três e meia", ele diz.

"E agora são cinco e dez", eu digo.

"Eu tentei entregar", ele diz. "Não consegui encontrar você."

"E a culpa é minha, é?" eu digo. Abri o telegrama, só para ver qual era a mentira que eles estavam me dizendo agora. Eles devem estar muito mal se têm que vir até o Mississippi para roubar dez dólares por mês. Venda, diz o telegrama. Mercado estará instável, com tendência geral à baixa. Não fique alarmado com o relatório do governo.

"Quanto que custa uma mensagem dessas?" eu pergunto. Ele me respondeu.

"Eles pagaram", ele diz.

"Então fiquei devendo a eles", eu digo. "Disso eu já sabia. Mande isto a cobrar", eu digo, pegando um formulário. Compre, escrevi. Mercado prestes a estourar de tanto subir. Perturbações ocasionais para fisgar mais uns caipiras trouxas que ainda não foram ao telégrafo. Não fique alarmado. "Mande isso a cobrar", eu digo.

Ele olhou para a mensagem, depois olhou para o relógio. "O mercado fechou há uma hora", ele diz.

"Bom", eu digo. "Também não foi culpa minha, não. Não fui eu que inventei o mercado; só fiz comprar um pedacinho dele acreditando que a companhia de telégrafo ia me manter informado sobre ele."

"O boletim é afixado no momento em que chega", ele diz.

"É", eu digo. "E em Memphis eles escrevem num quadro-negro a cada dez segundos", eu digo. "Essa tarde eu estive a cem quilômetros de Memphis."

Ele olhou para a mensagem. "Você quer mandar isso?" ele pergunta.

"Ainda não mudei de ideia", eu digo. Escrevi o outro e contei o dinheiro. "E este aqui também, se você sabe escrever 'c-o-m-p-r-e'."

Voltei à loja. O som da banda vinha dali perto. A Lei Seca é uma ótima ideia. Antes eles vinham no sábado, a família inteira só tinha um par de sapatos, e era ele que usava, e iam ao serviço de entregas buscar o pacote dele; agora vão todos ao circo descalços, os comerciantes nas portas como se fossem tigres ou sei lá o quê numa jaula, olhando para eles. Earl diz:

"Espero que não tenha sido nada sério."

"O quê?" eu digo. Ele olhou para o relógio. Então foi à porta e olhou para o relógio do tribunal. "Você devia ter um relógio desses de um dólar", eu digo. "Não vai lhe custar muito pensar que ele está mentindo toda vez que você olha pra ele."

"O quê?" ele diz.

"Nada", eu digo. "Espero não ter atrapalhado você."

"Não teve muito movimento não", ele diz. "Foi todo mundo pro circo. Não tem problema."

"Se tiver problema", eu digo, "você sabe o que pode fazer."

"Eu disse que não tinha problema", ele diz.

"Eu ouvi", eu digo. "E se tiver problema, você sabe o que pode fazer."

"Você quer largar?" ele diz.

"A loja não é minha", eu digo. "O que eu quero não tem importância. Mas não fica achando que você está me protegendo me mantendo aqui."

"Você dava um bom comerciante se quisesse, Jason", ele diz.

"Pelo menos eu cuido da minha vida e deixo os outros em paz", eu digo.

"Não sei por que você está tentando me fazer despedir você", ele diz. "Você sabe que pode largar a hora que você quiser e não vamos brigar por causa disso."

"Vai ver que é por isso que eu não largo", eu digo. "Enquanto eu fizer o meu trabalho, é pra isso que você me paga." Fui até os fundos e bebi um copo d'água e saí pela porta dos fundos. Job finalmente havia terminado de montar as capinadeiras. Ali estava silencioso, e em pouco tempo minha cabeça começou a melhorar. Ouvi gente cantando, e depois a banda voltou a tocar. Bom, eles que embolsem até a última moeda do condado; para mim tanto se me dá. Já fiz o que pude; quem já viveu o que já vivi e não sabe a hora de pular fora é uma besta. Ainda mais porque não é da minha conta. Agora, se fosse filha minha, aí eram outros quinhentos, porque ela não ia ter tempo para isso; ela ia ter que trabalhar para ajudar a alimentar um bando de doentes e idiotas e negros, porque como que eu ia ter cara de trazer alguém para casa. Eu respeito as pessoas demais para fazer uma coisa dessas. Sou um homem, eu aguento, é sangue do meu sangue e eu gostaria de ver a cor dos olhos do homem capaz de tratar com desrespeito qualquer mulher que fosse minha amiga a culpa é dessas desgraçadas dessas mulheres direitas eu queria ver qual é a mulher direita e carola que chega aos pés de Lorraine em matéria de honestidade, e olha que ela é puta. É como eu digo, se eu resolvesse casar a senhora ia subir feito um balão e a senhora sabe que isso é verdade e ela diz quero que você seja feliz que tenha a sua família e não viva se matando de trabalhar para nos sustentar. Mas em breve eu não vou estar mais aqui e aí você vai poder se casar mas você nunca vai achar uma mulher que esteja à sua altura e eu digo eu bem que podia achar. A senhora ia pular pra fora da cova ah se não ia. Eu digo, não obrigado mulher é coisa que não me falta se eu me casasse eu ia acabar descobrindo que ela era viciada em droga, sei lá. É a única coisa que ainda não teve nesta família, eu digo.

 O sol agora já estava abaixo da igreja metodista, e os pombos revoando em volta do campanário, e quando a banda parou comecei a ouvir os arrulhos. Nem bem haviam se passado cinco meses depois do Natal e já estava assim de pombo. Imagino que devem estar reclamando com o pastor Walthall por causa deles. Quem vê até pensa que nós aqui gostamos de atirar, de tanto que ele faz discurso, chegou mesmo a segurar a arma de um dos homens quando eles vieram. Falou em paz na terra e boa vontade para com todos e nem um passarinho cairá em terra. Mas para ele tanto faz se está assim de pombo, ele não tem nada para fazer: para ele tanto faz que horas são. Ele não paga imposto, não vê o dinheiro dele sendo gasto todo ano limpando o relógio do tribunal para que ele volte a funcionar. Tiveram que pagar quarenta e cinco dólares a um sujeito para fazer o serviço. Contei mais de cem filhotes no chão. Não entendo por que eles não caem fora da cidade que é melhor para eles. Ainda bem que sou que nem um pombo, não estou preso a ninguém.

 A banda voltou a tocar, uma música barulhenta e rápida, parecia que era o final. Imagino que já deviam estar satisfeitos. Quem sabe já tinham ouvido música bastante para se distrair na viagem de volta, mais de vinte quilômetros de estrada, para depois ter que desatrelar os cavalos no escuro e dar comida ao gado e ordenhar as vacas. Aí era só assoviar a música e contar as piadas para o gado no celeiro, e depois fazer as contas para ver quanto lucraram por não ter levado as vacas ao circo também. Eles podiam calcular que se um homem tinha cinco filhos e sete mulas, ele ganhava vinte e cinco centavos levando a família para o circo. Fácil, fácil. Earl voltou com uns dois pacotes.

"Mais coisas pra entregar", ele diz. "Cadê o tio Job?"

"Foi ao circo, imagino", eu digo. "Se você não ficou de olho nele."

"Ele não sai de fininho", ele diz. "Nele eu confio."

"Ao contrário de mim", eu digo.

Ele foi até a porta e olhou para fora, escutando.

"A banda é boa", ele diz. "Já devem estar terminando, imagino."

"A menos que eles tenham resolvido passar a noite aqui", eu digo. As andorinhas já estavam começando, e ouvi os pardais pousando em bando nas árvores do pátio. De vez em quando uma revoada de pardais aparecia no céu, fazendo evoluções acima do telhado, depois ia embora. Para mim, eles são uma praga igual aos pombos. Não se pode nem sentar no pátio do tribunal por causa deles. Quando você menos espera, plaf. Bem no seu chapéu. Mas só mesmo um milionário para dar fim a eles a tiros, a cinco centavos o tiro. Se pusessem um pouco de veneno lá na praça, acabavam com elas em um dia, porque se um comerciante não consegue impedir que a mercadoria dele fique andando pela praça, melhor ele tentar vender coisas que não sejam galinhas, coisas que não comam nada, arados ou cebolas. E quem não sabe guardar seu cachorro, ou não faz questão do cachorro ou não merece ter cachorro. É como eu digo, uma cidade em que os negócios são tratados como se fosse na roça não é cidade, é roça.

"Mesmo se eles terminarem agora", eu digo, "ainda vão ter

que atrelar os cavalos e pegar a estrada e só vão chegar em casa lá pra meia-noite."

"Bom", ele diz. "Eles se divertem. Eles têm o direito de gastar um dinheirinho em diversão de vez em quando. Fazendeiro da serra trabalha muito e ganha muito pouco."

"Ninguém mandou eles virarem fazendeiro na serra", eu digo. "Nem em qualquer outro lugar."

"Onde é que a gente estaria, eu e você, se não fosse pelos fazendeiros?" ele diz.

"Eu estaria em casa agora mesmo", eu digo, "com um saco de gelo na cabeça."

"Você tem dor de cabeça demais", ele diz. "Por que é que você não faz um bom exame dos dentes? Ele examinou todos hoje?"

"Ele quem?" eu pergunto.

"Você disse que foi ao dentista hoje de manhã."

"Você se incomoda de eu ter dor de cabeça em horário de expediente?" eu digo. "É isso?" Estavam entrando no beco agora, saindo do circo.

"Lá vêm eles", ele diz, "melhor eu ir pro balcão." E foi. Engraçado, qualquer problema que você tem, os homens mandam você examinar os dentes, as mulheres dizem que você devia se casar. Agora, para dar opinião nos seus negócios, só mesmo quem nunca conseguiu se dar muito bem nos negócios. É que nem esses professores de faculdade que nunca conseguiram juntar nem um par de meias, ensinando as pessoas a ganhar um milhão de dólares em dez anos, ou uma mulher que não conseguiu arranjar marido e quer dizer a você como é que se cuida de uma família.

O velho Job veio com a carroça. Depois de algum tempo conseguiu amarrar as rédeas no suporte do chicote.

"E então", eu pergunto. "Foi bom o espetáculo?"

"Inda não fui não", ele diz. "Mas quem quiser me prender hoje à noite é só ir lá naquela barraca."

"Não foi, uma ova", eu digo. "Você está sumido desde as três horas. O seu Earl veio aqui agorinha mesmo atrás de você."

"Eu estava cuidando da minha vida", ele diz. "O seu Earl sabe onde que eu estava."

"Pode enganar o homem à vontade", eu digo. "Eu não vou entregar você."

"Então ele é o único homem aqui que eu ia tentar enganar", ele diz. "Pra que é que eu quero enganar um homem que pra mim tanto faz se eu encontro ou não encontro com ele sábado à noite? O senhor, eu não tento enganar não", ele diz. "O senhor é esperto demais pra eu. Sim senhor", ele diz, parecendo muito atarefado, pondo cinco ou seis embrulhos pequenos na carroça. "O senhor é esperto demais pra eu. Em matéria de esperteza não tem ninguém nessa cidade que chega aos pés do senhor não. O senhor engana até mesmo um que é tão esperto que nem ele dá conta da esperteza dele mesmo", ele diz, subindo na carroça e desenredando as rédeas.

"E quem é esse?" eu pergunto.

"É o seu Jason Compson", ele diz. "Eia, Dan!"

Uma das rodas estava prestes a saltar fora do eixo. Fiquei olhando para ver se ele conseguiria sair do beco antes que a roda caísse. É só colocar um veículo na mão de um negro. Aquela nossa lata-velha não presta mais para nada, mas a senhora deixa ela guardada no cocheiro um século só para aquele garoto poder ir ao cemitério uma vez por semana. Eu digo, ele não vai ser o primeiro que vai ter que fazer uma coisa que ele não quer fazer. Por mim ele ia de automóvel como uma pessoa civilizada, ou então ficava em casa. Ele nem sabe para onde vai, nem se é carruagem ou carro, e a gente mantendo uma carruagem e um cavalo só para ele poder dar um passeio todo domingo à tarde.

Job pouco se importava se a roda ia sair ou não, desde que ele não tivesse que andar muito na volta. É como eu digo, o único lugar que serve para eles é o campo, onde eles têm que trabalhar da hora do sol nascer até o pôr do sol. Eles não suportam prosperidade nem trabalho fácil. Basta um deles passar algum tempo junto dos brancos e pronto, esse já não merece nem ser morto. Eles sentem de longe o cheiro do trabalho, que nem Roskus, esse o único erro que cometeu foi o dia em que se descuidou um pouco e aí morreu. Escapulir do trabalho, roubar, cada vez dar uma desculpa um pouco mais esfarrapada até que um dia você tem que mandá-lo embora com uma merreca. Bom, isso é problema de Earl. Mas eu é que não ia gostar se a minha loja fosse anunciada na cidade por um negro velho caduco e uma carroça que parece que vai desmontar cada vez que vira uma esquina.

O sol agora estava bem alto, e lá dentro já começava a escurecer. Fui até a frente da loja. A praça estava vazia. Earl estava fechando o cofre, e então o relógio começou a dar as horas.

"Você trancou a porta dos fundos?" ele pergunta. Fui lá e tranquei a porta e voltei. "Imagino que você vai ao circo hoje", ele diz. "Eu lhe dei os ingressos ontem, não dei?"

"Deu", eu digo. "Quer que eu devolva?"

"Não, não", ele diz. "É só que eu não lembrava se já tinha dado a você ou não. Não tem sentido desperdiçar os ingressos."

Ele trancou a porta e disse até logo e seguiu. Os pardais continuavam com a barulhada deles nas árvores, mas a praça estava vazia, só havia uns carros. Tinha um forde parado em frente à drugstore, mas nem olhei para ele. Eu sei quando não adianta mais fazer uma coisa. Eu não me incomodo de tentar ajudá-la, mas eu sei quando não adianta mais. Acho que eu até podia ensinar Luster a dirigir, e aí eles podiam passar o dia inteiro correndo atrás dela se quisessem, e eu podia ficar em casa brincando com o Ben.

Entrei e comprei dois charutos. Depois resolvi tomar mais uma coca para a dor de cabeça, e fiquei conversando com eles um pouco.

"Pois é", Mac diz. "Imagino que você pôs dinheiro nos Yankees este ano."

"Pra quê?" eu pergunto.

"O campeonato", ele diz. "Não tem ninguém pra eles."

"Não tem, coisa nenhuma", eu digo. "Eles estão ferrados. Você acha que um time pode ter sorte pra sempre?"

"Não acho que isso é sorte, não", Mac diz.

"Eu é que não aposto em time nenhum em que o tal do Ruth joga", eu digo. "Mesmo sabendo que ia ganhar."

"É mesmo?" Mac diz.

"Eu lhe dou o nome de mais de dez jogadores melhores que ele", eu digo.

"O que é que você tem contra o Ruth?" Mac diz.

"Nada", eu digo. "Não tenho nada contra ele. Não gosto nem de olhar pra foto dele." Saí. As luzes estavam se acendendo, e as pessoas voltavam para casa. Às vezes os pardais só se aquietavam depois que ficava completamente escuro. A noite em que acenderam as luzes novas perto do fórum eles acordaram e ficaram voando de um lado para o outro e esbarrando nas luzes a noite toda. Ficaram assim duas ou três noites, e aí um dia sumiram todos. Passaram dois meses e eles voltaram todos.

Peguei o carro e fui para casa. As luzes ainda não estavam acesas, mas imaginei que todo mundo devia estar na janela, e Dilsey reclamando na cozinha como se fosse dela a comida que tinha de manter aquecida até eu chegar. Quem ouvisse Dilsey falando era capaz de pensar que só existia um jantar no mundo, o que ela precisava manter aquecido por alguns minutos por minha conta. Bom, pelo menos eu ia conseguir chegar em casa uma vez sem encontrar Ben e aquele negro grudados no portão como se fossem um urso e um macaco presos na mesma jaula. Sempre que chegava a hora do pôr do sol ele ia direto para o portão que nem uma vaca para o celeiro, e aí agarrava o portão e balançava a cabeça para um lado e para o outro, gemendo baixinho. Está aí um que gosta de castigo. Se tivessem feito comigo o que fizeram com ele por ter saído por um portão aberto, eu nunca mais ia querer nem ver um portão na minha frente. Eu sempre imaginava o que ele ficava pensando, ali no portão, vendo as meninas voltando da escola, tentando querer uma coisa que ele nem se lembrava que não queria mais e nem podia querer mais. E o que ele pensava quando tiravam a roupa dele e ele olhava para o próprio corpo e começava a chorar como acontecia às vezes. Mas é como eu digo, eles não fizeram o bastante. Eu digo, eu sei o que você precisa, você precisa do que fizeram com o Ben, aí você se comportava. E se você não sabe o que foi que eu disse é só pedir a Dilsey que ela explica para você.

A luz do quarto da mãe estava acesa. Estacionei o carro e entrei na cozinha. Luster e Ben estavam lá.

"Cadê a Dilsey?" eu pergunto. "Preparando o jantar?"

"Ela está lá em cima com a d. Caroline", Luster diz. "As duas estão assim desde que a d. Quentin chegou em casa. A mamãe está lá separando as duas pra elas não brigar. O circo chegou mesmo, seu Jason?"

"Chegou", eu digo.

"Acho que eu ouvi a banda", ele diz. "Eu queria ir. Só porque não tenho vinte e cinco centavo."

Dilsey entrou. "Você já chegou, é?" ela diz. "O que foi que você andou aprontando hoje? Você sabe que eu estou cheia de trabalho; por que é que não chega na hora?"

"Quem sabe eu fui ao circo", eu digo. "O jantar está pronto?"

"Eu queria ir", Luster diz. "Se eu tivesse vinte e cinco centavo."

"Você não tem nada que ir a circo nenhum", diz Dilsey. "Vai pra casa e fica quietinho lá", ela diz, "e não vai lá em cima não que senão elas começa a brigar de novo."

"O que houve?" eu pergunto.

"A Quentin chegou inda há pouco e diz que você andou seguindo ela a tarde toda e aí a d. Caroline caiu em cima dela. Por que é que você não deixa ela em paz? Não dá pra você morar na mesma casa que a sua sobrinha sem brigar não?"

"Eu não posso brigar com ela", eu digo, "porque não vejo ela desde hoje de manhã. O que foi que ela disse que eu fiz dessa vez? Obriguei ela a ir à escola? Que coisa terrível", eu digo.

"Cuida da sua vida e deixa ela em paz", Dilsey diz. "Eu cuido dela se você e a d. Caroline deixar. Agora fica quietinho aí enquanto eu apronto o jantar."

"Se eu tivesse vinte e cinco centavo", Luster diz, "eu podia ir no circo."

"E se você tivesse asa você podia voar pro céu", Dilsey diz. "Não quero mais ouvir você falar nesse circo nem uma vez."

"Por falar nisso", eu digo. "Me deram duas entradas pro circo." Tirei-as do bolso do paletó.

"O senhor vai?" pergunta Luster.

"Eu, não", eu digo. "Nem que me pagassem dez dólares."

"Me dá uma delas, seu Jason", ele diz.

"Eu lhe vendo uma", eu digo. "Que tal?"

"Não tenho dinheiro não", ele diz.

"Que pena", eu digo. Fiz menção de sair.

"Me dá uma, seu Jason", ele diz. "O senhor não vai precisar das duas."

"Para com essa chateação", Dilsey diz. "Você não sabe que ele não dá nada de graça?"

"Quanto que o senhor quer que eu pago por ela?" ele pergunta.

"Cinco centavos", eu respondo.

"Não tenho isso tudo não", ele diz.

"Quanto que você tem?" pergunto.

"Não tenho nada não", ele responde.

"Então está bem", eu digo. Fui saindo.

"Seu Jason", ele diz.

"Por que é que você não cala a boca?" Dilsey diz. "Ele está só mangando de você. Ele vai usar os dois ingresso. Vai embora, Jason, e deixa ele em paz."

"Eu não quero esses ingressos, não", eu digo. Fui até o fogão. "Vim aqui pra queimar eles. Mas se você quiser comprar um por cinco centavos?" eu digo, olhando para ele e levantando a tampa do fogão.

"Não tenho isso tudo não", ele diz.

"Está bem", eu digo. Larguei um dos ingressos dentro do fogão.

"Ô Jason", diz Dilsey. "Você não tem vergonha não?"

"Seu Jason", ele diz. "Por favor. Eu cuido dos pneu todo dia o mês inteiro."

"Estou precisando do dinheiro", eu digo. "Eu vendo por cinco centavos."

"Para com isso, Luster", Dilsey diz. Ela puxou-o para trás. "Vai logo", ela diz. "Queima logo. Vamos. Acaba logo com isso."

"Eu lhe vendo por cinco centavos", eu digo.

"Vai logo", Dilsey diz. "Ele não tem cinco centavo nenhum. Vai. Queima logo."

"Está bem", eu digo. Joguei o ingresso dentro do fogão e Dilsey fechou a tampa.

"Um marmanjo como você", ela diz. "Sai da minha cozinha. Para com isso", ela diz a Luster. "Não vai provocar o Benjy. Eu te arranjo vinte e cinco centavo com a Frony hoje à noite e aí amanhã você pode ir. Para com isso."

Fui até a sala. Não vinha nenhum barulho do andar de cima. Abri o jornal. Depois de algum tempo Ben e Luster entraram. Ben foi até o trecho escurecido da parede onde antigamente ficava o espelho, esfregando as mãos nele e babando e gemendo. Luster começou a mexer na lareira.

"O que é que você está fazendo?" eu pergunto. "A gente não precisa de fogo aqui hoje."

"É só pra ele quietar", ele responde. "Na Páscoa sempre faz frio."

"Só que não estamos na Páscoa", eu digo. "Para com isso."

Ele guardou o atiçador e pegou a almofada da cadeira da mãe e deu-a a Ben, e ele a colocou em frente à lareira e ficou quieto.

Comecei a ler o jornal. Não vinha nenhum ruído do andar de cima, e Dilsey entrou e mandou Ben e Luster irem para a cozinha e disse que o jantar estava pronto.

"Está bem", eu digo. Ela saiu. Continuei sentado, lendo o jornal. Depois de algum tempo ouvi Dilsey chegando à porta da sala.

"Por que é que você não vem comer?" ela pergunta.

"Estou esperando o jantar", eu digo.

"Está na mesa", ela diz. "Eu já disse a você."

"Está mesmo?" eu digo. "Desculpe. Eu não ouvi ninguém descer."

"Elas não vai descer não", ela diz. "Vem comer alguma coisa, que depois eu levo pra elas."

"Elas estão doentes?" eu pergunto. "O que foi que o médico disse que era? Espero que não seja varíola."

"Vem logo, Jason", ela diz. "Pra eu poder acabar logo com isso."

"Está bem", eu digo, levantando o jornal outra vez. "Estou esperando o jantar."

Eu sentia que ela continuava me olhando da porta. Continuei lendo o jornal.

"Por que é que você está fazendo isso?" ela pergunta. "Você sabe o trabalho que me dá."

"Se a mãe está mais doente agora do que da última vez que ela desceu pra jantar, vá lá", eu digo. "Mas enquanto eu estiver pagando pela comida de gente mais moça que eu, elas têm que descer pra comer. Me avise quando o jantar estiver pronto", eu digo, voltando a ler o jornal. Ouvi-a subindo a escada, arrastando os pés e gemendo como se cada degrau tivesse um metro de altura. Ouvi-a batendo à porta da mãe, depois chamando Quentin, como se a porta estivesse trancada, depois voltando à porta da mãe, e depois a mãe indo falar com Quentin. Então elas desceram a escada. Fiquei lendo o jornal.

Dilsey voltou à porta. "Vem logo", ela diz, "antes que você inventa outra complicação. Você hoje está impossível."

Fui para a sala de jantar. Quentin estava sentada, com a cabeça baixa. Estava pintada outra vez. O nariz dela parecia um isolador de porcelana.

"Que bom que a senhora está se sentindo bem o bastante pra descer pra jantar", eu digo à mãe.

"É o mínimo que posso fazer por você, descer para jantar", ela diz. "Mesmo me sentindo mal. Eu sei que quando um homem trabalha o dia todo ele gosta de jantar com a família. Eu quero agradar a você. Só queria que você e Quentin se dessem melhor. Seria mais fácil para mim."

"A gente se dá bem", eu digo. "Se ela quer ficar o dia inteiro trancada no quarto dela, eu não me incomodo. Agora, na hora das refeições não pode ter confusão nem cara emburrada. Eu sei que estou pedindo muito a ela, mas na minha casa é assim. Na sua casa, aliás."

"É sua", a mãe diz. "Você agora é o chefe."

Quentin não havia levantado a vista. Servi os pratos e ela começou a comer.

"Você ficou com um pedaço bom de carne?" eu pergunto. "Porque se não ficou, eu ajudo a encontrar um melhor."

Ela não disse nada.

"Eu perguntei se o pedaço de carne está bom", eu digo.

"O quê?" ela diz. "Está bom, sim."

"Quer mais arroz?" eu pergunto.

"Não", ela diz.

"Melhor eu pôr um pouco mais", eu digo.

"Não quero mais não", ela diz.

"De nada", eu digo. "Não há de quê."

"A sua dor de cabeça passou?" a mãe pergunta.

"Dor de cabeça?" eu digo.

"Eu achei que você estava ficando com dor de cabeça", ela diz. "Quando você passou em casa hoje à tarde."

"Ah", eu digo. "Não, ela não veio. Hoje o trabalho foi tanto que eu até esqueci."

"Foi por isso que você chegou mais tarde?" a mãe pergunta. Percebi que Quentin estava escutando. Olhei para ela. Os talheres dela continuavam em movimento, mas peguei-a olhando para mim; depois ela voltou a olhar para o prato. Eu digo:

"Não. Emprestei meu carro pra um sujeito às três horas e tive que esperar até ele voltar." Fiquei comendo por algum tempo.

"Quem era?" a mãe perguntou.

"Um desses homens do circo", eu digo. "Parece que o marido da irmã dele estava andando com uma mulher da cidade, e ele estava correndo atrás deles."

Quentin estava perfeitamente imóvel, mastigando.

"Você não devia emprestar seu carro para gente assim", a mãe diz. "Você é generoso demais. Por isso que eu só peço alguma coisa a você quando não tem mesmo jeito."

"Eu também já estava começando a ficar cismado", eu digo. "Mas ele voltou, sim. Diz que achou a pessoa que ele estava procurando."

"Quem era a mulher?" a mãe pergunta.

"Depois eu conto pra senhora", eu digo. "Não gosto de falar sobre essas coisas na frente da Quentin."

Quentin havia parado de comer. De vez em quando tomava um gole d'água, depois ficava quebrando um biscoito, o rosto virado para o prato.

"É", a mãe diz. "Acho que mulheres como eu, que vivem fechadas em casa, não imaginam as coisas que acontecem nessa cidade."

"É", eu digo. "Não imaginam mesmo."

"Minha vida foi tão diferente", a mãe diz. "Graças a Deus que eu nem sei desses horrores todos. Não sei nem quero saber. Eu não sou como a maioria das pessoas."

Eu não disse mais nada. Quentin continuou parada, quebrando o biscoito, até que terminei de comer. Então ela pergunta: "Posso ir agora?" sem olhar para ninguém.

"O quê?" eu digo. "Claro que pode ir. Você estava servindo a gente?"

Ela olhou para mim. Havia esmigalhado todo o biscoito, mas as mãos dela continuavam se mexendo como se ainda estivessem esmigalhando, e os olhos dela pareciam como que encurralados, e então ela começou a morder os lábios como se eles estivessem envenenados, de tanto chumbo vermelho que ela havia passado.

"Vovó", ela diz. "Vovó..."

"Quer comer mais alguma coisa?" eu digo.

"Por que é que ele me trata assim, vovó?" ela diz. "Eu nunca fiz mal a ele."

"Quero que vocês se deem bem", a mãe diz. "Agora só tenho vocês, e quero que vocês se deem melhor."

"É culpa dele", ela diz. "Ele não me deixa em paz, e eu tenho que. Se ele não me quer aqui, então por que é que não me deixa voltar pra..."

"Chega", eu digo. "Nem mais uma palavra."

"Então por que é que ele não me deixa em paz?" ela diz. "Ele... ele..."

"Ele é o único pai que você já teve", a mãe diz. "O pão que você come é dele. Ele tem todo o direito de exigir que você lhe obedeça."

"A culpa é dele", ela diz. Levantou-se de um salto. "Ele é que me faz ficar assim. Se ele..." Olhou para nós, os olhos encurralados, os braços meio que se debatendo contra o corpo.

"Se eu o quê?" eu pergunto.

"Tudo que eu faço, a culpa é sua", ela diz. "Se eu sou ruim, é porque eu tive que ficar assim. Foi você que fez. Eu queria morrer. Queria que a gente morresse, todos nós." Então saiu correndo. Ouvimos seus passos subindo a escada correndo. Então uma porta se bateu.

"É a primeira coisa sensata que ela já disse na vida", eu digo.

"Ela não foi à escola hoje", a mãe diz.

"Como é que a senhora sabe?" eu digo. "A senhora foi à cidade?"

"Eu sei porque sei", ela diz. "Você podia ser mais bonzinho com ela."

"Pra isso, eu precisava estar com ela mais de uma vez por dia", eu digo. "Só se a senhora obrigasse ela a fazer todas as refeições na mesa. Aí eu podia dar mais um pedaço de carne a ela todas as vezes."

"Tem umas coisinhas pequenas que você podia fazer", ela diz.

"Por exemplo, não prestar atenção quando a senhora me diz que ela não foi à escola?" eu digo.

"Ela não foi à escola hoje", ela diz. "Eu sei que ela não foi. Ela diz que foi andar de carro com um garoto hoje à tarde e que você foi atrás dela."

"Como que eu posso ter ido atrás dela", eu digo, "se fiquei

a tarde inteira sem carro? Se ela foi ou não à escola hoje, isso são águas passadas," eu digo. "Se a senhora quer se preocupar, se preocupe se ela vai à aula na segunda."

"Eu queria que vocês se dessem bem", ela diz. "Mas ela herdou toda a teimosia da família. A do Quentin também. Na época eu pensei, com a herança que ela já tem, e ainda por cima dar a ela o mesmo nome dele. Às vezes eu acho que ela é um castigo que eles dois me impuseram."

"Meu Deus", eu digo. "A senhora tem uma cabeça e tanto. Por isso que a senhora vive doente."

"O quê?" ela diz. "Não entendi."

"Ainda bem", eu digo. "Mulher direita não entende muita coisa que não é mesmo pra ela entender."

"Os dois eram assim", ela diz. "Ficavam do lado do seu pai contra mim sempre que eu tentava castigá-los. Ele vivia dizendo que não precisavam ser controlados, que eles já sabiam o que era decência e honestidade, e que mais do que isso não se podia ensinar a ninguém. E agora espero que ele esteja satisfeito."

"A senhora tem sempre o Ben para lhe dar apoio", eu digo. "Não fique triste."

"Eles me excluíam da vida deles, de propósito", ela diz. "Era sempre ela e o Quentin. Sempre conspirando contra mim. Contra você também, se bem que você ainda era pequeno e não percebia. Para eles, eu e você sempre fomos intrusos, e o tio Maury também. Eu sempre dizia ao seu pai que eles tinham uma liberdade excessiva, ficavam juntos demais. Quando Quentin começou a frequentar a escola, tivemos que matriculá-la no ano seguinte, para que ela pudesse ficar com ele. Ela não suportava que um de vocês fizesse alguma coisa que ela não pudesse fazer. Era vaidade dela, vaidade e orgulho falso. E então quando ela começou a dar problema, eu sabia que Quentin ia achar que ele também tinha que fazer alguma coisa de ruim, tal como ela. Mas eu não acreditava que ele fosse tão egoísta a ponto de... Eu não podia sonhar que ele..."

"Vai ver que ele sabia que ia nascer menina", eu digo. "E que mais uma delas seria demais pra ele."

"Ele poderia tê-la controlado", ela diz. "Ele parecia ser a única pessoa por quem ela tinha alguma consideração. Mas isso faz parte do castigo também, imagino."

"É", eu digo. "Pena que não fui eu em vez dele. A senhora estaria bem melhor agora."

"Você diz essas coisas só para me magoar", ela diz. "Mas eu mereço. Quando começaram a vender as terras para o Quentin poder estudar em Harvard, eu disse ao seu pai que ele tinha que fazer uma coisa igual por você. Então, quando o Herbert se ofereceu para empregar você no banco, eu disse: agora o problema do Jason está resolvido, e quando as despesas começaram a se acumular e fui obrigada a vender a mobília e o resto do pasto, escrevi para ela na mesma hora porque, eu disse, ela há de entender que ela e Quentin tiveram as partes deles e uma parte da do Jason também, e que agora cabia a ela dar uma compensação a ele. Eu disse: ela há de fazer isso por respeito ao pai dela. E eu acreditava mesmo. Mas eu sou só uma pobre velha; me ensinaram que as pessoas faziam sacrifícios para ajudar o sangue do seu sangue. A culpa foi minha. Você tem razão de me culpar."

"A senhora acha que eu preciso da ajuda dos outros pra ser alguém na vida?" eu digo. "Quanto mais de uma mulher que nem sabe quem foi o pai da filha dela."

"Jason", ela diz.

"Está bem", eu digo. "Eu não quis dizer isso. Claro que não."

"Se eu acreditasse que isso era possível, depois de tudo que sofri."

"Claro que não é", eu digo. "Eu não quis dizer isso."

"Espero que pelo menos isso me seja poupado", ela diz.

"Claro", eu digo. "Ela é parecida demais com eles dois para ter alguma dúvida sobre isso."

"Isso eu não suportaria", ela diz.

"Então não pense mais no assunto", eu digo. "Ela continua preocupando a senhora por sair à noite?"

"Não. Eu consegui fazê-la entender que era para o próprio bem dela, e que algum dia ela me agradeceria por agir assim. Ela vai para o quarto com os livros e eu tranco a porta. Às vezes eu vejo a luz acesa até as onze horas."

"Como é que a senhora sabe que ela está estudando?" eu pergunto.

"Não sei o que mais ela poderia estar fazendo sozinha no quarto", ela responde. "Ela nunca foi muito de ler."

"Não", eu digo. "A senhora não tem como saber. E a senhora devia dar graças a Deus por isso", eu digo. Porque dizer a ela não ia adiantar nada. Eu teria que aguentá-la chorando outra vez.

Ouvi-a subindo a escada. Depois ela gritou Quentin e Quentin respondeu O quê? sem abrir a porta. "Boa noite", diz a mãe. Então ouvi a chave na fechadura, e a mãe voltou para o quarto dela.

Quando terminei meu charuto e subi, a luz continuava acesa. Vi a fechadura vazia, mas não ouvi nada. Ela estudava em silêncio. Talvez tivesse aprendido isso na escola. Dei boa-noite à mãe e fui para meu quarto e peguei a caixa e contei outra vez. Eu ouvia o Grande Capão Americano roncando como uma plaina. Li uma vez que faziam isso com os homens para eles ficarem com voz de mulher. Mas vai ver que ele não sabia o que fizeram com ele. Acho que ele nem sabia o que tinha tentado fazer, nem por que o sr. Burgess o derrubou com o pau da cerca. E se o tivessem mandado embora para Jackson enquanto estava sob o efeito do éter, ele nem ia perceber. Mas isso seria uma solução simples demais para um Compson. Se não for complicado, não tem graça. Só resolveram fazer a coisa depois que ele escapuliu e tentou agarrar uma menina na rua com o pai dela assistindo à cena. Pois é como eu digo, demoraram demais para cortar, e pararam de cortar cedo demais. Conheço pelo menos mais dois que precisavam de uma operação dessas, e um deles está a menos de um quilômetro daqui. Mas acho que mesmo assim não ia adiantar nada. É como eu digo, uma vez vagabunda, sempre vagabunda. E eu só queria vinte e quatro horas sem nenhum desses judeus desgraçados de Nova York me dizendo o que vai acontecer. Eu não quero tirar a sorte grande; isso é chamariz para pegar jogador metido a esperto. Eu só quero uma oportunidade de conseguir meu dinheiro de volta. E depois disso, podem trazer para cá todos os negros da cidade e um hospício inteiro e dois deles podem dormir na minha cama e mais um ocupar meu lugar à mesa também.

8 de abril, 1928

O dia nasceu feio e frio, uma muralha móvel de luz cinzenta vinda do nordeste que, em vez de dissolver-se em umidade, parecia desintegrar-se em partículas minúsculas e venenosas, como a poeira que, quando Dilsey abriu a porta da cabana e dela emergiu, se cravou lateralmente em sua carne, precipitando-se não exatamente como umidade e sim como uma substância com a consistência de óleo fino, não completamente coagulado. Ela usava um chapéu de palha preto rígido equilibrado sobre o turbante e uma manta de veludo grená com uma bainha esfiapada de alguma pele anônima por cima do vestido de seda roxo, e permaneceu parada à porta por um instante, com o rosto multifacetado e mirrado voltado para o céu inclemente, e uma mão angulosa e descorada como o ventre de um peixe, e em seguida jogou a manta para o lado para examinar a frente do vestido.

O vestido caía anguloso dos ombros, cobrindo os seios caídos, depois se retesava sobre a barriga dilatada e pendia de novo, avolumando-se um pouco acima das roupas de baixo, que ela ia removendo camada por camada à medida que a primavera se cumpria com os dias mais quentes, em cores imperiais e moribundas. Outrora fora uma mulher graúda, mas agora seu esqueleto vinha à tona, frouxamente encoberto pela pele solta que se apertava novamente sobre a barriga quase hidrópica, como se músculo e tecido fossem a coragem ou resistência que os dias ou os anos haviam consumido até que só restasse o esqueleto indômito, como uma ruína ou um marco que se elevasse sobre as entranhas sonolentas e inatingíveis, e no alto de tudo o rosto desabado que dava a impressão de que os próprios ossos estavam fora da carne, emergindo no dia implacável e exprimindo ao mesmo tempo fatalismo e a decepção atônita de uma criança, até que ela se virou, voltou para dentro de casa e fechou a porta.

A terra imediatamente junto à porta era nua. Tinha uma pátina que parecia resultar do contato com as solas de pés descalços de muitas gerações, como prata velha ou paredes de casas mexicanas estucadas à mão. Ao lado da casa, dando-lhe sombra no verão, erguiam-se três amoreiras, as folhas aladas que mais tarde ficariam largas e plácidas como palmas de mãos ondeando planas no vento implacável. Dois gaios surgiram do nada, trazidos pelo vendaval como pedaços coloridos de pano ou papel, e se instalaram nas amoreiras, onde ficaram a balançar, ruidosos e inclinados, grasnando contra o vento que lhes arrancava dos bicos os gritos ásperos e os levava para longe, como se também eles fossem pedaços de papel ou pano. Então mais três vieram juntar-se a eles, e lá ficaram por algum tempo a balançar, inclinados, nos galhos retorcidos, grasnando. A porta da cabana abriu-se e Dilsey emergiu mais uma vez, agora com um chapéu de feltro masculino e um sobretudo militar roto, por baixo do qual o vestido de guingão azul caía em pregas desiguais, flutuando a seu redor enquanto ela cruzava o quintal e subia os degraus da porta da cozinha.

Um minuto depois saiu da casa, agora com um guarda-chuva aberto, o qual ela inclinava à sua frente contra o vento, andou até a pilha de lenha e largou no chão o guarda-chuva, ainda aberto. Imediatamente agarrou-o e ficou algum tempo a segurá-lo, olhando a sua volta. Em seguida, fechou-o e largou-o e pôs-se a empilhar pedaços de lenha no braço encurvado contra o seio, pegou o guarda-chuva e após algum tempo conseguiu abri-lo e voltou aos degraus da porta da cozinha, e equilibrou a lenha precariamente enquanto fechava o guarda-chuva, o qual deixou em pé no canto ao lado da porta. Jogou a lenha na caixa atrás do fogão. Em seguida, tirou o sobretudo e o chapéu, pegou o avental sujo que estava pendurado na parede e o vestiu, e acendeu o fogão. Quando o fazia, sacudindo as grelhas e remexendo as tampas, a sra. Compson começou a chamá-la do alto da escada.

Ela trajava um roupão acolchoado de cetim preto, que sua mão apertava ao corpo sob o queixo. Na outra mão levava um saco de água quente de borracha vermelha, e parada junto à escada dos fundos chamava "Dilsey" com intervalos regulares, num tom monótono, virada para o vão da escada que mergulhava na completa escuridão e depois se abria novamente à altura de uma janela cinzenta. "Dilsey", chamava, sem nenhuma inflexão, ênfase nem pressa, como se não aguardasse resposta. "Dilsey."

Dilsey respondeu e largou o fogão, mas antes que tivesse tempo de atravessar a cozinha a sra. Compson chamou-a outra vez, e antes que ela atravessasse a sala de jantar e pusesse a cabeça em relevo contra a luz cinzenta da janela, mais uma vez.

"Já vou", disse Dilsey. "Já vou, pronto, cheguei. Eu vou encher, espera só eu esquentar a água." Levantou a barra da saia e subiu a escada, tapando a luz cinzenta por completo. "Larga isso aí e volta pra cama."

"Eu não entendia o que estava acontecendo", disse a sra.

Compson. "Estou acordada na cama há uma hora, no mínimo, e não vem nenhum som da cozinha."

"Larga isso aí e volta pra cama", disse Dilsey. Subia com esforço a escada, informe, a respiração pesada. "Deixa que eu acendo o fogo em um minuto, e esquento a água em dois."

"Estou acordada há uma hora, no mínimo", disse a sra. Compson. "Comecei a achar que você estava esperando que eu descesse para acender o fogo."

Dilsey chegou ao alto da escada e pegou o saco de água quente. "Pode deixar que eu apronto num minuto", disse ela. "O Luster acordou tarde hoje, foi dormir de madrugada por causa que ontem à noite ele foi no circo. Deixa que eu acendo o fogo. Volta pra cama, senão a senhora vai acordar os outro antes de eu aprontar tudo."

"Se você deixar o Luster fazer coisas que depois atrapalham o trabalho dele, quem vai sofrer as consequências é você", disse a sra. Compson. "O Jason não vai gostar dessa história, se ficar sabendo. Você sabe."

"Não foi com o dinheiro do Jason que ele foi não", disse Dilsey. "Isso eu garanto." Começou a descer a escada. A sra. Compson voltou para o quarto. Ao deitar-se, ficou ouvindo Dilsey ainda descendo a escada com uma lentidão dolorosa e terrível que seria enlouquecedora se não terminasse pouco depois, enquanto morria o som da porta vaivém da copa.

Ela entrou na cozinha, acendeu o fogo e começou a preparar o café da manhã. No meio dessa tarefa parou, foi à janela e olhou em direção a sua cabana, então foi até a porta, abriu-a e gritou para a chuva.

"Luster!" gritava, e depois parava para escutar, inclinando o rosto na direção contrária ao vento. "Ô Luster!" Ficou escutando, e quando já se preparava para gritar outra vez Luster apareceu, contornando a casa.

"Senhora?" disse ele, inocente, tão inocente que Dilsey ficou olhando para ele, imóvel por um momento, com algo mais do que mera surpresa.

"Onde que você estava?" perguntou ela.

"Lugar nenhum", ele respondeu. "Lá no porão."

"Fazendo o que no porão?" ela indagou. "Fica aí parado na chuva não, seu bocó."

"Não estou fazendo nada não", disse ele. Subiu os degraus.

"Você não me entra aqui sem trazer uma braçada de lenha", disse ela. "Foi eu que teve que trazer lenha e acender o fogo. Eu não mandei você não sair daqui ontem à noite antes de encher a caixa de lenha até a boca?"

"Mas eu enchi", disse Luster. "Enchi sim."

"Ah, é? E adonde que foi a lenha então?"

"Sei não senhora. Não foi eu que pegou não."

"Pois vai encher agora", disse ela. "E depois sobe lá em cima pra cuidar do Benjy."

Ela fechou a porta. Luster foi até a pilha de madeira. Os cinco gaios sobrevoavam a casa em círculos, gritando, e depois voltaram a pousar nas amoreiras. Ele ficou olhando para as aves. Pegou uma pedra e jogou-a. "Xôôô", disse ele. "Volta pro inferno que é o lugar de vocês. Inda não é segunda-feira não."

Abarcou uma verdadeira montanha de lenha. Não conseguia enxergar por cima dela, subiu os degraus com passo trôpego e esbarrou na porta, espalhando toras. Então veio Dilsey e abriu a porta para ele, e Luster entrou cambaleando na cozinha. "Ô Luster!" ela gritou, mas ele já havia largado a lenha na caixa com um estrondo tonitruante. "Hah!" exclamou ele.

"Tu quer acordar a casa toda?" disse Dilsey. Deu-lhe um tabefe na cabeça com a mão espalmada. "Vai lá em cima e veste o Benjy, agora."

"Sim senhora", disse ele. Seguiu em direção à porta dos fundos.

"Adonde que você vai?" Dilsey perguntou.

"É que eu vou sair pelos fundo, dar a volta e entrar pela frente, que é pra não acordar a d. Caroline."

"Você vai é subir pela escada dos fundo que nem que eu mandei e vestir o Benjy", disse Dilsey. "E vai agora."

"Sim senhora", disse Luster. Voltou e saiu pela porta da sala. Depois de algum tempo a porta parou de balançar. Dilsey preparou-se para fazer pãezinhos. Enquanto rodava a manivela do crivo com movimentos regulares acima da tábua de pão, cantava, primeiro em voz bem baixa, algo que parecia não ter nem melodia nem letra, repetitivo, melancólico e queixoso, austero, enquanto espargia uma neve suave e uniforme de farinha sobre a tábua. O fogão já começava a esquentar a cozinha, enchendo-a com os harmônicos murmurosos do fogo, e depois de algum tempo ela começou a cantar mais alto, como se também sua voz precisasse se derreter com o calor crescente, até que mais uma vez a sra. Compson chamou seu nome. Dilsey levantou o rosto como se seus olhos pudessem penetrar as paredes e o teto e ver a velha, com seu roupão acolchoado, parada no alto da escada, chamando seu nome com uma regularidade maquinal.

"Ah, meu Deus", disse Dilsey. Largou o moedor, levantou o avental e limpou as mãos nele, depois pegou o saco de água quente na cadeira em que o deixara e, protegendo as mãos com o avental, segurou o cabo da chaleira, que começava naquele momento a assobiar baixinho. "Só um minuto", gritou ela. "A água só esquentou agorinha mesmo."

Não era, porém, o saco de água quente que a sra. Compson queria, e segurando-o pelo pescoço como uma galinha morta Dilsey foi até o pé da escada e olhou para cima.

"O Luster não está aí em cima com ele?" ela perguntou.

"O Luster não pisou nesta casa hoje. Eu estava na cama tentando ouvi-lo. Sabia que ele ia chegar tarde, mas tinha esperança de que chegasse a tempo de impedir que o Benjamin incomodasse o Jason no único dia da semana em que ele pode dormir até mais tarde."

"Não sei como que a senhora acha que alguém pode dormir se a senhora fica plantada aí na escada gritando desde que o dia nasceu", disse Dilsey. Começou a subir a escada com seu passo doído e pesado. "Eu mandei esse moleque subir já faz meia hora."

A sra. Compson a olhava, segurando o roupão embaixo do queixo. "O que é que você vai fazer?" perguntou.

"Vestir o Benjy e trazer ele pra cozinha, pra ele não acordar o Jason e mais a Quentin", respondeu Dilsey.

"Você ainda não começou a preparar o café?"

"Depois eu faço isso", disse Dilsey. "Melhor a senhora voltar pra cama enquanto o Luster não acender a lareira. Hoje está fazendo frio."

"Eu sei", disse a sra. Compson. "Meus pés parecem duas pedras de gelo. Estavam tão gelados que me acordaram." Olhava para Dilsey enquanto ela subia a escada. Isso demorou um bom tempo. "Você sabe como o Jason fica irritado quando o café demora para sair", disse a sra. Compson.

"Só dá pra eu fazer uma coisa de cada vez", disse Dilsey. "A senhora volta pra cama, porque hoje eu também vou ter que cuidar da senhora."

"Se você vai largar tudo pra vestir o Benjamin, é melhor eu descer e preparar o café. Você sabe muito bem como o Jason fica quando o café se atrasa."

"E quem é que vai comer a gororoba que a senhora faz?" perguntou Dilsey. "Me diz. Volta pra cama", disse ela, caminhando com esforço. Sob o olhar da outra, continuava subindo, apoiando-se na parede com uma das mãos e segurando a barra da saia com a outra.

"Você vai acordá-lo só para vesti-lo?" perguntou a sra. Compson.

Dilsey parou. Parou com o pé levantado já sobre o próximo degrau, a mão apoiada na parede e a mancha cinzenta da janela atrás dela, imóvel e informe.

"Então ele ainda não acordou?" perguntou ela.

"Quando fui ver, ainda não tinha acordado", disse a sra. Compson. "Mas já passou da hora dele. Ele nunca passa de sete e meia. Você sabe."

Dilsey não disse nada. Não fez mais nenhum movimento, mas embora sua imagem fosse para ela apenas uma forma embaçada sem profundidade, a sra. Compson sabia que ela virara a cabeça um pouco para baixo e estava agora na posição em que ficam as vacas quando chove, segurando pelo gargalo o saco de água quente.

"Não é você que tem de suportar isso", disse a sra. Compson. "A responsabilidade não é sua. Você pode ir embora. Você não tem de aguentar um dia depois do outro. Você não deve nada a eles, nem à memória do sr. Compson. Sei que você nunca sentiu afeto pelo Jason. Você nunca tentou esconder."

Dilsey não disse nada. Virou-se lentamente e desceu, abaixando o corpo a cada degrau, como fazem as crianças pequenas, a mão apoiada na parede. "A senhora deixa ele em paz", disse ela. "Não entra lá de novo não. Eu mando o Luster subir assim que eu achar ele. Deixa ele em paz."

Voltou para a cozinha. Olhou dentro do fogão, depois tirou o avental pela cabeça, vestiu o sobretudo, abriu a porta dos fundos e percorreu o quintal com os olhos. A chuva miúda e áspera penetrava a sua carne, mas não havia mais nada ali que se movesse. Ela desceu os degraus, cuidadosa, como se não quisesse fazer barulho, e virou a quina da casa. Assim que o fez, Luster emergiu mais que depressa, inocente, da porta do porão.

Dilsey parou. "O que é que você está fazendo?" indagou.

"Nada", respondeu Luster. "O seu Jason falou que é para eu ver onde que está pingando água no porão."

"E quando é que foi que ele falou isso?" perguntou Dilsey. "Foi no Ano-Bom, não foi?"

"É que eu achei que era uma hora boa, agora que eles está tudo dormindo", disse Luster. Dilsey foi até a porta do porão. Ele se afastou e ela olhou para o interior escuro, cheirando a terra úmida, mofo e borracha.

"Hã", disse Dilsey. Olhou para Luster outra vez. Ele enfrentou o olhar dela imperturbável, inocente e franco. "Não sei o que é que você está fazendo, só sei que você não tinha nada que fazer o que está fazendo. Você só resolveu me dar trabalho porque os outro também está me dando, não é? Pois você vai agora mesmo lá em cima cuidar do Benjy, ouviu?"

"Sim senhora", disse Luster. E saiu com passos rápidos em direção à porta da cozinha.

"Vem cá", chamou Dilsey. "Aproveita que você está aí e leva mais uma braçada de lenha."

"Sim senhora", disse ele. Passou por ela nos degraus e foi à pilha de lenha. Quando, um momento depois, voltou aos trambolhões, mais uma vez invisível e cego atrás de seu avatar de lenha, Dilsey abriu a porta e o guiou pela cozinha com mão firme.

"Quero ver tu fazer aquele barulhão de novo", disse ela. "Quero ver."

"Não tem jeito", disse Luster, ofegante. "É o único jeito de eu largar."

"Então fica parado aí um pouco", disse Dilsey. E começou a retirar a lenha de seus braços, uma tora de cada vez. "O que foi que deu em você hoje? Eu mando você buscar lenha, e nunca antes na tua vida que você pegou mais de seis pedaços ao mesmo tempo, nem que fosse pra salvar a tua pele. O que é que você está querendo me pedir agora? O tal do circo já não foi embora?"

"Sim senhora. Já foi sim."

Ela colocou a última tora dentro da caixa. "Agora vai lá em cima cuidar do Benjy que nem eu mandei", disse ela. "E não quero mais ninguém chamando meu nome na escada até a hora de eu tocar o sino. Ouviu?"

"Sim senhora", disse Luster. E saiu pela porta de vaivém. Dilsey colocou mais lenha no fogão e voltou à tábua de fazer pão. Pouco depois recomeçou a cantar.

A cozinha foi esquentando. Logo a pele de Dilsey ganhou um tom lustroso, brilhante, bem diferente da cor de cinza seca da sua tez e da de Luster quando, minutos antes, ela andava pela cozinha reunindo as matérias-primas do café da manhã, coordenando a refeição. Acima de uma despensa, na parede, visível apenas à noite, à luz do lampião, e mesmo assim conservando uma profundeza enigmática por só ter um ponteiro, um relógio de pêndulo tiquetaqueava, e então, com um ruído preliminar, uma espécie de pigarro, bateu cinco vezes.

"Oito horas", disse Dilsey. Parou e levantou a cabeça, à escuta. Mas não havia nenhum som além do relógio e do fogo. Ela abriu o fogão e olhou para o tabuleiro de pão, e em seguida, ainda recurva, parou ao ouvir alguém descendo a escada. Ouviu passos atravessando a sala de jantar, então a porta de vaivém abriu-se e entrou Luster, seguido por um homenzarrão que parecia feito de alguma substância cujas partículas não aderissem umas às outras nem à estrutura que a sustentava. Sua pele parecia morta e lisa; hidrópico, caminhava com um passo trôpego, como se fosse um urso treinado. O cabelo era claro e fino. Havia sido penteado para a frente, formando uma franja na testa, como uma criança num daguerreótipo. Os olhos eram límpidos, com o tom suave de azul-claro da flor da centáurea, e a boca grossa pendia aberta, babando um pouco.

"Ele está com frio?" perguntou Dilsey. Enxugou as mãos no avental e tocou a mão do homem.

"Se ele não está, estou eu", Luster respondeu. "Na Páscoa sempre faz frio. Nunca que falha. A d. Caroline falou que se a senhora não tem tempo de preparar o saco de água quente dela, então deixa pra lá."

"Ah, meu Deus", disse Dilsey. Empurrou uma cadeira para o canto entre a caixa de lenha e o fogão. O homem, obediente, sentou-se nela. "Vai lá na sala de jantar e vê onde foi que eu larguei o saco de água quente", Dilsey disse. Luster foi à sala e o trouxe, Dilsey encheu-o e entregou-o a ele. "Vai depressa", disse ela. "Vê se o Jason já acordou. Diz pra ele que está tudo pronto."

Luster saiu. Ben permanecia sentado ao lado do fogão. O corpo frouxo estava inteiramente imóvel, com exceção da cabeça, a se levantar e se abaixar continuamente enquanto ele, com um olhar vago e doce, via Dilsey andando de um lado para o outro. Luster voltou.

"Ele já levantou", disse. "A d. Caroline falou que é pra senhora botar a mesa." Aproximou-se do fogão e espalmou as mãos acima das chamas. "Ele levantou", disse. "Hoje ele acordou de ovo virado."

"O que é que foi dessa vez?" indagou Dilsey. "Sai daí. Como é que eu posso trabalhar com você na frente do fogão?"

"Estou com frio", respondeu Luster.

"Isso é que dá se enfiar no porão", disse Dilsey. "Que bicho mordeu o Jason?"

"Diz que eu e mais o Benjy quebrou a janela do quarto dele."

"E está quebrada mesmo?" perguntou Dilsey.

"Diz ele que está", Luster retrucou. "Que foi eu que quebrou."

"E como é que pode se o quarto dele vive trancado dia e noite?"

"Diz que eu joguei pedra", disse Luster.

"E você jogou?"

"Joguei não", respondeu Luster.

"Não mente para mim, moleque safado", Dilsey disse.

"Joguei não senhora", insistiu Luster. "Pergunta pro Benjy se eu joguei. Eu nem cheguei perto daquela janela."

"Então quem que ia quebrar?" Dilsey perguntou. "Ele está só criando caso pra acordar a Quentin." Ela tirou o tabuleiro de pão do forno.

"Deve ser isso mesmo", concordou Luster. "Essa gente é gozada. Inda bem que não é parente meu não."

"Não é não, é?" retrucou Dilsey. "Pois vou te dizer uma coisa, seu moleque, você tem o mesmo sangue ruim dos Compson. Jura que não foi você que quebrou a janela?"

"Pra que é que eu ia fazer isso?"

"Porque é que tu faz as bobagens que tu faz?" perguntou Dilsey. "Fica de olho nele pra ele não queimar a mão de novo enquanto eu boto a mesa."

Dilsey foi até a sala de jantar, e os dois a ouviram andando de um lado para o outro, depois ela voltou, pôs um prato na mesa da cozinha e colocou comida nele. Ben olhava para ela, babando, rosnando baixinho de avidez.

"Vem, meu anjo", disse ela. "Vem tomar seu café. Traz a cadeira dele, Luster." Luster trouxe a cadeira e Ben sentou-se, choramingando e babando. Dilsey amarrou um pano em torno de seu pescoço e limpou-lhe a boca com a ponta. "E vê se pelo menos dessa vez você não deixa ele sujar as roupa toda", disse ela, entregando a Luster uma colher.

Ben parou de choramingar. Olhava para a colher que se aproximava de sua boca. Era como se nele até a avidez fosse rígida, e a fome não conseguisse se exprimir, por não saber que era fome. Luster lhe deu de comer com perícia e distanciamento. De vez em quando sua atenção se fixava o suficiente para que ele retirasse a colher na última hora, fazendo Ben fechar a boca sem nada dentro dela, mas era visível que a cabeça de Luster estava em outro lugar. A outra mão, pousada no encosto da cadeira, movia-se de leve, delicadamente, sobre aquela superfície morta, como se estivesse arrancando uma melodia inaudível do vazio, e uma vez ele chegou mesmo a se esquecer de enganar Ben com a colher enquanto os dedos extraíam da madeira extinta um arpejo silencioso e complexo, até que Ben lhe atraiu a atenção outra vez recomeçando a choramingar.

Na sala de jantar Dilsey andava de um lado para o outro. Por fim tocou um sino pequeno e límpido, e da cozinha Luster ouviu a sra. Compson e Jason descendo a escada, e a voz de Jason, e revirou os olhos, exibindo os brancos, enquanto o escutava.

"Claro, eu sei que não foram eles que quebraram", dizia Jason. "Claro que eu sei. Vai ver que foi a mudança de tempo."

"Não entendo", disse a sra. Compson. "O seu quarto fica trancado o dia inteiro, assim que você sai para o trabalho. Ninguém entra nele, só no domingo, para fazer a limpeza. Não quero que você fique achando que eu me meto onde não me chamaram, ou que eu deixo que alguém se meta."

"Eu não disse que foi a senhora que quebrou, disse?" retrucou Jason.

"Não quero entrar no seu quarto", a sra. Compson disse. "Respeito a privacidade dos outros. Eu não seria capaz de pôr o pé na porta do seu quarto, mesmo se tivesse a chave."

"Eu sei", Jason disse. "Eu sei que as suas chaves não entram na minha fechadura. Foi pra isso mesmo que eu mandei trocar. O que eu queria saber é como que a janela quebrou."

"O Luster diz que não foi ele não", interveio Dilsey.

"Isso eu já sabia antes mesmo de falar com ele", Jason retrucou. "Onde que está a Quentin?"

"Onde ela sempre está domingo de manhã", Dilsey respondeu. "O que é que deu em você de uns dias para cá, hein?"

"Pois bem, isso vai ter que mudar", disse Jason. "Vá lá em cima e diga a ela que o café da manhã está servido."

"Deixa ela em paz, Jason", Dilsey retrucou. "Ela levanta pra tomar café todo dia de semana, e a d. Caroline deixa ela dormir até mais tarde no domingo. Você sabe."

"Eu gostaria muito de manter uma cozinha cheia de negros esperando a hora de ela se levantar, mas infelizmente não posso me dar a esse luxo", disse Jason. "Vá dizer para ela descer pra vir tomar o café."

"Ninguém fica esperando ela", Dilsey insistiu. "Eu ponho o café dela na estufa e depois ela..."

"Você me ouviu?" Jason ordenou.

"Ouvi", respondeu Dilsey. "Eu não ouço outra coisa quando você está em casa. Se não é a Quentin ou a tua mãe, é o Luster e o Benjy. Por que é que a senhora deixa ele fazer isso, d. Caroline?"

"É melhor fazer o que ele está mandando", disse a sra. Compson. "Agora ele é o chefe da família. Ele tem o direito de exigir que todos façam o que ele manda. Eu tento obedecer, e se eu posso, você também pode."

"Não tem sentido ficar de mau humor e querer que a Quentin levanta só porque deu na veneta dele", Dilsey reclamou. "Será que você acha que foi ela que quebrou a janela?"

"Ela seria perfeitamente capaz, se tivesse a ideia", disse Jason. "Vá lá e faça o que eu mandei."

"E se foi ela que quebrou eu até dou razão", Dilsey retrucou, seguindo em direção à escada. "Do jeito que você não larga do pé dela o tempo todo que você está em casa."

"Pare com isso, Dilsey", disse a sra. Compson. "Não cabe a você nem a mim dizer ao Jason o que ele tem de fazer. Às vezes acho que ele não tem razão, mas tento obedecer para o bem de todos vocês. Se eu tenho condições de descer para tomar o café, a Quentin também tem."

Dilsey saiu da sala. Eles a ouviram subindo a escada. Ela demorou um bom tempo para subir a escada.

"A senhora tem uma criadagem de primeira", Jason comentou. Serviu comida à mãe e a si próprio. "Será que a senhora já teve um único criado que valesse a pena matar? Pode até ser, no tempo em que eu era pequeno demais pra entender essas coisas."

"Eu tenho de fazer as vontades deles", disse a sra. Compson. "Eu dependo deles completamente. Não sou uma pessoa forte. Gostaria de ser. Gostaria de poder cuidar da casa sozinha. Pelo menos este peso eu tirava dos seus ombros."

"Que belo chiqueiro a casa ia virar", Jason retrucou. "Depressa, Dilsey," gritou.

"Eu sei que você não acha direito", disse a sra. Compson, "eu deixá-los ir à igreja hoje."

"Ir aonde?" perguntou Jason. "Aquele circo desgraçado ainda não foi embora?"

"À igreja", a sra. Compson repetiu. "Os negros vão ter um culto de Páscoa especial. Há duas semanas eu prometi a Dilsey que eles podiam ir."

"O que significa que vamos comer comida fria no almoço", disse Jason, "se é que vamos ter comida."

"Eu sei que a culpa é minha", a sra. Compson disse. "Eu sei que você põe a culpa em mim."

"Culpa de quê?" replicou Jason. "Não foi a senhora que ressuscitou Cristo, foi?"

Ouviram Dilsey subir o último degrau, e depois caminhar com passos lentos no andar de cima.

"Quentin", disse ela. Quando ela a chamou pela primeira vez, Jason largou os talheres e ele e a mãe ficaram à espera, um sentado diante do outro, em atitudes idênticas; um, frio e astuto, os cabelos curtos cacheados formando dois ganchos teimosos, um de cada lado da testa, como uma caricatura de um barman, olhos castanho-claros com íris rajadas de negro, como bolas de gude; a outra, fria e lamuriosa, cabelos perfeitamente brancos e olhos inchados e perplexos, tão negros que pareciam ser só pupila ou só íris.

"Quentin", disse Dilsey. "Levanta, meu anjo. Todo mundo esperando você pra tomar o café."

"Não posso entender como essa janela foi quebrada", disse a sra. Compson. "Você tem certeza que foi ontem mesmo? Talvez já esteja assim há um bom tempo, com o calor que está fazendo. A vidraça de cima, atrás do estore, como é que pode."

"Eu já disse pela última vez que foi ontem", insistiu Jason. "Então a senhora acha que eu não conheço o meu próprio quarto? Acha que eu seria capaz de ficar uma semana naquele quarto com um buraco na janela que dava pra enfiar a mão dentro..." sua voz foi morrendo aos poucos, e por algum tempo ele encarou a mãe com um olhar fixo que não continha absolutamente nada. Era como se os olhos estivessem lhe prendendo a respiração, enquanto a mãe olhava para ele, o rosto flácido e lamurioso, um olhar interminável, perceptivo e no entanto obtuso. Enquanto permaneciam assim, Dilsey dizia:

"Quentin. Não brinca comigo não, meu anjo. Vem tomar o café, meu anjo. Todo mundo esperando você."

"Não consigo entender", a sra. Compson insistiu. "Até

parece que alguém tentou entrar na casa..." Jason levantou-se de um salto. Sua cadeira caiu para trás. "O que..." exclamou a sra. Compson, olhando para Jason, que passava por ela correndo, subindo depois a escada aos saltos, até chegar a Dilsey. Seu rosto estava na sombra, e Dilsey disse:

"Ela está emburrada. A sua mãe não destrancou..." Mas Jason passou por ela correndo e chegou até uma porta. Não chamou ninguém. Agarrou a maçaneta e fez força nela, e em seguida viu-se com a maçaneta solta na mão, a cabeça um pouco baixa, como se tentasse ouvir alguma coisa muito mais distante que o quarto atrás daquela porta, algo que ele já estava ouvindo. Era a atitude de quem estivesse fingindo tentar ouvir algo, para tentar convencer-se de que não estava ouvindo o que ouvia. A sra. Compson vinha subindo a escada, chamando-o. Então ela viu Dilsey, e começou a chamá-la em vez de chamar Jason.

"Eu já disse que ela ainda não destrancou essa porta", disse Dilsey.

Ao ouvi-la, Jason virou-se e correu em sua direção, mas sua voz estava tranquila, imperturbável. "Ela levou a chave?" perguntou. "Quer dizer, ela está com a chave, ou ela..."

"Dilsey", disse a sra. Compson na escada.

"O quê?" perguntou Dilsey. "Por que é que você não deixa..."

"A chave", disse Jason. "Daquele quarto. Ela anda com a chave o tempo todo? Mãe." Então viu a sra. Compson e desceu a escada para encontrá-la. "Me dá a chave", disse. Começou a apalpar os bolsos do velho roupão negro da mãe. Ela resistiu.

"Jason", ela exclamou. "Jason! Você e Dilsey querem que eu fique de cama outra vez?" Tentava livrar-se dele. "Será que nem no domingo vocês me deixam em paz?"

"A chave", Jason repetia, apalpando-a. "Me dá a chave." Olhava para trás, para a porta, como se esperasse que a porta se abrisse de supetão antes que ele tivesse tempo de voltar a ela com a chave que ainda não havia encontrado.

"Dilsey!" gritou a sra. Compson, apertando o roupão contra o corpo.

"Me dá essa chave, sua velha besta!" Jason gritou de repente. Do bolso da mãe arrancou um enorme molho de chaves enferrujadas num chaveiro de ferro que parecia pertencer a um carcereiro medieval, e saiu na disparada pelo corredor, seguido pelas duas mulheres.

"Jason!" gritou a sra. Compson. "Ele nunca vai achar a chave certa", acrescentou. "Você sabe que eu nunca deixo ninguém pegar as minhas chaves, Dilsey." Começou a gemer.

"Para com isso", disse Dilsey. "Ele não vai fazer nada com ela não. Eu não deixo."

"Mas numa manhã de domingo, na minha própria casa", a sra. Compson prosseguia. "E eu que me esforcei tanto para dar a todos eles uma educação cristã. Deixe que eu acho a chave certa, Jason", disse ela. Pôs a mão no braço dele. Então começou a lutar com o filho, mas ele empurrou-a para o lado com uma cotovelada e olhou a sua volta por um instante, os olhos frios e atormentados, e depois voltou a experimentar as chaves na fechadura.

"Para com isso", Dilsey exclamou. "Ô Jason!"

"Aconteceu uma coisa terrível", disse a sra. Compson, voltando a gemer. "Eu sei que aconteceu. Jason!" exclamou, agarrando-o outra vez. "Ele não deixa nem que eu encontre a chave de um quarto da minha própria casa!"

"Calma, calma", Dilsey tranquilizou-a. "Não vai acontecer nada não. Eu estou aqui. Eu não deixo ele machucar ela não. Quentin", disse ela, elevando a voz, "não tem medo não, meu anjo, que eu estou aqui."

A porta se abriu, empurrada para dentro. Jason colocou-se

à entrada por um momento, escondendo o interior do quarto, depois recuou. "Vão vocês", disse ele, com uma voz espessa e rápida. Elas entraram. Não era um quarto de moça. Não era um quarto de ninguém, e o leve odor de cosméticos baratos e os poucos objetos femininos e outras tentativas grosseiras e inúteis de torná-lo feminino tinham apenas o efeito de deixá-lo ainda mais anônimo, emprestando-lhe aquele ar morto e estereotipado de transitoriedade dos quartos de bordéis. A cama não fora desfeita. Havia no chão uma calcinha suja, de seda barata, de um tom de rosa um pouco excessivo, e um pé de meia pendia de uma gaveta da cômoda semiaberta. A janela estava aberta. Uma pereira erguia-se ali, bem rente à parede da casa. Estava florida, e os galhos roçavam a fachada, e o ar abundante que entrava trazia para dentro do quarto o cheiro melancólico das flores.

"Pronto", disse Dilsey. "Eu não falei que ela estava bem?"

"Bem?" a sra. Compson repetiu. Dilsey seguiu-a e pôs a mão nela.

"A senhora vai se deitar", disse ela. "Deixa que eu acho ela em dez minutos."

A sra. Compson safou-se de Dilsey. "Procure o bilhete", ordenou-a. "O Quentin deixou um bilhete."

"Está bem", disse Dilsey. "Eu procuro. Agora vai pro seu quarto."

"Eu sabia que isso ia acabar acontecendo, quando eles resolveram que ela ia se chamar Quentin", a sra. Compson disse. Foi até a cômoda e começou a revirar os objetos esparsos que encontrou ali — colônia, frascos, uma caixa de pó de arroz, uma tesoura com uma lâmina quebrada sobre uma echarpe remendada, suja de pó de arroz e manchada de ruge. "Procure o bilhete", disse ela.

"Eu vou procurar", disse Dilsey. "Deixa disso, vamos. Eu e o Jason vai achar ela. Agora vai pro seu quarto."

"Jason", a sra. Compson chamou. "Onde está ele?" Foi até a porta. Dilsey seguiu-a pelo corredor, até chegarem a uma outra porta. Estava fechada. "Jason", ela chamou. Não houve resposta. A sra. Compson pegou na maçaneta, depois chamou--o outra vez. Mais uma vez, porém, não houve resposta, pois ele estava arrancando coisas de dentro do armário e jogando-as para fora, roupas, sapatos, uma mala. Então emergiu carregando uma parte do armário, uma peça de madeira serrada e encaixada, e largou-a, entrou no armário outra vez e voltou com uma caixa de metal. Colocou-a na cama e ficou olhando para a fechadura quebrada enquanto tirava do bolso um chaveiro e escolhia uma chave, e ficou mais algum tempo parado com a chave escolhida na mão, olhando para a fechadura quebrada. Então recolocou o chaveiro no bolso e cuidadosamente despejou o conteúdo da caixa sobre a cama. Com o mesmo cuidado começou a organizar os papéis, tirando-os um por um e sacudindo-os. Depois virou a caixa de cabeça para baixo e sacudiu-a também, e recolocou os papéis nela devagar, pôs-se de pé outra vez, olhando para a fechadura quebrada, com a caixa nas mãos e a cabeça baixa. Pela janela ele ouvia alguns gaios que passavam ao longe gritando, suas vozes sendo arrastadas pelo vento, e um automóvel passou e depois o som também morreu aos poucos. Sua mãe chamou seu nome outra vez no corredor, mas Jason não se mexeu. Ouviu Dilsey conduzindo-a pelo corredor, e depois uma porta fechando-se. Então recolocou a caixa no armário e jogou as roupas dentro e desceu para telefonar. Enquanto aguardava, com o fone no ouvido, Dilsey desceu as escadas. Ela olhou para ele, mas seguiu em frente, sem parar.

Jason conseguiu a ligação. "Aqui é Jason Compson", disse ele, com uma voz tão áspera e rouca que foi obrigado a repetir.

"Jason Compson", disse, controlando a voz. "Apronte um carro, com um delegado, se você não puder ir, em dez minutos. Eu chego aí... O quê?... Furto. Minha casa. Eu sei quem... Eu disse que é furto. Apronte um carro... O quê? Então você não é um policial pago... Está bem, eu chego aí em cinco minutos. Deixe o carro pronto pra sair na mesma hora. Senão eu faço uma queixa pro governador."

Pôs o fone no gancho e atravessou a sala de jantar, onde a refeição, que mal fora iniciada, agora esfriava na mesa, e entrou na cozinha. Dilsey estava enchendo o saco de água quente. Ben continuava sentado, tranquilo e vazio. Atrás dele Luster parecia um cachorro vira-lata, animado e atento. Estava comendo alguma coisa. Jason atravessou a cozinha.

"Você não vai tomar café não?" perguntou Dilsey. Ele ignorou-a. "Vá tomar o café, Jason." Ele seguiu em frente. Saiu batendo a porta. Luster levantou-se e foi à janela para olhar.

"Eta", exclamou. "O que é que foi? Ele bateu na d. Quentin?"

"Cala essa boca", disse Dilsey. "Se você deixar o Benjy nervoso eu te dou um pescoção. Toma conta dele pra ele ficar quietinho aí até eu voltar." Tampou o saco de água quente e saiu. Os dois ouviram Dilsey subir a escada, depois ouviram Jason passar pela casa de carro. Depois os únicos sons que se ouviam na cozinha eram o murmúrio da chaleira e o relógio.

"Sabe o que eu aposto?" disse Luster. "Aposto que ele deu nela. Aposto que ele bateu na cabeça dela e agora foi chamar o médico. Aposto que foi isso." O relógio tiquetaqueava, solene e profundo. Era como se fosse o pulso seco daquela casa decadente, e depois de algum tempo ele zumbiu e pigarreou e bateu seis vezes. Ben olhou para o relógio, depois para a silhueta alongada da cabeça de Luster contra a janela, e começou a balançar a cabeça outra vez, babando. Choramingou.

"Fica quieto, ô bobão", disse Luster sem se virar. "Acho que hoje nós não vai na igreja não." Mas Ben continuava na cadeira, as mãos grandes e macias pendendo entre os joelhos, gemendo baixinho. De repente começou a chorar, uma espécie de mugido lento, sem sentido, prolongado. "Para", disse Luster. Virou-se e levantou a mão. "Quer apanhar, quer?" Mas Ben olhava para ele, mugindo devagar cada vez que expirava. Luster aproximou-se dele e sacudiu-o. "Para já com isso!" gritou. "Olha só", disse. Arrancou Ben da cadeira, arrastou a cadeira até que ela ficasse de frente para o fogo e abriu a porta do forno e enfiou Ben de volta na cadeira. Era como um rebocador manobrando um navio-tanque desajeitado, fazendo-o entrar numa doca estreita. Ben estava agora virado para a porta rosada. Ele se aquietou. Então ouviram o relógio outra vez, e Dilsey descendo a escada devagar. Quando ela entrou, Ben começou a choramingar de novo. Então foi levantando a voz.

"Que foi que você fez com ele?" Dilsey perguntou. "Por que é que você não deixa ele em paz, logo hoje, hein?"

"Fiz nada não", disse Luster. "Foi o seu Jason que assustou ele, foi isso. Ele não matou a d. Quentin não, né?"

"Fica quieto, Benjy", disse Dilsey. Ele se aquietou. Ela foi até a janela e olhou para fora. "Parou de chover?" perguntou.

"Parou sim senhora", Luster respondeu. "Parou faz um tempão."

"Então vocês dois fica lá fora um pouco", disse ela. "Eu consegui acalmar a d. Caroline."

"A gente vai na igreja?" perguntou Luster.

"Isso eu te digo quando chegar a hora. Fica com ele lá fora até eu chamar você."

"A gente pode ir pro pasto?" perguntou Luster.

"Pode. Mas não deixa ele voltar pra casa não. Hoje eu já estou até aqui."

"Sim senhora", Luster disse. "Onde que foi o seu Jason, mamãe?"

"E desde quando isso é da sua conta, hein?" disse Dilsey. Começou a tirar a mesa. "Quieto, Benjy. O Luster vai levar você pra brincar."

"Que foi que ele fez com a d. Quentin, mamãe?" perguntou Luster.

"Fez nada com ela não. Sai os dois daqui."

"Aposto que ela não está aqui", disse Luster.

Dilsey olhou para ele. "Como é que tu sabe que ela não está aqui?"

"Eu e o Benjy viu ela saindo pela janela ontem à noite. Não foi, Benjy?"

"Viu mesmo?" perguntou Dilsey, olhando para ele.

"A gente vê ela fazendo isso toda noite", disse Luster. "Ela desce por aquela pereira."

"Não mente pra mim, moleque safado", disse Dilsey.

"Mentira não. Pergunta pro Benjy."

"Então por que foi que tu não falou nada?"

"Não era da minha conta", disse Luster. "Eu não tenho nada que me meter na vida dos branco. Vamos lá, Benjy, vamos brincar."

Saíram. Dilsey ficou por algum tempo à mesa, e então tirou a mesa da sala e tomou seu café da manhã e limpou a cozinha. Em seguida, tirou o avental e o pendurou e foi até o pé da escada, onde ficou escutando por um momento. Não havia nenhum ruído. Ela vestiu o sobretudo, pôs o chapéu e foi até sua cabana.

A chuva tinha parado. Agora o vento vinha do sudeste, e havia manchas de azul no céu, bem a pino. No alto de uma serra, muito além das árvores e telhados e pináculos da cidade, via-se uma mancha de sol, como um pedaço de pano claro, que logo sumiu. Veio no ar o som de um sino, e depois, como se estivesse aguardando o sinal, outros sinos repetiram aquele som.

 A porta da cabana se abriu e Dilsey saiu, novamente com a capa grená e o vestido roxo, com luvas brancas sujas que chegavam até os cotovelos, mas agora sem o pano na cabeça. Saiu para o quintal e chamou Luster. Esperou algum tempo, depois foi até a casa, contornou-a e chegou à porta do porão, caminhando rente à parede, e olhou para dentro. Ben estava sentado nos degraus. Diante dele, Luster estava acocorado no chão úmido. Tinha na mão esquerda um serrote, a lâmina um pouco dobrada pela pressão da mão, e estava batendo nela com o velho malho de madeira com o qual ela preparava a massa do pão há mais de trinta anos. O serrote emitiu uma única nota nasal e preguiçosa, que se extinguiu com aquela agilidade dos seres inanimados, e a lâmina reduziu-se a uma curva fina e nítida entre a mão de Luster e o chão, imóvel, inescrutável.

 "Era assim mesmo que ele fazia", Luster explicava. "Só que eu ainda não achei a coisa certa pra bater nela."

 "Então é isso que você está fazendo?" perguntou Dilsey. "Me dá esse malho."

 "Não estou estragando ele não", Luster disse.

 "Me dá isso aqui", ordenou Dilsey. "Guarda esse serrote lá no lugar onde você pegou."

 Luster guardou o serrote e entregou a ela o malho. Então Ben começou a uivar outra vez, um som desesperançado e prolongado. Não era nada. Apenas um som. Era como se todo o tempo e a injustiça e a dor se tornassem audíveis por um momento graças a uma conjunção dos planetas.

 "Olha só", Luster disse. "Ele está assim o tempo todo desde que a senhora mandou nós sair da casa. Não sei o que é que deu nele hoje."

 "Traz ele aqui", disse Dilsey.

"Vem cá, Benjy", chamou Luster. Desceu os degraus novamente e segurou Ben pelo braço. Ele veio obediente, uivando, aquele som lento e rouco que os navios produzem, que parece começar antes mesmo que o som em si comece, e terminar antes que o som em si termine.

"Vai lá correndo e pega o boné dele", Dilsey ordenou. "Não faz barulho não que é pra d. Caroline não ouvir nada. Depressa. Nós já está atrasado."

"Ela vai ouvir ele, se a senhora não mandar ele parar", disse Luster.

"Ele vai parar quando nós sair daqui", disse Dilsey. "Ele está sentindo o cheiro. É isso."

"Cheiro de quê, mamãe?" perguntou Luster.

"Vai lá pegar o boné", Dilsey repetiu. Ele foi. Estavam os dois parados à porta do porão, Ben um degrau abaixo dela. Agora o céu dividia-se em retalhos que arrastavam suas sombras rápidas pelo jardim maltratado, passando pela cerca quebrada e atravessando o quintal. Dilsey acariciava a cabeça de Ben com um gesto lento e uniforme, alisando-lhe a franja sobre a testa. Ele uivava baixinho, sem pressa. "Quieto", disse Dilsey. "Fica quietinho. Já vamos sair já. Fica quieto." Ele uivava baixinho, sem parar.

Luster voltou, com um chapéu de palha na cabeça, novo, rígido, enfeitado por uma fita colorida, e um boné de pano na mão. O chapéu tinha o efeito de isolar o crânio de Luster no olhar de quem o visse como se fosse um holofote, com todos os seus planos e ângulos individuais. Sua forma era tão singular que à primeira vista dava a impressão de que o chapéu estava na cabeça de uma pessoa colocada imediatamente atrás de Luster. Dilsey olhou para o chapéu.

"Por que é que você não botou o chapéu velho?" ela perguntou.

"Não achei", respondeu Luster.

"Não achou, é? Aposto que você deu um jeito ontem à noite de não achar o chapéu hoje. Você está é querendo estragar o novo."

"Ah, mamãe", disse Luster. "Vai chover não."

"Como é que tu sabe? Vai já botar o chapéu velho e guardar o novo."

"Ah, mamãe."

"Então vai pegar o guarda-chuva."

"Ah, mamãe."

"Pode escolher", Dilsey disse. "Ou pega o chapéu velho, ou pega o guarda-chuva. Pra mim tanto faz."

Luster foi à cabana. Ben uivava baixinho.

"Vamos", disse Dilsey. "Depois eles alcança a gente. Vamos ouvir a cantoria." Contornaram a casa e seguiram em direção ao portão. "Fica quieto", dizia Dilsey de vez em quando pelo caminho. Chegaram ao portão. Dilsey abriu-o. Luster já vinha com o guarda-chuva. Estava acompanhado de uma mulher. "Lá vem eles", disse Dilsey. Saíram pelo portão. "Quietinho, vamos", disse ela. Ben parou. Luster e a mãe dele os alcançaram. Frony estava com um vestido de seda de um azul vivo e um chapéu com flores. Era uma mulher magra, com um rosto achatado, agradável.

"Essa tua roupa é seis semana de trabalho", disse Dilsey. "O que é que você vai fazer se chover?"

"Me molhar, né?", Frony respondeu. "Ainda não aprendi a parar a chuva."

"A mamãe vive falando que vai chover", disse Luster.

"Se eu não preocupar com vocês, eu não sei quem vai." Dilsey retrucou. "Vamos embora que nós já está atrasado."

"Hoje o pregador é o reverendo Shegog", disse Frony.

"É mesmo?" perguntou Dilsey. "Quem é esse?"

"É lá de St. Louis", respondeu Frony. "Um pregador famoso."

"Hum", exclamou Dilsey. "Precisa é de um homem capaz de fazer esses moleque metido a besta ter medo de Deus."

"O reverendo Shegog consegue", disse Frony. "É o que estão dizendo."

Continuaram caminhando pela rua tranquila. Por toda a extensão, gente branca em grupos coloridos seguia em direção à igreja, ao som dos sinos que o vento espalhava, sob um sol esporádico e hesitante. O vento vinha do sudeste, em lufadas frias e ásperas depois dos dias de calor.

"A senhora não devia de levar ele na igreja não, mamãe", disse Frony. "As pessoa estão falando."

"Que pessoa?" indagou Dilsey.

"Eu que escuto", disse Frony.

"Eu sei que tipo de pessoa", disse Dilsey. "Essa gentinha branca. São eles. Acha que ele não serve pra igreja dos branco, mas que a igreja dos preto não serve pra ele."

"É, mas estão falando assim mesmo", disse Frony.

"Então manda falar comigo", retrucou Dilsey. "Diz pra essa gente que Deus não liga se ele é bobo. Só quem liga é essa gentinha branca."

Da rua saía uma transversal em noventa graus, que descia e se transformava numa estrada de terra batida. Dos dois lados havia declives íngremes; uma extensão ampla e plana pontilhada por pequenas cabanas com telhados desgastados ao nível da rua. Cada uma delas era cercada por um pequeno terreno sem grama coberto de coisas quebradas, tijolos, tábuas, pratos, coisas que outrora tinham valor utilitário. Ali só crescia mato, e as árvores eram amoreiras, alfarrobeiras, sicômoros — árvores também afetadas pelo ressecamento sórdido que cercava as casas; árvores cobertas de brotos que pareciam ser apenas os vestígios tristes e teimosos de setembro, como se até mesmo a primavera as tivesse deixado de lado, obrigando-as a alimentar-se do bodum de negros, forte e inconfundível, que as circundava.

Paradas às portas das casas, as negras dirigiam-se a eles quando passavam, principalmente a Dilsey:

"Irmã Gibson! Como vai?"

"Vou bem. E a senhora?"

"Muito bem, obrigada."

Eles emergiam das cabanas e subiam a íngreme encosta que levava à rua — homens de trajes severos, pretos ou de um marrom-escuro, com correntes de relógio de ouro e de vez em quando uma bengala; rapazes em tons baratos e violentos de azul ou listras, com chapéus arrogantes; mulheres cujos vestidos farfalhavam de modo um tanto rígido, e crianças com roupas de segunda mão compradas dos brancos, olhando para Ben com a expressão secreta de animais noturnos:

"Aposto que você não vai até lá pegar nele."

"Não vou por quê?"

"Aposto que você não vai. Aposto que você tem medo."

"Ele não faz mal a ninguém. Ele é bobo."

"Quem disse que bobo não faz mal a ninguém?"

"Esse não faz. Eu já peguei nele."

"Aposto que agora você não pega nele."

"A dona Dilsey está olhando."

"Mesmo que não estivesse."

"Ele não faz mal a ninguém. Ele é bobo."

E sempre as pessoas mais velhas falavam com Dilsey, só que, a menos que fossem muito velhas, Dilsey permitia que Frony respondesse.

"A mamãe não está muito boa hoje não."

"Que pena. Mas o reverendo Shegog cura ela. Ele vai aliviar e tirar o peso de cima dela."

A estrada começou a subir outra vez, em direção a uma

cena que parecia um pano de fundo pintado. Num corte de barro vermelho coroado com carvalhos a estrada parecia terminar de repente, como uma fita cortada. Ao lado, uma igreja gasta pelas intempéries elevava seu pináculo torto como se fosse uma pintura, e toda a cena era achatada e sem perspectiva, como um papelão pintado instalado na beira de um mundo plano, exposto ao espaço de vento e sol e à primavera e a uma manhã cheia de sinos. Caminhavam em direção à igreja com passos lentos e dominicais, as mulheres e crianças entravam, os homens ficavam parados do lado de fora, conversando em grupos tranquilos, até que o sino parou de bater. Então eles também entraram.

A igreja tinha sido enfeitada, com flores esparsas colhidas em hortas e sebes, e bandeirolas de papel e crepe colorido. Acima do púlpito havia um sino de Natal amassado, dobrável, como um acordeão. O púlpito estava vazio, mas os membros do coro já estavam em seus lugares, abanando-se, embora não estivesse fazendo calor.

As mulheres, em sua maioria, estavam reunidas num dos lados da igreja. Estavam conversando. Então o sino bateu uma vez e elas se dispersaram, indo sentar-se, e a congregação permaneceu imóvel por um instante, esperando. Novamente o sino bateu uma vez. O coro se pôs de pé e começou a cantar, e todas as cabeças se viraram quando seis crianças pequenas — quatro meninas de tranças amarradas com pequenos pedaços de pano, como borboletas, e dois meninos de cabelo raspado — entraram e subiram a nave, unidas como se por arreios de fitas e flores brancas, e seguidas por dois homens em fila indiana. O segundo homem era enorme, cor de café fraco, imponente, com sua sobrecasaca e gravata branca. A cabeça era majestosa e profunda, e o pescoço espalhava-se acima do colarinho em dobras abundantes. Mas era uma figura conhecida, e por isso todas as cabeças continuaram voltadas para trás quando ele passou, e foi só quando o coro parou de cantar que se deram conta de que o pastor visitante já havia entrado, e quando viram o homem que viera à frente de seu pastor entrar no púlpito, um som indescritível se fez ouvir, um suspiro, uma expressão de espanto e decepção.

O visitante era um homenzinho com um paletó de alpaca desfiado. Tinha um rosto negro enrugado, e parecia um macaco pequeno e envelhecido. E enquanto o coro voltava a cantar, e as seis crianças cantavam com vozes frágeis, assustadas e desafinadas, todos olhavam com uma espécie de consternação para o homenzinho insignificante, uma figura minúscula de caipira sentada junto ao volume imponente do pastor. Continuavam olhando para ele, consternados e atônitos, quando o pastor se levantou e o apresentou à congregação com uma voz abundante e melódica, cujo tom melífluo parecia ter o efeito de acentuar ainda mais a insignificância do visitante.

"Precisaram ir até St. Louis para buscar isso aí", cochichou Frony.

"Já vi o Senhor usar uns instrumento mais esquisito que esse", Dilsey respondeu. "Quietinho", disse ela a Ben. "Eles vai cantar de novo daqui a pouco."

Quando o visitante levantou-se e começou a falar, sua voz era de branco. Era contida e fria. Parecia forte demais para sair dele, e de início todos o escutaram com curiosidade, como teriam escutado um macaco falando. Começaram a observá-lo como se ele estivesse na corda bamba. Chegaram a esquecer a insignificância de sua aparência graças ao virtuosismo com que ele corria e se equilibrava e mergulhava na corda fria e neutra de sua voz, de modo que por fim, quando ele, como se deslizando de súbito, pousou novamente junto ao atril, apoiando nele um braço na altura do ombro, o corpo de macaco tão desprovido de movimento quanto uma múmia ou um vaso esvaziado, a congregação suspirou como se despertasse de um sonho coletivo e remexeu-se um pouco nos bancos. Por trás do púlpito, o coro se abanava sem parar. Dilsey cochichou: "Quietinho. Eles vai já começar a cantar."

Então uma voz disse: "Irmãos."

O pregador não tinha se mexido. O braço continuava pousado no atril, e ele ainda mantinha a posição enquanto a voz morria em ecos sonoros entre as paredes. Era um tom tão diferente do anterior quanto o dia é da noite, com um toque tristonho, timbroso, de trompa contralto, que afundava no coração dos ouvintes e voltava a falar lá dentro depois que cessava, em ecos cumulativos cada vez mais débeis.

"Irmãos e irmãs", a voz disse outra vez. O pregador retirou o braço do atril e começou a andar de um lado para o outro, as mãos entrelaçadas nas costas, uma figura parca, curvada sobre si mesma como alguém que estivesse há muito enterrado, lutando com a terra implacável: "Eu tenho a lembrança e o sangue do Cordeiro!" Andava com passos pesados e uniformes de um lado para o outro, sob o papel retorcido e o sino de Natal, recurvo, as mãos entrelaçadas nas costas. Era como uma pedra, pequena e gasta, dominada pelas ondas sucessivas de sua voz. Com o corpo parecia alimentar a voz que, feito um súcubo, cravara nele seus dentes. E a congregação parecia observar com seus próprios olhos enquanto a voz o consumia, até que ele não era mais nada e eles não eram mais nada e não havia nem mesmo uma voz, só os corações falando uns com os outros numa melopeia ritmada que estava além da necessidade de palavras, e assim quando ele voltou a apoiar-se no atril, o rosto de macaco levantado e o corpo numa atitude de crucifixo sereno e torturado que transcendia o que nele havia de maltrapilho e insignificante, tornando-o irrelevante, uma longa e dolorosa expiração brotou de todos, e uma voz de soprano isolada: "Sim, Jesus!"

O dia corria célere sobre suas cabeças, e as janelas esquálidas brilhavam e escureciam numa retrocessão espectral. Passou um carro pela pista de areia lá fora, rosnando de esforço, e o som foi morrendo. Dilsey estava empertigada em seu banco, a mão pousada no joelho de Ben. Duas lágrimas desciam-lhe as faces murchas, entrando e saindo das mil coruscações da imolação e da abnegação e do tempo.

"Irmãos", disse o pastor num sussurro áspero, sem se mexer.

"Sim, Jesus!" a voz da mulher repetiu, ainda contida.

"Irmãos e irmãs!" Sua voz soou outra vez, com as trompas. Ele retirou o braço e ficou ereto e levantou as mãos. "Eu tenho a lembrança e o sangue do Cordeiro!" Não se deram conta do momento em que sua entonação, sua pronúncia, tornaram-se negroides, porém apenas se balançavam um pouco nos bancos enquanto a voz os envolvia.

"Quando passar — Ah, eu vos digo, irmãos, quando passar... Eu vejo a luz e eu vejo o verbo, miserável pecador! Eles morreram no Egito; passou as gerações. Era um homem rico: o que é ele agora, ó irmãos? Era um homem pobre: o que é ele agora, ó irmãs? Ah, eu vos digo, se vós não tendes o leite e o orvalho da salvação quando passar os anos longos e frios!"

"Sim, Jesus!"

"Eu vos digo, irmãos, e eu vos digo, irmãs, o dia há de vir. O miserável pecador dizendo, Deixa eu deitar com o Senhor, deixa eu largar o meu fardo. Então o que é que Jesus vai dizer, ó irmãos? Ó irmãs? Vós tendes a lembrança e o Sangue do Cordeiro? Porque eu não vou sobrecarregar o céu não!"

Enfiou a mão no paletó e tirou um lenço e enxugou o rosto. Um som grave, em uníssono, ergueu-se da congregação: "Mmmmmmmmmmmmm!" A voz de mulher disse: "Sim, Jesus! Jesus!"

"Irmãos! Olheis pras criancinha sentada aí. Jesus também

já foi como elas. A mamãe dele sofreu a glória e a dor. Quem sabe às vezes ela não segurou ele no cair da tarde, enquanto os anjo cantava pra ele dormir; quem sabe ela não ficou olhando pra ver se a polícia romana não estava passando." Andava de um lado para o outro com passos pesados, enxugando o suor do rosto. "Ouvide, irmãos! Eu vejo o dia. Maria sentada na porta com Jesus no colo, o Menino Jesus. Como essas criança aí, o Menino Jesus. Eu ouço os anjo cantando canções de glória; vejo os olhinho dele fechando; vejo Maria se levantando de repente, vejo a cara da soldadesca: Nós vamos matar! Nós vamos matar! Nós vamos matar o teu Menino Jesus! Eu ouço o choro e as lamentação da pobre mamãe sem a salvação e sem o verbo de Deus!"

"Mmmmmmmmmmmmmmmm! Jesus! Menino Jesus!" e outra voz se eleva:

"Eu vejo, ó Jesus! Ah, eu vejo!" e mais outra, sem palavras, como bolhas subindo na água.

"Eu vejo, irmãos! Eu vejo! Vejo a visão que ofusca e cega! Vejo o Calvário, com as árvore sagrada, vejo o ladrão e o assassino e o mais menor deles todo; eu ouço as voz debochando e perguntando: Se sois Jesus, então arranca essa árvore e sai andando! Eu ouço as mulher chorando e as lamentação na tarde; eu ouço o choro e os lamento e o rosto virado de Deus: eles mataram Jesus; eles mataram o meu Filho!"

"Mmmmmmmmmmmmm, Jesus! Eu vejo, ó Jesus!"

"Ó pecador cego! Irmãos, eu vos digo; irmãs, eu vos digo, quando o Senhor virou Seu rosto tremendo, eu digo, Eu não vou sobrecarregar o céu não! Eu vejo o Deus enlutado fechando a Sua porta; vejo o dilúvio arrastando tudo; vejo a escuridão na terra por gerações e mais gerações. Então, irmãos! Que vejo? Sim, irmãos! Que vejo? Que vejo, ó pecador? Vejo a ressurreição e a luz; vejo o meigo Jesus dizendo: Eles me mataram pra eu viver outra vez; morri pros que crê em mim não morrer nunca mais. Irmãos, ó irmãos! Eu vejo o juízo final e as trombeta de ouro anunciando a glória, e a ressurreição dos mortos que tem o sangue e a lembrança do Cordeiro!"

No meio das vozes e das mãos estava Ben, absorto, com seu doce olhar azul. Dilsey, empertigada a seu lado, chorava, rígida e silenciosa, fortalecida no sangue do Cordeiro lembrado.

Enquanto caminhavam na claridade do meio-dia, subindo a estrada de areia, e a congregação se dispersava, todos conversando descontraídos outra vez, em grupos, ela continuava chorando, alheia às conversas.

"Pregador bom mesmo, né, mãe? No começo ninguém não dava nada por ele não, mas depois!"

"Esse viu o poder e a glória."

"Viu, sim. Esse aí viu. Viu bem na frente dele."

Dilsey não emitia nenhum som, seu rosto não tremia enquanto as lágrimas desciam em sulcos profundos e tortos, caminhava de cabeça erguida, sem sequer esboçar nenhuma tentativa de enxugá-las.

"Para com isso, mãe!" disse Frony. "Todo mundo olhando. Daqui a pouco a gente vai passar na frente dos branco."

"Eu vi o primeiro e o derradeiro", disse Dilsey. "Não preocupa comigo não."

"Primeiro e derradeiro o quê?" perguntou Frony.

"Não preocupa não", disse Dilsey. "Eu vi o princípio, e agora eu vejo o fim."

Antes de chegarem à rua, porém, ela parou e levantou a saia e enxugou os olhos na barra da anágua de cima. Então seguiram em frente. Ben vinha arrastando os pés ao lado de Dilsey, olhando para Luster, que ia mais adiante, se exibindo, o guarda-chuva na mão e o chapéu de palha novo agressivamente inclinado ao sol; parecia um cachorro grande e bobo olhando para outro, pequeno e esperto. Chegaram ao portão e entraram. Na mesma hora Ben começou a choramingar outra vez, e por algum tempo todos ficaram olhando para a casa quadrada e sem tinta, com o pórtico apodrecido.

"Que é que está havendo lá em cima hoje?" Frony perguntou. "Tem alguma coisa acontecendo."

"Nada", Dilsey respondeu. "Você cuida da tua vida e deixa os branco cuidar da vida deles."

"Tem alguma coisa", disse Frony. "Eu ouvi ele hoje de manhã bem cedo. Mas não é da minha conta, não."

"E eu sei o que é", interveio Luster.

"Você não tem nada que saber dessas coisa", disse Dilsey. "Não ouviu a Frony dizer agora mesmo que não é da conta de vocês? Leva o Benjy lá pros fundo e não deixa ele fazer barulho enquanto eu apronto o almoço."

"Eu sei onde que está a d. Quentin", disse Luster.

"Então guarda pra você", disse Dilsey. "Assim que a Quentin precisar dos teus conselho eu te aviso. E agora vocês dois vai lá pros fundo brincar."

"A senhora sabe o que vai acontecer assim que eles começar a jogar com aquela bola do lado de lá", disse Luster.

"Eles só vai começar depois. E aí o T. P. já vai estar aqui pra levar ele pra passear. Me dá aqui esse chapéu novo."

Luster entregou-lhe o chapéu e foi com Ben para o quintal dos fundos. Ben continuava choramingando, mas fazendo menos barulho. Dilsey e Frony foram para a cabana. Depois de algum tempo Dilsey saiu, novamente com o vestido desbotado de chita, e foi para a cozinha. O fogão estava apagado. Não havia nenhum ruído na casa. Ela vestiu o avental e subiu a escada. Não havia nenhum ruído em lugar algum. O quarto de Quentin estava tal como o haviam deixado. Ela entrou, recolheu as roupas de baixo e guardou as meias na gaveta, fechando-a. A porta do quarto da sra. Compson estava fechada. Dilsey ficou parada junto a ela por um momento, atenta para qualquer som. Então abriu-a e entrou, penetrou o denso cheiro de cânfora. As persianas estavam baixadas, o quarto imerso na meia-luz, e também a cama, tanto que de início ela pensou que a sra. Compson estivesse dormindo, e já estava prestes a fechar a porta quando a outra falou.

"Sim?" disse ela. "O que foi?"

"É eu", respondeu Dilsey. "A senhora quer alguma coisa?"

A sra. Compson não respondeu. Depois de algum tempo, sem esboçar nenhum movimento com a cabeça, perguntou: "Onde está o Jason?"

"Inda não voltou não", disse Dilsey. "O que é que a senhora quer?"

A sra. Compson não disse nada. Como muitas pessoas frias e fracas, quando se via por fim diante de um desastre inquestionável vinha-lhe de algum lugar uma espécie de firmeza, força. No seu caso, era uma convicção inabalável referente ao evento ainda não investigado. "E então?" indagou ela depois de algum tempo. "Você encontrou?"

"Encontrei o quê? O que é que a senhora está falando?"

"O bilhete. Seria o mínimo de consideração da parte dela, deixar um bilhete. Até o Quentin deixou."

"O que é que a senhora está falando?" exclamou Dilsey. "A senhora não sabe que ela está bem? Aposto que antes mesmo de escurecer ela vai estar de volta."

"Pois sim", disse a sra. Compson. "Está na massa do sangue. Tal tio, tal sobrinha. Ou mãe. Não sei o que seria pior. Acho que tanto faz."

"Por que é que a senhora fica falando assim?" Dilsey retrucou. "Por que é que ela ia fazer uma coisa dessa?"

"Não sei. Qual o motivo do Quentin? Em nome de Deus, que motivo ele poderia ter? Não acredito que tenha sido só para me desafiar e me magoar. Seja Deus quem for, Ele não permitiria isso. Eu sou uma senhora de respeito. Quem vê os meus filhos pode não acreditar, mas eu sou."

"Espera só", disse Dilsey. "Hoje à noite ela vai estar de volta, aí mesmo na cama dela." A sra. Compson não disse nada. Tinha na testa um pano encharcado de cânfora. O roupão preto estava largado sobre o pé da cama. Dilsey estava parada junto à porta, com a mão na maçaneta.

"Bem", disse a sra. Compson. "O que você quer? Você vai ou não vai preparar o almoço para Jason e Benjamin?"

"O Jason ainda não voltou", Dilsey respondeu. "Vou preparar alguma coisa. A senhora não está precisando de nada não? A água do saco ainda está quente?"

"Você podia me entregar a minha Bíblia."

"Eu dei pra senhora hoje de manhã, antes de eu sair."

"Você pôs na beira da cama. Você realmente achou que ela ia ficar lá por muito tempo?"

Dilsey aproximou-se e tateou nas sombras sob a beira da cama e encontrou a Bíblia, virada para baixo. Alisou as páginas dobradas e recolocou o livro na cama. A sra. Compson não abriu os olhos. O cabelo e o travesseiro eram da mesma cor; sob a touca do pano de cânfora ela parecia uma velha freira rezando. "Não ponha aí outra vez", disse, sem abrir os olhos. "Foi onde você pôs da última vez. Quer que eu tenha que me levantar para pegar?"

Dilsey pegou o livro e colocou-o sobre a larga extensão da cama. "Não dá pra senhora ler, mesmo", retrucou. "Quer que eu levanto a persiana um pouquinho?"

"Não. Não mexa nela. Vá preparar alguma coisa para o Jason."

Dilsey saiu. Fechou a porta e voltou para a cozinha. O fogão estava quase frio. Nesse ínterim, o relógio acima da despensa bateu dez vezes. "Uma hora", disse ela em voz alta. "O Jason não vai voltar pra casa. Eu vi o primeiro e o derradeiro", disse, olhando para o fogão frio. "Eu vi o primeiro e o derradeiro." Colocou um pouco de comida fria na mesa. Enquanto andava de um lado para o outro, cantava um hino. Repetia sempre os dois primeiros versos, percorrendo toda a melodia. Preparou a refeição e foi até a porta chamar Luster, e depois de algum tempo Luster e Ben entraram. Ben ainda estava gemendo um pouco, como se falasse sozinho.

"Ele ficou assim o tempo todo", disse Luster.

"Vem comer", disse Dilsey. "Hoje o Jason não almoça em casa não." Sentaram-se à mesa. Ben conseguia comer alimentos sólidos sem ajuda, mas mesmo assim, com um prato de comida fria à sua frente, Dilsey amarrou um pano em torno de seu pescoço. Ele e Luster comiam enquanto Dilsey andava pela cozinha, cantando os dois versos do hino de que ela se lembrava. "Vocês pode comer à vontade", disse ela. "O Jason não vem pra casa não."

Naquele momento ele estava a trinta quilômetros dali. Quando saiu de casa, foi rapidamente para o centro, passando os lentos grupos domingueiros e os sinos peremptórios que se espalhavam pelo ar despedaçado. Atravessou a praça vazia e tomou uma rua estreita em que subitamente o silêncio era ainda maior, estacionou diante de uma casa de madeira, caminhou por uma alameda ladeada de flores e chegou à varanda.

Do outro lado da porta telada havia pessoas conversando. Quando levantou a mão para bater ouviu passos, por isso conteve o gesto, e logo um homem grandalhão, com calça de casimira preta e camisa branca de peitilho engomado, sem colarinho, veio abrir a porta. Tinha cabelos grisalhos, vigorosos e despenteados, e olhos cinzentos e redondos que brilhavam como olhos de menino. Pegou a mão de Jason e foi puxando-o para dentro, ainda trocando um aperto de mãos.

"Pode entrar", dizia ele. "Pode entrar."

"Você está pronto pra sair?", perguntou Jason.

"Pode ir entrando", o outro insistiu, impelindo-o pelo cotovelo até uma sala onde havia um homem e uma mulher sentados. "Você conhece o marido da Myrtle, não é? Jason Compson, Vernon."

"Conheço", respondeu Jason. Nem chegou a olhar para o homem, o qual disse, quando o xerife foi buscar uma cadeira do outro lado da sala:

"Nós vamos sair pra vocês poderem conversar. Vamos, Myrtle."

"Não, não", disse o xerife. "Vocês podem ficar aí. Não é nada tão sério assim, não é, Jason? Senta aí."

"Eu conto pra você no caminho", disse Jason. "Pega o chapéu e o paletó."

"Nós vamos sair", disse o homem, levantando-se.

"Fiquem aí", disse o xerife. "Vou com o Jason até a varanda."

"Pega logo o chapéu e o paletó", disse Jason. "Eles já estão com doze horas de vantagem." O xerife foi andando à sua frente em direção à varanda. Um homem e uma mulher que passavam falaram com ele. Ele respondeu com um gesto animado e rebuscado. Ainda havia sinos tocando, no trecho da cidade conhecido como Nigger Hollow. "Pega o seu chapéu, xerife", disse Jason. O xerife posicionou duas cadeiras.

"Senta aí e me explica qual o problema."

"Eu expliquei pelo telefone", disse Jason, em pé. "Fiz isso para ganhar tempo. Será que vou ter que recorrer à justiça pra fazer você cumprir a sua obrigação?"

"Senta aí e me diz o que houve", disse o xerife. "Pode deixar que eu tomo conta de você."

"Tomar conta, uma ova", disse Jason. "É isso que você chama de tomar conta de mim?"

"É você que está atrasando", disse o xerife. "Senta aí e me diz o que houve."

Jason contou-lhe tudo, e a narrativa teve o efeito de alimentar sua sensação de indignação e impotência, de modo que depois de algum tempo o acúmulo violento de autojustificação e revolta o fez se esquecer da pressa. O xerife o observava atentamente com seus olhos frios e reluzentes.

"Mas você não sabe se foram eles", interveio. "Você acha, só isso."

"Não sei?" exclamou Jason. "Então eu passo dois dias correndo atrás dela pelos becos, tentando impedir que ela ande com ele, depois de dizer o que eu faria com ela se pegasse ela com ele, e aí você vem me dizer que eu não sei que foi aquela v..."

"Calma", disse o xerife. "Chega. Para com isso." Olhou para o outro lado da rua, as mãos enfiadas nos bolsos.

"Então eu venho procurar você, o representante da lei", disse Jason.

"Aquele circo está em Mottson esta semana", disse o xerife.

"Está", disse Jason. "E se eu pudesse encontrar um representante da lei que tivesse um mínimo de interesse em proteger as pessoas que votaram nele, eu também já estaria lá agora." Contou de novo sua história, numa recapitulação áspera, dando a impressão de que lhe dava prazer sua própria condição de indignação e impotência. O xerife parecia não estar ouvindo o que ele dizia.

"Jason", disse ele. "O que é que você estava fazendo com três mil dólares dentro de casa?"

"O quê?", exclamou Jason. "Onde eu guardo o meu dinheiro é problema meu. O seu é me ajudar a recuperá-lo."

"A sua mãe sabia que você guardava esse dinheiro todo lá?"

"Escute aqui", Jason retrucou. "Minha casa foi arrombada. Eu sei quem foi e sei onde que eles estão. Estou recorrendo a você como representante da lei, e lhe pergunto mais uma vez: você vai ou não vai me ajudar a tentar recuperar minha propriedade?"

"O que é que você pretende fazer com essa menina, se você conseguir pegar os dois?"

"Nada", disse Jason. "Absolutamente nada. Eu nem encostava a mão nela. Essa vagabunda que me fez perder um emprego, a única oportunidade que eu tive de subir na vida, que matou meu pai e está encurtando a vida da minha mãe a cada dia, que me transformou em motivo de chacota na cidade inteira. Não vou fazer nada com ela", repetiu. "Absolutamente nada."

"Você tanto fez que essa menina acabou fugindo, Jason", disse o xerife.

"O que eu faço com a minha família não é da sua conta", Jason replicou. "Você vai me ajudar ou não vai?"

"Você tanto fez que ela acabou fugindo de casa", disse o xerife. "E eu não sei com muita certeza quem era o verdadeiro dono desse dinheiro, e acho que nunca vou ficar sabendo com certeza."

Jason, em pé, lentamente apertava a aba do chapéu que tinha nas mãos. Disse em voz baixa: "Então você não vai me ajudar em nada a pegar os dois?"

"Isso não é da minha conta, Jason. Se você tivesse uma prova, eu tinha que agir. Mas sem prova nenhuma, acho que não é da minha conta, não."

"Essa é a sua resposta?", perguntou Jason. "Pensa bem."

"É, Jason."

"Está bem", disse Jason, pondo o chapéu. "Você vai se arrepender disso. Eu não vou ficar impotente. Isso aqui não é a Rússia, onde a pessoa está acima da lei só porque usa um distintivo de metal." Desceu a escada, entrou no carro e deu a partida. O xerife o observava enquanto o carro se afastava, dava meia-volta, passava diante da casa e saía em direção ao centro.

Os sinos estavam tocando de novo, bem no alto do céu, ao sol desabalado, em farrapos coloridos e desordenados de som.

Ele parou num posto de gasolina, mandou examinar os pneus e encheu o tanque.

"O senhor vai viajar?" perguntou-lhe o negro. Ele não respondeu. "Parece que esse tempo vai mesmo firmar", disse o negro.

"Firmar, uma ova", disse Jason. "Até o meio-dia vai cair um temporal dos diabos." Olhou para o céu, pensando na chuva, nas estradas enlameadas e escorregadias, imaginando-se preso em algum lugar a quilômetros da cidade. Imaginava a cena com uma espécie de sensação de triunfo, pensando que ia perder o almoço, que ao partir agora, sob a compulsão da pressa, estaria à maior distância possível das duas cidades quando desse meio-dia. Parecia-lhe que, sob esse aspecto, o acaso lhe estava sendo favorável, por isso disse ao negro:

"Mas que diabo é isso? Alguém está pagando você pra ficar prendendo o meu carro aqui?"

"Esse pneu aqui estava completamente vazio", disse o negro.

"Então sai daí e me dá essa porcaria de tubo", retrucou Jason.

"Agora está cheio", disse o negro, pondo-se em pé. "Agora já dá pro senhor ir."

Jason entrou no carro, deu a partida e foi embora. Engatou a segunda, o motor cuspiu e engasgou, ele pisou no acelerador até o fundo, apertando e soltando o afogador com fúria. "Vai chover", disse. "Me leva até o meio do caminho, pra depois cair um temporal dos diabos." E foi se afastando dos sinos e da cidade, a imaginar-se chafurdando na lama, procurando uma parelha. "E todos esses desgraçados vão estar na igreja." Imaginou-se finalmente encontrando uma igreja, pegando uma parelha, o dono saindo correndo e gritando, ele derrubando o homem. "Eu sou Jason Compson. Quero ver você me segurar. Quero ver você eleger um homem que seja capaz de me segurar", dizia, e imaginava-se entrando no tribunal com uma fileira de soldados e arrastando o xerife de lá à força. "Acha que pode ficar sentado sem fazer nada enquanto eu perco o emprego. Ele vai ver o que é perder o emprego." Na sobrinha não pensava, nem na avaliação arbitrária do seu dinheiro. Sobrinha e dinheiro há dez anos não tinham para ele existência nem individualidade: juntos, apenas simbolizavam o emprego no banco de que ele fora privado antes mesmo de obtê-lo.

O ar ficou mais claro, as manchas de sombra moventes eram agora o anverso, e ele começou a achar que o fato de o tempo estar firmando era mais um golpe de astúcia do inimigo, a nova batalha para a qual ele levava velhas feridas. De vez em quando passava por igrejas, prédios de madeira sem pintura com campanários de ferro laminado, cercados por parelhas de animais amarrados e automóveis decrépitos, e parecia-lhe que atrás de cada um deles a retaguarda do Acaso olhava de relance para ele. "E dane-se Você também", disse. "Quero ver Você me deter", imaginando-se a si próprio, e a fileira de soldados que o acompanhava, com o xerife algemado atrás, arrastando a Onipotência de seu trono, se necessário fosse; pensando nas legiões marciais do inferno e do céu que ele atravessava em sua fúria para finalmente pôr as mãos na sobrinha fugitiva.

O vento vinha do sudeste. Jason sentia-o constante no rosto. Tinha a impressão de que o sopro prolongado do vento lhe penetrava o crânio, e de repente, movido por uma velha premonição, pisou no freio, parou e ficou absolutamente imóvel no banco. Então levou a mão ao pescoço e começou a xingar, e continuou sentado, xingando num cochicho áspero. Sempre que tinha necessidade de dirigir por um período mais prolongado, protegia-se com um lenço embebido em cânfora, que amarrava em volta do pescoço depois quando saía da cidade, para poder aspirar o cheiro; assim, saltou e levantou o assento do banco na esperança de encontrar um lenço esquecido ali. Olhou debaixo dos dois bancos e depois ficou parado por algum tempo, xingando, vendo seu próprio triunfo zombar dele. Fechou os olhos, apoiado na porta. Podia voltar e pegar a cânfora que esquecera, ou então seguir em frente. Fizesse o que fizesse, sua cabeça ficaria rachando de dor, mas em casa tinha certeza de encontrar cânfora em pleno domingo, e se seguisse isso não era garantido. Mas se voltasse, sua chegada a Mottson seria adiada por mais uma hora e meia. "Quem sabe, se eu não correr muito", disse. "Quem sabe, se eu não correr muito, pensando em outra coisa..."

Entrou no carro e deu a partida. "Vou pensar em outra coisa", disse, e assim pensou em Lorraine. Imaginou-se na cama com ela, só que estava apenas deitado a seu lado, implorando para que ela o ajudasse, e então voltou a lembrar-se do dinheiro outra vez, e pensou que tinha sido passado para trás por uma mulher, uma garota. Se ao menos pudesse acreditar que fora o homem que o roubara. Mas o que fora roubado era justamente aquilo que compensaria o emprego perdido, algo que ele tinha adquirido com tanto esforço e risco, e fora roubado pelo próprio símbolo do emprego perdido, e, o pior de tudo, por uma garota vagabunda. Seguiu em frente, protegendo o rosto do vento constante com a ponta do casaco.

Via agora que as forças opostas de seu destino e sua vontade se aproximavam rapidamente, rumo a um entroncamento que seria irrevogável; tornou-se astuto. Não posso cometer nenhum equívoco, disse a si próprio. Haveria uma única coisa certa a fazer, sem alternativas: ele teria que fazê-la. Acreditava que os dois o reconheceriam de imediato, enquanto ele teria de ver a garota primeiro, a menos que o homem continuasse com a gravata vermelha. E o fato de que ele dependia daquela gravata vermelha parecia resumir a catástrofe que o aguardava; quase podia sentir-lhe o cheiro, por sobre o latejar da cabeça.

Subiu a última lombada. Havia fumaça no vale, e telhados,

um ou dois pináculos acima das árvores. Desceu a ladeira e entrou na cidade, diminuindo a velocidade, dizendo a si próprio que era necessário ter cuidado, localizar a tenda antes de mais nada. Não conseguia enxergar muito bem agora, e sabia que era a catástrofe que lhe dizia para ir direto encontrar alguma coisa para a dor de cabeça. Num posto de gasolina lhe disseram que a tenda ainda não havia sido montada, mas que os vagões do circo estavam numa linha de manobra na estação. Ele foi para lá.

Havia na pista dois vagões-leitos com letreiros berrantes. Ele os examinou antes de saltar. Estava tentando respirar de leve, para que o sangue não latejasse tanto em seu crânio. Saltou e foi até o muro da estação, olhando para os vagões. Nas janelas havia algumas peças de roupas penduradas, amassadas, como se tivessem sido lavadas recentemente. Na terra ao lado dos degraus de um dos vagões havia três cadeiras de lona. Porém não se via nenhum sinal de vida, até que um homem de avental sujo apareceu à porta e esvaziou uma panela de água suja com um gesto amplo, o ventre metálico da panela refletindo a luz do sol, e depois voltou para dentro do vagão.

Agora vou ter que pegá-lo de surpresa, antes que ele tenha tempo de avisar os dois, pensou. Jamais lhe ocorreu que eles não estivessem ali, naquele vagão-leito. A ideia de eles não estarem lá, de todo o resultado não depender de que ele os visse antes de ser visto por eles, seria contrária a toda a natureza e a todo o ritmo dos acontecimentos. Mais do que isso: era preciso que ele os visse antes, recuperasse o dinheiro, e o que eles fizessem depois não teria importância para ele; caso contrário, todo mundo saberia que ele, Jason Compson, fora roubado por Quentin, sua sobrinha, uma vagabunda.

Ele fez outro reconhecimento do terreno. Depois foi até o vagão e subiu os degraus, com passos rápidos e silenciosos, e parou diante da porta. A cozinha estava escura, e cheirava a comida rançosa. O homem era um borrão branco, cantando com uma voz áspera e trêmula de tenor. Um velho, pensou, e menor que eu. Entrou no vagão no momento em que o homem levantou a vista.

"Ei?" exclamou o homem, parando de cantar.

"Cadê eles?", perguntou Jason. "Depressa, vamos. No carro-dormitório?"

"Eles quem?", perguntou o homem.

"Não me venha com mentiras", disse Jason. Penetrou às cegas o vagão escuro e atravancado.

"Que história é essa?" reagiu o outro. "Está me chamando de mentiroso, é?" e quando Jason agarrou-o pelo ombro ele exclamou: "Cuidado, hein?"

"Nada de mentiras", disse Jason. "Onde que eles estão?"

"Ora, seu cachorro", disse o homem. Seu braço era frágil e fino, apertado pela mão de Jason. Tentou livrar-se, depois se virou e ficou se debatendo na mesa atulhada atrás dele.

"Vamos", disse Jason. "Onde que eles estão?"

"Eu vou lhe dizer onde eles estão", gritou o homem. "Deixa só eu achar o meu facão."

"Olha", disse Jason, tentando segurá-lo. "Eu estou só lhe fazendo uma pergunta."

"Cachorro", o outro guinchou, remexendo na mesa. Jason tentou agarrá-lo pelos dois braços, para conter sua fúria débil. O corpo do homem parecia tão velho, tão frágil, e no entanto movido por uma determinação tão fatal que pela primeira vez Jason viu, com clareza e nitidez, a catástrofe para a qual caminhava a passos largos.

"Para com isso!" exclamou. "Para. Para! Eu vou sair. Me dá um tempo que eu saio."

"Me chamando de mentiroso", o outro choramingava. "Me solta. Me solta um minuto que você vai ver."

Jason olhava a seu redor, frenético, segurando o homem. Lá fora agora estava ensolarado, rápido e claro e vazio, e ele pensou nas pessoas que logo estariam indo tranquilas para casa para o almoço de domingo, num clima decorosamente festivo, enquanto ele tentava conter o velhinho fatal e furioso, sem ousar soltá-lo pelo tempo suficiente para lhe dar as costas e sair correndo.

"Você me dá um tempo pra eu sair?" perguntou. "Me dá?" Mas o outro continuava se debatendo, e Jason com uma das mãos deu-lhe um soco na cabeça. Um soco sem jeito e afobado, e de leve, mas o outro imediatamente amoleceu e foi escorregando, caindo entre panelas e baldes no chão. Jason, ofegante, ficou atento para qualquer ruído. Depois se virou e saiu correndo do vagão. À porta conteve-se e desceu mais devagar, e parou outra vez. Sua respiração fazia hah hah hah, ele tentava conter esse som, olhando rapidamente para um lado e para o outro, quando ouviu passos atrás dele e virou-se a tempo de ver o velhinho pulando da entrada do vagão, sem jeito e furioso, com uma machadinha enferrujada na mão.

Ele tentou agarrar a machadinha, não assustado porém sabendo que estava caindo, pensando Então é assim que vai terminar, e julgou que estava prestes a morrer quando alguma coisa lhe atingiu a cabeça por detrás e pensou Como foi que ele me acertou lá? Mas talvez já tenha acertado há muito tempo, pensou, E é só agora que estou sentindo, e pensou Depressa. Depressa. Termine logo com isso, e então uma vontade furiosa de não morrer o dominou e ele se debateu, ouvindo o velho gemendo e xingando com sua voz áspera.

Ainda se debatia quando o fizeram se levantar, porém continuaram a segurá-lo até que ele parou.

"Estou sangrando muito?" perguntou. "A minha cabeça, atrás. Estou sangrando?" Continuava repetindo essas palavras ao mesmo tempo que sentia estar sendo levado embora rapidamente, enquanto a voz débil e furiosa do velho morria aos poucos. "Olha a minha cabeça", disse ele. "Espera, eu..."

"Espera, uma ova", disse o homem que o segurava. "Aquele marimbondo danado pode matar você. Vamos andando. Você não está machucado."

"Ele me acertou", disse Jason. "Eu estou sangrando?"

"Vamos andando", o outro disse. Foi levando Jason até dobrarem a esquina da estação, chegando à plataforma vazia onde havia um vagão expresso, e a seu redor um terreno coberto de grama rígida cercada por flores rígidas e uma placa com luzes elétricas: Fique de 👁 em Mottson, sendo o intervalo preenchido por um olho humano com uma pupila elétrica. O homem soltou-o.

"E agora", ele disse, "cai fora daqui e não volta mais. O que é que você estava tentando fazer? Se matar?"

"Eu estava procurando duas pessoas", Jason explicou. "Eu só fiz perguntar a ele onde elas estavam."

"Quem é que você está procurando?"

"Uma moça", respondeu. "E um homem. Ele estava com uma gravata vermelha ontem em Jefferson. Neste circo. Eles me roubaram."

"Ah", disse o homem. "Então é você. É, mas eles não estão aqui, não."

"Pelo visto, não", Jason concordou. Encostou-se na parede e levou a mão à cabeça e depois olhou para a palma da mão. "Eu pensei que estava sangrando", disse. "Pensei que ele tinha me acertado com aquela machadinha."

"Você bateu com a cabeça no trilho", o homem explicou. "Melhor ir embora. Eles não estão aqui."

"É. Ele disse que eles não estavam aqui. Achei que ele estava mentindo."

"Você acha que eu estou mentindo?" o homem perguntou.

"Não", respondeu Jason. "Eu sei que eles não estão aqui."

"Eu disse pra ele cair fora daqui, eles dois", disse o homem. "Eu não quero esse tipo de coisa no meu circo. Eu tenho um circo de respeito, uma trupe de respeito."

"É", Jason disse. "Você não sabe pra onde que eles foram?"

"Não. Não sei e não quero saber. Quem trabalha comigo não tem nada que fazer esse tipo de coisa. Você é... irmão dela?"

"Não", Jason respondeu. "Não tem importância. Eu só queria falar com eles. Tem certeza que ele não me acertou? Quer dizer, que não tem sangue."

"Sangue ia ter era se eu não tivesse chegado na hora. Não aparece mais aqui não. Aquele desgraçado é capaz de matar você. O seu carro é aquele ali?"

"É."

"Pois entra nele e volta pra Jefferson. Se você encontrar os dois, no meu circo é que eles não vão estar. Meu circo é de respeito. Você disse que eles roubaram você?"

"Não", disse Jason. "Não tem importância." Foi até o carro e entrou. O que é mesmo que tenho que fazer? pensou. Então se lembrou. Deu a partida e foi subindo a rua devagar até encontrar uma farmácia. A porta estava trancada. Ficou parado por um tempo com a mão na maçaneta e a cabeça um pouco inclinada. Então se virou e, quando passou um homem depois de algum tempo, perguntou-lhe se havia uma farmácia aberta em algum lugar, mas não havia. Então perguntou a que horas saía o trem que ia para o Norte, e o homem respondeu às duas e meia. Ele atravessou a calçada, voltou para dentro do carro e ficou sentado. Pouco depois passaram dois rapazes negros. Ele os chamou.

"Um de vocês sabe dirigir?"

"Sim, senhor."

"Quanto você me cobra para me levar nesse carro até Jefferson agora mesmo?"

Os dois se entreolharam, murmurando.

"Eu pago um dólar", disse Jason.

Eles murmuraram outra vez. "Por um dólar não vou não", disse um deles.

"Você vai por quanto?"

"Você pode ir?" perguntou um deles.

"Eu não posso", respondeu o outro. "Por que você não leva ele lá? Você não tem nada pra fazer mesmo."

"Tenho sim."

"O que é que você tem pra fazer?"

Murmuraram outra vez, rindo.

"Eu pago dois dólares", disse Jason. "Um de vocês, qualquer um."

"Eu também não posso ir não", disse o primeiro.

"Está bem", disse Jason. "Vão andando."

Ficou sentado por algum tempo. Ouviu o relógio dar meia hora, então pessoas começaram a passar, com roupas de domingo, roupas de Páscoa. Algumas olhavam para ele ao passar, olhavam para o homem sentado em silêncio no banco do motorista de um carro pequeno, sua vida invisível desfeita a sua volta, como uma meia gasta, e seguiam em frente. Depois de algum tempo um negro de macacão se aproximou.

"O senhor é o que quer ir pra Jefferson?" perguntou.

"Sou", disse Jason. "Quanto que você me cobra?"

"Quatro dólar."

"Pago dois."

"Por menos de quatro não posso." O homem continuou calado dentro do carro. Não estava nem olhando para ele. O negro perguntou: "Quer ou não quer?"

"Está bem", disse Jason. "Pode entrar."

Ele passou para o banco do lado e o negro assumiu a direção. Jason fechou os olhos. Lá em Jefferson eu consigo alguma coisa, dizia ele a si próprio, protegendo a cabeça a cada sacolejo do carro, lá eu consigo alguma coisa. Seguiram em frente, passando por ruas onde as pessoas tranquilamente entravam em suas casas para o almoço de domingo, até saírem da cidade. Ele pensava nisso. Não pensava na sua casa, onde Ben e Luster estavam comendo um almoço frio na mesa da cozinha. Alguma coisa — a ausência de catástrofe, ameaça, em qualquer mal constante — lhe permitia não pensar em Jefferson como um lugar que já tivesse visto alguma vez, onde sua vida teria de continuar.

Quando Ben e Luster terminaram, Dilsey mandou-os sair de casa. "E vê se você deixa ele em paz até as quatro. Até lá o T. P. chega."

"Sim senhora", disse Luster. Saíram. Dilsey almoçou e arrumou a cozinha. Então foi até o pé da escada e ficou à escuta, mas não ouviu nada. Voltou pela cozinha e saiu pela porta dos fundos e parou nos degraus. Ben e Luster não estavam à vista, mas nesse momento ouviu mais uma vez um som lento e fanhoso vindo da porta do porão, foi até lá, olhou para dentro e viu uma repetição da cena daquela manhã.

"Ele batia assim mesmo", dizia Luster, contemplando o serrote imóvel com uma espécie de melancolia esperançosa. "Eu ainda não achei o negócio certo pra bater", disse.

"Não achou e não vai achar aí embaixo", Dilsey retrucou. "Traz ele pro sol. Vocês dois vai pegar pneumonia aí nesse chão úmido."

Ela esperou, vendo os dois atravessarem o quintal em direção a um arvoredo de zimbros perto da cerca. Então foi para sua cabana.

"Ah, não começa não", disse Luster. "Hoje você já me deu muito trabalho." Havia uma rede feita com aduelas presas em arames. Luster deitou-se na rede, mas Ben continuou, um som vago e sem propósito. Começou a choramingar outra vez. "Para com isso", Luster disse. "Você quer apanhar?" Estirou-se na rede. Ben havia parado de se mexer, mas Luster o ouvia choramingando. "Vai parar ou não vai?" disse Luster. Levantou-se e foi atrás dele, e encontrou Ben acocorado diante de um montinho de terra. Em cada extremidade do monte havia um vidro azul vazio, fincado na terra. Um deles continha um ramo murcho de estramônio. Acocorado diante do monte, Ben gemia, um som lento e inarticulado. Ainda gemendo, olhou a sua volta e encontrou um galho e o colocou no outro vidro. "Por que é que você não para?" perguntou Luster. "Quer que eu te dê um bom motivo pra gemer? Olha que eu dou, hein." Ajoelhou-se atrás dele e de repente arrancou o vidro da terra. Ben parou de gemer. Acocorado, olhava para a pequena depressão na terra onde antes estava o vidro, e então, quando enchia de ar os pulmões, Luster recolocou o vidro no lugar. "Para!" sussurrou. "Para de chorar! Para com isso. Está aqui, ó. Está vendo? Aqui. Se você ficar aqui, vai começar outra vez. Vamos, vamos ver se eles já começou a tacar bola." Segurou Ben pelo braço e o levantou, e foram até a cerca, onde ficaram lado a lado, olhando por entre as folhas da madressilva espessa, que ainda não estava em flor.

"Olha lá", disse Luster. "Lá vem eles. Está vendo?"

Viram os quatro no green, andando em direção ao tee, para dar a tacada inicial. Ben olhava, choramingando, babando. Quando os quatro seguiram adiante ele os acompanhou ao longo da cerca, balançando-se e gemendo. Um deles disse:

"Vem cá, *caddie*. Traz o saco."

"Para, Benjy", disse Luster, mas Ben seguiu em frente no seu passo trôpego, agarrado à cerca, gemendo com sua voz rouca e desesperada. O homem deu a tacada e foi andando, Ben acompanhando-o até que a cerca fez um ângulo de noventa graus, e agarrou-se a ela, vendo os homens se afastarem.

"Vai parar agora?" Luster insistia. "Vai parar agora?" Sacudia o braço de Ben. Ben não largava a cerca, e gemia seu gemido rouco e constante. "Não vai parar não?" Luster repetia. "Vai ou não vai?" Ben olhava através da cerca. "Está bem", disse Luster. "Quer um bom motivo pra berrar?" Olhou para trás, em direção à casa. Então cochichou: "Caddy! Agora berra. Caddy! Caddy! Caddy!"

Um instante depois, nos lentos intervalos da voz de Ben, Luster ouviu Dilsey chamando. Pegou Ben pelo braço e atravessaram o quintal em direção a ela.

"Eu falei pra senhora que ele não ia ficar quieto", disse Luster.

"Sua peste!" exclamou Dilsey. "Que foi que você fez com ele?"

"Fiz nada não. Eu falei pra senhora que quando eles começa a jogar ele sempre apronta."

"Vem aqui, seu", Dilsey disse. "Quieto, Benjy. Quieto, vamos." Mas ele não parava. Atravessaram o quintal rapidamente e foram até a cabana e entraram. "Corre lá e pega aquele sapato", ordenou Dilsey. "Não vai incomodar a d. Caroline. Se ela falar alguma coisa, diz que eu estou com ele. Vai logo; pelo menos isso acho que você sabe fazer." Luster saiu. Dilsey levou Ben para a cama e o fez deitar-se a seu lado e o abraçou, embalando-o de um lado para o outro, enxugando-lhe a baba da boca com a barra da saia. "Quieto, vamos", disse ela, acariciando-lhe a cabeça. "Quieto. A Dilsey está com você." Mas ele berrava devagar, impotente, sem lágrimas; o som desesperado e denso de todo o sofrimento mudo que há sob o sol. Luster voltou, trazendo um chinelo de cetim branco. Agora estava amarelo, e rachado, e sujo, e quando o colocaram na mão de Ben ele se calou por algum tempo. Mas continuava choramingando, e logo voltou a levantar a voz.

"Você acha que consegue encontrar o T. P.?" Dilsey perguntou.

"Ontem ele falou que ia pra St. John's hoje. Disse que voltava às quatro."

Dilsey balançava de um lado para o outro, acariciando a cabeça de Ben.

"Tanto tempo, ó Jesus", disse ela. "Tanto tempo."

"Eu sei guiar o cabriolé, mamãe", Luster disse.

"Você vai é matar vocês dois", retrucou Dilsey. "Você faz isso só de traquinagem. Saber, eu sei que você sabe. Mas não confio em você não. Quieto, vamos", disse ela. "Quieto. Quieto."

"Vou não senhora", disse Luster. "Eu já guiei com o T. P." Dilsey balançava de um lado para o outro, segurando Ben. "A d. Caroline disse que se a senhora não conseguir fazer ele parar que ela desce."

"Quieto, meu anjo", disse Dilsey, acariciando a cabeça de Ben. "Luster, meu anjo", disse ela. "Você jura que vai pensar na sua mamãe e vai guiar o cabriolé direitinho?"

"Sim senhora", disse Luster. "Eu guio igualzinho que o T. P."

Dilsey acariciava a cabeça de Ben, balançando de um lado para o outro. "Eu faço o melhor que posso", disse. "Deus sabe que eu faço. Então vai lá e pega ele", prosseguiu, levantando-se. Luster saiu mais que depressa. Ben, com o chinelo na mão, chorava. "Quieto. O Luster foi pegar o cabriolé pra levar você no cemitério. Não vale a pena arriscar e ir pegar o boné", disse ela. Foi até um armário improvisado com uma cortina de chita que o isolava num canto do cômodo, e pegou o chapéu de feltro que usara antes. "Nós estamos mais pior que as pessoa pensa", disse ela. "Mas você é filho de Deus mesmo. E eu também vou ser, e não demora, louvado seja Jesus. Toma." Pôs o chapéu na cabeça de Ben e abotoou-lhe o casaco. Ele gemia sem parar. Dilsey pegou o chinelo que estava em sua mão e guardou-o, e saíram. Luster estava chegando, com uma velha égua branca atrelada a um cabriolé maltratado e penso para um lado.

"Você vai tomar cuidado, Luster?" perguntou ela.

"Sim senhora", Luster prometeu. Dilsey ajudou Ben a instalar-se no banco de trás. Havia parado de chorar, mas recomeçou a choramingar.

"É a flor dele", disse Luster. "Espera que eu pego uma."

"Fica aí", ordenou Dilsey. Aproximou-se da égua e segurou a faceira. "Agora vai depressa pegar a flor." Luster contornou a casa correndo, indo em direção ao jardim. Voltou com um narciso.

"Essa aí está quebrada", disse Dilsey. "Por que é que você não pegou uma inteira?"

"Não tinha mais outra não", respondeu Luster. "Vocês pegou tudo que era flor na sexta pra enfeitar a igreja. Deixa que eu endireito ela." Assim, enquanto Dilsey segurava o cavalo, Luster fez uma tala para o caule da flor com um graveto e dois pedaços de barbante, e entregou-a a Ben. Então subiu e pegou as rédeas. Dilsey continuava segurando o bridão.

"Você conhece mesmo o caminho?" ela perguntou. "Sobe a rua, dá a volta na praça, vai até o cemitério, depois volta direto pra casa."

"Sim senhora", disse Luster. "Upa, Queenie."

"Promete que vai tomar cuidado?"

"Sim senhora." Dilsey soltou o bridão.

"Upa, Queenie", disse Luster.

"Espera aí", Dilsey disse. "Me dá esse chicote."

"Ah, mamãe", reclamou Luster.

"Me dá", ela insistiu, aproximando-se da roda. Luster obedeceu com relutância.

"Assim eu não consigo fazer a Queenie andar."

"Não precisa disso não", disse Dilsey. "A Queenie sabe muito bem o que ela tem que fazer, mais até que você. Você só precisa ficar sentadinho segurando as rédea. Você sabe mesmo o caminho?"

"Sim senhora. O mesmo caminho que o T. P. faz todo domingo."

"Então faz a mesma coisa hoje."

"Eu faço sim. Eu já guiei pra ele mais de cem vez."

"Então guia mais uma vez", disse Dilsey. "Vai logo. E se você machucar o Benjy, moleque safado, eu nem sei o que eu te faço. Você vai acabar no xadrez mesmo, mas eu sou capaz de mandar você antes mesmo deles botar você lá."

"Sim senhora", disse Luster. "Upa, Queenie."

Bateu com as rédeas no lombo largo de Queenie, e o cabriolé começou a andar.

"Ô Luster!" gritou Dilsey.

"Upa!" exclamou Luster. Bateu com as rédeas outra vez. Com um ronco subterrâneo, Queenie seguiu devagar até a rua, onde Luster a exortou a adotar um trote semelhante a uma queda prolongada e interrompida, que a impelia adiante.

Ben parou de choramingar. Estava sentado no meio do banco, segurando a flor consertada com a mão em punho, os olhos serenos e inefáveis. Exatamente à sua frente, a cabeça de Luster, em forma de bala, virava-se para trás constantemente até que a casa se perdeu de vista; então ele foi para a margem da pista, parou e, observado por Ben, quebrou um galho de uma sebe. Queenie abaixou a cabeça e começou a mordiscar a grama, até que Luster montou, puxou-lhe a cabeça para cima e a pôs em movimento, então ajeitou os cotovelos, e levantou bem o chicote e as rédeas, assumindo uma pose arrogante totalmente desproporcional ao ritmo preguiçoso dos cascos de Queenie e ao som grave como um órgão que vinha de suas entranhas. Automóveis passavam por eles, e pedestres; uma vez um grupo de rapazes negros:

"Ô Luster. Onde que você está indo, Luster? No cemitério?"

"Oi", disse Luster. "Não é o mesmo cemitério que vocês estão indo não. Upa, elefante."

Aproximaram-se da praça, onde o soldado confederado olhava fixamente com olhos vazios sob a mão de mármore, no vento e na chuva. Luster cresceu mais um pouco em sua própria estima e bateu na imperturbável Queenie com o galho, olhando a sua volta. "Ó lá o carro do seu Jason", disse ele, e então viu mais um grupo de negros. "Vamos mostrar pra esses negro como é que gente fina faz, Benjy", disse ele. "O que é que você acha?" Olhou para trás. Ben permanecia imóvel, a flor no punho, o olhar vazio e tranquilo. Luster chicoteou Queenie outra vez e, chegando ao monumento, conduziu-a para a esquerda.

Por um instante Ben permaneceu num total hiato. Então pôs-se a berrar. Berrava mais e mais, a voz cada vez mais alta, quase sem pausas para respirar. Havia mais que espanto naquele grito, havia horror; choque; uma agonia sem olhos e sem língua; puro som, e Luster revirou os olhos por um momento branco. "Deus do céu", exclamou. "Quieto! Quieto! Deus do céu!" Virou-se para a frente e acertou Queenie com o galho. O galho quebrou-se, e Luster jogou-o fora e com a voz de Ben subindo num crescendo inacreditável segurou as rédeas e inclinou-se para a frente enquanto Jason atravessava a praça aos saltos, até chegar ao estribo do cabriolé.

Acertando-o com as costas da mão, Jason empurrou Luster para o lado e pegou as rédeas e puxou-as de um lado para o outro e dobrou-as e fustigou com elas as ancas da égua. Açoitava mais e mais, até Queenie começar a galopar, e então, em meio à agonia rouca de Ben, desviou-a para a direita do monumento. Então deu um soco na cabeça de Luster com o punho cerrado.

"Você não sabe que não pode ir com ele pra esquerda?" gritou. Estendeu o braço para trás e deu um tapa em Ben, quebrando o caule da flor outra vez. "Cala a boca!" exclamou. "Cala a boca!" Deu um puxão nas rédeas e desmontou. "Leva ele pra casa agora. Se você passar do portão com ele outra vez, eu te mato!"

"Sim senhor!" disse Luster. Pegou as rédeas e bateu em Queenie com as pontas. "Eia! Eia! Benjy, pelo amor de Deus!"

A voz de Benjy urrava e urrava. Queenie pôs-se em movimento outra vez, seus cascos recomeçaram o ploque-ploque ritmado de antes, e na mesma hora Ben aquietou-se. Luster olhou para trás de relance, depois seguiu em frente. A flor quebrada estava caída sobre o punho de Ben e os olhos dele estavam de novo vazios e azuis e serenos, agora que cornija e fachada passavam por ele mais uma vez da esquerda para a direita, poste e árvore, janela e porta e placa, cada um em seu lugar certo.

Nova York, outubro de 1928

APÊNDICE

Compson
1699-1945*

IKKEMOTUBBE. Um rei americano desapossado. Chamado *L'Homme* (e às vezes *de l'homme* pelo irmão de criação, um *Chevalier de France*, que se não tivesse nascido tarde demais poderia ter sido um dos membros mais brilhantes daquela reluzente galáxia de cavaleiros canalhas que eram os marechais de Napoleão, desse modo traduzindo o título que, em chickasaw, significava "O Homem"; tradução essa que Ikkemotubbe, homem de espírito e imaginação, além de hábil avaliador de caracteres humanos, incluindo o seu próprio caráter, levou um passo adiante, inglesando-a para "Doom" ("Sina"). O qual doou parte de seus imensos domínios perdidos, uma sólida milha quadrada de terra virginal no norte do Mississippi, tão bem delimitada quanto os quatro cantos de uma mesa de jogo (então coberta de mata, pois isso foi nos tempos de outrora, antes

---

* Publicado pela primeira vez em 1946 numa antologia de Faulkner e incluído, por recomendação do autor, em duas reedições subsequentes de *O som e a fúria*. (N.T.)

de 1833, quando as estrelas caíram e Jefferson, Mississippi, não passava de um único prédio esparramado de um só andar, com paredes de troncos de árvores vedadas com barro, onde vivia o representante do governo junto aos Chickasaw e funcionava sua feitoria), ao neto de um refugiado escocês que perdera seu morgadio ao aliar-se a um rei também desapossado. Doou-a como parte do pagamento pelo direito de seguir em paz, por quaisquer meios que ele e seu povo julgassem convenientes, a pé ou a cavalo, desde que fossem cavalos chickasaw, em direção ao território inculto para os lados do Oeste que viria a se chamar Oklahoma: sem nada saber, na época, a respeito do petróleo.

JACKSON. Um Grande Chefe Branco de espada na mão. (Duelista, velho leão briguento, magro, feroz, esquálido, durável, imperecível, que punha o bem-estar da nação acima da Casa Branca e a saúde de seu novo partido acima dos dois e acima de tudo punha não a honra de sua esposa, mas o princípio de que a honra tinha de ser defendida fosse ou não fosse honra porque defendida era honra fosse ou não fosse.) Que registrou, selou e contra-assinou a doação de próprio punho na sua tenda dourada em Wassi Town, também sem nada saber a respeito do petróleo: para que um dia os descendentes dos desapossados, sem ter onde viver, seguissem supinos, bêbados e esplendidamente comatosos, acima do poeirento local de repouso destinado a seus ossos, em coches funerários e carros de bombeiro especiais, pintados de escarlate.

Estes eram Compson:

QUENTIN MACLACHAN. Filho de um tipógrafo de Glasgow, ficou órfão e foi criado pela família da mãe na região montanhosa de Perth. Fugiu de Culloden Moor para a Carolina com uma espada e o *tartan** que usava de dia e que o cobria de noite, e pouco mais que isso. Aos oitenta anos, tendo lutado contra um rei inglês e perdido, não quis repetir o erro, e assim fugiu novamente uma noite em 1779, com o neto ainda pequeno e o *tartan* (a espada havia desaparecido, juntamente com seu filho, o pai do neto, de um dos regimentos de Tarleton num campo de batalha na Geórgia cerca de um ano antes) para Kentucky, onde um vizinho chamado Boon ou Boone já havia fundado um povoado.

CHARLES STUART. Acusado e proscrito por nome e posto em seu regimento britânico. Abandonado como morto num pântano da Geórgia pelo seu próprio Exército, que batia em retirada, e depois pelo Exército americano, que avançava, ambos estando enganados. Ainda tinha consigo a espada escocesa mesmo quando, com sua perna de pau improvisada, finalmente encontrou o pai e o filho quatro anos depois em Harrodsburg, Kentucky, ainda a tempo de enterrar o pai e dar início a um longo período em que teve dupla personalidade enquanto tentava ser o mestre-escola que julgava querer ser, até que por fim desistiu e tornou-se o jogador que era na verdade e que todos os Compson, ainda que não se dessem conta disso, eram de fato, desde que o gambito fosse desesperado e a possibilidade de ganhar fosse pequena. Terminou conseguindo não apenas arriscar o próprio pescoço como também a segurança de sua família e a integridade do nome que deixaria neste mundo, unindo-se a uma conspiração, chefiada por um conhecido chamado Wilkinson (homem de bastante talento, influência, inteligência e poder), a qual tinha por objetivo a secessão de todo o Vale do Mississippi, que se separaria dos Estados Unidos para juntar-se à Espanha. Fugiu por sua vez quando estourou a bolha (o que estava fadado a acontecer, como

---

* Roupa de lã com padrão xadrez característico do clã. (N. T.)

estava óbvio para todos, menos para um Compson mestre-escola), tornando-se o único conspirador que foi obrigado a fugir do país: não porque o governo do país que ele tentara desmembrar quisesse vingar-se dele e puni-lo, mas porque seus antigos cúmplices dedicavam-lhe um ódio furioso, agora que tentavam desesperadamente garantir sua própria segurança. Não foi expulso dos Estados Unidos, porém ele próprio tornou-se apátrida de tanto falar, sua expulsão sendo causada não por sua traição e sim por ter ele falado tanto e com tanta veemência no decorrer dela, queimando cada ponte por que passava do modo mais explícito antes mesmo que chegasse ao lugar onde construiria a próxima: assim, não foi um policial nem mesmo um órgão governamental, e sim seus ex-comparsas, que deram início ao movimento em prol de sua expulsão de Kentucky e dos Estados Unidos e, se o houvessem apanhado, provavelmente do mundo, também. Fugiu de noite, mantendo a tradição da família, com o filho, a velha espada e o *tartan*.

JASON LYCURGUS. O qual, talvez açulado pelo nome bombástico que lhe dera o pai sardônico, ressentido, perneta e indomável, que talvez ainda acreditasse em seu íntimo que o que queria ser era mestre-escola e classicista, tomou a estrada de Natchez um dia em 1811, munido de um belo par de pistolas e um alforje magro jogado sobre o dorso de uma égua pequena, de cintura estreita mas jarretes fortes, a qual era capaz de completar o primeiro quarto de milha em menos de meio minuto e o quarto seguinte em não muito mais tempo, porém nada mais do que isso. Isso foi o que bastou: o qual chegou ao posto do representante junto aos Chickasaw em Okatiba (que em 1860 ainda se chamava Old Jefferson) e dali não passou. O qual seis meses depois já era empregado do representante e um ano depois seu sócio, oficialmente ainda seu empregado mas na verdade dono de metade do que a essa altura se tornara um armazém respeitável, estocado graças ao dinheiro ganho pela égua nas corridas disputadas com os cavalos dos jovens de Ikkemotubbe, corridas que ele, Compson, sempre tinha o cuidado de limitar a um quarto ou no máximo três oitavos de milha; e no ano seguinte Ikkemotubbe tornou-se proprietário da eguinha e Compson dono da sólida milha quadrada de terra que um dia ficaria situada quase no centro da cidade de Jefferson, que era então coberta de mata e vinte anos depois continuava assim, se bem que agora era um parque e não uma floresta, com senzalas e estrebarias e hortas e gramados e alamedas e pavilhões formais criados pelo mesmo arquiteto que construiu a casa com colunas e pórtico, cujos móveis foram trazidos via vapor da França e de New Orleans, e continuava sendo a mesma milha quadrada intacta em 1840 (sendo que começava a ficar cercada não apenas pela pequena aldeia branca chamada Jefferson mas também por todo um condado branco, porque poucos anos depois os descendentes e o povo de Ikkemotubbe iriam embora, e os que ficaram viveriam não como guerreiros e caçadores mas como brancos — fazendeiros ineptos ou, aqui e ali, donos de grandes fazendas e proprietários de escravos ineptos, um pouco mais sujos que os brancos, um pouco mais preguiçosos, um pouco mais cruéis — até que, por fim, até mesmo o sangue selvagem desaparecesse, para se manifestar apenas de vez em quando na forma do nariz de um negro numa carroça carregada de algodão ou de um branco trabalhando como operário numa serraria ou como caçador ou como maquinista), chamada Domínio dos Compson na época, já que agora estava pronta para gerar príncipes, estadistas, generais, bispos, para vingar os Compson desapossados de Culloden e Carolina e Kentucky, depois chamada casa do governador porque de fato com o tempo produziu ou ao menos gerou um governador — Quentin MacLachan outra vez, em homenagem ao avô de Culloden — e ainda chamada casa do velho governador mesmo depois que gerou (1861) um general — (assim denominada consensualmente por toda a cidade e todo o condado, como se já então soubessem de antemão que o velho governador seria o último Compson que não fracassaria em tudo, menos na longevidade e no suicídio) —, o general de brigada Jason Lycurgus II, que fracassou na batalha de Shiloh em 62 e também, ainda que não de modo tão catastrófico, na de Resaca em 64, que pela primeira vez hipotecou a milha quadrada ainda intacta a um nortista em 66, depois que a cidade velha foi queimada pelo general Smith das forças do Norte e a nova cidadezinha, que com o tempo seria povoada basicamente pelos descendentes não dos Compson mas dos Snopes, começou a cercar e depois a comer pelas bordas a milha quadrada, à medida que o general fracassado, no decorrer dos quarenta anos que se seguiram, foi vendendo fragmentos dela para pagar os juros da hipoteca: até que um dia, em 1900, ele morreu tranquilamente numa cama de campanha no campo de caça e pesca às margens do rio Tallahatchie onde passou a maior parte de seus últimos dias.

E até mesmo o velho governador já havia caído no esquecimento; o que restava da antiga milha quadrada agora era conhecido apenas como a casa dos Compson — os vestígios das alamedas e gramados destroçados, cobertos de mato, a casa que havia tanto tempo precisava ser pintada, as colunas descascadas do pórtico onde Jason III (que fora criado para ser advogado, e que tinha mesmo um consultório num sobrado na praça, no qual, sepultados em arquivos empoeirados, alguns dos nomes mais antigos do condado — Holston e Sutpen, Grenier e Beauchamp e Coldfield — desbotavam com o passar dos anos em meio aos infinitos labirintos da burocracia: e sabe-se lá que sonho, no coração perene de seu pai, agora completando o terceiro de seus três avatares — o primeiro, como filho de um estadista brilhante e galante; o segundo, como líder militar de homens bravos e galantes; o terceiro, como uma espécie de pseudo-Daniel Boone/ Robinson Crusoé privilegiado, que não voltara à juvenilidade porque jamais havia saído dela — de que aquele consultório de advocacia um dia voltasse a ser a antessala da mansão do governador e recuperasse o esplendor antigo) passava o dia inteiro com uma garrafa de uísque e um caos de exemplares amassados de Horácio, Tito Lívio e Catulo, compondo (dizia-se) panegíricos cáusticos e satíricos dedicados a seus concidadãos mortos e vivos, que vendeu o que ainda restava da propriedade, salvo o fragmento que continha a casa e a horta e as cocheiras decrépitas e uma cabana de criados em que morava a família de Dilsey, para um clube de golfe, a fim de custear o esplêndido casamento de sua filha Candace em abril e de permitir que seu filho Quentin concluísse um ano de estudos em Harvard e se suicidasse no mês de junho seguinte, em 1910; já conhecida como a antiga casa dos Compson quando os Compson ainda moravam nela naquele crepúsculo em 1928 em que a trisneta malsinada e perdida e anônima do velho governador, aos dezessete anos de idade, roubou de seu último parente do sexo masculino mentalmente são (seu tio Jason IV) o dinheiro que acumulara e guardava escondido e desceu por uma calha e fugiu com o apresentador de um circo mambembe, e continuou conhecida como a antiga casa dos Compson muito depois de desaparecerem os últimos vestígios dos Compson: depois que a mãe viúva morreu e Jason IV, que já não mais precisava temer Dilsey, internou seu irmão idiota, Benjamin, no Asilo Estadual em Jackson e vendeu a casa para um roceiro que passou a usá-la como pensão para jurados e comerciantes de cavalos e mulas, e continuou conhecida como a antiga casa dos Compson mesmo depois que a pensão desapareceu (e depois também o campo de golfe) e a antiga milha quadrada voltou a ficar intacta, coberta por fileiras e mais fileiras de habitações unifamiliares semiurbanas, malfeitas e apinhadas de moradores.

E estes:

QUENTIN III. O qual amava não o corpo da irmã, e sim algum conceito de honra dos Compson sustentado de modo precário e (como ele bem sabia) apenas provisório pela membrana mínima e frágil de seu hímen, tal como uma réplica em miniatura do imenso globo terrestre se equilibra no focinho de uma foca treinada. O qual amava não a ideia do incesto que não viria a cometer e sim algum conceito presbiteriano de castigo eterno: ele, e não Deus, desse modo lograva lançar-se a si próprio e a irmã no inferno, onde poderia protegê-la para sempre e mantê-la intacta para todo o sempre em meio ao fogo eterno. O qual, porém, amava a morte mais que tudo, amava só a morte, amava e vivia sempre a antegozar a morte de modo deliberado e quase pervertido, tal como um apaixonado ama e deliberadamente se abstém do corpo amoroso, ansioso, sequioso e incrível da amada, até não suportar mais não a abstenção e sim o impedimento e por isso se lança, mergulha, renuncia, se afoga. Suicidou-se em Cambridge, Massachusetts, em junho de 1910, dois meses após o casamento da irmã, esperando o final do ano letivo para não desperdiçar o dinheiro da anuidade paga de antemão, não porque seus antepassados de Culloden e da Carolina e de Kentucky vivessem nele mas porque o último pedaço da velha milha quadrada dos Compson que fora vendido para custear o casamento da irmã e de seu ano letivo em Harvard era a única coisa, além da referida irmã e da visão do fogo, que seu irmão caçula, idiota de nascença, amava.

CANDACE (CADDY). Malsinada, sabia que o era e aceitava sua sina, sem correr atrás dela nem dela fugir. Amava o irmão apesar dele, amava não apenas o irmão mas também o que nele havia de profeta implacável e juiz inflexível e incorruptível do que ele julgava ser a honra e a sina da família, tal como ele acreditava amar mas na verdade odiava nela o que julgava ser o portador frágil e malsinado do orgulho familiar e o instrumento nefando do opróbrio da família; mais que isso, ela o amava não apenas apesar mas também por causa do fato de que ele próprio era incapaz de amar, aceitando que ele necessariamente valorizasse acima de tudo não a irmã mas a virgindade de que ela era a depositária e à qual ela não dava o menor valor: aquele frágil empecilho físico que para ela não valia mais que uma raigota. Sabia que o irmão amava a morte acima de tudo e não tinha ciúme, teria entregado (e talvez o tenha feito deveras, no cálculo e na deliberação de seu casamento) a ele a hipotética cicuta. Grávida de dois meses do filho de um outro homem, resolvera que o nome da criança, fosse menino ou menina, seria Quentin, em homenagem ao irmão que eles dois (ela e o irmão) já sabiam que estava praticamente morto, quando ela se casou (em 1910) com um rapaz de Indiana, um excelente partido que ela e mãe haviam conhecido em French Lick, onde passaram as férias no verão anterior. Divorciou-se, por iniciativa do marido, em 1911. Casou-se em 1920 com um magnata menor do cinema, em Hollywood, Califórnia. Divorciou-se, por mútuo consentimento, no México em 1925. Desapareceu em Paris durante a ocupação alemã em 1940, ainda bela e provavelmente ainda rica também, pois parecia ter quinze anos menos que os quarenta e oito que tinha, e nunca mais se teve notícia dela. Porém havia uma mulher em Jefferson, a bibliotecária do condado, uma mulher do tamanho e da cor de um camundongo, que jamais havia se casado, que estudara nas escolas da cidade na mesma turma que Candace Compson e depois passou o resto da vida tentando manter os exemplares de *Entre o amor e o pecado*, em seus diversos avatares ordenados subsequentes, e de *Jurgen* e de *Tom Jones* fora do alcance dos secundaristas que podiam pegá-los sem ter de ficar na ponta dos pés nas prateleiras remotas que a obrigavam a subir numa caixa para escondê-los. Um dia em 1943, após uma semana de uma tensão mental que chegava às raias da desintegração, durante a qual quem entrava na biblioteca a encontrava sempre no ato de fechar e trancar às pressas sua gaveta (de modo que as matronas, as esposas de banqueiros e médicos e advogados, algumas delas também egressas daquela mesma turma do secundário, que iam e vinham nas tardes com exemplares de *Entre o amor e o pecado* e obras de Thorne Smith cuidadosamente embrulhadas em folhas de jornais de Memphis e Jackson para protegê-los de vistas alheias, chegavam a pensar que ela estivesse prestes a adoecer ou até mesmo a enlouquecer), ela fechou e trancou a biblioteca no meio da tarde e, apertando a bolsa com força debaixo do braço e com dois pontos febris de determinação nas faces normalmente pálidas, entrou na loja de artigos para fazendeiros onde Jason IV começara a trabalhar como vendedor e era agora o proprietário de uma empresa de comércio de algodão, atravessando aquela caverna escura em que somente homens entravam — uma caverna repleta de colunas e estalagmites e muralhas de arados e discos e arreios e balancins e coelheiras e porco salgado e sapatos baratos e linimento para cavalos e farinha e melado, escura porque os produtos ali contidos não eram exibidos e sim escondidos, porque os que abasteciam os fazendeiros do Mississippi, ou ao menos os fazendeiros negros do Mississippi, em troca de uma parte da colheita preferiam, até que a colheita fosse feita e seu valor aproximado se tornasse calculável, não lhes mostrar o que eles podiam aprender a querer, e sim apenas fornecer-lhes, quando os pedidos específicos eram feitos, o que lhes era estritamente necessário — e foi seguindo até os domínios exclusivos de Jason nos fundos: um recanto cercado de grades cheio de prateleiras e escaninhos com recibos de descaroçadeiras em espetos de ferro, acumulando poeira e fiapos, e livros-caixas e amostras de algodão, recendendo uma mistura de cheiros de queijo e querosene e óleo de arreios e a imensa estufa de ferro em cujas laterais havia quase cem anos homens cuspiam tabaco mascado, e foi até o balcão comprido e alto e inclinado atrás do qual ficava Jason e, sem olhar uma segunda vez para os homens de macacão que tinham discretamente parado de conversar e até mesmo de mascar quando ela entrou, como se em vias de desmaiar de desespero abriu a bolsa e remexeu dentro dela e retirou uma coisa e colocou-a aberta sobre o balcão e ficou parada, trêmula, ofegante, enquanto Jason olhava para a coisa — uma foto, uma fotografia em cores claramente recortada de uma revista — uma foto cheia de luxo e dinheiro e sol — tendo por cenário as montanhas e as palmeiras e os ciprestes e o mar na Rue Cannebière, um carro esporte conversível, poderoso e caro, o rosto da mulher sem chapéu entre uma magnífica echarpe e um casaco de pele de foca, linda, sem idade, fria, serena, maldita; a seu lado, um homem belo e esguio de meia-idade com as fitas e insígnias de um general do Estado-Maior alemão — e a solteirona do tamanho e da cor de um camundongo, tremendo e horrorizada com sua própria temeridade, encarando do outro lado do balcão o solteirão sem filhos no qual se extinguia aquela longa linhagem de homens que ainda conservavam laivos de decência e orgulho mesmo depois que sua integridade e seu orgulho já começavam a fraquejar e a se transformar em vaidade e autocomiseração: desde o expatriado que teve de fugir da terra natal levando consigo pouco mais que a própria vida e que mesmo assim se recusava a aceitar a derrota, passando pelo homem que duas vezes apostou no jogo sua vida e sua reputação e duas vezes perdeu e também se recusou a aceitar esse fato, e o homem que tendo como único instrumento uma eguinha esperta foi capaz de vingar o pai e o avô desapossados e ganhou um principado, e o governador brilhante e galante e o general que embora tivesse fracassado ao comandar homens bravos e galantes na batalha ao menos arriscou a própria vida também, chegando ao dipsomaníaco culto que vendeu o que restava de seu patrimônio não para comprar bebida, mas para dar a um de seus descendentes ao menos a melhor oportunidade na vida que ele podia conceber.

"É a Caddy!" sussurrou a bibliotecária. "Precisamos salvá-la!"

"É a Cad, sim", disse Jason. Então começou a rir. Ria olhando para aquela foto, para aquele rosto frio e belo agora amassado e amarrotado após sua estada de uma semana na gaveta e na bolsa. E a bibliotecária sabia porque ele estava rindo, ela que havia trinta e dois anos não o chamava de outra coisa que não sr. Compson, desde o dia em 1911 quando Candace, descartada pelo marido, trouxe para casa sua filha recém-nascida e foi-se embora no primeiro trem, para nunca mais voltar, e não apenas a cozinheira negra, Dilsey, mas também a bibliotecária adivinharam, movidas por puro instinto, que Jason estava de algum modo usando a vida da criança e sua condição de filha ilegítima para chantagear a mãe, não apenas impedindo-a de voltar para Jefferson mas também obrigando-a a nomeá-lo depositário único e inconteste do dinheiro que ela enviava para o sustento da filha, e recusava-se a falar com ele desde aquele dia em 1928 em que a filha desceu por uma calha e fugiu com o apresentador de circo.

"Jason!" ela exclamou. "Precisamos salvá-la! Jason! Jason!" — e continuava repetindo seu nome enquanto ele segurava a foto com a ponta dos dedos e jogava-a de volta para ela.

"Essa aí, a Candace?" disse ele. "Ora, não me faça rir. Essa vagabunda não tem nem trinta anos. A outra já está com cinquenta."

E a biblioteca continuava fechada no dia seguinte quando,

às três da tarde, pés doídos, exausta, porém ainda decidida e ainda apertando a bolsa com força debaixo do braço, ela entrou num quintal pequeno e limpo no bairro residencial negro de Memphis e subiu a escada de uma casa pequena e limpa e tocou a campainha e a porta se abriu e uma negra mais ou menos da sua idade olhou para ela, tranquila. "É a Frony, não é?" indagou a bibliotecária. "Você não se lembra de mim? Melissa Meek, lá de Jefferson..."

"Lembro", disse a negra. "Entra. Você quer falar com a mamãe." E ela entrou no quarto, o quarto arrumado e no entanto apinhado de uma negra velha, com um cheiro acre de gente velha, de mulheres velhas, de negros velhos, onde a velha estava sentada numa cadeira de balanço junto à lareira a qual, embora estivessem em junho, estava acesa — uma mulher que já fora graúda, com um vestido de chita limpo e desbotado e um turbante imaculado enrolado na cabeça acima dos olhos remelentos e, ao que parecia, praticamente cegos — e colocou a foto recortada amassada nas mãos negras que, como as mãos de todas as mulheres de sua raça, continuavam tão flexíveis e tão delicadas quanto eram no tempo em que ela tinha trinta ou vinte ou até mesmo dezessete anos.

"É a Caddy!" disse a bibliotecária. "É ela! Dilsey! Dilsey!"

"O que foi que ele disse?" indagou a negra velha. E a bibliotecária entendeu quem era "ele", e também não se espantou ao constatar não apenas que a negra velha sabia que ela (a bibliotecária) saberia a quem ela se referia ao dizer "ele", mas também que a negra velha compreenderia na mesma hora que ela já havia mostrado a foto a Jason.

"Você não sabe o que ele disse?" exclamou ela. "Quando ele entendeu que ela estava em perigo, ele disse que era ela, mesmo sem eu ter mostrado a foto a ele. Mas assim que ele entendeu que alguém, uma pessoa qualquer, até mesmo eu, queria salvá-la, ia tentar salvá-la, ele disse que não era ela. Mas é! Olhe!"

"Olha os meus olhos", disse a negra velha. "Como é que eu posso ver essa foto?"

"Chame a Frony!" exclamou a bibliotecária. "Ela vai reconhecer!" Mas a negra velha já estava dobrando o recorte cuidadosamente ao longo das dobras antigas e devolvendo-o à outra.

"Meus olhos já não serve pra nada", disse ela. "Não enxergo mais."

E foi só. Às seis horas ela enfrentou a multidão no terminal rodoviário, apertando a bolsa debaixo do braço e segurando com a outra mão a metade do bilhete de ida e volta, e foi despejada na plataforma ruidosa com uma maré diurna que continha uns poucos civis de meia-idade mas principalmente soldados e marinheiros de licença ou rumo à morte e as moças sem lar, suas companheiras, que havia anos viviam um dia após o outro em vagões-leitos e hotéis quando tinham sorte e em vagões comuns e ônibus e estações quando não tinham, parando apenas o tempo suficiente para deixar suas crias em orfanatos de caridade ou delegacias e depois seguirem em frente outra vez, e enfrentou a multidão que entrava no ônibus, a menor pessoa que havia lá, de modo que seus pés só tocavam o chão de vez em quando, até que um vulto (um homem de cáqui; ela nem viu quem era porque já estava chorando) levantou-se e suspendeu-a no ar e instalou-a num banco junto à janela, onde ainda chorando baixinho ficou a ver a cidade passando por ela fugindo depressa até ficar para trás, e logo ela estaria em casa outra vez, em Jefferson, onde a vida também vivia com toda sua paixão e tumulto e dor e fúria e desespero incompreensíveis, mas onde às seis horas podia-se fechá-la em sua capa e até mesmo uma mão débil de criança podia colocá-la de volta ao lado de suas semelhantes sem rosto nas estantes silenciosas e eternas e trancá-la por toda uma noite sem sonhos. *Sim* pensava ela, chorando baixinho *foi isso ela não queria ver saber se era mesmo Caddy porque sabe que*

Caddy não quer ser salva não tem mais nada que valha a pena salvar nada que valha a pena perder que ela possa perder

JASON IV. O primeiro Compson mentalmente são desde antes de Culloden e (solteirão sem filhos) portanto o último. Lógico racional contido e até mesmo um filósofo da velha tradição estoica: jamais pensando o que quer que seja a respeito de Deus nem contra nem a favor e apenas pensando na polícia e assim temendo e respeitando apenas a negra, sua inimiga figadal desde que ele nasceu e sua inimiga mortal desde aquele dia em 1911 em que ela também adivinhou, por puro dom de vidência, que ele de algum modo estava usando a condição de bastardia da sobrinha ainda bebê para chantagear a mãe, que preparava a comida que ele comia. O qual não apenas enfrentou com êxito os Compson mas também competiu com êxito contra os Snopes, que assumiram o controle da cidadezinha a partir da virada do século à medida que os Compson e os Sartoris e os de sua laia o foram perdendo (não foi nenhum Snopes e sim o próprio Jason Compson que, assim que a mãe morreu — a sobrinha já havia descido pela calha e desaparecido, de modo que Dilsey já não tinha nenhum instrumento para usar contra ele —, internou o irmão mais jovem, um idiota, no asilo estadual e esvaziou a velha casa, primeiro dividindo os cômodos amplos e outrora esplêndidos em unidades por ele denominadas apartamentos e vendeu tudo para um roceiro que a transformou numa pensão), se bem que isso não foi difícil porque para ele todo o resto da cidade e o mundo e a espécie humana também, fora ele mesmo, eram todos Compson, inexplicáveis e no entanto perfeitamente previsíveis na medida em que não se podia em hipótese alguma confiar neles. O qual, uma vez consumido todo o dinheiro advindo da venda do pasto no casamento da irmã e no curso do irmão em Harvard, usou o que com muita sovinice conseguiu economizar de seu magro salário como empregado do comércio para aprender numa escola em Memphis a avaliar e classificar algodão, e assim abriu seu próprio negócio, com o qual, após a morte do pai dipsomaníaco, assumiu por completo o ônus daquela família putrefata naquela casa putrefata, sustentando o irmão idiota por causa da mãe, sacrificando os prazeres que teriam sido o direito merecido e até mesmo a necessidade de um solteirão de trinta anos de idade para que a vida de sua mãe pudesse continuar o mais próxima possível do que fora antes; e isso não porque amasse a mãe mas (sua sanidade como sempre falando mais alto) apenas porque tinha medo da cozinheira negra que ele nem sequer conseguiu obrigar a se demitir, mesmo depois que tentou parar de pagar-lhe o salário; e que apesar disso tudo conseguiu economizar quase três mil dólares ($2.840,50), segundo seu depoimento na noite em que sua sobrinha o roubou; em mesquinhas moedas de dez e vinte e cinco e cinquenta centavos, tesouro esse que ele não guardava no banco, já que para ele todo banqueiro era um Compson, e sim escondia numa gaveta da cômoda sempre trancada em seu quarto, onde era sempre ele quem fazia a cama e trocava os lençóis, já que mantinha a porta sempre trancada com exceção dos momentos em que estava entrando ou saindo. O qual, quando seu irmão idiota fez uma tentativa desajeitada e abortada de agarrar uma menina que passava, se fez nomear tutor do irmão sem que a mãe soubesse e assim mandou castrar a criatura antes mesmo que a mãe soubesse que esta havia saído da casa, e que depois que a mãe morreu em 1933 pôde libertar-se em caráter definitivo não apenas do irmão idiota e da casa mas também da negra, indo morar em duas salas no sobrado da loja onde ficavam seus livros-caixas e amostras de algodão, salas essas que ele convertera num quarto-cozinha-banheiro, no qual entrava e saía nos fins de semana uma mulher grandalhona feiosa simpática de cabelos rubros e cara agradável não muito jovem, com um chapéu de aba larga e (no inverno) com um casaco de imitação de pele, eles dois, o comerciante de algodão de meia-idade e a mulher a quem a cidade se referia simplesmente como a amiga dele de Memphis, eram vistos no cinema da cidade nas noites de sábado e, nas manhãs de domingo, subindo a escada que levava ao apartamento com sacolas de compras da mercearia, contendo pão e ovos e laranjas e latas de sopa, domésticos, extremosos, conjugais, até que o último ônibus do dia a levasse de volta para Memphis. Agora estava emancipado. Era livre. "Em 1865", costumava dizer, "Abe Lincoln libertou os negros dos Compson. Em 1933, Jason Compson libertou os Compson dos negros."

BENJAMIN. Ao nascer, chamado Maury, em homenagem ao único irmão da mãe: um solteirão belo, extravagante, arrogante, ocioso, que pedia dinheiro emprestado a quase todos, até mesmo a Dilsey embora fosse negra, explicando-lhe ao tirar a mão do bolso que ela era para ele não apenas membro da família de sua irmã como também seria considerada uma dama nata em qualquer lugar por qualquer um. O qual, quando por fim até mesmo a mãe se deu conta de que ele era o que era e insistiu aos prantos que era preciso mudar seu nome, foi renomeado Benjamin pelo irmão Quentin (Benjamin, o último a nascer, vendido no Egito). O qual amava três coisas: o pasto que foi vendido para custear o casamento de Candace e os estudos de Quentin em Harvard, a irmã Candace, a luz do fogo. O qual não perdeu nenhum dos três porque na verdade não conseguia se lembrar da irmã e sim apenas de sua perda, e a luz do fogo era a mesma forma luminosa do adormecer, e o pasto era até melhor depois de vendido do que antes porque agora ele e T. P.

podiam não apenas seguir atemporalmente ao longo da cerca os movimentos que para ele não importava que fossem de seres humanos com tacos de golfe, mas também T. P. agora ia com ele a tufos de grama ou mato onde de repente apareciam na mão de T. P. pequenas esferas brancas que enfrentavam e até mesmo derrotavam o que ele nem mesmo sabia ser a gravidade e todas as leis imutáveis quando a mão a lançava contra o chão de tábuas corridas ou a parede do defumadouro ou na calçada de concreto. Castrado em 1913. Internado no Asilo Estadual, Jackson, em 1933. Também nesta ocasião não perdeu nada porque, tal como no caso da irmã, não se lembrava do pasto e sim da perda do pasto, e a luz do fogo continuava sendo a mesma forma luminosa do sono.

QUENTIN. A última. A filha de Candace. Sem pai nove meses antes de nascer, sem nome ao nascer e já fadada a não se casar a partir do momento em que o óvulo, subdividindo-se, lhe determinou o sexo. A qual, aos dezessete anos, no dia em que se comemorava o milésimo octingentésimo nonagésimo quinto aniversário da véspera da ressurreição de Nosso Senhor, passou pendurada numa calha da janela do quarto em que seu tio a trancara ao meio-dia para a janela trancada do quarto trancado e vazio do tio e quebrou uma vidraça e entrou pela janela e com o atiçador de fogo do tio arrombou a gaveta trancada da cômoda e tirou o dinheiro (não $2.840,50 e sim quase sete mil dólares, e era essa a raiva de Jason, a fúria rubra e insuportável que naquela noite e periodicamente, com quase a mesma força, lhe parecia capaz de destruí-lo sem aviso prévio, matá-lo de modo tão súbito quanto uma bala ou um raio: que embora lhe tivessem roubado não míseros três mil dólares e sim quase sete mil dólares, ele não podia nem ao menos dizer nada a ninguém; por lhe terem roubado sete mil dólares e não apenas três ele não apenas não podia jamais receber justificação — comiseração não o interessava — dos outros homens que tinham o azar de ter uma vagabunda por irmã e outra por sobrinha, como não podia nem mesmo recorrer à polícia; porque havia perdido quatro mil dólares que não lhe pertenciam ele não podia recuperar nem mesmo os três mil que eram de fato seus, pois os primeiros quatro mil dólares não apenas pertenciam legalmente à sobrinha, sendo parte do dinheiro que lhe era enviado para seu sustento pela mãe nos últimos dezesseis anos, como também nem sequer existiam, pois haviam sido oficialmente declarados como gastos e consumidos nos relatórios anuais que ele entregava ao juiz, conforme lhe era exigido na condição de tutor pelos seus fiadores: de modo que lhe fora roubado não apenas o que ele próprio roubara mas também o que ele havia economizado, e quem o roubara fora sua vítima; foram-lhe roubados não apenas os quatro mil dólares que ele obtivera arriscando-se a ir parar na cadeia mas também os três mil dólares que ele acumulara à custa de muito sacrifício e renúncia, quase uma moeda de cada vez, ao longo de um período de quase vinte anos: e fora roubado não apenas por sua própria vítima, mas por uma criança movida por um impulso, sem premeditação nem planejamento, sem nem mesmo saber nem se importar com a quantia que encontraria ao arrombar a gaveta; e agora não podia sequer pedir ajuda à polícia: ele, que sempre levara em conta a polícia, que nunca dera trabalho a ela, que durante anos pagara os impostos que a mantinham num ócio parasitário e sádico; não apenas isso, mas também não ousava perseguir a garota porque, se por acaso conseguisse pegá-la, ela haveria de contar tudo, de modo que sua única saída era um sonho vão que o fazia debater-se e suar à noite dois e três e mesmo quatro anos depois do ocorrido, quando já deveria ter se esquecido de tudo: sonhava que a pegava desprevenida, saltava sobre ela de um canto escuro, antes que ela tivesse gastado o dinheiro todo, e a assassinava antes que ela tivesse tempo de abrir a boca) e desceu pelo mesmo bueiro na penumbra do entardecer e fugiu com o anunciador que já fora incriminado de bigamia. E então desapareceu; qualquer que tenha sido o trabalho que tenha encontrado, ele não lhe teria chegado numa Mercedes cromada; em qualquer fotografia que tenha tirado não apareceria nenhum general do Estado-Maior.

E só. Estes outros não eram Compson. Eram negros:

T. P. O qual usava, na Beale Street, em Memphis, as roupas belas, coloridas, baratas, intransigentes, fabricadas especialmente para ele pelos donos de confecções semiclandestinas em Chicago e Nova York.

FRONY. A qual se casou com um cabineiro de vagão-leito e foi morar em St. Louis e depois voltou para Memphis para morar com a mãe já que Dilsey se recusava a ir mais longe do que Memphis.

LUSTER. Um homem, de catorze anos de idade. O qual não apenas era inteiramente responsável por cuidar de um idiota duas vezes mais velho e três vezes maior que ele e zelar por sua segurança, como também conseguia diverti-lo.

DILSEY.
Eles resistiram.

Traduzir O *som e a fúria*

Paulo Henriques Britto

Na breve introdução à coletânea de ensaios sobre O *som e a fúria* por ele organizada, Harold Bloom faz duas críticas ao livro que não me parecem injustas. A primeira é que o impacto do *Ulysses* de Joyce sobre o romance de Faulkner é um tanto óbvio; em particular por conta da voz de Quentin, o protagonista da segunda parte, que "é, de modo excessivamente nítido, a voz de Stephen Dedalus".[*] Poderíamos acrescentar que, além do fluxo de consciência, um outro importante recurso joyciano foi utilizado no livro: o leitor só recebe as informações necessárias para compreender boa parte do que lhe é apresentado bem depois das passagens que elas finalmente esclarecem, o que torna a releitura de toda a obra uma exigência fundamental. Em defesa de Faulkner, seria possível argumentar que, tendo O *som e a fúria* sido publicado apenas cinco anos depois do romance de Joyce, o próprio fato de ter o romancista norte-americano lido, assimilado

---

[*] Harold Bloom, "Introduction". *William Faulkner's The Sound and the Fury*. Nova York: Infobase, 2008, p. 2.

e emulado com sucesso a obra do irlandês em tão pouco tempo indica o quanto ele estava atento para o que havia de mais avançado em matéria de ficção e preparado para enfrentar o desafio. A segunda crítica é talvez a mais severa, e já ocorreu a outros leitores — Bloom cita Hugh Kenner, e eu próprio tive esta impressão a primeira vez que li o livro: há um certo descompasso entre a sofisticação técnica do *stream of consciousness* adotado por Faulkner e a substância francamente melodramática e folhetinesca do enredo. No contexto do *Ulysses* — uma narrativa em que muito pouco de "romanesco" acontece — a ourivesaria estilística de Joyce parece perfeitamente adequada. Afinal, não há suspense, intrigas, revelações, conflitos que fervilhem e por fim explodam, nada ou quase nada da maquinaria normal de uma narrativa ficcional extensa; é simplesmente a linguagem virtuosística de Joyce que sustenta o interesse do leitor. Mas numa história que contém uma castração, um suicídio, uma acusação de pedofilia, um caso de retardo mental grave, desfalques e um roubo, uma fuga no meio da noite, uma perseguição implacável, amores incestuosos e ódios tremendos no seio de uma família decadente, o leitor pode se perguntar com razão se as descontinuidades cronológicas, a opacidade dos monólogos interiores e as demais dificuldades criadas pelo autor — como, por exemplo, o fato de dois personagens de sexos diferentes terem o mesmo nome, ou de um mesmo personagem aparecer ora com um nome, ora com outro — não constituiriam excessos dispensáveis. A Wikipedia classifica o romance de Faulkner como *Southern Gothic* e *Modernist*, uma rotulação decerto simplificadora, mas que de algum modo sintetiza o problema.

E, no entanto, feitas essas ressalvas, o fato é que *O som e a fúria* se tornou um clássico, um livro que resiste às críticas, sustenta releituras e apaixona sucessivas gerações de leitores. Para os muitos admiradores do romance, o mérito inegável de Faulkner como contador de histórias pesa mais do que qualquer argumento negativo. Não há como não se deixar levar pelo ímpeto da narrativa e não se impressionar com ao menos um dos personagens: Jason, um nome de destaque na galeria de grandes vilões da ficção anglófona. E há que reconhecer a maestria da apropriação do fluxo de consciência feita pelo autor, com algumas modificações que lhe imprimem uma marca autoral toda sua. Ao contrário do que ocorre em *Ulysses*, em que os pensamentos dos personagens estão sempre no presente, Faulkner, curiosamente, faz seus personagens monologarem no pretérito, como se eles se dirigissem a algum interlocutor num tempo posterior ao da ação — um recurso com efeito um tanto estranho no caso de Quentin, que se mata pouco depois do final de seu solilóquio, mas bem apropriado ao de Jason, cuja fala tem o duplo propósito de extravasar seu ressentimento e justificar suas ações. Cada uma das quatro partes em que o romance se divide é dominada por uma dicção específica. Nas três primeiras, temos as falas marcadamente idiossincráticas de Benjy, Quentin e Jason; na quarta — a única em que o narrador está em terceira pessoa — são abundantes os diálogos, com o predomínio da dicção da personagem mais forte da seção, Dilsey. E é justamente a tarefa de recriar essas vozes, singularizando-as dentro da proposta do romance, que constitui a principal dificuldade para o tradutor.

Examinemos os problemas específicos levantados em cada seção do romance. A primeira é talvez aquela em que a originalidade do autor é mais evidente. O modelo básico de Faulkner aqui é o célebre monólogo de Molly Bloom no último capítulo de *Ulysses*; mas se Molly é uma pessoa comum, ainda que alçada a arquétipo da feminilidade pura, Benjy sofre de forte retardamento mental. O desafio enfrentado por Faulkner — e repassado a seus tradutores — é o de se restringir a uma sintaxe praticamente despida de orações subordinadas, que relata a sequência de ocorrências da maneira mais direta, fora de uma cronologia linear, atendo-se apenas ao que é visível e audível, evitando qualquer ilação, sem qualquer tentativa de abstrair ou explicar, sem impor qualquer tipo de ordem ao bombardeio caótico de vozes e impressões sensoriais.

> We finished eating. T.P. took Quentin up and we went down to T.P.'s house. Luster was playing in the dirt. T.P. put Quentin down and she played in the dirt too. Luster had some spools and he and Quentin fought and Quentin had the spools. Luster cried and Frony came and gave Luster a tin can to play with, and then I had the spools and Quentin fought me and I cried.
> "Hush." Frony said. "Aint you shamed of yourself. Taking a baby's play pretty." She took the spools from me and gave them back to Quentin.

> Acabamos de comer. T. P. pegou Quentin e fomos para a casa de T. P. Luster estava brincando na terra. T. P. pôs Quentin no chão e ela ficou brincando na terra também. Luster tinha uns carretéis e ele e Quentin brigaram e Quentin ficou com os carretéis. Luster chorou e Frony veio e deu a Luster uma lata para ele brincar, e então eu peguei os carretéis e Quentin brigou comigo e eu chorei.
> "Para." disse Frony. "Não tem vergonha de tirar um brinquedo dum bebê." Ela tirou os carretéis de mim e deu a Quentin.

Observe-se que, no final da passagem acima, *gave them back* foi traduzido como "deu" e não como "devolveu". As palavras *give* e *back* estão associadas a conceitos de extrema simplicidade em inglês — *give* é "dar" e *back* exprime a ideia de volta ao estado anterior; "devolver", porém, implica um grau de complexidade que pode estar além da capacidade mental de Benjy.

O refinamento técnico de Faulkner chega talvez ao auge na

passagem em que T. P. faz Benjy beber champanhe (a que ele se refere como "gasosa"); Benjy, sem entender o que está acontecendo, se embriaga, e julga que o chão e os objetos se mexem sempre que ele cai ou esbarra em alguma coisa. Do seu ponto de vista, ele próprio é um referencial sempre imóvel no centro do mundo; assim, a cada queda sua, para-cima e para-baixo permutam suas posições:

"Hush up." T.P. said, trying not to laugh. "Lawd, they'll all hear us. Get up." T.P. said. "Get up, Benjy, quick." He was thrashing about and laughing and I tried to get up. The cellar steps ran up the hill in the moonlight and T.P. fell up the hill, into the moonlight, and I ran against the fence and T.P. ran behind me saying "Hush up hush up." Then he fell into the flowers, laughing, and I ran into the box. But when I tried to climb onto it it jumped away and hit me on the back of the head and my throat made a sound.

"Para." disse T. P., tentando não rir. "Meu Deus, eles vai ouvir a gente. Levanta." disse T. P. "Levanta logo, Benjy." Ele estava se debatendo e rindo e eu tentei me levantar. A escada do porão subia ao luar e T. P. caiu para cima, para o luar, e eu corri e esbarrei na cerca e T. P. atrás de mim dizendo "Para para." Então ele caiu nas flores, rindo, e eu esbarrei na caixa. Mas quando tentei subir nela ela pulou para longe e bateu atrás da minha cabeça e minha garganta fez um barulho.

No *Ulysses*, os opostos contrastantes de Stephen Dedalus — o homem em quem a faculdade intelectual não deixa lugar para o corpóreo — e Molly Bloom — a mulher que é pura carnalidade — protagonizam o início e o fim do livro, separados pelo que constitui o verdadeiro cerne da obra, a normalidade equilibrada da figura adorável de Leopold Bloom. Em *O som e a fúria*, porém, os extremos opostos surgem em imediata justaposição. A passagem do monólogo interior de Benjy para o de Quentin não é apenas um salto para trás de dezoito anos, mas também o contraste entre um eu esvaziado, situado na fronteira da inconsciência, e uma consciência sutilíssima e atormentada. O contraste entre o monólogo interior de Benjy e o de Quentin não poderia ser mais violento:

> The chimes began again, the half hour. I stood in the belly of my shadow and listened to the strokes spaced and tranquil along the sunlight, among the thin, still little leaves. Spaced and peaceful and serene, with that quality of autumn always in bells even in the month of brides. *Lying on the ground under the window bellowing* He took one look at her and knew. Out of the mouths of babes. *The street lamps* The chimes ceased. I went back to the post-office, treading my shadow into pavement.

> O carrilhão começou a bater outra vez, a meia hora. Parado no ventre de minha sombra, fiquei escutando as batidas, espaçadas e tranquilas no sol, em meio às folhinhas finas e imóveis. Espaçadas e suaves e serenas, com aquele toque outonal que os sinos sempre têm, mesmo no mês das noivas. *Deitado no chão junto à janela berrando* Olhou para ela e na mesma hora entendeu. Das bocas de criancinhas de peito. *Os postes de iluminação* O carrilhão silenciou. Voltei aos correios, calcando com os pés minha sombra contra a calçada.

Tanto Benjy quanto Quentin registram minuciosamente o que vivenciam, e em ambos os monólogos os eventos evocam a toda hora lembranças de um outro tempo. Mas enquanto Benjy se limita a passar de uma lembrança ou dado sensorial para outro, sem compreendê-los e sem estabelecer nexos entre eles, para Quentin há um complexo encadeamento causal nos acontecimentos de sua vida, que o conduzem de modo irresistível ao suicídio.

No apêndice que terminou por se tornar a seção final do livro, o verbete dedicado a Jason — personagem central da terceira parte — começa com as palavras: "O primeiro Compson mentalmente são desde antes de Culloden". Num ensaio sobre *O som e a fúria*, Donald M. Kartiganer estranha que tantos leitores concordem com essa afirmativa, pois não imagina como "qualquer pessoa, especialmente Faulkner, pode ter considerado Jason mentalmente são ou racional".* Mas o tom do verbete é irônico, e de qualquer modo ele — embora longe de ser um modelo de sanidade ou racionalidade — não é louco no sentido estrito da palavra, e sim um homem obcecado por duas paixões: o ressentimento e a usura. São elas que o levam a se apropriar do dinheiro que Caddie envia para sua filha Quentin; mas ao mesmo tempo ele é racional o bastante para perceber que, se denunciasse Quentin à polícia, sua apropriação indébita do dinheiro da sobrinha certamente viria à tona. Em contraste com as limitações drásticas da consciência de Benjy e a introversão mórbida de seu irmão Quentin, Jason está sempre focado, em seu monólogo, nos seus interesses práticos e no objetivo de encontrar a sobrinha; em comparação, pois, com a opacidade do monólogo de Benjy e a complexidade tortuosa da voz de Quentin, a terceira parte do romance apresenta um texto bem mais linear, de leitura fácil. O ódio e a ganância que motivam todos os seus atos fazem de Jason um vilão fascinante por sua absoluta transparência: tal como

---

* Texto incluído na edição crítica de *The Sound and the Fury* organizada por David Minter (2. ed. Nova York: Norton, 1994, p. 335).

ocorre nas tragédias de Shakespeare, nessa parte do livro Faulkner expõe todos os desvãos da consciência de Jason da maneira mais explícita. Ele está tão convencido de estar com a razão que revela a extensão de sua vileza sem nenhum pudor, como se partisse do pressuposto de que ninguém que tivesse conhecimento de sua situação poderia deixar de aprovar seus atos. Mas a suposta objetividade de Jason é enganosa: em última análise, trata-se de alguém tão autocentrado quanto os irmãos que protagonizam as seções anteriores. Eis a passagem inicial, que dá o tom para tudo que se segue:

> Once a bitch always a bitch, what I say. I says you're lucky if her playing out of school is all that worries you. I says she ought to be down there in that kitchen right now, instead of up there in her room, gobbing paint on her face and waiting for six niggers that cant even stand up out of a chair unless they've got a pan full of bread and meat to balance them, to fix breakfast for her.

> Uma vez vagabunda, sempre vagabunda, é o que eu digo. O que eu digo é que a senhora é feliz se a sua única preocupação é ela estar matando aula. O que eu digo é que ela devia estar lá embaixo na cozinha agora mesmo, em vez de socada no quarto dela, lambuzando a cara com maquiagem e esperando que seis negros que nem conseguem se levantar da cadeira se não devorarem uma panela cheia de pão e carne preparem o café da manhã dela.

Observe-se que há no original uma marca de inglês subpadrão que não foi reproduzida em português — *I says*. Outras marcas semelhantes aparecem na fala de Jason, e na maioria das vezes são ignoradas na tradução. O problema é que, por motivos que serão explicitados adiante, as marcas do dialeto subpadrão das personagens negras foram bastante suavizadas na tradução;

ora, se a fala de Jason também fosse caracterizada como subpadrão, correria o risco de se assemelhar à dicção de Dilsey e seus familiares, algo que está longe de se verificar no texto de Faulkner.

A estrutura geral de *O som e a fúria* segue da obscuridade para a clareza. Cada seção do romance é menos complexa do que a anterior; assim, ao mesmo tempo que os fatos da trama vão se esclarecendo, o texto se torna mais límpido. Depois do monólogo quase incompreensível de Benjy vem o relato de Quentin, que, embora denso, é bem mais lógico que o anterior; em seguida, na seção de Jason temos pela primeira vez um encadeamento linear dos eventos relatados, e justificativas explícitas (ainda que nem sempre aceitáveis) para as ações do protagonista. A quarta seção — a última, se não contarmos o apêndice — é a única narrada em terceira pessoa, a única em que o narrador não é prejudicado pela deficiência mental, pela introspecção mórbida nem pelo ressentimento implacável; aqui Faulkner abre mão do fluxo de consciência e escreve uma prosa narrativa convencional. (Se bem que logo no primeiro parágrafo ele utiliza a enigmática expressão *flac-soled*, um hápax desconcertante.) Apropriadamente, a personagem central desta seção, Dilsey, a matriarca da família de empregados dos Compson, é a única pessoa de fato equilibrada da casa. E aqui torna-se ainda mais intensa uma dificuldade que na verdade está presente em todo o livro: a utilização do *black English*, o dialeto falado por todas as personagens negras. Como não existe no Brasil um dialeto associado a falantes negros, toda obra ficcional em que há personagens afro-americanos obriga o tradutor a optar por uma solução que jamais é inteiramente satisfatória. No caso específico de *O som e a fúria*, a dificuldade é até certo ponto atenuada: como aqui todas as personagens negras são também pessoas de pouca ou nenhuma instrução formal, seu dialeto pode ser diferenciado do falar das personagens brancas através do uso de marcas que caracterizem o português subpadrão. Em muitos casos, bastou o artifício de marcar o plural apenas no primeiro elemento de um sintagma, uma característica da fala dos brasileiros desprovidos de escolaridade que atravessa todas as fronteiras dialetais: "eles vai dizer", "me meter na vida dos branco" etc. Outros recursos foram empregados, como o uso de indicativo em lugar de subjuntivo ("Quer que eu levanto a persiana um pouquinho?"). Foram evitadas, porém, as marcas fonéticas, tão comuns no inglês, por vários motivos. O primeiro é que, no Brasil, as distorções de pronúncia são tradicionalmente utilizadas para criar efeito burlesco, com intenção cômica — e na figura digna de Dilsey nada há que justifique tal coisa. Outro problema associado ao uso de marcas fonéticas é o fato de que, em muitos casos, não se pode assinalar uma pronúncia de uma palavra desviante da norma culta brasileira sem ao mesmo tempo criar uma associação com um determinado dialeto geográfico. Não há um modelo de pronúncia subpadrão genericamente brasileiro, que não evoque nenhuma região em particular; e muitos leitores se sentiriam incomodados se Dilsey e seus descendentes falassem como caipiras de São Paulo ou de Minas Gerais, ou como a gente simples do interior da Bahia ou de Pernambuco. Por fim, se marcássemos foneticamente todas as falas em *black English*, seríamos obrigados, por uma questão de coerência, a fazer o mesmo com muitas dicções de personagens brancas — afinal, a de Jason também contém marcas fonéticas. Mas nesse caso estaríamos frustrando nosso propósito original, que era distinguir as falas dos negros dos brancos. Como se vê, o problema não admite uma solução fácil.

A consequência da decisão de não marcar a pronúncia é que, no cômputo geral, as falas das personagens negras ficaram bem menos marcadas na tradução do que no original, o que sem dúvida constitui uma perda. É o que fica patente quando se comparam original e tradução de uma passagem qualquer da quarta seção:

"I cold," Luster said.

"You ought to thought about dat whiles you was down dar in dat cellar," Dilsey said. "Whut de matter wid Jason?"

"Sayin me en Benjy broke dat winder in his room."

"Is dey one broke?" Dilsey said.

"Dat's whut he sayin," Luster said. "Say I broke hit."

"How could you, when he keep hit locked all day en night?"

"Say I broke hit chunkin rocks at hit," Luster said.

"En did you?"

"Nome," Luster said.

"Dont lie to me, boy," Dilsey said.

"I never done hit," Luster said. "Ask Benjy ef I did. I aint stud'in dat winder."

"Estou com frio", respondeu Luster.

"Isso é que dá se enfiar no porão", disse Dilsey. "Que bicho mordeu o Jason?"

"Diz que eu e mais o Benjy quebrou a janela do quarto dele."

"E está quebrada mesmo?" perguntou Dilsey.

"Diz ele que está", Luster retrucou. "Que foi eu que quebrou."

"E como é que pode se o quarto dele vive trancado dia e noite?"

"Diz que eu joguei pedra", disse Luster.

"E você jogou?"

"Joguei não", respondeu Luster.

"Não mente pra mim, moleque safado", Dilsey disse.

"Joguei não senhora", insistiu Luster. "Pergunta pro Benjy se eu joguei. Eu nem cheguei perto daquela janela."

Mas desse modo — o leitor pode reclamar, com certa razão — a fala das personagens negras fica quase inteiramente descaracterizada. Em resposta a uma tal crítica, eu perguntaria ao leitor se ele preferiria um texto mais ou menos assim —

"Tô com friu", respondeu Luster.
"Iss'que dá se enfiá no porão", disse Dilsey. "Que bicho mordeu o Jason?"
"Diz qu'eu e mais o Benjy quebrô a janela do quarto dele."
"E tá quebrada mermo?" perguntou Dilsey.

— lembrando ainda que a coerência nos obrigaria a usar "tô" e "enfiá" também na fala de Jason e de sua sobrinha Quentin (ainda que não na do seu pedante irmão Quentin nem na da matriarca branca, a sra. Compson), já que a redução do ditongo *ou* a [o], a omissão da desinência *-r* do infinitivo e a supressão da primeira sílaba das formas conjugadas de "estar" ocorrem na fala distensa em boa parte dos dialetos brasileiros, e não só no discurso dos falantes sem instrução primária. E se, para dar um toque de rusticidade aos diálogos, acrescentássemos uma ou outra ocorrência de "uai!" ou "oxente!", a rejeição dos leitores provavelmente seria maior ainda.

Ainda a respeito dessa passagem da quarta seção, o leitor pode achar gratuita a tradução de "Não mente pra mim, moleque safado" para "Dont lie to me, boy". Há duas justificativas para a solução adotada. A primeira tem a ver com o fato de que o tradutor por vezes marca uma determinada característica de um texto num lugar em que não há marca no original, com o objetivo de compensar a eventual perda de uma marcação semelhante em outro trecho. A rispidez de Dilsey com Luster está assinalada aqui para compensar alguma passagem anterior ou posterior do texto em que ela tenha ficado relativamente pouco acentuada. Além disso, é importante levar em conta que o vocativo *boy*, dirigido a um negro de qualquer idade, era (e ainda é) considerado ofensivo vindo de um branco. Embora Dilsey seja negra e Luster de fato seja um menino, creio estar justificado em avaliar que, no contexto em questão, *boy* tem um teor bem mais agressivo do que teria "menino" em português: Dilsey tem plena consciência das conotações do vocativo que usa.

Por fim, há que destacar um problema rigorosamente insolúvel: a tradução da palavra *nigger*. Não há nenhum vocábulo em português brasileiro que seja mais ou menos equivalente a ela, que possua uma conotação tão brutalmente ofensiva; no inglês contemporâneo, aliás, a palavra se tornou um verdadeiro tabu linguístico, agora que as tradicionais *four-letter words* referentes à sexualidade e a excreção estão em toda parte. À primeira vista, "crioulo" pode parecer uma alternativa utilizável, mas mesmo essa palavra está longe de ter o teor ofensivo do termo inglês. Quanto a "nego", que teria a aparente vantagem de ser uma corruptela de "negro", tal como *nigger* é de *Negro*, seria uma solução pior ainda: basta lembrar as expressões "meu nego"/ "minha nega" e "neguinho/a", usadas como forma de tratamento carinhosa por casais brasileiros, negros ou brancos, pelo menos até um passado bem recente. Em retrospecto, me pergunto se talvez "preto" não teria sido uma opção um pouco superior à solução que terminei por adotar — o termo neutro "negro", uma escolha que abre mão de todas as conotações do original, sem sequer tentar fazer algo que é reconhecidamente impossível.

Uma tradução, como se sabe, é um texto segundo que substitui um texto primeiro para as pessoas que não têm acesso ao idioma em que o primeiro foi escrito. Mas a substituição nunca é perfeita, pois há efeitos no original que nenhuma tradução pode recriar. Apesar de tudo que se disse aqui sobre as dificuldades à tradução levantadas pelas técnicas narrativas de Faulkner, no final das contas o que constitui o maior obstáculo é mesmo a questão do uso de dialetos. O *black English* é, como se apontou, um problema particularmente espinhoso, mas na verdade o uso de dialetos, sejam étnicos, sociais ou regionais, nunca admite uma solução plenamente satisfatória. Quando elogiamos, num autor como Faulkner, a capacidade de recriar como forma literária uma variedade popular de um idioma falado, estamos destacando precisamente o aspecto de sua arte que é rigorosamente impossível de se capturar numa tradução. Por definição, o sabor específico do inglês sulista, branco ou negro, que constitui a matéria-prima da prosa de Faulkner, é algo que não pode existir fora do inglês — mais ainda, fora do inglês norte-americano. As associações que se fazem entre uma determinada expressão, forma sintática ou pronúncia, de um lado, e uma região geográfica e um momento histórico, de outro, são restritas ao universo mental dos falantes daquele idioma, e seria tão inviável reproduzi-las numa língua estrangeira quanto seria recriar os efeitos de instrumentação de uma peça sinfônica numa transcrição para piano. Para quem quer saborear as sutilezas das diferentes variantes do inglês norte-americano no romance de Faulkner, não há alternativa à leitura do texto original. Mas se a obra conseguiu o reconhecimento internacional que hoje tem, e se ela fascinou tantos leitores em versões traduzidas para os mais variados idiomas, é porque há nela muito além de uma utilização brilhante de variantes dialetais. E recaímos no ponto inicial: trata-se ao mesmo tempo de um romance experimental, recorrendo de modo diferenciado a uma técnica literária recém-inventada, e de um texto que proporciona ao leitor todas as gratificações de uma narrativa tradicional: enredo cativante, cheio de peripécias, e personagens providos de densidade psicológica, atuando num cenário — o fictício condado de Yoknapatawpha — que, embora claramente identificado com o Sul norte-americano nas décadas que se seguem à derrota na Guerra da Secessão, constitui um microcosmo de paixões humanas atemporais. O *som e a fúria* é um dos grandes romances de um século que produziu um número impressionante de obras-primas do gênero.

Sobre *O som e a fúria*: a temporalidade na obra de Faulkner

Jean-Paul Sartre

Quando lemos *O som e a fúria*, inicialmente nos impressionamos com as excentricidades da técnica. Por que Faulkner estilhaçou o tempo de sua história e embaralhou os pedaços? Por que a primeira janela que se abre nesse mundo romanesco é a consciência de um idiota? O leitor se vê tentado a encontrar referências e a restabelecer a cronologia por sua própria conta: "Jason e Caroline Compson tiveram três filhos e uma filha. A filha, Caddy, entregou-se a Dalton Ames, que a engravidou; pressionada a encontrar um marido a qualquer preço…". Aqui o leitor se detém ao perceber que outra história está sendo contada: Faulkner não teria concebido intriga tão ordenada para em seguida finalizá-la, como num jogo de cartas; ele só poderia ter contado a história do modo como o fez. No romance clássico, a ação pressupõe um nó: o assassinato do pai Karamázov, o encontro entre Édouard e Bernard em *Os moedeiros falsos*. Procuraríamos em vão esse nó em *O som e a fúria*. Seria a castração de Benjy? A aventura amorosa e miserável de Caddy? O suicídio de Quentin? O ódio de Jason por sua sobrinha? Se observarmos bem, cada episódio abre e evidencia, por trás dele, outros episódios, todos os outros episódios. Nada acontece, a história não se desenvolve: ela se descobre sob cada palavra, como uma presença incômoda e obscena, mais ou menos condensada, dependendo do caso. Seria enganoso interpretar tais anomalias como exercícios gratuitos de virtuosidade: uma técnica romanesca sempre leva à metafísica do romancista. A tarefa da crítica é desvendar esta última, antes de apreciar aquela. Ora, é evidente que a metafísica de Faulkner é uma metafísica do tempo.

A desgraça do homem é ser temporal. "O pai disse que o homem é o somatório de suas desgraças. A gente fica achando que um dia as desgraças se cansam, mas aí o tempo é que é a sua desgraça [...]" (p. 108). Tal é o verdadeiro sujeito do romance. E se a técnica adotada por Faulkner parece a princípio uma negação da temporalidade, é porque confundimos temporalidade com cronologia. Foi o homem quem inventou as datas e os relógios: o "excesso de especulações a respeito da posição de ponteiros sobre um mostrador arbitrário [...] é sintoma de funcionamento mental. Excremento [...] como o suor" (p. 80). Para alcançar o tempo real, é preciso abandonar essa medida inventada que, afinal, não é medida de nada: "[...] o tempo morre sempre que é medido em estalidos por pequenas engrenagens; é só quando o relógio para que o tempo vive" (p. 88). Assim, o gesto de Quentin ao quebrar seu relógio assume um valor simbólico: ele nos faz acessar o tempo sem relógio. Também sem relógio é o tempo de Benjy, o idiota que não sabe ler as horas.

O que então se descobre é o presente. Não o limite ideal cujo lugar está prudentemente marcado entre o passado e o futuro: o presente de Faulkner é essencialmente catastrófico; é o evento que vem ao nosso encontro como um ladrão, enorme, imensurável — que vem ao nosso encontro e depois desaparece. Para além desse presente não há mais nada, pois o futuro não existe. O presente surge não se sabe de onde, expulsando outro presente; trata-se de um somatório que se reinicia perpetuamente. "E... e... e depois." Assim como John Dos Passos, mas de modo muito mais discreto, Faulkner faz de sua narrativa uma adição: mesmo as ações, quando vistas por quem as comete, explodem e se espalham ao penetrar no presente: "Fui até a cômoda e peguei o relógio, ainda com o mostrador virado para baixo. Quebrei o vidro na quina do móvel e aparei os cacos na mão e coloquei-os no cinzeiro e arranquei os ponteiros e os pus no cinzeiro também. O tique-taque não parou" (p. 83). A outra característica desse presente é o *adentramento*. Recorro a essa palavra, na ausência de uma melhor, para marcar um tipo de movimento imóvel desse monstro disforme. Na obra de Faulkner, nunca há progressão, não há nada que venha do futuro. Desde o início, o presente não era uma possibilidade futura, assim como quando meu amigo enfim aparece depois de ter sido aquele *por quem eu esperava*. Não: ser presente é aparecer sem motivo e adentrar. Esse adentramento não é uma vista abstrata — é nas próprias coisas que Faulkner percebe isso e tenta transmiti-lo: "O trem fez a curva, a locomotiva resfolegando com bafos curtos e pesados, e os dois passaram e foram sumindo, com aquele ar de paciência maltrapilha e atemporal, de serenidade estática [...]" (p. 90). E ainda: "Debaixo da carruagem os cascos rápidos eficientes como os movimentos de uma mulher bordando, *diminuindo sem sair do lugar* como uma figura andando imóvel sendo rapidamente puxada para fora do palco" (p. 128 [grifos do autor]). Parece que Faulkner captava, lá no fundo das coisas, uma espécie de rapidez congelada: ele é atingido por fortes golfadas que orientam, recuam e depois diminuem, sem se mexer.

Em todo caso, essa imobilidade fugidia e imprevisível é passível de ser interrompida e analisada. Quentin pode dizer:

quebrei meu relógio. Quando ele o disser, porém, seu gesto será *passado*. O passado nomeia-se, narra-se e — em certa medida — deixa-se fixar por conceitos ou ser reconhecido pelo coração. Nós já havíamos observado, a propósito de *Sartoris*, que Faulkner só revelava os acontecimentos quando eles já haviam sido concluídos. Em *O som e a fúria*, tudo se passa nos bastidores: nada acontece, tudo aconteceu. É isso o que permite compreender essa estranha expressão de um dos heróis: *"Fui. Non sum"*. Também nesse sentido, Faulkner pode fazer do homem algo totalmente sem futuro: "somatório de suas experiências climáticas", "somatório de suas desgraças", "somatório de seja lá o que for": durante todo o tempo algo é abandonado, porque o presente não passa de um rumor sem lei, de um futuro passado. Talvez seja possível comparar a visão de mundo de Faulkner à de um homem sentado num carro conversível olhando pra trás. Não param de aparecer à sua direita e à sua esquerda sombras disformes, lampejos, vibrações difusas, confetes de luz que apenas mais tarde, com um recuo, passarão a ser árvores, homens, carros. O passado ganha algo de surreal: seus contornos são rijos e nítidos, imutáveis; o presente, inominável e fugidio, defende-se dele com dificuldade; ele está cheio de buracos e, por esses buracos, as coisas passadas o invadem, fixas, imóveis, com o silêncio dos juízes ou dos olhares. Os monólogos de Faulkner fazem pensar em viagens de avião, cheias de correntes de ar; em cada uma dessas correntes a consciência do herói "cai no passado" e se revela novamente ao cair. O presente não é, ele se torna; tudo *era*. Em *Sartoris*, o passado se chamava "as histórias", porque eram lembranças familiares e construídas, já que Faulkner ainda não havia encontrado sua técnica. Em *O som e a fúria*, ele é mais individual e mais indeciso. Mas se trata de uma obsessão tão grande que às vezes lhe ocorre mascarar o presente — e o presente caminha pela sombra, como um rio subterrâneo, apenas voltando a aparecer quando ele próprio tiver passado. Quando Quentin insulta Bland,* nem ele se dá conta: ele recorda de sua discussão com Dalton Ames. E quando Bland lhe quebra a cara, a briga é recoberta e ocultada pela briga passada entre Quentin e Ames. Mais tarde Shreve *contará* como Bland bateu em Quentin: ele narrará a cena porque esta passou a ser história — porém, quando acontecia no presente, a cena não era nada senão um deslize secreto e velado. Contaram-me sobre um antigo bedel que ficou caduco e cuja memória permaneceu paralisada como um relógio quebrado: marcava perpetuamente quarenta anos. Ele tinha sessenta, contudo não sabia: sua última lembrança era a do pátio da escola e da ronda que fazia diariamente. Ele também interpretava seu presente conforme esse passado recente e andava em volta da mesa, convencido de que vigiava os alunos no recreio. Tais são as personagens de Faulkner. Pior: seus passados, que estão em ordem, não se ordenam segundo a cronologia. Na verdade, são constelações afetivas. Em torno de alguns temas centrais (a gravidez de Caddy, a castração de Benjy, o suicídio de Quentin), gravitam massas inomináveis e mudas. Daí o caráter absurdo da cronologia, da "afirmação redonda e idiota do relógio": a ordem do passado é a ordem do coração. Não se deve achar que o presente, quando passa, torna-se a mais próxima das nossas lembranças. Sua metamorfose pode fazer com que ele escorra para o fundo de nossa memória, assim como pode mantê-lo na superfície da água; somente sua densidade e o significado dramático de nossa vida decidem o seu nível.

---

* Cf. pp. 163-71, o diálogo com Bland inserido no meio do diálogo com Ames: "Você nunca teve uma irmã?" etc. e a confusão enredada das duas batalhas.

Esse é o tempo de Faulkner. Será que não o reconhecemos? Esse presente indescritível e que tudo inunda, essas invasões bruscas do passado, essa ordenação afetiva, contrária à ordem intelectual e voluntária — que é cronológica, mas que não corresponde à realidade —, essas lembranças, manias terríveis e descontínuas, essas intermitências do coração... Não seria esse o tempo perdido e recuperado de Marcel Proust? Não estou ignorando as diferenças: sei, por exemplo, que a salvação, para Proust, está no próprio tempo, na reaparição completa do passado. Para Faulkner, ao contrário, o passado — infelizmente — nunca é perdido, ele está sempre ali, trata-se de uma obsessão. O único meio de se esquivar do mundo temporal é por êxtases místicos. Um homem místico é aquele que quer se esquecer de algo: de seu Eu e, frequentemente, da linguagem ou das representações figurativas. Para Faulkner, é preciso esquecer-se do tempo: "Estou lhe dando o mausoléu de toda esperança e todo desejo; é extremamente provável que você o use para lograr o *reducto absurdum* de toda experiência humana, que será tão pouco adaptado às suas necessidades individuais quanto foi às dele e às do pai dele. Dou-lhe este relógio não para que você se lembre do tempo, mas para que você possa esquecê-lo por um momento de vez em quando e não gaste todo seu fôlego tentando conquistá-lo. Porque jamais se ganha batalha alguma, ele disse. Nenhuma batalha sequer é lutada. O campo revela ao homem apenas sua própria loucura e desespero, e a vitória é uma ilusão de filósofos e néscios" (p. 79). É por ter se esquecido do tempo que o negro procurado de *Luz em agosto* recebe subitamente sua estranha e atroz felicidade: "Não é quando você se dá conta de que nada pode ajudar você — nem religião, nem orgulho, nem nada — é quando você se dá conta de que não precisa de ajuda nenhuma" (p. 83). Mas, tanto para Faulkner como para Proust, o tempo é, antes de tudo, *o que separa*. Lembramo-nos dos assombros dos heróis proustianos que não podem mais adentrar seus amores passados, daqueles amantes descritos em *Os prazeres e os dias*,* cravados em suas paixões por temerem que elas se passem e por saberem que passarão; encontraremos em Faulkner essa mesma angústia: "[...] as pessoas não conseguem fazer nada tão terrível não conseguem fazer nada muito terrível não conseguem nem lembrar amanhã do que parecia terrível hoje [...]" (p. 83); e: "[...] um amor ou uma dor é uma debênture comprada sem intenção e que vence querendo ou não e é recolhida sem aviso prévio para ser substituída pelo título que os deuses resolverem emitir no momento [...]" (p. 182). Na verdade, a técnica romanesca de Proust *deveria* ter sido a de Faulkner, esse seria o desfecho mais lógico de sua metafísica. Faulkner é um homem perdido e é por se sentir perdido que ele arrisca, que leva a cabo seu pensamento. Proust é um clássico e um francês: os franceses se perdem por qualquer bobagem e eles sempre acabam se encontrando. A eloquência, o gosto pelas ideias claras e o intelectualismo levaram Proust a manter, ao menos, as aparências da cronologia.

É preciso procurar a razão profunda dessa aproximação em um fenômeno literário recorrente: a maioria dos grandes autores contemporâneos — Proust, Joyce, John Dos Passos, Faulkner, Gide, Virginia Woolf —, cada um a seu modo, tentou mutilar o tempo. Alguns deles o privaram do passado e do futuro para reduzi-lo à pura intuição do instante; outros, como Dos Passos, fizeram dele uma memória morta e consumada. Proust e Faulkner simplesmente o decapitaram e arrancaram seu futuro, ou seja, a dimensão dos atos e da liberdade. Os heróis de Proust nunca realizam nada: eles preveem, é verdade, mas suas previsões continuam presas a eles e não se lançam para além do presente; são divagações que a realidade expulsa. A Albertine que aparece não

---

* *Os prazeres e os dias*. São Paulo: Conex, 2004.

é a que esperávamos e a espera nada mais é do que uma leve euforia sem consequência, limitada ao instante. Quanto aos heróis de Faulkner, eles não fazem previsões; o automóvel os leva, virados para trás. O futuro suicídio que cria uma densa sombra no último dia de Quentin não é uma possibilidade humana; nem por um segundo passa pela cabeça de Quentin que ele poderia *não* se matar. Esse suicídio é um obstáculo imóvel, *algo* de que Quentin se aproxima enquanto recua e que ele não quer nem pode imaginar: "você pelo visto encara isso como apenas uma experiência que vai embranquecer seu cabelo do dia para a noite por assim dizer sem alterar sua aparência nem um pouco [...]" (p. 186). Não se trata de uma *realização*, e sim de uma fatalidade; ao perder seu caráter de possibilidade, ele deixa de existir no futuro: ele já é presente, e toda a arte de Faulkner pretende nos sugerir que os monólogos de Quentin e sua última caminhada *já são* o suicídio de Quentin. Assim se explica, acredito, este curioso paradoxo: Quentin pensa em seu último dia no passado, como alguém que se lembra. Mas, então, quem se lembra, já que os últimos pensamentos do herói praticamente coincidem com a ruptura da memória e com seu aniquilamento? É preciso dizer que a habilidade do romancista consiste na escolha do presente a partir do qual ele narra o passado. E Faulkner escolheu como presente o minúsculo instante da morte, assim como fez Salacrou em A *desconhecida de Arras*.* Quando a memória de Quentin começa a desfilar suas lembranças ("Ouvi do outro lado da parede as molas da cama de Shreve e depois os chinelos dele se arrastando no chão. Levantei-me [...]"), *ele já estava morto*. Tanta arte e, na verdade, tanta falsidade com a única intenção de substituir a intuição do futuro que falta ao autor. Tudo então se

---

* A *desconhecida de Arras*, peça de Armand Salacrou, encenada no TBC, Teatro Brasileiro de Comédia, em 1953.

explica, sobretudo a irracionalidade do tempo: o presente, por ser o inesperado, o disforme, apenas pode ser determinado por uma sobrecarga de lembranças. Entende-se também que a duração constitua "a própria desgraça do homem": se o futuro tem uma realidade, o tempo se distancia do passado e se *aproxima* do futuro; mas, se o futuro for suprimido, o tempo deixa de ser aquilo que separa, que rompe o presente em relação a si mesmo: "você não suporta a ideia de que algum dia ela não vai mais torturar você desse jeito [...]" (p. 181-2). O homem passa a vida lutando contra o tempo e o tempo o corrói como um ácido, arranca-o de si mesmo e o impede de realizar o humano. Tudo é absurdo: "A vida [...] é uma história cheia de som e fúria, contada por um idiota e que não significa nada".*

Mas, então, o tempo do homem não tem futuro? O tempo de um prego, de um pedaço de terra, de um átomo, eu concordo que seja um presente perpétuo. No entanto, será o homem um prego que pensa? Se partimos do seu mergulho no tempo universal, o tempo das nebulosas e dos planetas, dos movimentos terciários e das espécies animais, como num banho de ácido sulfúrico, a causa é ouvida. Apenas uma consciência que oscila o tempo todo deveria ser *a princípio* consciência e *em seguida* temporal: acredita-se que o tempo possa lhe chegar do exterior? A consciência só pode "estar no tempo" com a condição de se tornar tempo por meio do mesmo movimento que a torna consciência; como diz Heidegger, é necessário que ela se "temporalize". Então não é mais permitido estagnar o homem em cada instante e defini-lo como "o somatório de seja lá o que for": a natureza da consciência implica, ao contrário, que ela se atire antes de si mesma no futuro; apenas podemos compreender o que ela é a partir do que ela será, ela se determina em sua existência atual

---

* *Macbeth*, cena v, ato v.

por suas próprias possibilidades: é o que Heidegger denomina "força silenciosa do possível". O homem de Faulkner, criatura privada de possíveis e que só se explica por aquilo que ele foi, você não o reconhecerá em você mesmo. Tente apreender sua consciência e a observe, você verá que ela é vazia, a única coisa que se encontrará nela é o futuro. Eu nem me refiro aos seus projetos ou às suas expectativas: mas o próprio gesto que você apanha no ar só fará sentido se você projetar sua conclusão para fora dele, para fora de você, no ainda não. Por exemplo, essa xícara cujo fundo você não vê — mas que poderá ver, pois está na conclusão de um movimento que você ainda não fez —, essa folha branca cujo verso está escondido (entretanto, você poderia virar a folha) e todos os objetos estáveis e maciços que estão ao nosso redor propagam suas qualidades mais imediatas, mais densas, no futuro. O homem não é de modo algum o somatório do que ele tem, mas a totalidade do que ainda não tem, do que poderia ter. E se assim nos banharmos no futuro, não se atenuaria a brutalidade disforme do presente? O acontecimento não salta sobre nós como um ladrão porque ele é, por natureza, um Tendo sido Futuro. E, uma vez que o próprio passado explica a si mesmo, não será tarefa do historiador procurar seu futuro? Pressinto que Faulkner não tenha explicitado, a princípio, a absurdidade que ele encontra na vida humana. Não é que ela não seja absurda: existe, porém, outra absurdidade.

 Por que Faulkner e tantos outros autores escolheram essa absurdidade, que é tão pouco romanesca e tão pouco verdadeira? Penso que é preciso procurar a razão nas condições sociais de nossa vida presente. O desespero de Faulkner me parece anterior à sua metafísica: para ele, como para todos nós, o futuro está bloqueado. Tudo o que vemos, tudo o que vivemos, nos incita a dizer: "Isso não pode durar"; no entanto, a mudança não é concebível senão sob a forma de cataclismo. Vivemos no tempo das revoluções impossíveis, e Faulkner emprega sua extraordinária arte para descrever esse mundo que morre de velhice e o nosso sufocamento. Admiro sua arte, mas não acredito em sua metafísica, pois um futuro impedido continua sendo um futuro: "Mesmo se a realidade humana não tenha mais nada 'diante' de si, mesmo se ela 'fechou sua conta', sua existência ainda é determinada por essa 'antecipação de si mesma'. A perda de toda esperança, por exemplo, não exclui a realidade humana de suas possibilidades, ela é simplesmente uma maneira especial de *estar* em relação a essas próprias possibilidades".*

---

* Martin Heidegger, *Ser e tempo*. Petrópolis: Vozes, 2012.

Sobre o autor

William Faulkner nasceu em 1897, em New Albany, Mississippi, em uma família tradicional e financeiramente decadente. Publicou seu primeiro romance, *Soldier's Pay*, em 1926, depois de uma breve temporada em Paris — onde frequentava o café favorito de James Joyce. Com o lançamento de *O som e a fúria*, em 1929, iniciou a fase mais consagradora de sua carreira, que culminou com o grande sucesso de *Palmeiras selvagens*, de 1939. Durante as décadas de 1930 e 1940, escreveu roteiros para Hollywood — "Compreendi recentemente o quanto escrever lixo e textos ordinários para o cinema corrompeu a minha escrita", anotaria em 1947. Em 1949 recebeu o prêmio Nobel de literatura. Morreu em 1962, vítima de um enfarte, aos 64 anos.

1ª EDIÇÃO [2017] 10 reimpressões

ESTA OBRA FOI COMPOSTA PELA SPRESS EM ELECTRA E IMPRESSA EM OFSETE PELA GEOGRÁFICA SOBRE PAPEL PÓLEN NATURAL DA SUZANO S.A. PARA A EDITORA SCHWARCZ EM FEVEREIRO DE 2024

A marca FSC® é a garantia de que a madeira utilizada na fabricação do papel deste livro provém de florestas que foram gerenciadas de maneira ambientalmente correta, socialmente justa e economicamente viável, além de outras fontes de origem controlada.